中国企业职工文化大系 创作文丛 小说卷

倪健民◎主编

铁流奔腾

Tieliu Benteng

中国工人出版社

图书在版编目(CIP)数据

铁流奔腾 / 倪健民主编 . —北京:中国工人出版社,2013. 6
(中国企业职工文化大系 · 创作文丛 · 小说卷)
ISBN 978 - 7 - 5008 - 5527 - 9
Ⅰ. ①铁… Ⅱ. ①倪… Ⅲ. ①中国文学—当代文学—作品综合集 ②小说集—中国—当代 Ⅳ. ①I217. 1②I247
中国版本图书馆 CIP 数据核字(2013)第 126881 号

铁流奔腾

出 版 人 李庆堂
责任编辑 张晓慧 赖紫薇
责任校对 孙乃伟
责任印刷 马东旭
出版发行 中国工人出版社(北京市东城区鼓楼外大街 45 号 邮编:100120)
网　　址 http://www. wp - china. com
电　　话 010 - 62350006(总编室) 010 - 62382376(职工教育分社)
010 - 82075964(传真)
发行热线 010 - 62005996 82075964(传真)
读者服务 010 - 62389465
经　　销 各地书店
印　　刷 北京睿特印刷厂
开　　本 710 毫米 × 1000 毫米 1/16
印　　张 19. 5
字　　数 256 千
版　　次 2013 年 7 月第 1 版 2013 年 7 月第 1 次印刷
定　　价 36. 00 元

中国企业职工文化大系

编 委 会

目 录

第一辑

短篇小说

走到爱情大门口

和军校

出发之前，许乾洲料定这是一趟浪漫的、冒险的、充满变数的行程，他唯独没有料到，自己差点儿会丢了性命。

那会儿，许乾洲站在窗前，满脑子都是靳延娇好的身材和俊丽的脸庞。抬起眼皮，许乾洲的视线被窗外的大山硬生生地堵了回来。陕北是山的世界。陕北的山既不挺拔，也不险峻，大的孕着小的，瘦的傍着胖的，高的压着低的，挨挨挤挤，一一相扣，多得没了名儿，大多都是当地老百姓根据山的形状信口取一个名儿，比如：猴头山呀、扁担山呀、猪嘴山呀、鲤鱼山呀、兔子耳朵山呀，等等。眼前这座山叫采油山。起初，这座山叫壶咀山。后来，来了采油人，采油人就把壶咀山改成了采油山。采油山上漫山遍野都是山丹丹花，比丹丹花还灿烂还鲜活的是采油人，不叫采油山又叫什么呢？许乾洲收回目光，坐在桌前的凳子上，朝桌上的那面小镜子凑了凑。许乾洲是一个很注重仪表的小伙子，从上高中那会儿起，他的桌面就摆放着这面长方形的小镜子，每次出门前，他都要在小镜子里照一照，看一看发型是不是齐整，看一看脸蛋是不是光洁，看一看胡子是不是刮得干净。尔后，许乾洲又站起身，左右拧着看了看自己的衣着打扮，这一套衣服是他精心挑选的：暗红色的毛料西装，藏青色的羊毛衫，雪白的衬衫，猩红的领带。虽然，时值年关，西北风走得急，很有几分呵气成冰的味道，但许乾洲还是不打算穿羽绒服，穿上羽绒服就显得臃肿，臃肿就显得缺少精气神，这是许乾洲所不愿意的。最后，许乾洲的目光落在了自己的皮鞋上，他的心刺疼了一下。这是一双名牌皮鞋，这个早晨，许乾洲专门保养了一下皮鞋，除尘、上油、刨光，一套程序下来，皮鞋已经锃光闪亮了，但现在看起来，在鞋帮和鞋底的结合处，还有一道若隐若现的白印子。陕北是黄土高原，晴天一身土，雨天一身泥，大晴天的土像粉，像尘，像雾，无孔不入。皮鞋上的这道白印子就是尘土留下的，毛巾擦不着，刷子刷不上。许乾洲琢磨了一会儿，他想到了一个办法，找到一把牙刷，醮着水，顺着圈儿把鞋缝刷了一遍，牙刷黑了，鞋干净了。再次穿上鞋，许乾洲心情爽了许多，信心也陡增几分。许乾洲摸出手机看了一下时间，据班车经过采油山的时间还有整整一个小时。他坐在床沿上，给母亲发了一条短信：妈，我要去看一个同学，年后，我回来看你跟我爸，你跟我爸吃好喝好。给你们拜个早年，祝你和我爸新年愉快，身体好，心情好！摁了一下“发送”，许乾洲把手机揣进口袋，挎上自己的小皮包，阔步走出了宿舍。

天阴得很重，黑乎乎地扣在采油山的山头上，仿佛一顶厚重的大帽子。下雪了。雪粒子从天空中蹿出来，砸在坚硬的地面上，发出零乱不堪的叭叭声。今天是腊月二十七，依然嗅不见一丝丝年味，听不见一丝丝年声——山里的年来得晚，只有到了大年三十的后晌，山里人才会拉开过年的序幕。这是一道狭长的山谷，两边尽是山，眼下，山上不见一星半点的绿，裸露着山的本色，粗糙地黑着，老迈地黄着。山上亦不见劳作的人，整个大山像睡着一样寂静。许乾洲顺着那条弯弯曲曲的路望了一眼，并没有望到班车的踪影。这趟班车从大庙乡开往二十里铺乡，一天一趟，大约十二点左右经过采油山。许乾洲坐着这趟班车到二十里铺乡下车，那儿有跑交通的村民，交通工具是“蹦蹦蹦”，或者是摩托，他再坐“蹦蹦蹦”或者摩托到牛鼻子山去。靳延就在牛鼻子山。从采油山到二十里铺乡是60公里，从二十里铺乡到牛鼻子山是18公里，如果一切都顺顺当当，这个下午，他就会给靳延一个惊喜了。

传来“叮咚”一声响。这是许乾洲的手机短信提示音，拿出手机一看，是母亲发来的短信：你看的是男同学还是女同学？变天了，穿暖和一点儿，别冻着。另，蔺阿姨给你介绍的那个姑娘，你慎重考虑一下，早点回来，跟人家姑娘见个面，合适的话，就定个亲，开年把事办了，再不要拖着了。许乾洲嘴角浮起了几道笑纹，合上了手机，他不打算给母亲回复短信了。许乾洲的父母亲住在另一座山里。石油人就是这样子，哪儿有石油，他们就在哪儿安营扎寨，吃喝拉撒，生儿育女，也荒凉，也偏僻，但他们都过得很充实，很快乐，因为他们打心眼儿里已经拿这里当做自己的家了。母亲在46岁那年，买断了工龄，一心一意地当起了家庭妇女，打理家务，侍候父亲的一日三餐，父亲也是一名采油工。其实，母亲的更多心思都在儿子许乾洲的身上，她只有这么一个宝贝蛋蛋，她不操心谁操心呢？母亲先是操心许乾洲的冷呀暖呀饥呀饱呀的，后来就操心起许乾洲的婚事了。许乾洲每次回去，母亲就唠叨个没完没了：谁谁谁结婚了，谁谁谁订婚了，谁谁谁把女朋友带回来了，谁谁谁也有了女朋友。母亲不仅仅是停留在口头，她更会落实在行动上，今天托张阿姨给他介绍一个，明天又托王阿姨给他介绍一个，许乾洲毕竟26周岁了，的确到了谈婚论嫁的年龄。许乾洲并不着急，对母亲托人介绍的人更是没有兴趣，他想找一个称心如意的女朋友。可是，大山深处的采油工要找一个称心如意的女朋友又谈何容易呢？有一个采油队的哥儿们参加相亲节目，乍一亮相，场内掌声四起，因为这个哥们长得一表人才，24位美女面前的指示灯齐刷刷地亮起来。随后，大屏幕上滚动起了这个哥们的基础资料：大山深处，独独一架抽机，独独的他默默地投球、加药、取样、保养抽油机，打扫井场……他缓缓地说：这儿是陕北，这儿是我工作的油田，这就是我的日常工作。从这儿坐车走延安，需要3个小时，从这儿坐车走西安，需要7个小时……还没有挨到最后一关，24位美女面前的指示灯全部熄灭。坐在电视机前的许乾洲看到这一幕，心里涌起一股浓浓的酸楚。他知道，吓跑24位美女的不是这位哥们的长相和收入，而是这里的偏远、荒凉、单调以及生存在这里的人永远都默默无闻，都不可能大红大紫这个冷酷的现实。许乾洲理解美女们的选择，毕竟人往高处走嘛。采油队里姑娘多，但稍有几分姿色的姑娘都把目光瞄向了厂机关的小伙子，厂机关在延安，那里是另一个世界。性格好强的许乾洲不想凑合，不想委屈自己，所以，他的婚事一直没着没落。直到遇见了靳延，许乾洲恍然若悟：他等着的人原来就是她。

西北风愈走愈急，雪粒子愈来愈稠，地面上泛起了一层青白。许乾洲感到自己身上的衣服越来越没有分量，恍惚间他打一个哆嗦，竟然怀疑自己究竟有没有穿着衣服？他拧了拧脸蛋儿，他感到了麻丝丝的疼，再看自己，衣服穿得齐齐整整，他知道这是自己害冷了。天真的很冷啊！依然不见公共汽车的踪影。风裹着雪粒子一个劲儿地朝他的脖子里钻，他不假思索地竖起了西装的领子，但他很快就把西装的领子恢复原状了，他不想让任何人看到自己狼狈的模样儿。许乾洲定定地站着，定定地朝东望一阵，大庙乡就在东边。可是，他没有望到班车的影子。许乾洲又侧过身子，定定地朝西边望着，二十里铺乡就在西边，他同样没有望到班车的影子。站着站着，许乾洲听到了一种奇异的声响：梆！梆梆！梆梆梆！梆梆梆梆！什么声音呢？许乾洲敛声闭气，伸长脖子，静静地听了一会儿，这种奇异的声音来自于他左边的脸颊上。他左边的脸颊正迎着风雪袭来的西北边。起初，雪粒子落在他的头发上，落在他的脸颊上，慢慢地就融化了。慢慢的，他的头发、脸颊上的温度和雪粒子的温度相吻合了，雪粒子在他的头发上越聚越多，底下的在融化，上面还在落，时间一长，就形成了一个坚硬的壳。雪水在他左边的脸颊上也结成了一层冰，梆梆声就是雪粒子敲打在冰上的声音。许乾洲不由自主地打了一个寒战，暗想，如果这样站下去，他非被冻僵不可。许乾洲转着圈儿地把手搓热，又使劲地搓着自己的脸颊，搓一搓，拍打几下，又搓一搓，又拍打几下，直到感觉到了疼痛，他才准备整理自己的头发了。许乾洲不想胡乱地揉搓自己的头发，那样会破坏了他的发型，可是，不揉搓怎么行呢？雪粒子会在他的头发上垒一个庞大的窝。琢磨了一会儿，许乾洲想出了一个办法，又一次使劲儿地搓着自己的手，待自己的手渐渐热乎了，他才把五根手指弯曲成梳子的形状，一下一下地梳理起自己的头发。这样做，实在是不得已而为之，虽然说发型会走样，但还不至于杂乱无章。“梳理”好自己的头发以后，许乾洲陡然醒悟，这样侧身站着实在不是明智之举，他转过身，背朝西北，风雪的猛烈和寒冷一下子被他扔在了身后，许乾洲窃喜了。许乾洲搓着手，转着圈儿原地小跑，焦急地朝东边望一眼，风也茫茫，雪也茫茫，唯独不见班车的身影。许乾洲又一次掏出手机看了一下时间：1 点 10 分了。班车怎么还没有到呢？往常，班车早就过来了呀？班车会不会提前过去了？许乾洲很快就否定了自己的这一想法，他是提前一个小时到这儿的，班车怎么会过去呢？再说了，班车每次走到采油山，司机都要停下车，使劲儿地摁喇叭，这是告诉采油山上的石油人，班车到了，请快一点儿。有一回，许乾洲坐这趟班车去二十里铺乡办事，坐上车了，车上的人都催司机快点走，可司机突然看到有一个穿红工服的人风风火火地朝班车跑来，他就耐心地等着，车内一片埋怨声。司机不慌不忙地说：那不是一个钱正朝这儿跑嘛，等我把这个钱拾上，再走也不急。司机把乘客笼统地称呼为钱。许乾洲想找人打听一下，可视野内没有一个活物，他也想到，通过 114 查到司机的手机号询问一下，但跑这条线路的司机都是私营车主，114 并不一定知道他们的电话号码。许乾洲放弃了询问，因为他断定班车没有经过采油山，他耐心地等待着。

天冷得邪乎。许乾洲搓着手，跑着圈儿，不由自主地又笑了——他想起了一件事。近年来，媒体上一个劲儿鼓吹，地球回暖！地球回暖！可是，陕北的气候怎么就不见回暖呢？许乾洲的肚子咕咕咕叫了几声，他饿了。班车的晚到，打乱了许乾洲的计划。许乾洲原本计划在二十里铺吃中午饭，就吃炖羊肉。陕北的羊肉真是香啊，肥而不腻，瘦而不柴，没有羊膻气。可是，几时才能到二十里铺呢？许乾洲的目光晃悠了一下，晃悠到了他的采油山。采油山上有许乾洲的采油站，那里有热气融融的宿舍，有现成的饭菜，虽然说不太可口，却也热气腾腾。紧接着，许乾洲的心晃悠了一下，晃悠到了他的家。家里有父亲，有母亲，有他想要的一切……这是一种退堂鼓的信号。许乾洲在自己的脸上抽了一巴掌，强行把心思拉到了牛鼻子山上，他的心在牛鼻子山上一落脚，浑身顿时有了暖意。那儿有靳延。

许乾洲和靳延是在技术比武培训班上认识的。油田公司每年都要举行技术比武，各厂为了拿到好名次，往往先在厂里进行技术比武，选拔一些技术尖子参加油田公司的技术比武。在油田公司技术比武之前，厂里会把这些选拔出来的技术尖子组织起来办一个培训班，进行强化训练。许乾洲是采油山的技术尖子。靳延是牛鼻子山的技术尖子。头一次见到靳延，许乾洲的眼睛噌地一下放亮了，心呼地一下热乎了，他觉得自己的爱情有了归宿。靳延是一个沉静的姑娘，课堂上，她沉静地坐着，实际操作练习，她沉静地做着，不张不扬，不温不火，不高声说话，只是浅浅地抿着嘴笑。许乾洲对靳延的神态着迷。靳延自始至终都穿着工作服，看不出她的身材是不是匀称，看不出她的胸脯是不是丰腴，看不出她的腰肢是不是纤细，看不出她的双腿是不是笔直，尽管如此，许乾洲还是对靳延的神态着迷。许乾洲没有贸然跟靳延搭讪，更没有热皮热脸地贴上去，他只是躲在人群后，静悄悄地欣赏着，静悄悄地憧憬着，静悄悄地幸福着。休息的时候，靳延独自伫在一边，看着别的姑娘疯闹，她只是浅浅地笑着，不经意间，她的目光挪到了山上，刹那间，她的神态专注了，凝重了。正是仲秋，太阳很大。这里叫馒头山，也是漫山遍野的山丹花，也是漫山遍野圆滚滚红嘟嘟的野酸枣。许乾洲的心头涌起一股喜悦，他想自己读懂了靳延的心事。第二天上完课以后，许乾洲不知不觉地上山去了，下午上课时，许乾洲又不知不觉地准时坐在了教室里，他的手背上、胳臂上多了几道鲜艳的血印子。许乾洲瞥了一眼坐在窗户跟前的靳延，靳延正目不转睛地盯着老师。许乾洲翻出通讯录，培训班在大家报到以后，为了让大家便于交流，就打印了一份通讯录，姓名、单位、电话、POPO、QQ、邮箱都写得清清楚楚。许乾洲先把靳延的手机号存在了他的手机上，在姓名那一栏里，他歪着头琢磨了一下，然后一笔一画地写道：幸福女神。许乾洲给幸福女神发了一条短信：朋友带给你的礼物放在门岗，速取。短信发出之后，许乾洲心慌得厉害，把手指展开罩在额头上，斜着眼睛从指缝里观察着靳延的动静。靳延竖起了桌上的课本，从口袋里摸出了手机。上课时大家的手机都处于振动状态。尔后，靳延翻开了通讯录。许乾洲猜想，靳延看到了自己的名字和手机号码，他渴望着靳延能回过头来，冲他莞尔一笑，但靳延没有，她收起手机，把课本放倒，继续目不转睛地盯着讲台上的老师。下课了，靳延静悄悄地走出教室，依旧没有朝许乾洲看一眼。许乾洲有几分失落。上课的哨子声响了，许乾洲的手机突然振动了一下，他迫不急待地打开手机一看，是幸福女神的短信，只有两个字：谢谢！许乾洲把目光转向靳延，靳延的目光也转向了他，两个人的目光碰在一起，仿佛烫着一样，倏地一下就分开了。虽然只是瞬间，许乾洲还是读懂了靳延眼睛里的内容：幸福的火焰熊熊燃烧，隐藏在火焰背后的却是沉沉的无奈。许乾洲的心痉挛了一下，他明白靳延的无奈来自于向大伟。向大伟在厂工会当干事，是这次培训的组织者。许乾洲迅速地在心里把自己和向大伟比较了一下：论年龄，两个人相仿，都是90后；论学历，两个人相仿，都是大学本科生；论家庭，两个人都是石油工人的后代，住在同一座大山里；论长相，两个人却是南辕北辙，许乾洲生得黑一些，向大伟生得白一些，许乾洲长得壮实一些，向大伟长得消瘦一些；论工作，许乾洲在采油队风吹日晒，向大伟在机关大楼里喝茶看报；论口才，许乾洲不善言谈，向大伟巧舌如簧。表面上看，许乾洲处于劣势，但许乾洲偏偏认为表面的劣势其实是他的优势：男人嘛，就当壮如山，黑是黑，是本色嘛，一张小白脸哪儿像个石油工人嘛；再说工作，机关里的小干事有什么干头？混来混去，专业一丢，就是一个打球照相吹拉弹唱样样精通样样稀松的万金油，而拥有一技之长无疑会前途无量，现在是技术员，以后就是工程师，就是高级工程师，就是科长，就是处长，就是总经理，就是石油战线上的栋梁之才；口才就更不是评价一个男人的标准了，男人嘛，应当在心里谋事，在手上干事，而不是用嘴说事。如此这般一比较，许乾洲信心满满了。但靳延的眼神告诉许乾洲，她未必会这样想。向大伟见天儿要在开课之前讲一通话，抬头挺胸，目空一切。培训课结束后，向大伟总会让司机开上专车拉着靳延和另外两个姑娘去镇上吃小吃、看电影。许乾洲心知肚明，另外两个姑娘只是电灯泡，向大伟的心思在靳延的身上。朝远处看，靳延如果跟了向大伟，就可以在延安城里安个家，自己的调动呀、孩子的抚养呀、老人的赡养呀都会迎刃而解。如果跟了许乾洲，将是另一种情形：许乾洲在一座山里，靳延在一座山里，许乾洲的家在一座山里，靳延的家在一座山里，一年四季见不着几回面，孩子问题更叫人头大，山里没有学校，去哪儿上学？谁来管？但许乾洲不会知难而退，那不是他的性格，他的性格是认准的事儿绝不回头。更何况，许乾洲对他和靳延的缘分很是乐观，结婚以后，可以申请两个人在同一座山上班，互敬互爱互帮互助，小日子必定有滋有味有声有色。

三点了，依然不见班车来。莫非班车的司机昨晚看了天气预报，知道今天是大雪而取消了这趟车次？许乾洲摇了摇头，否定了自己的这个想法，私营车主向来是“一切向钱看”，风里能来，雨里能去，这点风雪怎么能挡住他们发家致富的梦想？紧接着，许乾洲心里又钻出了一个想法：莫非班车坏在了半路上？这是极有可能的，私营车的车况都不是太好。但许乾洲又否定了自己的这个想法：开私营车的司机们多为自学成才，但技术过硬，不但会开车，更会修车，所以，他们的车看起来破破烂烂，听起来叮叮哐哐，却总能早出晚归翻山越岭。许乾洲又想：是不是路上发生了车祸而把班车堵住了？是不是司机走到半道儿上又去走亲戚了？是不是司机闹情绪故意磨蹭着不走了？想了许多原因，又否定了许多原因。思来想去，许乾洲做出了一个大胆的决定，他要迎着车来的方向朝前跑去，一来呢，躲开了风雪的迎面扑打，二来呢，他能早点见到班车，见到班车，他就会得到温暖。许乾洲朝前跑去。

许乾洲和靳延就像地下党一样秘密地接触着。表面上，两个人形同路人，一句话也不说，甚至不多看一眼。背地里，许乾洲默默地给靳延摘着野酸枣，靳延默默地享受着许乾洲带给她的甘甜和幸福。上课时，许乾洲看到靳延嘴里总含着一颗野酸枣，他的心里同样充满甘甜和幸福。于是，两个人便开始熬上了短信粥。

许乾洲：“甜吧？”

靳延：“谢谢。”

许乾洲："应该的。"

靳延："手和胳膊都划伤了，再不要摘了。"

许乾洲："生命不息，摘酸枣不止。"

靳延："呵呵呵，好好听课吧。"

许乾洲："遵命。"

晚饭后，许乾洲胳肢窝夹一本书独自去山上了。山上的草厚，像毯子一样，山丹丹的花香醉人般的弥漫着，不知名儿的虫儿们争先恐后地鸣叫着，五颜六色的蝴蝶们翩跹而舞。许乾洲把自己扔在草甸上，很想认认真真地复习一下老师所讲的理论知识和操作要领，可是不行，满脑子全是靳延。许乾洲坐起来，目不转睛地盯着远处的小镇。小镇上零乱着几盏灯光。此时此刻，靳延和向大伟正在小镇上高兴呢。许乾洲没有给靳延发短信，他只是一眨不眨地盯着小镇，直到他们所坐的小车驶进院落，许乾洲才夹着书本懒洋洋地走回培训部。躺在床上，许乾洲又开始和靳延聊上短信了。

许乾洲："没有喝大吧？"

靳延："说什么呢，向大伟喝酒，我们几个女生喝的是饮料。"

许乾洲："愉快吧？"

靳延："瞎玩呗。"

许乾洲："我请教了一个本地农民，他说，把酸枣洗净，晾干，放在一个坛子里，倒上料酒，撒一把白糖，经过一个冬天，酒酸枣就成熟了，香死人呢，我打算给你泡一坛子。"

靳延："笑死人了，还是把心思用在学习上吧，技术比武的日子快到了，再说了，我闻见酒就想吐。"

许乾洲："不要把技术比武的成绩看得那么重，形式上的东西。"

靳延："单位派咱来比武，咱比不上好成绩，回去给人家怎么交代嘛！头大的！"

许乾洲："那你还天天出去瞎逛？"

靳延："我也不想去，但向大伟叫呢，不去又不好，就硬着头皮去了，唉！"

许乾洲："还是少去，尽量不去！"

靳延："烦死了！睡吧，明天还要上课呢。"

许乾洲："好，晚安！"

许乾洲不紧不慢地跑着，突然，他听到了汽车引擎的轰鸣声，抬起头来，他看到了被雪包裹得十分臃肿的班车徐徐向他开来，许乾洲激动不已，跪在雪地上，双手合十，一个劲儿地朝班车作揖。许乾洲跳上车，激动地说："总算把你们盼来了。"卖票的是一个小伙子，一身的油腻，不言而喻，汽车在半路抛锚了。小伙子冷着脸，伸出一只脏兮兮的手，像吃了炸药一样，生硬地说："十块。"许乾洲疑惑着问："什么十块？"小伙子说："坐车不买票呀？"许乾洲愣了一下，问："平时不是三块吗？"小伙子说："平时是平时，今日是今日，你不瞅瞅今日都啥时候了？我告诉你，今日是大年腊月二十七了，再说了，你也不瞅瞅今日这是啥天气，能有车坐就不错了。"许乾洲还是不高兴，他据理以争，说："也不能腊月二十七了，天气不好了，你们就随便涨价嘛。"许乾洲的话在车里引起了共鸣，几个人附和着说："就是嘛。"小伙子凶狠地瞪着许乾洲，扬声道："坐还是不坐？不坐就下去！"许乾洲无奈地掏出十块钱递给他。小伙子缓和了脸色说："这就对了嘛，大过年的，能有车把你送回家过年就不错了嘛。"许乾洲原本生了一肚子气，但车内的温暖和小伙子最后的一句话又让他的心情好转起来，甚至充满了温暖，他愿意把靳延待的那座牛鼻子山称作为家。是家，就有爱；是家，就有温馨；是家，就有活力；是家，就有希望。回家的感觉真好！

班车小心翼翼地在雪地上滑行着。车上的乘客并不多，大多是办年货的，大包小包的。许乾洲坐下以后，盘算起到达二十里铺以后的事情，自然是先吃饭了，就吃炖羊肉，来一碗优质的，不不不，来两碗优质的，两块饼子，不不不，三块饼子！吃饱喝足以后，再包一辆"蹦蹦蹦"到牛鼻子山上去见靳延。当然要选择"蹦蹦蹦"了，"蹦蹦蹦"比摩托好啊，怎么说"蹦蹦蹦"也是三个轮子，怎么说"蹦蹦蹦"也有几块玻璃遮风挡雪。可是，许乾洲的如意计划落空了。二十里铺镇上仅有的三家饭馆清一色地挂着铁将军，就一家小卖部开着门，老板是一个四十多岁的光头汉子，许乾洲问："饭馆怎么都关了门呢？"光头老板说："你也不瞅瞅啥时候了，腊月二十七了，都回家过年去了。"许乾洲把目光转向了货架，都是一些日用杂碎，光头老板似乎看穿了许乾洲的心事，说："我这儿有方便面，你将就一下吧？"许乾洲说："成。"光头老板很麻利地给许乾洲泡上了一桶方便面，扬手朝牛鼻子山上指了指，问："回采油队上班？"许乾洲说："回家。"光头老板噢了一声。面条泡好以后，许乾洲搅一搅，狼吞虎咽起来。光头老板说：“我这儿还有榨菜，放在方便面里有味道。”许乾洲说：“来一袋。”光头老板说：“我这儿还有面包。”许乾洲说：“来两块。”光头老板说：“我这儿还有火腿肠。”许乾洲说：“来三根。”光头老板说：“我这儿还有咸鸡蛋。”许乾洲说：“来四个。”许乾洲把光头老板拿给他的吃物一扫而光，打了一饱嗝，额头泛起了热气，脸上露出了笑意。许乾洲暗忖：如果有人问他人世间最好吃的是什么，他会不假思索地回答：一桶方便面，外加一袋泡尖椒、两块面包、三根火腿肠、四个咸鸡蛋！光头老板把一根香烟递到了许乾洲面前，许乾洲摇了摇头。之前，许乾洲是抽烟的。有一回上完操作课，一个男生顺手点起了一支烟，走在他身后的靳延眉头微微皱了一下，收住脚步，弯腰弹了弹自己的裤角儿，一停一弹，便与那个男生拉开了距离。这一幕没有逃过许乾洲的眼睛。靳延是厌恶抽烟的，许乾洲从此便戒了烟。光头老板说：“这两年，不抽烟的小伙子少。”许乾洲笑一笑，把目光挪到了小卖部的门外，他想看到跑交通的“蹦蹦蹦”或者摩托车，可是，平时停在三岔路口的“蹦蹦蹦”和摩托车一辆也没有。许乾洲大惊失色，指着三岔路口，一脸焦虑地问光头老板：“老板，那些跑交通的‘蹦蹦蹦’和摩托车呢？”光头老板笑一笑说：“都回家过年去了。”许乾洲说：“那我怎么到牛鼻子山呀？”光头老板说：“怎么去？走嘛！”许乾洲倒抽一口凉气，说：“老板，你能不能给我联系一下‘蹦蹦蹦’或者摩托？”光头老板笑着摇了摇头。许乾洲说：“我可以加钱。”光头老板说：“钱很重要，但命更重要啊，你看这雪天雪地的，谁敢跑？”许乾洲似自言自语又似问光头老板：“那我怎么办呢？”光头老板说：“没办法，你只有走着去了。”

风还在叫着，雪还在扬着，暮色一丝一缕地升腾起来。许乾洲站在小卖部门外，掏出手机看了一下时间，下午5点11分。他的焦虑目光不由自主地在二十里铺的街道上搜索起来，他知道这是无用功，这条街道他了如指掌，旅馆是没有的。他很想在这里住一宿，明天再走，可是，冷冷清清的小镇上，哪一家会让他一个陌生人留宿呢？再说了，如果人和人之间有心灵感应，靳延便能感应到他的脚步声，那么他晚到一刻，靳延就要多担心一刻，绝不能让靳延担心。走！走着去牛鼻子山，不就是18公里山路嘛！采油工见天儿满山巡井，哪一天不跑几个18公里？许乾洲冲进了茫茫风雪。

培训结束了，油田公司的技术比武结束了，明天就要各回各的采油队了。这个夜晚，许乾洲心绪难平，他很想约靳延见个面，盯着她的眸子，听着她的呼吸，向她诉说衷肠。许乾洲给靳延发短信了："晚上一起吃个饭？"

靳延："向大伟约了我们几个，我已经答应他了。"

许乾洲："无语。"

靳延："来日方长。"

许乾洲："保重！"

靳延："保重！"

第二天，许乾洲回到了他的采油山，靳延回到了她的牛鼻子山。采油队的生活单调着，重复着，忙完工作，许乾洲就给靳延发一条短信，靳延总是在第一时间给许乾洲回一短信，两个人谈工作，谈生活，谈八卦新闻，谈体育明星，两个人从来不谈向大伟，仿佛这个人压根就不存在。要工作了，许乾洲每一回给靳延发的最后一条短信都千篇一律：山上风硬，你务必吃饱穿暖和。靳延的最后一条短信也是千篇一律：你也把自己照顾好。转眼到了年关，采油队要安排值班的人了，许乾洲运气好，春节期间他休息。许乾洲愿意休息，但不愿意回家休息，回到家里，母亲揪着他的婚姻大事不松口，唠叨完了，就让他随着一个又一个阿姨跟一个又一个姑娘相亲。许乾洲烦恼、痛苦、更害怕。这一个春节，许乾洲却是愿意休息的，他暗自祈祷靳延也能休息，然后两个人一块去延安逛一逛，爬爬宝塔山，转转枣园，看看博物馆，只要跟靳延在一起，干什么他都高兴。这个夜晚，许乾洲怀着喜悦的心情给靳延发短信了："春节长假怎么安排？"

靳延："能怎么安排？值班呗，命苦的，唉！"

许乾洲："以为你休假呢？"

靳延："我哪有那福气，队上人手本来就少，一个要结婚，一个要相亲，一个要给父亲过70大寿，谁的事都比咱的事大。"

许乾洲："那可怎么办呀？"

靳延："怎么办？凉办（拌）呗！"

许乾洲："那我过来陪你过年吧？"

靳延："有你这一句话，足以让我感动了，但我知道这是一句笑话。"

许乾洲："要是真的呢？"

靳延："真的？要是真的，我想我会号啕大哭，我想我会泪流满面，我想我会激动得不能自已。"

许乾洲："呵呵呵。"

靳延："祝你春节快乐！"

许乾洲："山上风硬，你务必吃饱穿暖和。"

靳延："过年呢，少不了喝酒，但一定要少喝一点儿。"

收起手机，许乾洲激动得在采油山上跑了一大圈，随后决定，他要去牛鼻子山陪靳延过年，给她一份惊喜，给她一份感动。

山里的天，说黑就黑得伸手不见五指了。只有风的飕飕声，只有雪的飒飒声，许乾洲禁不住打了一个冷战，他收住脚，左看看，右看看，看不见人，也看不见灯光，他陡然想起了一句歌词儿：山村的夜晚啊咋就这么静！许乾洲的心里生出了几分胆怯来，在山里，曾经发生过采油人和狼搏斗的故事。想到这儿，许乾洲加快了步伐，可他总觉得身后有飒飒飒的响声，回过头，什么也没有。许乾洲又走，飒飒飒声又起，又回头，又一无所有。许乾洲在胸口上抚几抚，在心里安慰自己：现在的狼堪比凤毛麟角，哪儿有啊！退一步说，就算有狼，这么冷的天，狼不在温暖的窝里待着，跑出来干啥呀？寻吃的吗？吃的都被大雪覆盖了或者堵在家里了，它寻得着吗？难道狼能掐会算，会知道在这条崎岖的山路上有一个夜行的人？许乾洲走啊走啊，心里依旧不踏实，总觉得有一只狼不紧不慢不远不近地跟在他的身后头，他把袖子朝上捋了捋，打算跟狼叫板了，他猛地转过身，大吼：狼，你藏在那儿干啥呢？我看见你了，有胆量的话，你就光明正大地走出来，咱两个大战三百回合，你胜了，你吃我，我胜了，我走我的路，你走你的路，咱们井水不犯河水，你再不要跟着我，行不行？出来啊！出来啊！最后一句，许乾洲是使着浑身的力气喊出来的，整个大山都在传递着他的喊声，他还想喊，可是，一股风雪硬生生地把他的话堵了回去。许乾洲又打了一个冷战，真是太冷了，许乾洲心里不踏实，又一次收住脚，前后左右看了看，当他确认前后左右都没有人时，他才竖起了自己西服的领子。这时，许乾洲又想起了当地农民的一句话：三单不如一棉，三棉不如腰里一缠。许乾洲当即抽出领带儿扎在了腰间。或许是心理作用，许乾洲顿感暖和了一截子。但他也能想象出来，自己此时此刻的狼狈模样儿，好在这是夜晚，好在这里空无一人，没有人会看到他的模样儿，否则，这脸就丢到舅家去了！先这样暖和着，等到了牛鼻子山，再把西装的领子收回来，再把领带扎起来。这么想着，许乾洲一步一趔趄地向前走去。走着走着，许乾洲的心里便愤愤不平起来。有一年，他去西安城里逛，人多得就像蚂蚁一样挤成了疙瘩，但人人脸上都写着兴奋、快活、还有幸福，为什么不让那些多余的人到山里来呢？让他们体验一下山里的寂静，让他们了解一下石油的生成及勘探与开发。想起人，许乾洲的心紧了一下，又一次站住脚，前后左右扫了一圈儿。山里有贼，夜深人静时在石油管线上钻眼儿，他们经常跟采油人斗智斗勇。许乾洲想，如果此时此刻遇上了贼，他不会进行搏斗的，手机嘛，拿去！钱包嘛，拿去！他只希望自己平平安安地站到靳延的面前。话又说回来，如果他值班，遇着了贼，要在石油管线上钻眼儿，那可不行，骂脏话也行，动拳头也行，动刀子也行，同归于尽也行，反正石油是不能偷的。手机和钱包是他自己的，你尽管可以拿走，石油是国家的，动不得。这关系到他的声誉，他可不想让所有的石油人看不起自己。

许乾洲不知道自己走了多久，不知道自己走了多少路，不知道眼前还有多少路要他走，他只是近乎机械地走着，走一走，搓搓手，搓搓脸，搓搓头发，继续走。他知道，拐过这个弯儿，再上一座山，再下一座山，再上一座山，再拐一个弯儿，就是牛鼻子山了，山上有抽油机，有一排房子，还有靳延。此时此刻，靳延在干什么呢？她有没有心灵感应？她知道不知道一个名叫许乾洲的小伙子正朝她走来？想起靳延，许乾洲的心里热乎了，腿上更有劲儿了。这时辰，许乾洲突然想起，和靳延在培训班待了那么长时间，两个人竟然没有说过一句话，在这冰天雪地的夜晚，许乾洲想把他藏在心里的话说给靳延，让大山为他作证，让纯洁的雪花为他作证。许乾洲双手在嘴边堵个喇叭筒，声嘶力竭地喊："靳延，我看你来了！"

许乾洲喊："靳延，我想你！"

许乾洲喊："靳延，我爱你！"

许乾洲喊："靳延，我要娶你！"

许乾洲喊："靳延，我要爱你一生一世！"

许乾洲喊："靳延，你听到了吗？"

大山传递着许乾洲的喊声，一波一波，高高低低，近近远远。

脚下的路是石油路。有石油人的地方就有石油路。石油路宽阔，却不平坦，布满了车辙和深浅不一大小不一的坑儿。眼下，大雪把石油路抹平了，一条大路就像镜子一样闪着青光。许乾洲看着眼前的路，想起靳延，又一次心血来潮了，他蹲下身，握着拳头，在雪路上写下了一行字：靳延，我想你！又走一阵子，再写一行字：靳延，我爱你！

拐过一个弯，风停了。许乾洲知道，这是大山挡住了西北风。许乾洲真的很累了，他真想坐下来歇一歇。但他不敢停下来，一旦停下来，他就会睡过去，最后的结果是被冻僵。没有了风，一切都沉寂下来，许乾洲感到万分的寂寞，他盼着有一只狼来。如果狼来了，他会毫不犹豫地跟狼大战几百回合。许乾洲盼着有贼来。如果贼来了，他会跟贼讲道理，他会跟贼动拳头，至少他不会感到寂寞。可是，既不见狼来，也不见贼来。万般无奈，许乾洲只有自己跟自己说话了。

许乾洲对自己说："姓许的，许乾洲，天下哪有一帆风顺的事情？不经历风雨哪能见彩虹？唐僧为了取到真经，经历了九九八十一难，你走的这点路算得了什么呀！"

许乾洲对自己说："许乾洲，为了爱情，你就甩开膀子走吧！"

许乾洲对自己说："许乾洲，走过这段雪路，你就可以和靳延牵手了，你就再不用听母亲的唠叨了，你就可以结束光荣的单身汉生活了，加油！"

许乾洲又想唱歌了，想唱便唱：

走进沙漠戈壁，
走进大草原，
跨越巍巍群山，
含笑问苍天。
鼓起劲儿就累不垮，
抬起头压不弯。
我为祖国献青春，
不怕流血汗。
累不垮压不弯，
不怕流血汗，
石油工人多光荣，
都是英雄汉！
走进华北中原，
走进大西南，
纵横茫茫大海，
搏击风浪间。

干起活儿就不叫苦，
咬紧牙不说难。
我为祖国献青春，
不怕流血汗。
不叫苦不说难，
不怕流血汗，
石油工人多光荣，
都是英雄汉！

许乾洲又想唱陕北的信天游了，想唱便唱：

羊啦肚子手巾呦三道道蓝，
咱们见个面面容易哎呀拉话话的难。
一个在那山上呦一个在那沟，
咱们拉不上个话话哎呀招一招个手。
了的见那村村呦了不见个人，
我泪格蛋蛋抛在哎呀沙蒿蒿个林。
羊肚子手巾三道道蓝，见面面容易拉话话难。
一个在山上一个在沟，拉不上话话招一招手。
了的见那村村了不见人，泪蛋蛋抛在沙蒿蒿林。
这么好的妹妹见不上面。
这么长的辫子探不上天，这么好的妹妹见不上面。
这么大的锅来下不下两颗米，这么旺的火来烧不热个你。
三疙瘩的石头两疙瘩砖，什么人呀让我心烦乱。
你哭成个泪人人怎叫哥哥走。
绿格铮铮麻油炒鸡蛋，这么好的朋友鬼搅散。
河湾里石头打不起个坝，手拿上相片片拉不上话。
一把把拉住妹妹的手，你哭成个泪人人怎叫哥哥走。

就这样，走一会儿，许乾洲用手在嘴上堵个喇叭筒喊一会儿；走一会儿，许乾洲在雪地上写几行字；走一会儿，许乾洲就自己跟自己说一会儿话；走一会儿，许乾洲就唱几首歌……许乾洲想，走到牛鼻子山，靳延必定会被感动得恸哭一场，然后就给他包饺子，——饺子多香啊！然后就给他蒸米饭、炒菜，——米饭、炒菜多香啊！然后就给他揪面片，——揪面片多香啊！然后就给他烧一碗西红柿鸡蛋汤，——西红柿鸡蛋汤多香啊！

不知不觉的，风停了，雪停了，那不是一株穿着雪棉袄的槐树吗？那不是一排披着雪被子的房子吗？那不是旋转的抽油机吗？那不是几个穿着红工服的采油人吗？朝东望去，天空已经透出了朦朦的亮色，——天亮了！这不就是牛鼻子山吗？许乾洲朝几个穿着红工服的扬起了胳臂，他想喊一声靳延，可他软软地跌了下去！

和军校
中国作家协会会员
长庆油田

其实下岗不怨你

刘惠强

一

廖惠芬刚走进厂门就碰到了同班组的王丽，王丽推着自行车，嘴里嚼着油条，老远跟她打招呼。“廖姐，等我一会儿。”廖惠芬就站在厂门口的水泥路上等王丽去存自行车。

正是春暖花开的季节，天空很蓝，有几片雪白的云朵静静地飘着，很高，也很远。太阳亦不像冬天的日头那样胆怯猥琐，而是充满了柔媚与多情，照在身上暖融融的。扑面而来的风好像已被抽去了筋骨，刮在身上、脸上都是柔柔的、软软的，让人全身都有了种酥酥的感觉。厂门口那个椭圆形的花坛里草已生出嫩芽，路边的几棵柳树也已经泛绿，到处都有希望漾出来。

廖惠芬跟别的女人一样，最不喜欢冬天，她说冬天是最没女人味儿的季节，穿得那么臃肿，像胖胖的大狗熊，把女人身上那点最美的东西遮得严严实实，想想心里都不舒服。她看一眼从身边走过的男女职工，再看不到棉大衣或羽绒服，一个个像惊蛰后的蛇，连走路的步子都轻盈起来。

王丽这种美人胚子更是耐不住春天的诱惑，居然穿起了裙子，廖惠芬刚才就注意看了，她穿的是一条浅灰色的毛裙子，下摆很大，走起路来很飘逸，廖惠芬心中禁不住生出几分嫉妒。明天我也穿裙子，看不把你比没了才怪。正想着这些，王丽从存车处走了出来，快到廖惠芬身边时居然还跑了几步，脚上那双黑色的船鞋在水泥地上敲出一串轻快的音符。王丽把剩下的油条塞进嘴里，一边嚼一边用包油条的纸擦擦嘴和手，顺手将纸扔到了路边。

“瞧你，又乱丢垃圾，这么好的环境全让你给破坏了。”廖惠芬看一眼王丽扔下的纸团，白她一眼说。

“得了得了，又来了不是，有人搞卫生的。”说着，王丽把胳膊插到廖惠芬的肘弯里，说着她朝车间走去。

廖惠芬和王丽都是机修车间天车组的司机，廖惠芬比王丽大七岁，王丽一直叫她廖姐。论长相，王丽和廖惠芬不相上下，都是那种天生丽质的人，只是王丽的个子稍矮一些，身段便不如廖惠芬匀称，为这王丽曾不止一次抱怨上帝对她俩不公平。

“哎，廖姐，听没听说厂子里要改革的事？”

“怎没听说，嚷嚷多少年了，不是改革就是减员，要不就是考试考核，到头来还不是什么也没变？人没见少，钱没见多。”

“据说这回要动真格的，而且上回考试的结果算数儿，尾数淘汰。”

“甭信那些，这话都说了多少回了，哪儿见有动静，再说，怎么改也不能不要咱天车司机呀！没咱们车间怎么干活儿？”

“你当然不怕了，技术好，人缘好，又是车间主任的大红人，谁下岗你也下不去……”

“行了行了，谁是红人，恶心不恶心？考得不好你怨谁？谁让你平时不好好学！”

廖惠芬说到这儿突然觉得心里有点儿烦，却又不知烦从何来，反正就是不想再说话，低着头朝前走去。

廖惠芬是天车组的技术尖子，厂里几次技术比武，她全拿了第一名，这一点全厂的人都佩服。去年，全市工业系统大比武，其中就有天车司机一项。厂里选来选去，最后还是决定让廖惠芬参加。技术比武廖惠芬并不发憷，她平时在工作中车开得就好，只要是正常发挥，准拿名次，可这回她却不想参加。不想参加比武的原因有两个：一是她已经多次在技术比武中得过名次，多拿一个少拿一个根本无所谓，再说班组里别的人很少有参加比赛的机会，时间长了怕别人有想法，关系不好处；二是自己技术好，车间不止一次动员她让她当天车班的班长，她一直没答应（车间主任找她单独谈过话）。不答应当这个班长倒不是干不了，主要原因是她不想把太多的精力放在车间。当了班长事就多，遇到加班加点就得冲在前面，家里生活肯定受影响。她的主要精力是放在了丈夫和儿子身上的。丈夫和她同厂上班，在设备车间干维修。廖惠芬不止一次想：和丈夫前后脚上班的不是当上科长就是当了主任，有一个都已当上副厂长，可他们两口子到现在还都是工人，原因不就是没学历吗？自己这辈子也就这样了，说什么也不能让儿子再走爹妈的老路呀！该干的工作干好，该挣的钱挣回家，不招灾不惹祸，好好培养儿子才是最大的事。

别看廖惠芬已是四十岁的人，还生过孩子，但相貌却还是那么年轻，腰身一点没走形，皮肤细嫩得像十七八岁的大姑娘，尤其是那两只眼睛，依然像两汪秋水般清澈见底。

厂里选尖子参加技术比武，廖惠芬不参加，厂长却不同意。车间主任没办法，便把廖惠芬的班长叫去做工作。天车组的班长叫吴加力，是个三十几岁的男人，人不错，开天车的技术和廖惠芬是伯仲之间，不相上下。吴加力跟廖惠芬说明车间的意思，廖惠芬却说："班长，这次比武我真的不想参加了，你还是找别人吧，再说咱班里比我开得好的人不是还有吗？"

"徐主任非得让你参加呀！"

"你跟他说，就说这次我不想参加。"

吴加力就去找主任。

车间主任徐德友是个胖子，两只小眼睛一天到晚滴溜乱转。因为他头上只长了有数的几根头发，工人们背后都管他叫徐秃子。

"不想参加？"徐秃子把眼睛转了好几圈儿，这才看定吴加力说："那好，你去跟她说，叫她下班到我这儿来一趟，我要亲自跟她谈。"

吴加力把话捎回来，廖惠芬听了不禁皱起眉头。她沉思片刻说："我这就去找他。"说完就朝主任办公室去了。可当她来到办公室的时候，徐秃子却不知去向。

廖惠芬和车间里的女工们对徐秃子一直没什么好感，主要原因就是徐秃子好色。别看徐秃子长得寒碜，可平时有事没事总往女工多的地方扎，手脚还特不老实，不是摸一下就是捏一把地占便宜。廖惠芬早就听说他跟厂里好几个女工都有那种关系，想想都恶心，廖惠芬从来也不拿正眼看他。当然，关于徐秃子好色的毛病廖惠芬也不是光听说，她也有过一次经历，只是对谁也没说过，连丈夫都没敢露一个字。她知道这种事说出来没好处，万一别人想歪了倒是画蛇添足了。那次是车间里抢修柴油机，本来晚上加班大部分活都是吴加力干，一来吴加力是天车班的班长，又是个男性，晚回家不用担心出什么事。二来他的技术好，责任心又强，加班加点有他一个人就全解决了。可不巧的是，那天吴加力孩子发高烧，再让他晚上加班，有点说不过去，第二人选自然就落到了廖惠芬的头上。抢修柴油机是大活儿，又是晚上，光线不如白天好，万一吊装出点什么差错就是大事，廖惠芬不好意思再推辞，只好答应加这个班。

车间里光线本身就暗，灯光又全是朝着那台庞大的柴油机照的，从二十多米高的天车上往下看就有些看不准。解体柴油机是个复杂活儿，也是开天车的技术活儿，起吊作业不精准不行，哪个配件磕了碰了都是麻烦事。廖惠芬全神贯注盯着下边，吊完风扇吊齿轮，再一个个吊出活塞，廖惠芬眼到手到，不敢有丝毫大意，眼看要吊曲轴了，这是最关键的一钩活儿……可就在这时，地面上却有人朝她喊话，并示意她把天车开到上下扶梯的地方去。她不知怎么回事，只好提起吊钩，把车开到了车间的一头。然而，车刚停稳，司机室的铁门便开了，只见徐秃子一步迈进了司机室。

"您、您怎么来了？"廖惠芬有些诧异。

"我怎么不能来？"徐秃子看定廖惠芬说，"这是关键一钩活，天黑容易出差错，我帮你盯一下。"说着，他已反身将司机室的门关好了。

尽管廖惠芬对徐秃子的到来有些反感，但他毕竟是车间主任，自己的最高行政长官，即使不高兴也不好太露骨地表现出来，何况人家说的不是没有道理，这样，廖惠芬也没再说什么，启动天车朝柴油机的上方开去。

从天车到地面二三十米，往下看，地面上一切都缩了水。徐秃子有点恐高，车一动真让他胆战心惊。他一点点挪到廖惠芬身边，嘴里不住声地说："慢点慢点……"廖惠芬不理他，故意把车开到最快。

其实天车司机室是个铁厢子，四周有一米多高的铁板护墙，根本不会出什么危险。看着徐秃子哆哆嗦嗦的样子，廖惠芬觉得特别可笑，便揶揄道："您可加小心啊，这要折下去可就全完了。"

徐秃子转转眼珠，伸着秃头朝下边看看，忙又缩回来，看看廖惠芬说："我掉下去倒不怕，关键是你得多加小心，这么美的人要是……啧啧，那不得让人心疼死？"

廖惠芬知道徐秃子的心思并不在工作上，便没再理睬他，扭过脸小心地干自己的活儿。

精密而巨大的曲轴终于从柴油机体里吊了出来，可就在这时，徐秃子却用左手轻轻揽住了廖惠芬的腰，而右手居然放在了她操作手柄的手上，一股热气直喷廖惠芬的脸。“慢点儿，这可是最关键的地方。”

廖惠芬只觉胸腔里一股恶心直往上涌，腰上像有条蛇在蠕动，她恨不得回手给他一巴掌，可此时她什么也不能做，那根十几米长的曲轴已经吊起，下面还有好几个检修工人，一旦失手，曲轴摔坏是小事，砸着下面的人可就出大事故了……她紧紧咬住后槽牙，尽量不去想别的，凝神定气，拿出平生最大的克制，按着地面的手势和口令，终于稳稳地将曲轴放到架子上……当她将吊钩重新升起，眼睛里射出的冰棱一样的目光让徐秃子不寒而栗。徐秃子倒吸一口凉气，两只手下意识缩了回去。

大车、小车和吊钩同时运行，很快全部归位，天车稳稳地停在了上下扶梯的位置。廖惠芬什么也没说，转身将司机室的小门打开，做了一个让他下车的手势。

徐秃子看廖惠芬生气了，可他又不愿就此罢休，便把笑堆在那张胖脸上，盯着廖惠芬的眼睛，低声说：“小廖，你别生气，你的车开得好，人也长得好，我是真心……”

“下车!”

“小廖，我可天天都在想你，你……我……”他伸手又要搂廖惠芬。

廖惠芬朝后退一步，冷冷地笑笑说：“徐主任，在我这儿您最好死了那颗花心，我不是那种人!”

“不不不，小廖，我对谁都没这样过，我真的喜欢你，我会对你比谁都好的，车间里……”说着他竟一把拉住了廖惠芬的手。

廖惠芬使劲将手抽回来，声音极其冷峻地说：“下去！不然我就……”她做出个要推他的姿势，看样子只要他敢抱，她就敢把他从小门里推下去。天车与上下梯子之间有道缝儿，门一打开，那道缝儿就像张开的嘴一样深不见底，真要从那儿掉下去，后果自然不难想象。徐秃子不敢强求，怕事情闹大，没再轻举妄动，他朝下面看一眼，转转眼珠，又挤出一脸笑容。

“瞧你，咋就不知道开玩笑？我是跟你逗着玩呢，不过有句话可是真的，你有什么困难尽管找我，我一准儿帮忙。”说完，他再一次用多情的目光看一眼廖惠芬，这才转身走出司机室。看着那个秃头像个球似的挪下去，廖惠芬使劲朝那上面吐口唾沫，心里想：看样子他真是有些恐高呢……

自从有了这次经历，廖惠芬把徐秃子看透了，虽然她对谁也没提起过，但她知道对这个人一定要多加小心，要避免与他单独接触，不能给他任何机会，有时车间真的有事找她，她也总是找个伴儿，从不单独去。这会儿吴加力说徐秃子要找她单独谈话，她知道徐秃子是贼心不死。

下班后，她没再去找徐秃子，换完衣服跟着王丽一块儿往出走，可刚出门就被吴加力叫住了。

“廖姐，您不能走呀，主任那儿还等着您呢。”

“我不去，他爱找谁找谁，我可没闲工夫陪他。”

“您不去……他倒不会怎么样，可您知道，他对我们这些男人就没这么温柔了呀！真要是为这事他怪罪我，您说我冤不冤？”

“这……”廖惠芬觉得吴加力的话不是没道理，她一时犯了难。徐秃子和别的色鬼一样，对女人总是情有独钟，凡车间里的女工做错什么事都无所谓，有时犯了纪律都不怕，只要能跟徐秃子单独“谈谈”，一撒娇一耍赖，百事烟消云散。可他对男职工就不一样了，一天到晚很少有个笑脸，几年来被他处罚或扣掉奖金的人都是男职工。

“您不去他不会怎么样，可他肯定找我麻烦呀！”

廖惠芬看着吴加力犯难的样子，低下头思忖片刻，咬咬牙说：“行，我去！不过你先别走，在这儿等会儿我，如果我五分钟不回来，你一定得去找我，要不我就不去。”

“行行行，没问题，您尽管放心去，五分钟我准到。”

主任室在二楼楼道顶头的地方，旁边的副主任室和调度室、技术室全都黑了灯，只有主任室灯亮着，看样子徐秃子全都安排好了。

一见廖惠芬，徐秃子喜形于色，一张胖脸放着光，又是拉椅子又是倒水，殷勤得像个小秘书。

“听说您找我？”廖惠芬的话不冷不热，目光里也空洞得没什么内容。

“是是是，你先坐，我们……”

“有话快说，下班了，我儿子还等着我做饭呢！”

“啊……”用联想酝酿好的情绪被廖惠芬不冷不热的话语彻底溶解了，徐秃子一时有点调整不过来，他看看廖惠芬，“咕咚”咽下一口口水，那些早已准备好的甜言蜜语也被咽回到了肚子里。

“我听说你不打算参加这次比武？”

“不想参加。”

“可厂里已经决定让你参加，说这次比武非同一般，是给咱厂争光……”

“是厂里定的?”廖惠芬打断了他的话头。

“这还有错?是厂长亲口跟我说的。”

“不是你推荐的?”

“不是不是，这回真的不是，我虽然喜欢你，也……”

“行了行了。”廖惠芬再次打断他的话，说：“既然是厂里定的，我答应，不过有言在先，比武的事就这一回，下回你另请高明。”说完，廖惠芬转身就往出走。

“哎——，你等会儿再走，我……”

“还有事?”

“咱一块儿走，我送送你，顺路……”

“不劳您了。”廖惠芬头也没回，径直朝楼梯口走去，她清晰地听到了身后咯咯的咬牙声。

二

技术比武是在一个星期后举行的。参赛选手是全系统的十几名高手，有男有女，有老有少，而比赛的项目却只有一个：要把一块放着一只盛满水的高脚杯的铁板从甲地吊到乙地，再放到一个比铁板略大一点的框子里，地面没人指挥，全靠自己掌握。要求很简单，水不能洒，杯子不能损坏，用时最短者为优胜。

这的确是一组高难度动作。出场的顺序由抽签决定。

果然，前边四个选手有两个将吊钩升起，大车刚一启动上面的杯子就倒了，水洒了不说，杯子也碎了。第三个选手虽然大车已正常启动，可由于大车运行不稳，刚走出一半杯子便掉了下来……第四位是个男同志，前边的动作完成得都不错，那组吊件也已准确到位，可往下放的时候对得不准，吊件没能对准框子，稍一歪斜杯子落地，前功尽弃。

因为有比赛，厂里好多人都来看热闹，车间里站了一大片人，全都为天车司机们捏了一把汗。第五个比赛的又是个女同志，她成功了，但耗时却用了将近三分钟，大车和小车挪动的速度比蜗牛快不了多少……

虽然慢，但毕竟成功了，而且是第一个将那组物件平稳放进框子里的选手，车间里顿时响起一片掌声。

廖惠芬抽了个上上签，六六顺，别的选手操作时她一直在认真观察，分析每个选手的得与失。她知道，大车启动是个关键，一定要慢，物件吊起时不能等吊钩静止了再启动大车，那样压力不容易均衡，还容易造成上面的杯子倾斜，只要吊钩一启动，同时就要轻缓稳步地起车，这样不但能节省时间，还可使高脚杯更加平稳，这便是水桶悠着走而水不洒的道理。轮到她上车了，她做个深呼吸，快步登上了扶梯。

由于廖惠芬平时工作对自己要求很严，每吊一钩活她都十分经心，这样不但练就了本事，也增强了信心。结果，她以56秒的时间将物件平稳地嵌进了框子里……

后边的选手又成功两个，但最快的用时两分钟。

……

廖惠芬业务上是尖子，心眼儿又好，车间里各班组有了关键活儿都乐意让她吊，有人需要吊活儿，抬头一看不是廖惠芬的班，索性撂下，等廖惠芬接了班再干。天车司机每两个小时换一次班，别人当班不一定有活儿，可廖惠芬一接班准有干不完的活儿。下面那些男人的目光也是没遮没挡的。对这些廖惠芬并不怪罪，她知道让别人喜欢本身就是件幸福的事。

……

廖惠芬和王丽走进班组，刚要换衣服，吴加力却开了口，"先别换了，一会儿车间开大会。"

开大会已是很久没有过的事了。过去每个月车间或厂里都要开一次职工大会，讲安全定任务，可近几年一直没开过，大伙都觉得新鲜。

"开会？开什么会？"廖惠芬问。

吴加力说："具体内容不知道，小道消息说是减员增效的事。"

"又是减员增效，耳朵都起茧子了，整天拿减员吓唬人。"王丽一张嘴就牢骚满腹。

"听说这次是真的。"吴加力像是自言自语似的说。

既然要开会，不用着急换衣服，大伙儿便坐在那儿闲聊，你一句我一句，自然离不开减员的事。廖惠芬觉得说这些没什么兴趣，便从班里走出来，她心里想：凭工作表现和技术水平，再减三回员也轮不到自己。

……

然而，廖惠芬万万没想到，本来跟自己没一点关系的事就偏偏落在了自己头上。车间大会宣布减员增效的三条原则第一条就是：凡双职工的一律减掉一个……

两丁抽一！廖惠芬顿时傻了眼，她的脑海里忽地就闪出这么个词语，她忘了是在哪本书里见过这个老词语，但她知道那是遥远的旧社会的事情了。

廖惠芬的丈夫叫宋振海，刚参加工作那会儿他想当电工，因为那会儿社会上流行个说法，叫做紧车工慢钳工，溜溜达达是电工。电工工作轻闲不说，还有技术，那技术在单位有用，回家也能派上用场，是当工人的首选。因为这他壮着胆子找到管分配的科长，说自己从小就喜欢电，想干电工。科长倒是挺痛快，果然就把他分到了电力车间。为了学好技术，他到新华书店买了一大堆跟电有关的书，打算好好干一番事业。可是好景不长，他在电力车间只上了一个月的班，车间主任就通知他被调到设备车间了。

他嗫嚅着问主任："我、我是哪儿干得不好……还是……"

主任说："我不知道，要问到人事科。"

宋振海如何敢去找人事科？就这样，他窝着一肚子火儿到设备车间当了一名维修工。后来他才知道，原来厂里有个头头儿的孩子想当电工，这才把他挤出了电力车间……

不蒸馒头争口气。宋振海发愤学习机械知识，不但虚心跟师傅和同行请教，又买了一堆有关机修的书，从识图画图开始，一直到加工设计改造，他一样不落地钻研进去，没几年工夫居然成了设备车间的技术骨干。他和廖惠芬谈对象的时候，已是厂里数一数二的技术能手了。特别是眼下，宋振海的技术更是炉火纯青，不论老机器还是新机器，什么毛病都难不倒他，连刚从外国进口的数控机床他都能摆弄。厂里人都管他叫宋工，不知道的还以为他是位工程师呢！

双职工就要有一个下岗，廖惠芬从来也没听说过有这样的政策，她不知该怎么办，心里乱极了，怎么想也想不出个道道儿，不得已跑到了设备车间。

"厂里已经公布下岗政策了……"她声音颤颤地说。

"我知道了。"宋振海用棉丝擦着手上的机油。

"你倒拿个主意呀！"

"我正抢修一台机器，你先回吧，下班再说。"

"你……都什么时候了，你就……"

“我真的没时间，厂里等着用的机器。”说完不等廖惠芬回答，宋振海已转身钻进车间去了。看着丈夫的背影，廖惠芬又急又气，眼泪直在眼圈里转，她不明白，丈夫怎么就那么个榆木脑袋，连饭碗都保不住了，怎么一门心思还搁在机器上呢?

在回自己车间的路上，廖惠芬想：两个人有一个下岗，只剩一个人挣钱，往后日子可怎么过?两人上班，虽说挣得不多，但每月加起来总还有两千多元，两千多元一下子变成一千多元，这落差也太大了呀！眼看儿子就要考大学，又正是长身体的时候，哪儿不需要钱?再说宋振海那边还有一个患病的老妈，又没生活来源，每月都得给老太太生活费，往后的生活可怎么安排?

廖惠芬只觉眼前一片茫然，她的心里乱极了，一抬头眼前尽是小星星，她不得不停下步子缓缓神。当她重又看到自己的车间时，心中不禁升起一阵伤感：再过几天自己也许连这车间也不能进了，这可是自己工作了快二十年的地方呀！想到这儿，一阵伤感忽地涌上来，眼泪便情不自禁地滚出了眼眶。蓦地，她发现不远的地方有个人，定睛一看竟是徐秃子，连忙咬住牙，将泪水一把抹掉，她不愿让徐秃子看到自己这个样子。

“小廖，干啥去了?到设备车间去了吧?”

廖惠芬白他一眼，没好气地说：“这关你什么事?”

“哎，话别这么说呀！兴许我还能给你们当个参谋呢!”

“我家的事用不着你管!”

“哎，你别太绝情嘛！咱们毕竟一块儿工作这么多年，也是有感情的嘛！商量得怎么样?你下还是他下?”

“谁下跟你有什么关系?”

“小廖，我跟你说，你的事我可是替你想好几遍了，按说你下是正理，可这事依我看还真不能那么办。”

廖惠芬一听这话以为他有什么好办法，不自主地停下步子，“你说该怎么办?”

一看廖惠芬脸色有缓，徐秃子忙凑上前去，目光有些贪婪地盯着廖惠芬说：“依我说呀，你们俩最好是他下，留你。”

“为什么?”

“一来你们俩钱挣得一样多，谁下都一样；二来你的工作比小宋的轻松，他那边不但活累，还总得加班，哪像你这么自由?再说你的技术这么好，全系统顶呱呱的尖子，比别人有优势，更何况有我当你的主任，往后谁下岗也轮不到你！咱们一块儿工作这么多年你还不知道，我可是处处都为你着想呀！”

听了这话，廖惠芬知道他花心不死，心里顿时像吞下一把苍蝇似的恶心，她使劲瞪他一眼，恨恨地说：“我看你是条披着人皮的大色狼，早晚会遭报应的！”说完转身就走。

这是廖惠芬头一次对徐秃子用这样的口气说话，她心里有一种从没有过的痛快淋漓的感觉。

徐秃子干干地晾在那儿，像跳到岸上的一条胖头鱼张着嘴喘粗气。

三

宋振海和儿子宋小鹏是前后脚进的家门，儿子在前，宋振海在后，前后相差不到五分钟。廖惠芬已经做好了饭。廖惠芬本想等宋振海到家商量商量下岗的事，可宋振海又在单位加班，回来就快七点了。有儿子在旁边，廖惠芬不敢提下岗的事，她怕孩子分心，影响学习，所以就把想说的话憋在肚子里。

吃过晚饭，廖惠芬收拾完碗筷，见儿子已经回自己屋学习去了，这才坐到宋振海旁边的那只沙发上。

廖惠芬一家住着两间平房，加起来不到三十平方，里间归儿子，有七八米，他们两口子住外间，放双人床的地方拉着一块布帐子，算是隔出了一块有点私密性的地方。这么多年来，他们两口子想亲热亲热都得等到后半夜，还不敢弄出一点声响。宋振海说他们像白区的地下工作者一样。

“你们车间开会了吗？关于下岗的事。”

“开了，各车间都开了。”

“你说咱俩咋办？”

“那还咋办？厂里订的规矩，双职工一个下岗，这是铁定的，有什么说的？”

“那你说咱俩谁下？”

“这还用说？你下呗。”

廖惠芬的心里本来也是这么想的，如果宋振海换个说法，她也许什么都不会说，可宋振海一张嘴就是让她下，她脑子里忽地闪出徐秃子那张让她恶心的脸，心里窝着的那点火“腾”地蹿了上来。

“怎么就非是我下？你怎么就不该下？”

宋振海并没意识到廖惠芬心里的火有多大，依然翻着手里那张旧报纸。“这还用商量？你一个开天车的，要技术没技术，今天不下早晚也得下。”

“开天车怎么了？你修机器的就不能下？”

“我下？你可真逗，我要是下厂里能答应？我是技术骨干，厂里还指着我呢，你不知道，我要是不干了，那车间就得瘫痪！”说这话时，宋振海的口气里明显洋溢着几分自豪。

“你是骨干，难道我不是？你技术比赛拿过几个第一？有吗？再说你别忘了，你宋振海一个月拿回多少钱，我廖惠芬一分也没比你少，你怎么说话就那么伤人？你……”她越说越激动，一把抢过宋振海手里的报纸，使劲掼到地上。

宋振海本来是个蔫性子，平时话不多，两口子说话向来都是她问他答，问一句答一句，这会儿一见廖惠芬把报纸掼到地上，宋振海瞪着两眼站起了身。

“你要干吗？”

“干吗？我还就是不信那个邪，这岗你下！”

“你疯了？我是厂里的骨干！是男人！”

“你是骨干，我哪点不如你？别整天拿大男子主义压人，你上班我也上班，回来还得伺候你们，你倒一点不把我放眼里，你以为你是谁？”

廖惠芬脸涨得通红，一步不让，说话的速度像机关枪一样，不等宋振海说话，她接着嚷道：“你说，你比我哪儿强了？我哪儿不如你了……”她的话还没说完，里间屋的门“啪”地开了，儿子宋小鹏一脸怒气地站在门口，冲着他们喊：“你们是不是吃多了撑的？要打到外边去，看谁打死谁！”说完，把门“嘭”的一声关上了。也许用力过大，挂在门上的挂历“哗啦”一声掉到地上，重又卷成卷儿的挂历在地上打了好几个滚儿。

儿子的话像张封条贴在廖惠芬的嘴上，把后边的话生生地封在了肚子里。刚才因为一时激动，她的确把儿子学习的事忘了，虽然对儿子这样说话她心里不满，可她皱皱眉还是忍住了，她知道儿子的学习至高无上。宋振海可不管这些，抬腿就要进屋，嘴里大声骂着：“你个小兔崽子怎么说话呢，越来越不像话，看我不……”

廖惠芬慌忙上前挡住宋振海，用手捂住他的嘴，使劲推着他说：“得了得了，都是我不好，孩子那儿学习呢，别影响他了，走，咱们出去走走。”

宋振海梗梗脖子，没好气地冲着她说：“都是你惯的，看都变成什么东西了。”

廖惠芬低声说：“我的祖宗，都是我不好，怨我，赶明儿你管，行了吧。等他考上大学，你想怎么管就怎么管，就这几个月了，你就忍忍吧。”

宋振海被廖惠芬拉出了家门。

“你呀，说你什么好呢？你看这小混蛋让你惯成什么样儿了，一点活不干，饭来张口，衣来伸手，这样下去能好得了？我一管你就拦着，往后不定变成个什么东西？”宋振海余怒未消。

一出门廖惠芬像变了个人，说话的声音也比在屋里大了。“一说就是我不好，我也不是惯他一个人，不是把你也惯得没样儿？”

“这话我不是今天说吧，棒打出孝子，娇宠有逆儿，你这样娇惯，早晚就惯出个不孝子，你说这家里他什么操心？你怎么就一点不接受教训呢？”

“我有什么教训要接受？我的教训就是咱俩没学历，一辈子听人摆布，让上就上，让下就下，说什么也不能再让孩子走咱的老路吧！眼看孩子要考大学，你不娇着点儿行吗？到时候考不好怎么办？再说，现在谁家孩子不是这样？”

“可这样的孩子就是考上大学有什么用？你还指望他成什么大器？这话我都说烦了，行了，不说了，你随便护着，往后我什么也不管，有你哭的那天！”

两人一下子全都沉默了。

月亮从东边露出半个脸，不很亮，水一样流动的月光看上去有些忧郁。

“这次下岗全是买断工龄，能给多少钱，你知道吗？”廖惠芬问。

“不知道，估计也就是三四万块钱。”

“唉——”廖惠芬长长地叹口气，说：“我知道，咱俩下一个，说什么也是我下，眼看孩子要上大学，正是用钱的时候，往后只有你一个人挣钱，咱这日子可怎么过？”

“怎么不能过？钱多多过，钱少少过，还能饿死不成？再说，你买断工龄，那几万块还不够供那兔崽子上学？”

“一共才三四万块钱，你不想想我还得交多少年的养老保险呢？你算算，十年得交多少？那点钱哪儿够？”

“我不是还挣两千多吗？”

“哪来的两千多？”

“减员增效，留下的骨干肯定能多挣点，再说学费也不是一块儿全交呀！”

“可……”

“车到山前必有路，那么多外地人出来打工，哪个饿死了？何况我还是个技术骨干！”

廖惠芬抬头看看月亮，她感到多少有些伤感，心里也觉得空落落的，一个人下岗，日子肯定比从前艰难，自己的岗位说没就没了，这……她忽地想起一句名言：劳动着是美丽的，心里便觉得更加伤感。

“唉，等孩子上完学就好了，哪怕他一个月挣一千块钱，也能贴补家里，到那会儿就不用着急了。”廖惠芬不无惆怅地看着宋振海说。

宋振海白她一眼，没好气地说：“你甭指望他，再说你也指望不上，娇惯出来的孩子怎么可能为家着想？”

“你平时还不是也惯着？”

“我哪儿惯了？我一管你就急，闹得这孩子越来越不像话。”

廖惠芬见话头又扯到孩子身上，忙说：“得了得了，说话就高考了，等上了大学就懂事了，说不定往后咱还得指望他呢！”

“指望他？哼！咱走着瞧。”

宋振海和廖惠芬因为孩子的教育问题没少拌嘴吵架，其实廖惠芬也知道宋振海的话有理，可她就是做不到，原因是她一看见儿子心就软了。

“哎，咱商量个事。”廖惠芬看一眼宋振海，却停下了话头儿。

“说。”

“我这一下岗，家里收入一下子少了一半，下月起咱是不是把给两边老人的钱也减一半儿？”

“你说什么？老人本来就没收入，一个月咱才给二百元，你再减一半，他们日子怎么过？”

“你那边不是还有兄弟吗？”

“我那俩弟弟的厂里都不景气，日子已然够紧了，再增加他们负担，他们日子怎么过?”

“可是……”

“你甭说了，日子再紧，给我妈的钱一分不能少。”

廖惠芬缄口了。

路灯亮了，灯光像水墨一样慢慢朝四周洇开去。街上行人很多，那些卖菜晚归的小贩们骑着改装过的三轮车风驰电掣般奔驰在大街上，把那些蓝色烟雾和尘土搅混在一起，使整个街道都迷漫着浓浓的汽油味儿和尘土味儿。路灯亮后四周反而显得模糊了，那些光线不及的地方被映衬得愈发含混不清，像廖惠芬的心一样混沌一片。

……

四

廖惠芬把单位给的三万多元买断工龄的钱又凑上一千多，到银行办了个四万元的活期，她把存折小心翼翼地装在贴身的内衣口袋里，生怕路上出现什么意外。昨天晚上她想了多半夜：既然已经下岗，就得想下岗的路，如果自己也买辆三轮车，从批发市场批点菜在家属院里卖，不是同样可以增加收入，补贴生活？只要把儿子培养出来，日子肯定有缓。这会儿一见门口那个卖菜的小摊儿，她觉得眼前顿时亮堂起来。

正在这时，廖惠芬忽听身后有人叫，回头一看，原来是王丽。

“廖姐，你这是到哪儿去了？叫你好儿声都听不见?”

“唉，还能到哪儿去，我刚到银行把那点血汗钱存起来了。”

“厂里给你多少钱?”

“四万。”

“唉，这点钱够干什么用的。”

“你是多少？按工龄的话你比我还少呀?”廖惠芬问。

“我……”王丽欲言又止，脸上的表情似乎有些尴尬。

“你比我多?”

“不是，廖姐，我跟你说你可不许生气，也不能告诉别人。”

“到底咋了，这么神秘兮兮的?”

“我……我跟你说吧，昨天我去找徐秃子求情，跟他说了好些好话，他帮我查了这几年考核的底子，说我只有一次考核在末尾，所以这次没让我下，不过双职工是没办法的，怎么着都得下一个。”王丽的话说得很快，脸上浮出一层只有廖惠芬才看得出的红晕。

廖惠芬一看王丽那表情便什么都明白了，按徐秃子的为人，如果王丽不满足他，他是不可能为王丽帮忙的。霎时间，一种钝刀剜心的感觉倏地传到了廖惠芬的心底。是呀，王丽也是没有办法呀！她想。

“那咱班下岗的指标不是完不成了？”她盯着王丽问。

“咱班长也下岗了。”

“吴加力？他怎么下岗了？轮到谁也轮不到他呀？”王丽的话不啻在廖惠芬耳边响起一个炸雷。

“听说车间给他做了工作，因为他是党员，车间让他起模范带头作用。”

“真的！”廖惠芬被这消息惊得瞠目结舌。

这几天厂里一直都在做下岗人员的思想工作，对于廖惠芬来说，政策已经决定，再说什么也没用，何况她觉得下岗不是什么光彩的事，所以老早就签了字，签了字便没再出门，连买断工龄的钱都是宋振海给她领回来的，车间里的事她一点也不知道，王丽的话的确让她始料不及。

“唉……咱班长是个好人，只可惜不是个女的。”廖惠芬轻声说。

“廖姐，你可千万别跟外人说我去找过徐秃子，要不……”

“你放心吧，我已经下岗，还说那些做什么？”廖惠芬看一眼长得眉清目秀的王丽，一股酸楚从心底涌上来，眼泪便不由自主地涌出了眼眶。

“廖姐，你也甭难过了，谁让咱们……下来也许还是好事呢！”

廖惠芬擦掉眼泪，使劲在脸上挤出些笑容，说：“是呀，有个岗位好好干吧，来之不易，你可一定要珍惜呀！”

听了这话，王丽的眼睛忽地一下也蓄满了泪水，她看着廖惠芬，苦笑笑说：“廖姐，你放心吧，我一定好好干，再不会成为末尾了。”说完，王丽与廖惠芬挥手告别……看着王丽的背影，廖惠芬心里难过极了，本来就没着没落的心像被什么吊了起来，怎么也找不着落脚的地方。

家属院门口那个菜摊儿不大，东西却挺全，平时廖惠芬下班也常在这摊上买菜，都是半熟脸。卖菜的是个三十多岁的女人，长得还不错，只是皮肤略黑，被风打磨得有些粗糙。

卖菜的女人听廖惠芬问的不是批发就是定价，跟买菜没一点关系，她上下打量廖惠芬，眼睛里充满疑惑地问：“您问这干吗？莫不是也想在这儿卖菜?”

“我下岗了，是想……”

“噢，俺一听您问就明白了，不过俺告诉您，在这儿卖菜可不易，您别看俺卖行，俺是交了保护费的，每月都交，要不连一天也卖不成。”

“保护费?”

“大姐，俺看您也是个老实人，劝您最好还是别干这行，风吹日晒，受苦受累不说，还得受气。保护费有时要钱，有时要别的，您到哪儿谋个营生都比干这强。”

“谁收?是工商局还是税务局?”

“这您就甭问了，反正有人收的。”

“你是怕我抢了你的饭碗才这么说吗?”廖惠芬有些不高兴地问。

“瞧您把俺看成啥人了?俺从农村到这儿来，还不是多亏了你们这些城里人帮忙?平时全都照顾俺这小摊儿?俺跟您说的都是实话，那帮人可不好惹了，您生不了那气，俺实话跟您说，俺也不打算再干了，等孩子一上学俺就走，话俺说到这儿，干还是不干，主意您自己拿。”

廖惠芬看着对方那一脸的真诚，不像说谎的样子，可她无论如何也弄不明白，怎么卖点菜也这么复杂?也有这么多道道?她本想再问几句，却突然没了一点兴趣……

五

一连几天，廖惠芬都是等儿子上了学，宋振海上了班，然后独自到街上转悠。她按着报纸上刊登的招聘启事，跑了好几个单位去应聘，可因为自己一没学历二没工作经验，连最简单的电脑打字都不会，开天车的那点技术根本派不上用场，结果可想而知。

当然，刚开始她找工作的心情并不十分迫切，反正又不是等米下锅，再说她心里也还有点依赖思想，厂里若真的实现了减员增效，宋振海涨了工资，她干不干也是无所谓的事。然而，半个月后宋振海一开支，她就慌了：工资竟一分没涨。她这才意识到问题的严重性。自己如果不找个工作挣钱，日子是绝难过下去的。

这天上午，她忐忑不安地走进一家不算很大的饭馆。

“您是……”迎面走过来的女孩子笑着问廖惠芬。

“我是来找工作的。”

“哦，您是来应聘的呀，那得去找我们经理。”

“经理在哪儿？”

“往前走左转弯就是。”

廖惠芬在通往厨房的通道里看见了那间挂着牌子的经理室，她站在门口停顿片刻，把滑到鬓角的一缕头发拢到耳后，这才轻轻敲响那扇门……

屋里只有一位四十几岁的男人，中等个，脸色白皙，身材也有些消瘦，两只大眼睛在那张瘦脸上显得有些不合比例，脖子不粗脑袋不大，怎么看也不像是个开饭店的。

“您是经理？”

“我是经理，你有什么事？”

“我姓廖，看见门口贴着招聘启事就进来了。”

“你是来应聘的？”男人上下打量着廖惠芬。

廖惠芬对这样的口气和打量方式感到有些不舒服，可她没说话，只是目光定定地看着面前这个被称作经理的男人。

“我们这儿可不招白领。”

大概是外表装束和廖惠芬身上透出的那股长期从事被人仰慕的工作气质让对方有些疑惑。

“我是来应聘服务员的。”廖惠芬的话说得依然轻声细语。

“你干过服务员？”

“没有，我是国企职工，开天车的，上个月下岗了。”

“哦，我说呢……”男人脸上掠过一层微笑，转身从桌上拿起一张名片递过来，问：“你今年多大年龄？”

“四十一。”

“哦，属兔的？”

“不，我属龙。”

“属龙怎么是四十一？应该四十才对呀！我就是属兔的。”

“我说的是虚岁。”

听廖惠芬如此一说，男人忍不住笑了，也许他还从没遇到过这样应聘的，故意把岁数往大说。

廖惠芬接过名片，知道面前这个男人叫陶一水，遂抬起眼问：“陶经理，不知您这儿还缺人不，要是……”

“我这儿的服务员已经招够了。”

“招够了？那为什么还贴着告示？我都看见好多天了。”

陶一水的脸上掠过一层诡谲的微笑，他笑笑说：“噢，是一时粗心忘记摘了。”

既然人家招够了人，廖惠芬不想在这儿耽搁时间，她早就注意看了，这条街上好几家饭馆门上都贴着招聘启事，她不信找不着工作。

“您这儿不用人就算了，我再到别的地方看看。”说着她转身就走，不料却被陶一水叫住了。

“我这儿服务员招满了，可还缺个搞卫生的，不知你愿不愿干。”

廖惠芬想：搞卫生倒也没什么不行的，反正也是服务员。她就点了头。

接着，陶一水把工作范围和要求对她说了一遍，廖惠芬觉得工作难度不大，就全都应承了。当她就要离开经理室的时候，陶一水却又开了口。“你就这样走了？”

闻听此言，廖惠芬的神经顿时绷紧了，她警惕地看着对方问：“您，您还有什么事？”

陶一水笑了，这回的笑似乎多了几分真诚和善意。“哪儿有你这样找工作的？活儿都定了，却不问挣多少钱，这可是最重要的环节呀！”

听了这话，廖惠芬的脸上浮上一层羞涩，她不好意思地说：“工作这么多年，我们都是只讲奉献，不讲回报，有点傻了。再说，工作还没做，我也不知能不能做好，到时您看值多少给多少吧。”

“别别别，咱们还是把话说在明处，眼下时兴个名词儿，叫明码标价，双向选择，你先说个数儿，行了我点头，不行咱再商量。”

“不不不，还是您说吧，给多少都行。”

陶一水略微想了想说：“那好，我给的数你要是接受不了就说出来，行吧？”

廖惠芬点点头。

“刚才说了，卫生全都归你，就一个人，一月八百，行不行？”

廖惠芬在心里给自己定的上线最多就是六百元，一听说给八百，忙不迭地回答说：“行行。”

……

第二天起，廖惠芬到陶一水的饭店上了班。

饭店搞卫生的工作并不累，上午十点钟去，下午两点半钟就能回家，下午五点钟上班，只是晚上多做一会儿，一般情况要到九点多钟才能下班。虽说时间晚了点，但一天两顿都在饭店吃，算下来也省出不少。只是宋振海和儿子的饭成了问题。中午好说，宋振海在厂里吃，儿子在学校吃，晚上这顿饭却不好安排，爷儿俩都得六点多才能到家，这个时间又正是廖惠芬最忙的时候。如果等宋振海回家做饭，丈夫辛苦不说，还影响儿子上晚自习。廖惠芬既心疼丈夫，又怕儿子耽误学习，这样她便只好改变自己的时间，每天四点多钟把饭做好再上班，这样宋振海下班后只要把饭一热就行了。

饭馆搞卫生这份工作廖惠芬挺满足，工作不累，离家又不远，还没什么责任，比在厂里开天车都轻松。廖惠芬本来就勤快，不会偷奸耍滑，每天除了搞好饭厅的卫生外，哪儿忙她就到哪儿去。厨房缺择菜的她去择菜，缺人翻台她又去翻台，面带微笑，和蔼可亲，前厅后厨都拿她当个亲人似的，“廖姐廖姐”不住声地叫。这让廖惠芬感到非常满足，因下岗留在心里的那片阴影慢慢缩小了，她觉得心底又升起了一片暖暖的阳光。

转眼间儿子小鹏已考完试，只可惜他发挥有些不好，悬点连本科线都没上去，最后勉强被一所三流大学录取。开学时，家里钱不够，廖惠芬不得不从银行取出一万块钱，交了六千多元学费，加上住宿、伙食、行李，又给儿子买了个手机，这样一万块钱一分没剩不说，连手里原有的几百块零花钱也搭进去了。为买手机的事宋振海跟她又吵了一架，宋振海不同意买，可廖惠芬却说：上了大学的孩子哪个没手机，儿子没有会觉得比别人矮一头，这样对儿子的成长不利。宋振海说不过廖惠芬，只好不再言语。

尽管日子过得挺紧巴，但廖惠芬却并不觉得有多难，在饭店干得挺起劲儿。没过多久，陶一水就不让她再搞卫生，而让她坐到了收银台帮忙，工资也从八百增加到一千。这下她总算松了口气，比原来上班还只差二三百元，缺口明显补上了，如果一直能这样坚持下去，日子不会有什么太大问题。廖惠芬觉得自己精神很好，连走路都变得轻快了许多。然而，有一样却让她隐隐感到不踏实，不知是因为自己多疑还是怎的，她发现近一段时间陶一水看她的眼神总好像多了些内容，到底是什么她说不清，但她能感到。

这天，客人全走了，收银台的账也结完了，廖惠芬正要收拾回家，陶一水却叫她到办公室去一趟。她心里掠过一丝不安，稍一迟疑，踟蹰着跟着陶一水来到办公室。

“坐吧。”陶一水一反常态，脸色变得很严肃，没有一丝笑容。

廖惠芬没有坐，只静静地看着他，她觉得自己隐隐感到不踏实的那个东西就要浮出水面了。

果然，陶一水点上支烟，背靠着写字台对廖惠芬说：“你想听听我的故事吗？”

廖惠芬没说想听也没说不想听，只是纹丝不动地站在那儿，她的表情很平和，心静如水的样子。

陶一水没有得到回应，轻轻地叹口气说：“我本来和你一样，也是一个下岗工人，五年前，我从无线电二厂下岗，媳妇嫌我没本事，带着孩子嫁了别人。后来我在朋友的帮助下干起了饭店，如今，我有了一点钱，但我的家庭生活却仍然是个空白，我干的是饭店，身边虽不是美女如云却也不缺女人，可五年来我没挨过任何女人的边。自打那天看到你，我心动了，我喜欢你，真的喜欢你，这些天，我看见你就心里发慌，看不见你心里又没底，什么也做不下去。我不想绕弯子，我想得到你的爱，想有个家，如果能行的话，我可以让你管理这个饭店，一切都由你说了算。”

屋子里什么声音都没有，一切都像静止了，凝固了，廖惠芬能清晰地听到自己的喘息声，一种压抑的、令她窒息的感觉罩住了她。

“你能答应我吗？”陶一水轻声问。

廖惠芬呼出一口气，摇摇头说：“陶经理，这个我不能答应，因为我有丈夫，他是个好人，是个十分优秀的机修工人。我还有孩子，他已经考上大学，我的家很幸福，我不能像你原来的妻子那样做事，因为让自己的丈夫和孩子感到痛苦是一个女人不该做的。”

“我可以不破坏你的家庭，我们只是……”

“那是不可能的！”廖惠芬的声音不高，但语气十分坚定，不容置疑。

“那好吧。”说完，陶一水从桌上拿起一沓钞票递过来，“这是工资。”廖惠芬伸手接钱，就在这时，陶一水却紧紧攥住了廖惠芬的手。“你再好好考虑考虑，我真的爱你，我会对你……”

廖惠芬慢慢从陶一水的手中抽出自己的手，她什么也没说，将手里的钱数了数，抬起眼睛问：“怎么这么多？”

“这是两个月的，如果你答应，这只是一半儿。”

廖惠芬的脸上掠过一抹微笑，她极其平静地说：“我们什么时候都是先做工作，后领工资。”说着，她把手里的钱数出一半儿放到桌上，然后很庄重地说：“如果没别的事我就走了。”

陶一水没有说话，他呆呆地看着廖惠芬，眼睛里布满了失望。

廖惠芬走到办公室门口，当她推开门时却又停住脚步，转过身用温和的目光看定陶一水，不无感激地说：“陶经理，非常感谢您能在我最困难、最痛苦的时候聘用我，我希望您能有个幸福的家。”说完，她转身朝外面走去……

街灯很亮，多少有些惨白的灯光把街上的一切都涂上了一层惨白。廖惠芬默默走在回家的路上，不知何故，她忽然觉得有种委屈的感觉潮水般一波一波漾上心头……

马路对面是一对年轻的恋人相拥着走着，看样子男孩儿喝了酒，他的身体有些晃，步子也有些零乱，身边那个身段苗条的女孩儿搀扶着他。因为光线暗，廖惠芬看不清他们的面容，只看到他们手挽着手，不时地伸着脖子相互亲吻着，一幅令人感动的热恋的情景。

蓦地，廖惠芬觉得那男孩儿有些眼熟，她赶忙擦去眼泪，定睛细看，她终于看清了，那男孩儿竟是自己的儿子宋小鹏……

看着儿子的背影，廖惠芬的视线忽地一下便被心头的潮水淹没了……

刘惠强
中国作家协会会员
中国铁路作家协会副主席
北京铁路局

中国制造

段作文

李秀月做梦都想从注塑部转去包装部上班。

注塑部在一楼，包装部在三楼。李秀月的工位正对着楼梯口，每天早上7∶20或者晚上6∶20，她一抬头，准能看到夹在人流中的表妹。表妹的厂服白白净净的，帽子也白白净净的，乍一看，表妹还真像个护士。全厂普工就包装部那二十来人的厂服是白色的，其他部门要么蓝色，要么灰色。表妹常在她面前显摆，咱包装部，地板上一尘不染，空调一吹，冻得直哆嗦。像李秀月这把年纪的女工，没进几年学堂，大都不知道啥叫一尘不染，但包装部那个干净，那个凉爽，这是谁都知道的。李秀月不稀罕那身白工衣，也不稀罕干净、凉爽。她相中的是那里加班时间长，不像注塑部两班倒，一天才干12个小时。包装部可美了，每天至少加5个半小时，特别是每周出货前的那个晚上，都会加通宵。加完通宵第二天就睡大觉，白天的底薪照拿。

这个念头在她脑子里好些日子了，可她一直没敢给表妹讲。在她看来，表妹跟她同部门的工友一样，都是文化人，差那么两分就上大学了，一句话爱说四个字，什么一（异）想天开呀，痴心妄想呀……你来我往的，李秀月很难搭上话。但李秀月还是有幸跟表妹住在了同一间宿舍，她知道表妹为这事费了不少口舌。她记得自己刚进厂的那天晚上，表妹特地请管后勤的课长吃了一回火锅，那晚上她也去了。表妹一边给课长灌酒，一边说："我姑妈我姨妈我舅妈为我生了二十几个表兄弟，这所谓的表姐呀，其实是我堂姐，我奶奶硬逼着我大伯把她让给了我大姑。她从家里刚出来，没读啥书，打也打不赢，说又说不赢，不跟我住一起，肯定要吃苦头。"

表妹说着说着就往课长怀里倒。李秀月早有思想准备，表妹说了，你见我一倒，就把我拉住，别让那狗日的浑水摸鱼！李秀月见表妹真往那课长怀里倒了，就真拉住表妹说："你喝多了，我背你回去。"

回到宿舍，表妹扇了自己两巴掌，骂自己："我他妈的，为这屁大个事儿，请他狗日的吃个火锅算是抬举他了，想占我便宜？大姑娘的裤裆——没门儿！"李秀月听到这里，笑了笑，说："我都老太婆了，裤子也没门呀！啥年代了，都是拉链的。表妹说我们别说笑话了，说正事，你能进这厂呀，我还真被人摸过两把呢。"李秀月听到这里，赶紧捂住她的嘴，指了指门外，生怕隔墙有耳。表妹掀开她的手，接着说："这事，我不说，别人也能猜到。你想想，如果你是国家干部，你这把年纪，差不多得退休了！别的厂都把桌子搬到马路边拉人进去，我们厂从不贴招工广告，都是熟人介绍的，不但看文凭，还得看长相。被人事课长摸摸屁股，很便宜了！向高薪的手，可长眼睛了，好多人想让他摸还没机会呢！"

之后，表妹就把下铺让给了李秀月，自己搬去了上铺。李秀月就一直觉得，表妹骗那后勤课长说自己是她堂姐，屁话，在她心里，简直就是一个奶子喂大的。她一遍又一遍告诫自己，为了儿子早点还清在县城买房欠下的贷款，为了对得起表妹那被人摸过的屁股，我李秀月就是上刀山下火海也得在这里干个十年八年的。

可别人都嫌注塑部两班倒不但辛苦，而且气味难闻。李秀月却觉得自己有使不完的劲头，这活路，比起在家种田挖地舒服多了。可当她得知表妹每个月都比自己多拿四五百块钱时，那个想转部门的念头白天在她脑子里打转，晚上就在她梦里折腾。

有一天她还真梦见自己去包装部上班了。在包装部上班可爽了，她手舞足蹈的，嘴里还不停地唱歌，唱着唱着，就觉得脸上火辣辣的疼。她摸了摸脸，就听见表妹骂她："大白天的，做啥美梦，笑得口水流了一被子！"

"我梦见我去包装部上班了。"李秀月可能还不怎么清醒，就照直说了。

"你？去包装部？上班？A、B、C、D，你认识几个？"表妹一脸惊诧！

不就打打包装吗，认那洋文干啥？李秀月边说边想，既然好不容易把这事说出来了，何不趁机打探打探，就算上天入地，只要有条路，我李秀月就能走到头！

"咱们的手表都是出口的，包装盒上全是洋文，你把字母都写得歪歪扭扭的像蚯蚓滚沙一样，或者把出口英国的手表装进了出口美国的盒子，那不死翘翘了！”

“要是我能把 A、B、C、D 认出来呢？”李秀月问。

“要是你能背出 26 个英文字母，能认得二十个国家的英文名称，我不能把你弄进包装部就从六楼跳下去！”表妹说完，不由得哈哈大笑。

李秀月看了一眼表妹，想，万一我做到了呢？你可得说话算数哦！

别看表妹模样生得标致，说话却有口无心的，在她看来，李秀月不可能学什么英语，就算天上的神仙下凡，也很难把她教会的，所以就把那天的话当成了个玩笑，随便说说而已。可李秀月从早到晚都在琢磨这件事：不就背 26 个英语字母嘛，总不会比生儿子还难。儿子五岁时，她就教导他，世上无难事，只要肯登攀；只要有恒心，铁杵磨成针。如今孙子都快五岁了，她出门那天，孙子还跟她唱过那个 A、B、C、D 的歌儿呢。我就不信我连个上幼儿园的都不如。

李秀月每半个月转一次班，上白班时早 8 点到晚 8 点，上夜班时晚 8 点到早 8 点。机器每天 24 小时不停地转动。李秀月老想，自己要是台机器就好了，上班挣钱，下了班就去培训班学英语。但她不是机器，这个她还是比较清楚的。无论白班还是夜班，下班后的第一件事就是冲凉、洗衣服，然后吃东西，吃饱肚子就睡觉，睡醒了又吃东西，吃饱肚子又上班。都说前三十年睡不醒，后三十年睡不着。可李秀月都快五十岁的人了，一到广东，即使睡八九个小时，也从没觉得睡饱过。

但一想到学会了 26 个字母就可能去包装部上班了，无论是白天还是晚上，李秀月总是睡得不踏实，要么久久不能入睡，要么刚一睡着就梦见孙子唱那英文字母歌了，唱着唱着她就醒了，醒了就再也不能入睡。

中秋节那天全厂放假。李秀月觉得头重脚轻的，怕是感冒了，想多睡会儿，没跟表妹她们去爬凤凰山。李秀月在床上翻腾了好一会儿，还是觉得非去市场看看不可。

市场的旁边有个电脑培训中心。李秀月过去一看，门还关着，就在隔壁小食店买了两个白馒头边啃边等人开门。

两个馒头啃完了，门才开。开门的是个小年轻，脸上架副眼镜，手里拿了一叠纸，看上去还真像个老师。于是李秀月就弯了弯腰叫了声老师。

李秀月见小年轻没搭理她，又叫了声老师。

小年轻终于开了口：“我们这里不招清洁工。”

李秀月笑了笑，说：“我有工作，不是来找活路的，我想学点 ABCD。”

小年轻摊开手中的纸，说：“你看看你看看，我们这里只教电脑，不教外语。你学电脑吗？学上网还是学 office？”

“哦非死？哎呀，老师还真会说英语！就这个就这个！我不学别的，就学英语。最简单的那个，26 个字母，给你 100 块做定金，能写会说了，多少钱？开个价。”

“你真学这个？”小年轻问。

“除了这个，还有那些比较有名的国家的名字，学会了，我另外加钱。”于是，李秀月就把要学这些东西的动机一一讲了出来。

小年轻听完，想笑，又没笑出声。他说，“这个，容易，我不收你的钱。这样好了，要是你白天来，请我吃个三块钱的肠粉，要是晚上来呢，请我喝瓶老金威就行了。我保证，十天内把你教会。”

国庆节那天，厂里又放假，天黑不久，李秀月把表妹叫到电脑培训中心附近的一个大排档里，点了几个小菜，说，“你先坐会儿，我去叫个人。”说完，冲着表妹做了个鬼脸，就出去了。

不一会儿，李秀月回来了。表妹没见到有人来，说：“神经兮兮的，不是给我介绍对象吧？我的眼光可高哦！”

“你心中有人了，我还不晓得！你看，来了来了。”李秀月说着指了指门外。

“张老师！你怎么认识？”表妹问李秀月。

“你怎么知道他姓张？”李秀月反问。

“去年我去那里学过电脑。哎，学了也白学，龟儿子向高薪，没把我搞到手，硬是不让我去仓库当文员，哎，白混了几年，要是过完年……”

表妹话没说完，那张老师就到了。李秀月端起酒杯，说：“来，为我今天提前毕业，干一杯。”

“你这么快就把电脑学会了？”表妹端着杯子，没喝。

“学电脑干啥？学会了也当不成文员！英语，你说的那 26 个字母，来，我背给你听听，ABCDEFG……”

“别念经了！这个，三岁小孩都会。你要真会了，在我喝光这杯酒之前，分别写出顺数和倒数的第十五个字母。”表妹说着，就咕咕咕喝起了酒。当她把酒杯放下，还真见表姐用筷子在地上写出了“O、L”两个字母，引来小年轻一阵掌声。

“那二十几个国名呢？会认吗？”

一杯酒下肚，表妹的脸就红了。

“不光会认，我还会说呢。中国，菜辣；日本，加盆；英国，应该难得。”

“光这些，还不够！这个，你认得吗？”表妹说着，就在点菜的小纸片上写出个英语句子：Made in China。

“这个，中国，我认得，前面那两个，老师没教。”李秀月望望小年轻，问，“啥意思？”

小年轻笑了笑，正想说，见手机响了，接了个电话，说了另外有事：“各位，失陪了，我忙，再不回去，就要挨骂了。”

等小年轻走远了，表妹指了指秀月的鼻子，说：“辛辛苦苦挣点钱，跟他学这玩意儿，你想去美国留学呀！”

“去美国，下辈子再说吧。我就想去三楼，进包装部，你发过誓的，我都学成这样了，你看着办好了。”

“办法不是没有。”表妹说着，抓起酒瓶又把嘴给堵上了。

一瓶酒喝光，表妹接着说：“你先回去，我打个电话。狗日的向高薪，这一关，迟早都得过的。”

表妹回到宿舍时，已是深夜了。但工友们难得放松一天，都还在外面玩。李秀月见她醉得东倒西歪，胸前的一粒纽扣已不知去向，心里不由得一紧。

“向高薪，你妈的！事情不给我办，还想占我便宜！当我是小姐呀！走，明天就走！我就不信在深圳还混不上个小文员。”

第二天，李秀月没跟着表妹一起出厂。表妹也不勉强，她明白，她可以不在乎这点工钱，不在乎这个工作，但是表姐毕竟是表姐。

为表妹收拾行李时，李秀月还是哭出声来。表妹临走时，没给她做任何道别。当时李秀月就坐在一楼楼梯对面的工位上，她第一次看见表妹没穿那身白白的工衣，没戴那顶白白的帽子。她没看清表妹具体穿的是哪身衣服，但她相信，表妹一定穿了她平时最爱穿的那身连衣裙，穿上连衣裙的表妹可好看了。她就觉得表妹从三楼下来时的样子，就像五年前高中毕业时走出村口的样子，步子是那么得轻快，轻快得一闪即逝。

那整整一个白天，表妹的连衣裙就在李秀月眼前飘荡。那整整一个白天，李秀月的脑子里第一次没了去三楼的念头。

在接下来的好些日子里，李秀月的脑子里就再也没了去三楼的念头。她只巴望着，快点过年，等年过了，回家的人不多了，火车没那么挤了，她就回家。那时，孙子也满五岁，读大班，就可以回去照看他了，儿子媳妇再来深圳打工，买房子欠下的钱，过不了两年就能还清。

李秀月这么想着，冬至就到了。冬至后的第三天，厂里放了一天假。李秀月想，这才冬月二十，放啥假嘛，太阳从西边出来了！后来她才听工友说，这天是圣诞节，能出的货都出了，老板高兴，让大伙去世界之窗旅游。这是西方人的玩意儿，李秀月没听说过这么个节日，更没去过世界之窗。但她听表妹说起过那里。表妹说："世界之窗可热闹了，想看美国看美国，想逛法国逛法国，等到放年假，我带你去过把瘾，保证看了第一回还想看第二回。"可表妹说走就走了，自己又没个手机，也不晓得她当上文员了没有。

李秀月在上开往世界之窗的旅游大巴前，突然改变了主意，决定不去看什么美国、法国。她想去买个手机，一来随时随地可以给家里打个电话，听说这手机还能收到孙子的相片呢。二来嘛，还可以跟表妹说说话，看看她那里有没有适合儿子的工作，等到明年儿子过来了，再去找活路，挺麻烦的。

带队的人事课长向高薪还认得她，并没有李秀月想象的那么恩将仇报。向高薪说："秀月大姐，一年就这么个机会，你真不去？"

李秀月说："我晕车，到了那里，怕是站都站不稳了，也看不出个啥名堂，我去电子市场，听说那里手机便宜，我表妹说的。沿着宝安大道，走不到一个小时，就是电子世界了。"

"我们要从那里经过，就坐这车，到了那里我叫你。"向课长说着，就帮她开了一罐王老吉。

李秀月觉得，这向课长，就是人长得那个了点儿，心眼嘛，还蛮不错的，又没结过婚。表妹那性子也太倔了。长相好有啥好，一不能当饭吃，二不能当衣穿，人家多有本事，全厂千来号人的工作，都是他说了算，多少人想攀还攀不上呢！

李秀月这么想着，不一会儿就该下车了。下车前，向课长又递给她一瓶王老吉，说："买了手机出来，过了马路再坐车回去，千万别把方向坐反了。"

李秀月嘴上应着，心里又想，这人哪，心挺细的。要是回家前能再见上表妹一面，撮合撮合，这可比她那大学毕业了还在深圳高不成低不就的小白脸同学强多了。

李秀月在手机柜台前转了几圈，发现一个白色的手机不但小巧好看，价钱也合适，就叫服务员拿给她看看。

服务员对她笑得合不拢嘴，连连说名牌货，打三折，就这一台了，卖光了好从美国进货。

李秀月见手机上面有个大大的“M”特别显眼，一个汉字也没有，觉得这不是中国货，心里有点不踏实，就问了句：“真是进口的?”

服务员取出说明书，指了指，说：“王八才骗你！你看，全是英文，照相听歌上网啥都行。今天过节，打三折，499，全深圳最平!”

李秀月上上下下看了一遍说明书，ABCD她全认得，可就是不明白上面说的啥。突然，她眼前一亮，指着一行字说：“这个，我认得，M、a、d、e、i、n中国——菜辣!? 噫！水货，我不要了。”

李秀月又在手机摊前转了一圈，每一款手机的说明书她都看过了，上面都有她认识的那个China，价钱却高低不一。选来选去，最后，她还是要了那台白色的。

买好手机，李秀月又买了张卡，就摸出电话本，找到表妹的号码给她打过去。李秀月说：“向课长没你说的那么坏，下车的时候，他又给了我一罐王老吉……你跟他联系过了? 好……我等机会，要是我真能去包装部，明年，就叫他们把娃娃接来深圳上幼儿园，我就不回去了。”

给表妹打完电话，李秀月又给儿子打电话。李秀月说：“房子卖了? 干啥呢? 你老爹也出来? 那我就不回来了……过年? 过年再说嘛。”

听说儿子把房子卖了，要来深圳开快餐店，李秀月的心里七上八下的。当年死活要买房子的是儿子，现在不声不响地把房子卖了的还是儿子，这一买一卖的，虽然钱是赚了点，可到时回到家里，还不得买回来呀！再说了，这深圳人的生意，咋能说做就做呢? 可那钱是儿子挣的，他想咋折腾就咋折腾，她管不了，也不想管了。出来，都出来好了，有本事在深圳给老娘买栋别墅住住。

李秀月觉得天色还早，没过马路去坐车，决定走路回厂里。李秀月边走边想，边想边喝王老吉。王老吉喝完了，李秀月就觉得有了些尿意，她东瞅瞅，西看看，马路又宽又直，车来车往，人行道比镇上的柏油路还宽，来来往往的全是人，就连旁边的树下、草上，密密麻麻坐的也是人，就是没看到一个可以小便的地方。

李秀月觉得，这人哪，就是奇怪，热了，可以忍；冷了，可以忍；渴了，可以忍；饿了，也可以忍，偏偏这尿急了，就实在没法忍了。李秀月这么想着，不由得有点火了，她狠狠地把空罐子一扔，恨不得抓住头顶上那鸟儿的尾巴飞回厂里。李秀月望了一下天空，没看见鸟儿飞过，倒看见一架飞机嗡嗡地快落到她头上了。

却说李秀月这一扔，刚好把罐子扔在了一个捡破烂的老头跟前。老头冲她笑了笑，她便觉得这老头很和蔼，就捂着肚子说："老人家，我拉肚子，受不了了，你是老深圳了，这附近，哪里能方便方便？"

老头朝四周望了望，最后指了指身后的电子市场，说："就那里，最近，上二楼，左转，有个厕所。"

再次从买手机的地儿出来，李秀月不敢走路回厂了，她过了马路，坐车。

圣诞节过去没几天，元旦就到了。厂里突然出了个通知，说是有十万块手表必须在元月四号前出到英国，不但没假放，还要加班。李秀月觉得自己在厂里又没个老乡，不放假还好点，一来可以多挣点加班费；二来嘛，外面也没啥好玩的，出去随便走走都得花钱，就没把这事放在心上。

元旦这天，李秀月照常来到一楼的工位上坐着，脸朝门口，习惯性地看了看楼梯口，却没看到那些护士一样的包装工去三楼上班。她私下问了问旁边的工友。工友说，昨晚上加班到凌晨两点，有三个女孩晕倒了，住进了医院，包装部的，牛得很，全在罢工呢！

李秀月来深圳还不到一年，没听说过这里罢过工，也不知道罢工有啥结果。她看了看别的工友，几个年纪跟她差不多大的，都很认真地干着活，那些小个十来二十岁的小妹妹、弟弟们，手里拿着物件，心却不知飞到啥地方了。

李秀月不敢多想，她得听表妹的，表妹叫等机会。她觉得这机会不是等出来的，是干出来的，人家向课长是长了眼睛的，他不会随便叫一个干活不得劲的人去三楼。

李秀月这么想着，向课长就朝她走来了。向课长朝她笑笑，她也笑笑，可向课长并没跟她打招呼，她就觉得有些不自在。她看见向课长去了办公室，没多久，主管就把她叫了进去。

向课长说："根据你平常的表现，经研究决定，把你调去三楼包装部，试用一个月，用心点。"

李秀月心里一热，连连说了五个谢谢，才跟着向课长往三楼走。

在二楼转角处，向课长说："要谢就谢你表妹。当时她不相信，我叫她等到年底，年一过，有的是机会，她就是不听。我知道，那天我是多喝了几杯。哎，都过去了，算了，不说了，现在她给了我一个机会，我就给你一个机会。能不能把握，就看我们自己了。"

李秀月点着头，心里却说，姜还是老的辣，我这抱孙子的人了，哪能看错人！

到了三楼，李秀月没看到有人穿白工衣，空调也没开，觉得闷闷的，有些头晕。但她还是深深吸了几口气，端端正正地坐在工作台前。台面倒是挺干净的，除了一堆堆装配好的手表，还真看不到一粒尘埃。

开工前，李课长简单地开了个小会，他说："我暂时管理一下包装部。大伙用心点，货柜车就在楼下等，这货可是要从香港坐飞机去英国的，要是出了差错，光那机票钱，我们干一辈子也赔不起。"

李秀月的工作其实很简单，就是把一个椭圆形的小胶片贴在表带的背面。胶片上有行英文字，这个她见过好几次了。李秀月是专门学过英语的，她觉得这明明贴的中国菜辣，咋就要坐飞机去英国呢？于是她趁向课长去厕所的时候，小声问了问旁边一个看起来有点文化的工友。

那工友说："这个你都不懂？美德英菜辣，中国制造的意思。出口货，你别东说西说的，认真点，要是贴歪了，退了货，把你枪毙一百遍都没用！"

美德英菜辣，中国制造。美德英菜辣，中国制造……李秀月贴着贴着就觉得不对劲。中国，菜辣。我认得的，那前面的两个字，就应该是"制造"了。既然是中国制造，那就应该贴成China in Made呀！李秀月越想越觉得自己没错，可是她又不敢出声问向课长。她觉得，第一，自己刚来包装部上班，哪能随便说话？第二，要是问了，向课长会没面子的。毕竟，他是管人事的，这包装部跟人事部，两码事，要是问出个啥事情来，不但自己可能过不了试用期，连表妹跟他……

李秀月不敢往下想，她就觉得自己的想法肯定错不了。于是，她就把那小胶片倒过来贴在了表带上，贴好，她又在心里读了好几遍，China in Made，中国制造，China in Made，中国制造……挺顺溜的嘛，错不了！

终于，大伙没日没夜地把货准时赶出去了。

三号晚上，老板为了感谢大家的辛勤劳动，决定搞个抽奖晚会。一等奖，三名，3G手机一部；特等奖，一名，本厂刚出货剩下的劳力士手表一只。

晚会抽出特等奖，恰好第一个抽中的就是向课长。向课长觉得自己特别幸运，拿着手表心情非常激动，还特地代表全体员工要多说几句。他说："很难想象，这销往英国的劳力士，居然出自我们之手！这是我们的手艺，这是中国的力量，这更是中国制造的荣耀！大伙看看，中国制造，Made in China！美，美，哎呀，这标签谁贴的？"

向高薪没敢往下说，见大伙还在不停地鼓掌，便把手表揣进口袋里赶紧下台。

抽奖还在继续进行。

从台上下来，向课长低着头，找到李秀月，神色慌乱地说："趁货还没退回来，不要行李了，再不走人，我们就死定了！"

到了车站，向课长终于缓过气来，才记起给李秀月的表妹打个电话，他说："出事了，你表姐现在回家，亲自送，亲自送，我们已经在车站了。"

李秀月上了火车，见向课长还木呆呆地站在月台上，就觉得很对不起他和表妹，心里一阵又一阵地难过，便决定先给表妹打个电话道完歉，再打给儿子，叫他多弄点年货，她在深圳这一年实在不容易，能坐上火车回到家里更不容易。一家人，得好好吃，好好喝，过完年，出不出来是另一码事。

李秀月这么想着，就把手机摸了出来，却东按西按地怎么也开不了机，心里一急，头上的汗水越来越多了。

旁边的一位小姑娘看了看她的手机，说："现在的玩意儿，越来越水了！阿姨，用我的吧，新买的，好几千呢，3G的，进口货。"

李秀月打完电话，说完谢谢，又说了句："小妹，你这个，真好用，把说明书给我看看，下回，叫我表妹给我儿子捎个回来。"

看完说明书，李秀月笑了笑，笑完，又摇了摇头，喃喃道："哎，Made in China，Made in China……"

段作文
深圳市诚业表带厂

在冬天转车

许　澜

一

火车刚刚到站，就是暴雨的消息。狂风卷着雨水倾盆而下，人都像在水里挣扎的鱼。她却苦笑：五年来，从这个城市转车三十六次，有二十四次都在下雨，黄褐的梧桐叶子被吹得满城打转。一切似乎都没有变过。

她只有十个小时的时间停留，然后就要去赶凌晨的一班飞机去北京。五年来，总是这样，其实可以直接坐飞机去北京，但是她却总是先买到这里的火车票，逗留几小时再飞去北京。

在转车的空隙里，时间被拉得很长。

她拖着行李箱走进那间星巴克二楼靠窗的位置。她总是坐在那个位置，等祁天文。

时间已经是下午六点，她的飞机再过三个小时起飞。

窗外的雨号哭似的，迎着窗户玻璃滚滚而来。她看着这个城市灰蒙蒙的傍晚，觉得有点苍凉。

她看了看手表，他应该不会来了。五年里她在这里转车，与他见面的时间加起来一共八十五个小时，说长不长说短不短。可是无论长和短，都没有意义了。

她喝掉最后一口冷掉的咖啡，提起行李箱打算起身，却看见一个湿漉漉的身影从楼梯口上来。她心里忽然一皱。

晚葵。他叫了一声她的名字。

她笑了笑，又重新坐下来。还好吗？她说，你都淋湿了。

他拍了拍发梢上的雨水，看到她面前那个空空如也的杯子。真不好意思，今天有点堵车。他说。

她又笑。她本以为他不会来了。

她在下火车的时候给了他电话，问他好不好。他就知道她来了，因为她平时几乎不给他打电话，他们之间除了写信和发邮件，就没有其他。而邮件里面，也尽是些简简单单的问候。她给他打电话的时候，他就知道她要从这里转车。

他又点了一份拿铁，一份焦糖玛奇朵。焦糖玛奇朵是为她点的。其实她并不喜欢这种甜腻的东西，只是他曾说这是女孩子应该喜欢的咖啡，她就喜欢了，而他也就一直以为她是喜欢的。

一个女孩子，经常像你这样出差，会老得很快的。他扬起嘴唇对她一笑。对了，你好像又瘦了——两根锁骨横在衣领那儿，但是没有一般瘦子硬撑的感觉。

她下意识地低头看了看。他还是这副样子，多少年都还是这副样子。要是换个男人像这样放肆地评论她的锁骨，她会感到不舒服。

哪有，还是老样子。她仍旧是笑，含含糊糊地说着。

他们就聊一些有的没的。他刚刚开了一家小公司，一切都才起步，从白开始；她仍旧在原地打拼，还是住城郊的单身宿舍。

他的咖啡喝完了，手机在口袋里响起来。他接电话的时候，她听他的口气，知道他是在和女朋友讲话。

他放下电话对她说，庄惠没有带雨伞，我得去接她。

她点点头，对他说，快去吧，别让人等急了，这么大的雨。

他站起来对她说了一声拜拜，就匆匆忙忙走了。

她回味他的话，庄惠——应该是他的新女朋友。他是热闹的人，女朋友像走马灯。他对她说拜拜，很稀松平常的两个字，却是经常见面的人之间才会说。大学毕业以后这五年来，他们见面的次数很少，她在他心里算朋友？或是很好的朋友？不管哪一种，她都满足了。转车的空隙里和他喝一杯咖啡，她都满足了。

她从窗口看着他出门，去停车场取了车，然后那车子消失在茫茫的雨雾中再也看不见，她才转身过来坐下。

眼眶里的泪水就悄然落在微温的咖啡杯里。

五年里，他的女朋友换了好几个，每一次看见他都是风尘仆仆一身，驾着那辆二手旧车在城市的五脏六腑赶路；五年里，她常光顾的这家星巴克换了一批服务生，然后又换了所有的窗户，后来把屋顶的颜色也换了，肥油油的绿色，极耀眼的，六朝金粉似的繁盛。只有她每次还是坐在那个位置，干枯地等一个叫祁天文的男人。

这一天，2005 年 10 月 17 日。她在与他相遇三十六分钟之后，踏上去北京的飞机。

二

大学的时候，不是没有人追她，而是她放在心里无动于衷。她一直是懂得自己也懂得别人的女孩，她太明白她想要的和不要的。

她在欧洲文学史的课堂上发现了那个叫做祁天文的男孩。他是一个不太显眼却很干净的人。“他就那样静静地坐在那里，可是让人不能拒绝。”——很多年以后，她对好朋友小瑾这样评价他。

彼时都还青涩。他是大男孩，刚满十八岁，骑着单车可以飞奔。她那样鲜明的一个人，却一向默默的。从大学一年级开始，默默地去注意他，默默地在清晨想起他，后来又默默地看他换过一个又一个女朋友。可是她从未让他知道她在想他，也许他甚至根本没有注意过她。她只是默默的。不说一句，即使是在不为人知的日记里。

当一个人对自己明白得过分，也就变得沉默。沉默到她没有办法去主动认识他。

后来她知道他是学校游泳社的副社长，她就去学游泳。她去了很多次都没有下水，只是在游泳池边等着，可是她从来都没有见到过他。后来她第一次下水，竟然抽筋了。他们把她从游泳池里救起来。她在迷糊的意识里知道有人朝自己的面颊逼近，嘴唇上一阵莫名的触感。于是她一下子睁开眼弹起来，把那个人撞到了游泳池里。

结果，祁天文磕破了膝盖，还留了疤。

她有点后悔，因为他的那个疤，还因为她推开了他。他为她做人工呼吸，这是许多年来他们第一次最近的接触。后来的日子里，她常常在清晨醒来的时候闻到一股清淡的薰衣草味，那是她发现被自己推进泳池的人是他的那一瞬间，想起来的他头发上的味道。她在昏迷中记住了这味道，永远就那样锐利而深刻地记住了这味道。

后来她还是坚持去学习游泳。大学三年级的秋天，她已经游得很好了。那天她竟然又遇见了他。这一次，他认出她来。他朝她打招呼，只是挥了挥手，然后一笑，脸颊是一派朝气明亮。那一刻，她忽然不能自持，只得愣愣地对他点点头。很久以后的后来，她想起他对她挥手和笑的那个画面，心里仍旧会皱起一个褶子。

他对她说的第一句话是，你游得很好，可以来参加游泳社。他说这句话的时候，她正站在泳池边上准备下水，可是看见他走过来，她手脚都呆滞住了。

谢谢。她说。

他又问，你是学哪个专业？

法语。她说。

我也是。他有点熟稔地说，似乎还在课堂上见过你的。

她笑了笑，我经常看见你。

你叫什么名字？他终于问。

丁晚葵。夜晚的葵花。

他的目光凝滞了一瞬，又笑，我叫祁天文。

后来晚葵进了游泳社，还代表学院参加了学校组织的游泳比赛，也拿了名次。她与祁天文的见面，也只是在游泳社的日子里，他们和大伙一起去吃饭和露营，她甚至很少与他讲话，只是远远地看着他和他的女朋友一对璧人。

大学的时候，她喜欢看三毛和杜拉斯，还喜欢找德永英明的旧碟片来听。他喜欢看法斯宾德的电影，喜欢去美术馆或是艺术馆看画。有一次她去图书馆还书，他看见她手里拿的一本《美丑缘》，就问可不可以续借一个月先借给他看看。她当然说好。这次以后，他们就常常在网上聊天，有时候聊画画，有时候聊歌手，仅此而已。

后来她又知道他每周末都去美术馆看画，于是她也去。他便常常在美术馆“偶遇”她。她发现他总是一个人来看画，就小心地问了一下为什么他总是一个人。他却只是淡淡一笑，没有说话。后来，他们之间的话题多了起来：波普艺术、塞尚与波拉克、威尼斯画派。

大学四年，她一直看着他和别的女孩一起肆意地抛掷青春，像阳光和海水似的一团朝气蓬勃。有时候，她看着女孩子坐在他的自行车后座上，浪漫得不像话。她也只是远远看着，从没有靠近过他。他们之间，来来去去不过是：你好吗、再见了、你游得很好、这周还去不去看画展……然后就再没有其他。

毕业典礼那天，她发现他已经单身。盛夏的傍晚，她把自己在这四年里的文字和涂鸦做成了一本小书送给他。他拿着这本小册子，第一次被她感动。他翻了翻那本小书，里面有一些中文、英文、法文，还有他不认识的一种文字。他看着觉得感动，却说了一句令她永远沉默的话：谢谢你，你是我认识的朋友里面最有才气的。

他把她称作“朋友”。她看着他澄澈的眼睛，就知道那里面的内容没有她。

她笑着说，真高兴你能喜欢，祝你一切顺利。她笑的时候有点干巴巴的苦，说出来的话也有点干巴巴的苦。

可是晚葵一向是满足的人。她觉得有一个人给她爱，已经是很幸福的事。她太明白自己，也明白许多事情并不可求。她会常常想念他，但是她不需要他属于她。她太明白自己，太明白他了。

三

毕业以后，祁天文留在了这个城市，丁晚葵去了外地。

工作的第一年初春，她给他写了一封信，信上说了自己的近况，也问候了他。他在一个月之后才给她回信，信不长，多数是寒暄。她也给他发邮件，总是叮嘱他保重身体，不要生气，不要感冒。

工作一年后的深秋，她从他的城市转飞机去北京。其实她可以直达北京，但是因为他在这里，这里便成了她的一个中途站。

那次她给他带去了一个她从寺庙里求来的平安符。她对他说，记得要把这道符好好放在身上，放在钱包里口袋里都行，我替你算命了，带一道符会比较好运。他收起这道符，忍住笑，只觉得她像足了一个唠叨的婆婆。他把这道符放在钱包里，然后就忘记了。

后来她常常在他的城市里转车，大多数时候是去北京。她总是在那间星巴克里和他见面，他们之间来来去去也还是：你好吗，还在看画吗，最近天气不好，最近天气不错，又有新的画展也可以去看，谢谢你，抱歉，再见。他们之间聊得多的是画画，还有电影。她的话题总是围绕着他，他的工作，他的生活，他是不是开心。他是乐天的人，在她面前也没有城府，如果他有不开心，就会和她提一下，自然不是为了发泄，只是他在她面前诚实惯了。有的人就是这样，你会忍不住在她面前诚实。

有几次的见面，他的女朋友也在场，她不好意思问他最近可好、开心不开心。在离开之后她才忍不住又发短信问他是不是过得顺利。他回答她说，很好，甚至他还在短信里给她说了句笑话。她放心了，却又觉得心底隐隐地疼。她想起他的女朋友，知道他最近很幸福。

她常常问他，有机会来我这里，我做导游，还请你吃海味。他每次都说好，有机会我就去。可是她知道他不会来。她太明白他了。但她仍旧在后来的日子里时常问起他：有没有机会来我这里？

毕业以后的几年里，她每年都给他寄去生日礼物。她从他的城市转车三十几次，有好几次，她并不是去出差或是旅行，只是想从这里路过，单纯地想要见他而已。有一次她从他的城市转车，与他见面的时间不足半个小时，他就匆匆走了。她离开后，去了广州，在一座旅馆的房间里，看着街灯和车流渐渐繁盛，然后再把整个城市看亮。

之后她便搭车回了自己的城市。

她也想过要和他在一起，想过很多很多次。但是她太明白他，也太明白自己，以至于这种想法令她觉得不自量力。她有她的世界，而他有他的。她无法驾驭他的世界，他也无法驾驭她的。

她曾经想过抛弃理智，在爱情面前疯一回。可是她究竟还是太过鲜明的人，她可以不靠近他，但是却害怕更加远离他。她不是在爱情面前计较得失，只是爱情不必要拥有，爱已经在爱里满足了。

她习惯有一个人供她想念，她觉得满足了。

四

毕业后第五年，晚葵谈恋爱了，跟一个室内设计师，从冬天谈到秋天。她仍然每天把笑盛在眼里，却失掉了以前的安然。她仍旧在他的城市里转车，和他见面，聊天，问他是不是过得开心。如果他说他过得开心，她就放心了。

那天，她坚持看《情人》，和男朋友一起。那里面有男女主角做爱的镜头，拍得有点干涩陈旧的唯美。男朋友问她怎么想起来看这个老电影，她笑着说，你看着一场活生生的爱情和活生生的世界在你面前过去，很干脆也很痛快。

看完电影，她忽然想念祁天文，彻骨的那种想念。那天晚上，她与室内设计师分手，然后踏上了去他那里的夜车。

在凌晨的火车上，她又接到室内设计师的电话，问她可不可以再考虑考虑他们的关系。她说，我想要对自己诚实，想要对你诚实。

她想要对祁天文也诚实，可是她从来就没有做到。在他面前，她永远要靠挺住来维持。她挺住苦涩在他的城市里和他见面，然后变得更加苦涩；她挺住苦涩去接纳另一个男人，她以为自己可以挺很久，然后慢慢把他忘记，可是她发现崩塌就是一瞬间的事。

她想念他，想要见到他。明知见面之后是更深的苦涩，她仍旧要去见。

在天还没亮的时候，她的火车就到了他的城市。这一天是周末，她料想他大概不会早起。于是她等到上午十点才给他打电话。他说他在医院里，她立刻吃了一惊，然后就打车赶往他的病房。她太担心，一颗心悬着，都忘记了给病人带一束花或是一篮水果。

他明显瘦了一圈。整个人陷在病床里，不似往日的生气。

她很心疼，却又无法说。只是问他：什么时候病的，怎么这么不会照顾自己。

他无谓地笑了笑，小毛病嘛，以后注意按时吃饭就好了。他的笑容还是有精神的，这令她稍稍放心。

她看着他刚刚做完手术的病容，只觉得眼泪就要从心里翻涌出来，她忍住泪对他说，不要仗着自己年轻就可以胡来。

瞧瞧，你又成了老婆婆。他打趣她。

她在他的病房里陪他看了一场足球转播。然后她想是不是该告辞了。可是又并不想告辞。她和他在一起的时间，每次都不超过三个小时。这一次似乎奢侈了很多。

他问她，你这次是转车去哪里？

这次转车去哪里，她忽然无法回答这个问题，于是只和他说，以后有机会去我那里，我做导游，还请你吃海味。

他说，好的，有机会就去。

她说，你不会去的。

为什么？

我就是知道。她说。

我就是知道——当她那样略带责备、又有些调皮地看着他，对他说“我就是知道”的时候，他忽然感到一阵苍凉，又一阵温暖。她一向了解他，他其实都知道，他不是一个感性的人，甚至他总是很大条，只是在这一刻却似乎惊觉一般地，发现自己一直就被一个人这样深刻地懂得。

中午的时候，他的女朋友来了——已经又是一位新面孔了。晚葵笑了笑。她已经习惯看到他身边的新面孔。

他的女朋友为他带了一碗鸡汤。他接过饭盒的时候，看着女朋友，他是一脸的幸福。那一刻，她终于明白他的眼神里原来一直有很多内容，可是那些内容永远都没有她。

她看着他喝完，才说，我该走了。

他看着她，牵了牵唇角，说，一路顺风。他对她笑，那种笑是又远又真诚的笑容。她和他说了保重，就拎起皮包出了病房。

她走出那间医院，阳光已经散了。她忽然觉得很多年来，自己都在等待中度过了。他们还不是朋友的时候，她就默默地等着和他遇见，后来，给他写信然后等待他回信，从他的城市转车然后等待和他见面，等待与他有关的很多消息，等待下一次的转车。此外，她还在等着什么，连自己都不知道了。然而，她就是在等。

直到前一刻她知道，他看着他的爱人的眼光永远和看着她的时候是不同的——这是她很早就知道的，然而说不清楚为什么只是在那一刻，她才觉得自己该转身走了。他对于她，永远不是用来等待的，而是用来遇见的。

一个人的心，可以承受很长很久的等待，可是心死也就是一瞬间的事。

五

晚葵走后的第二天，祁天文就出院了。他回到宿舍里翻出她送给他的东西：她在毕业那年送给他的那个原创的小书，五份生日礼物，一道护身符，还有许多的信。他想起她在医院里对他说的“保重”，忽然觉得以后就再也收不到她的东西了。

后来，他真的没有再收到她的任何东西，哪怕是短信或是邮件。

夏天快到的时候，祁天文翻出晚葵送的小书。那本小书是毕业时她送给他的，他偶尔会拿出来翻看。他在封底看见一幅素描，是刻在一只戒指里的一句话：To quiero——他一直以为她要画的只是一枚戒指。直到他在很多页的页眉里看见这句“To quiero”的时候，他才明白原来她要画的是“To quiero”。

他一直都不懂得这句话的意思。

六月，他陪女友去买对戒。营业员介绍一款“我爱你”，很素净的一圈，上面刻着西班牙文字 To quiero，是“我爱你”。

他立刻想起她送给他的那本小书，原来她要送给他的不是一本书，而是一句 To quiero。她要送他很多句“To quiero”，却不想让他知道。

他对女友说，不好意思，我有点不舒服，先回去了。

他在回家的第一时间就翻出那本小书，一页一页地翻看。那句“To quiero”一共出现了九十九次。他觉得心里一阵一阵发抖，他忽然想去见她。

他找出前些天买的一张光碟，那是德永英明的一张专辑，他知道她喜欢德永英明，就在这张光碟上也刻了一句“To quiero”，打算带去给她。

他买好车票，就给她打电话。他想要告诉她，他要去她那里，要她给他当导游，请他吃海味。

接到他的电话，她有点吃惊。

他很无措，隔了几秒才问她：最近好吗？

还好。她淡淡地说。

他心里翻涌着，许多话都堵住，一时讲不出口。

她又说，我快要订婚了，你呢？

他竟然像没有听明白，追问一句：什么？

那边顿了顿，说，我快要订婚了……你呢？

他觉得心里的那阵翻涌忽然都变成了尖利的刺刀，哗啦啦地落下来，令他没有办法躲藏。他只好颤颤地说，那么，祝你幸福。她说了一句谢谢，他就立刻挂了电话。他很害怕还要继续说下去。

原来我任性了许多年，想要停下来的时候，你已经走了。原来在你爱我的时候，我不知道你爱我，或者是不愿去知道；在你要离开的时候，我才知道原来我早已离不开你；在你对我告别的时候，我才发现自己深深爱上你。

六

2010 年的秋天来得很款款，很温厚。

这一年的春天，祁天文已经把二手车换成了一部凌志。毕业已经十年，他仍旧是每天赶路，只不过以前常常是两个人，这几年就变成了一个人。

他常常想起她来，他与她通过一次电话以后，就再也没有联系过。也许她早已订婚，也许她早已生子——那都与他无关了。

他定期买她喜欢的那本杂志，看过以后就放好，已经有厚厚的一叠。他将她喜欢的德永英明的所有的碟片都收藏了，常常在夜里就听。以前他有时候去美术馆，有时候不去，后来只要一有空他就去。他已经习惯了独自一人。

她生日的那天，他去美术馆看画。在美术馆门口，他遇见一个小姑娘向他兜售玫瑰花，花瓣已经旧了，垂在风中哀哀喊痛。他有点诧异，自己三十二岁的老男人，又是一个人，居然还有小姑娘想要卖花给自己。但他还是买了花。因为今天是她生日，他也就买了一束花。虽然他不能送给她。

他给她发短信，祝她生日快乐，又说，以后带家属来我这里，我当导游，请你们吃香辣虾。他是真心地说的，也是真心地希望她幸福。可是他不知道她在看到这句话的时候眼泪已经止不住。

她告诉他，她从他这里转车去北京。他请她去他常去的那间餐厅吃饭，还带上了那张德永英明的光碟——刻上了“To quiero 2006.6.19”的那张光碟。他只是带上了它，没有想把它送出去。带上它就像带上某个很贴心的朋友，可以令他安然。

吃饭的时候，他们之间仍旧只是你好吗、最近天气不错、美术馆有新画展了。

她对他说，经过这么多年，大家都老了。

一个老字，含义太重。他感到无比沧桑。

彼此眼中都是苦的。她在快要掉下眼泪的一瞬间起身去了洗手间。她不明白自己为什么还会回到他这里。从十八岁，她就在等，等待了很久，默默地等。她挺住苦涩去他的城市转车，为了见他短短的一面。她挺住苦涩来接纳一个男人，却终于在看过一场电影以后，被思念瓦解。后来她终于知道他眼睛里的内容也许永远不会有她，她决定不再等。再后来，她接纳了另一个男人，要重新开始，却经不住他的一个电话——他在电话里用微微发颤的声音祝她幸福，她便知道自己无法再挺下去，于是取消了订婚，干脆继续孑然下去。她常常从别人口中听说他又换了一个女友，然后分手了，就再也没有他的消息。她自己是一个人茕茕孑立到现在。

她在三十二岁的春天，还要去他的城市转车，这次不是她故意转车，而是需要在这里办事。她本来不愿意找他，却还是没有挺住。

回去餐桌的时候，她的双眼是红的。他终于忍不住问：你开心吗？这是她以前常常问他的话，现在轮到他来问她。

她只是苦苦地笑，然后反问他：你开心吗？

他很老实地说：有时候开心，大部分时候不开心。

她笑起来，因为他的可爱。有时候开心，大部分时候不开心，这不像是一个三十二岁的男人说的话。

你还听不听德永英明？他问。

一直在听。他的声音像毒药。

他低头去喝了一杯酒，想问什么却欲言又止。

他开车送她去了机场，在机场他给她买了一份咖啡。他站在那里看她进了候机厅，就离开了。看着他瘦高的身形消失在视野中，她感到一阵悲凉与空洞——也许再也不会见面了。那样爱着的一个人，也许再也不见面了。

在候机厅里，她拿出他买给她的咖啡，那个购物袋里面还有一张 CD，她认识，那是一张德永英明的专辑。她拆开来，竟看到一句“To quiero”，还刻着日期“2006. 6. 19”。

她开始疯狂地掉泪。

从前，常常在他的城市里转车，她会想，此时一别，何日再见？原来，我们不必等到霜鬓尘面，鸠首鹤发。原来，时间的红绳缠了很多岁月。你的慈悲，我的锋芒。原来，我一直以为是我在等，等了十年然后准备撤退，在我转身的瞬间，看见你的身影，你原来也在等我，等了好多春夏秋冬。

她掏出手机来对他说：你送的 CD，是我听过最好听的。

他愣了一下：你已经听过了？

她听到他的哽咽，却也只忍住眼泪说，我听过了。

买 CD 的人，不知道它原来这么好听。他说。

我想跟他一起，走遍整个城市的大街小巷。

他的眼泪滑落下来：我等你。

许　澜

广东省电网公司佛山供电局

上海《主人》杂志推荐

天亮去看看小猫

杨秀霞

一

雪地上总有一些动物脚印，那些脚印轻轻地划一溜小小谜语，大雪地就长了神经。晚上看不见，但采油女工们能感觉到，脚印是在星光之下出现的，并且活活跃跃。

柯典娜小时候听人讲过，在草原深处，一个女采油工被狼堵在油井房里，都给吓了个半疯，直到天亮狼才跑。

"我们这儿有狼吗?"

万达哈哈大笑："过去有。独眼狼、瘸腿狼、白脸狼都有。草甸子上尽些个白花花的狼粪。"

"你怎么知道?"柯典娜浑身冒凉气。

"听老苞米面子说的呗。"

在北方大油田，年轻人背后管六十年代来油田的"老会战"叫老苞米面子，管七十年代工作的中年人叫大（米查）子。因为那个时候全国都是粗粮多细粮少，油田除了油井最多的就是苞米地了，可以说是大苞米养育了油田两代人。

油井房的门从里面闩上了。万达和柯典娜站在门口进不去，用手敲没动静，用拳头擂还是没动静，万达用脚当当两踹，吼道："快整!"

铁皮门的当当声在夜晚空旷的原野上传出好远。柯典娜想起铁玲每次来接班，也总是用大头鞋照值班房的铁门"当当"来两脚，万达就在里面骂一句："发洋贱！"

里面仍没动静，万达气得照门又一阵猛擂，大喊道："再不开，我点炸药了！"

门"咣"的一声从里面推开，铁玲气嚷嚷地说："敲啥？敲啥！！"

柯典娜和万达都愣了。井口房里大冬天也温暖如春，爱招人。捡破烂的、跑盲流的，特别是幽会的少男少女最多。但从没听说过自己领着对象跑到自己井上谈恋爱的。几年以后，铁玲抱着儿子跟柯典娜说："那天不知怎么搞的，迷迷糊糊多走一口井，跑到咱们井上去了。"柯典娜说："也难怪，那种老井，小白房和井场没区别，周围的大杨树也差不多。有点像那个苏联电影，搞对象走错了房间，列宁格勒和莫斯科的楼房一模一样。"

不过，那天铁玲也够倒霉的，摊上万达了。一般人搞不开也就算了，万达却不，碰上搞对象的他就来火，不把门砸开不算完。万达二十六七了，长得也挺帅，但是没对象。

万达对铁玲咧咧嘴，笑得好像刚吃了一碗苦汤药。他轻轻拍了拍铁玲肩膀，把人家往里推，又轻轻关上门，说："真对不起，慢慢玩吧。"柯典娜隐约听到铁玲在里头似笑似骂的声音，感到自己的脸一瞬间烫得厉害。

二

月亮那盏自古就有的老灯，高高地挂在寒冷的夜空，结一层厚厚的冰霜。一地柔光有些昏黄。

柯典娜总是走在后面。她自己也觉得挺有意思的，都是因为害怕，小时候和长大了却变了位置。小时候害怕的东西似乎在前头，她总躲在大人身后；现在，她害怕自己的身后。

柯典娜刚听说女工也要倒班的时候，心里犯愁。虽说可以两个人合岗，一起巡井，但在大野甸子上两个女孩走夜道，她一想就不寒而栗。她知道别的女孩也害怕，但是谁都不说害怕。工人了嘛！工人就是大人了，大人是不该害怕的呀。那天下午，万达突然问柯典娜："你愿意跟我上一班吗？"

柯典娜眼睛一亮，但转瞬又暗了下去："不是说两个女的一班吗？"

"你们五个女的，总得有一个跟男的一班呀。"

"那老井长能同意么？"

“他那我去说。你到底愿意不愿意?”

“井长要是同意的话，那我……”

柯典娜实在不好意思说她愿意，其实，她心里特别特别感激万达。

可是井长一公布，铁玲就炸庙了，她非要和柯典娜一个班不可。老井长就把脸一麻搭，眼一瞪说:“已经报队上了，不能改。”

柯典娜晚上巡井爱看月亮，她觉得月亮总跟着自己从这口井走到那口井。万达突然小声说:“别动!”柯典娜就站住不敢动了。

一道四节大手电的光柱突然射向雪地，冷飕飕的光柱中，一只毛茸茸的黑尾巴，晃了几晃就不见了。

“哎呀妈呀！真吓人!”

“没事。野猫。”

柯典娜就觉得自己的神经像月光下的干树枝战栗了起来。

三

井组的女孩们自从三班倒以来，谁都没睡过好觉。半夜 11 点多刚睡得香甜，队上值班干部就“啪啪”地拍窗打门，招呼上零点班得起来了。上零点班的一阵开灯关灯开门关门，窸窸窣窣吱吱嘎嘎过后不到一个小时，下四点班的又开始嘎嘎吱吱窸窸窣窣，还外带稀里哗啦的洗脚撩水声。这样一闹腾，这些女孩子的脸上都减去几分新鲜。

队干部尽管经常搬出文件，强调不许睡岗，但他们心里都清楚，采油工上夜班没有不睡的。所以他们去查岗多查四点班，这样既不容易碰上睡岗的，又不耽误自己下半夜睡觉。如果上半夜有事，比如哪个要求上进的工人找他汇报思想，或者是哪个人去找他打小报告，这样查岗就在下半夜进行了。铁玲的这个零点班摊上那个尖嘴猴腮的张队长值班，铁玲心里又恨又怕。上一次零点班睡岗就被这个眼珠子轱辘转的张队长抓着，而且在全队大会上点名，扣了她当月奖金。这次铁玲和她的同班撑到早上四点多实在挺不住了，估计张队长肯定不会来了，就打算眯一会儿，到六点好出去巡井。

醒来已经七点半了，再去巡井肯定赶不上交班。铁玲把缠在门拉手和绞车之间的清蜡钢丝解开，捋好之后藏在墙上挂着的《工作制度》《交接班制度》《安全制度》《冬防保温制度》等一大排镜框的后面，以备下一个夜班再用。门上明明有暗锁，有门栓，可她们仍要加上她们自认为最放心的第三道防线。

这天没刮西北风，却异常地冷。空气中好像堆积着透明的小刀片，人在刀片中间走，碰得脸颊耳朵飕飕地疼。

铁玲和同班忙用手捂住耳朵跑进值班房。铁玲骂道："真他妈猫咬手啊！怪不得昨晚这么消停。"

同班说："要不咱们查一趟吧？"

"不去。天都大亮了，出啥事也晚了，还暴露咱们不按时查井。我不信咱俩就非得倒霉！"铁玲边说边穿工服棉袄，穿完后又把狗皮帽子往头上一扣说："上厕所，去不？"同班忙把棉衣狗皮帽捂严实。

说是上厕所，其实大草原上那一座座小白房全是油井，根本就没有厕所。难怪油井旁边的大苞米地总是丰收。

四

柯典娜边做习题，边吃着馒头。铁玲一进门就粗门大嗓地说："柯典娜，你们昨晚哪口井冻了？"柯典娜一时不知怎么回事，心想，昨晚四点班巡井时没有发现问题呀。

铁玲的同班心里明镜似的，铁玲在诈柯典娜，其实是她俩夜班没去巡井心虚。但也不说什么，拎起水壶到水房去打温水了。

铁玲把油工服和狗皮帽脱下，团巴团巴往床底一扔，从褥子底下抽出压了半宿的紫色喇叭裤换上。铁玲的两条长腿愈发显得挺拔，相比之下胸部略显扁平，以至于柯典娜总以为铁玲说话粗门大嗓的力度是来自于她那两条长腿。其实，别看铁玲嘴大了点儿，脸黑了点儿，仍是一个有点吉普赛味的女孩。

柯典娜看铁玲光顾打扮自己去了，明白过来刚才铁玲是故意逗自己，心里有点不是滋味。自从她跟万达一个班后，铁玲对柯典娜就不像从前了。总好像柯典娜拿了她什么东西似的。

"喂！柯典娜，你知道万达为什么跟你一个班吗？"铁玲简直有点咄咄逼人。

"我怎么知道？"柯典娜一脸的不高兴。

"咳！谁不知道，想搞对象呗。可真能装！"

说完铁玲无声地笑了一下。柯典娜觉得，铁玲是想哭没有哭出来，那种表情十分严重地破坏了铁玲原本美丽大方的脸。

五

万达在井场压钢丝，所谓“压”其实是像扯着一个有弹力的单杆，随两臂的上下活动，钢丝就一点一点地下到千米左右的井底。钢丝的头上拴着一个十多斤重的铅锤，上面套着刮蜡片，随着重重的铅锤不断地向井底沉下去，刮蜡片就转着圈刮油管管臂上凝结的蜡。别的井是三五天至十天半月甚至一个月才清一次蜡，并且不用压钢丝。但一到年底，为了达到油井利用率百分之百这项生产指标，也为多增产几吨石油，这口即使班班清蜡，也经常被蜡堵死的半死不活的老井总要开一阵子。

万达突然看见一只野猫窜上井口房，眨着晶亮的黄眼睛，上下打量他。万达忙冲那只猫吹了两声口哨，而他自认为是说了两句猫语。那猫竟然对他伸着脖子轻轻喵了两声。万达很兴奋，忙喊正在放钢丝的柯典娜。柯典娜把头从清蜡窗口探出来，看了野猫一眼，就又把头缩回去。万达觉得没趣，就又回头去看那只猫，猫也扭头去别处了。他就猛压了几下钢丝，震得清蜡爬杆啪啪作响，吓得那只猫猛然回头，两眼恨恨地瞪了瞪万达，嗓子眼里呜咽着什么，大概是骂万达吧，跳到雪地上跑了。

望着远去的野猫，万达心里一阵惆怅。他不明白柯典娜这两天为什么不爱说笑了。

那天技校毕业生一来报到，在那六七个姑娘中，万达一眼就看中了柯典娜。柯典娜身材长相都有几分日本影星山口百惠的意思。万达在宿舍里，就把山口百惠的剧照贴在床头，离他的枕头 25 公分远。天遂人愿，柯典娜竟分到了他们井组。万达更认真修理自己那两撇小黑胡。那时印度电影《流浪者》的轰动效应刚刚波及北方这个偏僻的石油小城。认识万达的人没有不说他长得像拉兹的。万达闲来无事，从《大众电影》上把《拉兹之歌》剪下来，想学学识谱，唱唱歌。可惜忘性比记性大，唱起来“阿巴拉乌阿巴拉乌”很像小猫吃鱼的叫声，底下的词和曲又经常弄得串笼子。万达心想，当一个拉兹也太不容易了。

人家印度的那个拉兹没怎么费劲，就有了个丽达，甩都甩不掉。可是万达呢？采油队的女孩们一个一个那德性，别说出身门第比丽达差远了，行为做派一点丽达的风韵也没有。她们的眼皮成天耷拉着，好像她们身边的那些魁梧健壮的男采油工生来就欠她们家二百吊。她们那种心眼儿，谁都知道——不想在采油队找对象，一心等着哪个研究所或者办公室的小白脸小瘦猴，把她们带出采油队。万达为此很为自己和哥们不平。他常想柯典娜是不是也那么冷面冷心呢？冲动了好几次，想来点火力侦察，试试动静，万达都忍住了。他老也想不好应该说点啥。他害怕失败。不过，前些天那个夜间，由于井场出现一只野猫，使柯典娜的手抓住万达的衣角不放，就凭这一点，无疑对小伙子是个极大的鼓舞。更给万达勇气的是自己办了几年的调转终于有眉目了。万达灵机一动，嘿，有招儿了。

"柯典娜，过一段时间我就要调走了。"

柯典娜吃惊地抬起头来，她首先想到的是，万达走了自己和谁一个班，要是女的，那可太害怕了。

"调哪儿？"

"车队。我最喜欢的工作就是开车。"

"什么时候走？"

"冻结一结束。"

"什么时候结束？"

"三、四月份吧，也可能四、五月。"

柯典娜眼睛看着水套炉的火，那火呼呼燃烧着，叫她心里很烦。她轻轻地叹了一口气。

万达见柯典娜这样，觉得自己在这场爱情战役上已占领了前沿阵地，不禁有些兴奋。现在，应该短兵出击了。万达就问：

"柯典娜，你想离开采油队吗？"

"当然。"

"你想往哪调？"

"我想考大学。"

万达觉得有人对着他热乎乎的脑袋倒下一盆冷水。

六

风雪交加的夜晚，没有月亮，没有星星。万达的四节大手电也照不了多远。柯典娜只觉得脚下一滑，又一个跟头。第一口井还没走到，已接连吃了两个跟头。柯典娜摔得眼泪汪汪，半天没爬起来。万达伸手把她拉了起来，说：“我送你回中心岗，你在那等着，我自己去巡井。”

柯典娜说：“不行。”

说罢，她一小步一小步蹭着地皮走。刚才摔得太重了，没想到摔一下竟让屁股那么疼，而且又没法喊疼。那晚的风雪都知道柯典娜的眼里流着泪。

还好，这口井一切正常。万达和柯典娜相互看一眼，眼神里噙着惬意。柯典娜去填报表，万达从工具箱里找出一块较新的抹布，撕成四条，自己先把裤腿角抿紧绑上。柯典娜看见万达绑紧的裤角忍不住笑了。万达也笑了。他指着剩下的两个布条说：“这是你的。”

“我可不绑。像个老屯。”

“半夜三更，谁能看见你屯不屯的，还有十多口油井没查呢，大雪壳子往裤腿里灌，说坐病就坐病。”

万达看柯典娜犹豫了，就把布条往她跟前推了推，转过身说：“我保证，绝不往你腿上看，就是看了也不笑。”

柯典娜绑好裤角，跟电影里那些推碾子拉磨支援八路军的根据地老奶奶差不多。柯典娜看万达真的背冲自己，面壁而立，一动也不动，就说：“哎呀，我不怕你看，我是觉得不好看。”

腿角绑上之后果然不再往里灌风，柯典娜不再觉得那么冷了。当他们查到第八口油井的时候，发现分离器放空闸门冻了。按规定，接班检查发现问题是属于上一班的，可以到宿舍叫已经交班的人回来处理。

万达用脚费了半天劲才踹开闸门，但是没有天然气呲出来。他说：“刚冻，要是冻时间长了，闸门拧也拧不动。”

柯典娜说：“怎么办？去不去叫上一班的？”

“我看拉倒吧，叫她们来，也得我帮着弄。”万达说着用扳手敲了敲闸门底部，当当的声音空空旷旷的。他抬头看了看柯典娜，柯典娜正认真地给他打手电。他说：“把手电给我，你进屋暖和暖和吧。”

柯典娜忙说：“我得在这给你打手电呀。”

万达笑了，神秘地说：“我一个人才能处理，你要在这儿，那闸门没个通了。”

柯典娜还是不肯进屋。万达又说：“真的。叫你进屋你进去就得了，你不在，我才能处理它。”

柯典娜不高兴了，心想，还怕我学技术怎么的？我才不稀罕呢！她把手电递给万达，扭身朝屋里走。万达又喊："柯典娜，我不叫，你可不能出来呀！"

柯典娜咣当一声关紧大铁门。

不一会儿，柯典娜听见外面传来"哧——"的一声，是天然气的声音，闸门通了。万达笑呵呵地进来了，说："柯典娜，找一找工具箱里有没有毛毡、玻璃丝棉什么的，我把闸门包一包，这么冷的天，怕再冻了。"

柯典娜爱答不理的，头都没抬，说："你自己找呗，我又不想跟你学手艺。"

万达只好自己去找，又顶着大风雪自己去包闸门，柯典娜过意不去，才走出去帮着打手电。

"你怎么说生气就生气啦?"

"哼！对我还技术保密呢，处理事故还怕人家学。"

万达站起来，搓着手哈着气，连喊："冤枉冤枉！还技术保密呢，那是用尿浇！老采油工都知道，冬天查井最好先憋一泡尿。不过，你们女的可能不行。"

柯典娜的脸腾地红了。

几个月后井场搞规格化，老井长让柯典娜把这个闸门上的毛毡取下来刷油漆。柯典娜就想起已经调走的万达。她没用工具箱里那把大豁牙套小豁牙的老剪子，而是用手指一个扣一个扣地解开捆毛毡的麻绳。那些绳子是在冰天雪地里，柯典娜照着亮，万达一根一根系上的。那夜，万达的手都冻白了。

那个闸门在那个冬天再也没有冻过。

七

柯典娜演题，万达练字。他其实就练"万达"这两个字，而且总写繁体。他在工作记录上的签名总是用繁体，很潇洒很有学问的样子。而工作记录的内容不但不繁体，而且总是把生产正常的"常"写成"长"，增产原油的"增"写成"争"，温度的"温"写成"湿"……

万达练了一会字，觉得没趣，便看《司机行车安全规则》，背上面的题，十二分地认真。柯典娜想笑，但又没笑："光看你背，字都会写吧?"

“我问过了，司机考试错别字不扣分。不会写的字画圈也行呢。”

柯典娜没再说什么，只叹了一口气。这次她没叹出声，是在心里叹的。她很为万达惋惜。

八

铁玲突然双手捂嘴，猫腰冲到门前，用肩膀撞开值班室的门，两手一松，一股东西喷在门前新落的白雪上面。雪地上立即现出一个个小黑洞，从铁玲口中带出的淡淡的热气在上面朦胧一下，就被急急赶到的西北风带走了。

昨天接班时，铁玲就呕了一阵，但什么都没呕出来。

铁玲慢慢转过身来，两眼泪水盈盈，目光散淡飘忽，似看非看地掠过柯典娜，移到万达脸上时，泪珠就滚滚而泄了。

万达嘴角咧了咧，苦笑了一下。他不明白铁玲这人究竟怎么回事。当初老井长好意为他们牵线，是铁玲一口回绝，但后来倒像是万达不同意她没了面子似的，那些天铁玲总是有意无意地发些怨气。其实那怨气是铁玲发给她自己的。女孩的心思，万达怎么能猜得透呢。

交完班，柯典娜一大步跨过铁玲制造的那片污地。万达也一步迈了过去。刚向前走了几步，看到老井长和上大班的人们已经走到前一口井了，万达连忙转身，用他那四十四码的大头鞋拢了一小堆松软的雪花，埋住了那片斑斑驳驳的小黑洞。又拉开值班室的大铁门，招手叫出铁玲的同班，对她说：“铁玲大概早饭没吃好吧，别跟井长说这事，最好跟谁都别说。”

铁玲同班心想，说不说跟你有什么关系？怪不得铁玲动不动就念叨万达万达的。哼，平常跟我一句话没有，对铁玲倒有说有笑的，铁玲又不是你对象。但是她还是对万达点了点头。不过，没出半天，她还是瞄个机会找了老井长，把铁玲呕吐的事说了。老井长摇了摇头，说：“唉！铁玲这丫头，说傻不傻，说精不精的……万达多好的小伙，人家相中她了，她心里也不是没万达，可偏偏跟个踮脚处上了。这……哎——”

九

宿舍里只有铁玲和柯典娜两个人。铁玲又难受了，对着自己的小腹捶拳头，但是又不敢太使劲，趴在床上呜呜地哭。

柯典娜发现铁玲原本白皙的脸颊上隐隐出现了淡淡的小蝶斑，人也瘦多了，却比先前多了几分柔媚，少了几分蛮悍。她有些可怜她，就把心里憋了几天的话说了出来：“铁玲，你是不是那个了？”

铁玲猛地止了哭声，抬起一双红肿的眼睛，直勾勾地盯住柯典娜：“你知道？你懂？对了，你妈是有名的产科大夫呀！”

“我想跟我妈说说，好让她帮帮你。”

铁玲的眼睛一瞬间亮晶晶了：“柯典娜，你肯帮我？你不讨厌我？”

柯典娜情不自禁地伸出手钩住铁玲瘦削的肩，心里涌上一种温情，那是女人对女人不大常有的温情。这种温情首先感动了柯典娜自己，她的眼睛不知不觉就湿润了。

铁玲在柯典娜家住了十多天。柯典娜休班回家，俩人就共睡小屋里一张床。铁玲问柯典娜：“谁替我上班？”

“老井长。”

“那……”铁玲稍稍犹豫了一下：“那你还跟万达一个班？”

柯典娜点点头，铁玲再没吱声。过了好久，柯典娜听到一声隐隐的幽咽。

十

除夕那天，柯典娜和万达上四连零（下午四点上班，接着再连上一个零点班）。每年过春节，采油队几乎都时兴串班，为的是都能在家过个节，像模像样地休上两天。其实采油工这工作上连班对人没多大影响，只要按时去巡井，其余时间睡睡觉，别让当班的查岗堵着就行。

平时在零点班上，一到清晨三、四点钟，柯典娜手中的书本就沉沉地想往地上掉，书上的字也跳起舞来。再看万达早已头枕胳膊了，只是他从来都脸朝墙，后脑勺对着柯典娜这一边。于是柯典娜也趴在那张永远冰凉的大铁皮焊的桌子上，很快就睡着了。醒来时胳膊总是麻麻的，好一会儿都不敢动一下，心口也窝得胀疼，常常有一滴圆圆的口水滴在桌面上，也可能是滴在手臂上。柯典娜就想，是不是万达不愿看到她滴口水，才总是把后脑勺朝她这边呢？

但这个凌晨柯典娜不想睡，这是大年初一啊。她也不知从什么时候起，就认为大年初一这天人干什么事干得多，那么这一年就会是这件事最顺利。所以这一天除了巡井之外，她就想看书和做题。还有几个月就要高考了，如果考不上大学，那就得当一辈子采油工，她不甘心。但也真是困呀，要能睡上一小会儿多好，她看一眼万达，万达胳膊抱着头，像只猫，睡得呜呜的。柯典娜不禁有几分伤感，人啊，为什么这么累？像万达那样的活法，不就很简单明了么，想睡就睡，想当司机就当司机。

突然窗框子咔哧咔哧一阵响，柯典娜"哎呀"一声跑到万达身边。万达惊醒，迷迷瞪瞪地看柯典娜，柯典娜用手指着窗。窗外又一阵咔哧。万达说："没事，野猫。"猫字刚落，外面就及时地"喵喵"两声，似乎故意证明知猫者万达也。

万达开门用手电一照，果然是那只总在井场打游击的野猫。它从窗台上噌地跳到雪地上，冲着万达发出两眼莹莹的光。万达说过自从他来到采油队，这只猫就经常在井场附近活动。不知是有家不归，还是被谁家放逐，这猫自由自在，不再把自己寄存在某个人的家里。它以井场为家，以鸟鼠为食，见到采油工巡井它总是不卑不亢，趴在树上或蹲在油井房上，用警惕的眼光审视着。此刻，这只猫与万达面面相对，喵喵叫着，不知是述说它自己的饥饿，还是述说它自己的孤寂。这是个大年夜，猫也想过年了吧？

万达对柯典娜说："去把慰问烧鸡拿来。"柯典娜进屋拎来塑料袋。万达用手一撕，塑料袋就裂开一道缝儿，那只由厂长矿长们敲锣打鼓送到节日值班岗位的慰问烧鸡，就从那道口子里滑了出去。野猫箭一样射了过来，嗓子里呜呜咽咽，眼睛越发光闪闪，叼起烧鸡跑了。万达说："给留条鸡腿呀，不够哥们意思！"柯典娜就笑起来，觉得多亏有这只猫，大年夜一下子有了生气。

远处楼区点点红灯告诉人们，那是一片很温暖很热闹的地方。鞭炮这时候响起来，由于井场离楼区很远，听着像是谁在用一根木棍轻轻地抽打一件旧棉袄，扑扑地扬起灰尘。

柯典娜盼望那只野猫吃完烧鸡最好能再到值班室来一趟。

可是，猫没有来。

十一

采油工没有明文规定班前不许饮酒。万达一身酒气，接了班就坐在那里抽烟，一根接一根，一句话也不说。柯典娜也不敢问他。万达突然把一支吸了半截的烟扔进水套炉膛，问柯典娜："铁玲在不在宿舍？"柯典娜用诧异的眼睛瞅了瞅万达。"臭抖擞，我宰了她！"

柯典娜问他怎么回事。万达上句不接下句地说了半天，柯典娜才听出个大意来。原来别人刚给万达介绍个对象，见两次面印象不错，巧的是女的是铁玲同学，那女的就找铁玲打听万达这人怎么样，没想到铁玲说万达早就有对象，是一个采油队的。结果那女地哭着说万达脚踩两只船。

柯典娜也觉得铁玲这样做太缺德了。同时心里也泛上另一种说不清的滋味，好像自己的什么不太重视的东西，突然被人家拿走了，这才意识到那东西虽然不济，毕竟是自己的。

万达说："你自己在井上害不害怕？要害怕就跟我一同回去，不怕你在这儿等着，我教训完铁玲就回来。"说完，也不看柯典娜，就去披棉工服。

柯典娜这才意识到不阻拦就可能出大事。她一把抢下万达的棉工服。万达一甩手说："行呵，我不穿还不行吗！"说着就去开门。

柯典娜快步跑到门前，双手拼命抓住门把手。万达就使劲推门。柯典娜本没万达有劲，这工夫不知为什么竟爆发出一种神力。

"你喝多了！一个男人要去打女人，那是什么事？再说，已经吹啦，你打铁玲有什么用？"

"你少管！"万达冲柯典娜喊了起来，一把推开大铁门。

柯典娜死死拉住万达一只手，嘴里反复说："我就是不让你去！就不让你去！不让你去！"

万达突然站在那里一动不动。柯典娜没反应过来，她的双手还紧紧抓住万达的一只胳膊。

万达的眼睛充满血丝，但眼神特别温柔。柯典娜浑身战栗，松开双手。由于用力而发白的十个手指突然充血而格外粉红，这种粉红一下子传遍全身。

柯典娜哭了起来。她自己也不知自己为什么哭，只是眼泪难以抑制地流起来没完，全身没有一点力气。如果此时此地，万达帮柯典娜擦一下眼泪，或拉起她的手一同走进值班室，那么，这个世上也许就会少一些遗憾。

值班房的门大开着，冷风呼喊怪叫，扑打着他和她。

十二

大地上的雪变得发灰，然后又黑，最后不见的时候，小草也冒了出来，像针尖。万达调走以后，柯典娜和铁玲一个班了。

高考报名开始了，柯典娜去报，厂里不给开介绍信，说技校毕业生三年以后才允许考大学。柯典娜一算，自己才工作一年，再等二年又超过了报考大学的年龄，她就病倒了。

病来如潮水，病走如抽丝，恰巧北方的春天截然相反。当柯典娜病愈上班的时候，草木皆绿，野花纷开，春的感觉刚好正浓，仔细一看日历，已经是夏令了。

在月光底下，井场的杨树一片片黑影，风儿走过，那些黑影便沙啦啦呻吟起来。好像到处都有穿黑衣的杀手口叼尖刀踮着脚走来走去。柯典娜害怕，铁玲也害怕。她俩都觉得夏天没有冬天好。冬天冷是冷，但是它删除了许许多多能够发出声音的树叶草叶花儿朵儿，一场大雪之后，房子是房子，树是树，到处都是固定的风景。这样采油女工查井时，可以少一些恐惧。

柯典娜和铁玲坐在值班室里，听见外面有一种声音，像一个疯女人在哭，时高时低。她俩悄悄挪到水套炉里面的墙角，身挤身站着不敢动一动，好像水套炉能做她俩的碉堡似的。那种声音闹了大半宿。柯典娜说可能是野猫。铁玲说肯定不是，肯定是坏人装的。后来那动静又没了，怎么想怎么为这深夜的寂静心惊胆战。柯典娜先哭，铁玲接着也哭了。

哭了一阵儿，心里便松快了些，铁玲就边哭边骂："操他老苞米面子，非说等结完婚再给我办调转，说怕我调出采油队变心。咋没有坏人来强奸我呢，看他老不死的爹还说啥！"

柯典娜也骂了一句："该死的破规定，三年以后才准许考大学。"

哭哭骂骂，天就渐渐亮了。两个女孩用工服擦净了脸，面对面坐在铁皮桌子前，相互你瞅我，我瞅你，就止不住笑了起来。铁玲问柯典娜："你想不想万达？"

柯典娜没吱声。

铁玲又说："你真是的，你为什么没跟万达好呢？"

柯典娜张了张嘴，她想说我要考大学的，心里一酸，眼泪又淌了出来。

铁玲说："不瞒你说，冬天你跟万达一个班，我真来气呀。"

"是不是你对万达有意思？"柯典娜说。

铁玲的眼泪便像断了线的珠子一般："你不知道柯典娜，我根本就不爱我现在的对象，其实，我喜欢万达，一辈子都喜欢他。可我对象他爸是厂长呀，答应把我调出采油队。"

柯典娜呆木了，脸肌似乎立即冻结。她一直以为铁玲心眼儿不好，特别是挑黄了万达的对象，就是没想到铁玲竟然这么地爱万达。

"柯典娜，我就要结婚了。他爸说结了婚就给我办调转。"

柯典娜看了看铁玲，很想说句什么，就是找不到一句合适的话，心里感到从未有过的沉重。

十三

铁玲结婚那天，她公爹突然重病住进了医院。正是在酒桌上，铁玲和他对象敬酒，她公爹单位的几个科长吵吵巴火，非让她公爹喝个双杯不可。她公爹乐呵呵地喝了双杯，结果酒席一散就不行了。铁玲的对象有点踮脚，走路不十分利索，往车上抬老头的时候，没走两步他就来个前失。多亏铁玲有点干巴劲儿，抱着公爹的头没撒手，才没把老头摔着。老头当晚在医院没抢救过来，就爬烟囱去了。老头的葬礼特别热闹，大车小车排大队，光花圈就上百个。可是，后来没几天，她公爹家再也没人去了。

那些天，铁玲动不动就哭，柯典娜劝她节哀，别哭坏了身体。铁玲却大声说："什么呀，你以为我是哭他爹？我是哭我自己，我的工作还没调呢……"

十四

这个黄昏，夕阳比往日大得出奇。只是不那么鲜红，而是淡黄。柯典娜无意间回头，在地平线上发现了它，不由得轻轻叫了一声。铁玲问她怎么了，柯典娜向天边一指。这时夕阳已经沉下去一些，呈现椭圆。铁玲也惊讶："哎呀，八成要出事吧，太阳怎么比以前大了？"她俩急忙巡井，回来就拴上门。可是不一会儿就有人敲门。她俩都不敢吱声，大眼瞪小眼，不知该怎么办。

敲门的人很顽强，不屈不挠一下一下不轻不重地敲。敲了一会儿，到底沉不住气，就喊了起来："柯典娜、铁玲，为什么不给我开门？我是万达。"

缩成一团的两个女孩子一听，喜出望外，同时奔向那铁门。

万达乐呵呵的，说他出车路过这儿，看见她俩的影子一晃就进了值班室，说啥也想进来看看。两个女孩子叽叽喳喳，说了许多井场上的事，万达很耐心地听，眼神总是笑笑的。末了，万达说他穿过小树林时发现了个奇迹，柯典娜和铁玲便催促他带她们去看。

西边的天空点缀着杏黄色、淡红色的云朵，井场上的树叶一片一片像羽毛华丽的小鸟，轻轻扇动着小翅。横穿小路，绕过几棵树，在一个废水泥管子面前，万达站下了。

柯典娜和铁玲看见水泥管子跟前有一只黑白花的大猫，领着三只毛绒球似的小猫在玩耍。两只小猫互相用小爪子挠着，像小孩子做那种"你拍一我拍一"的游戏。另一只小猫绕圈追逐自己的小尾巴。大猫趴在地上，很恬静很幸福地看着自己的孩子，它大概有些微微的醉意。

柯典娜和铁玲喜欢上了这些猫，平时她俩巡井从不敢离开小路往树林里去，没想到这里竟有这么新鲜美丽的小风景。她俩很感激万达。

万达走后，夜色又降临了。柯典娜和铁玲这夜打着手电巡井，第一次有说有笑，她们远远地用四节大手电的光，向小树林旁的水泥管子晃去，一点也没有害怕。

柯典娜说："咋还不天亮呢，天亮咱们再去看看小猫。"

铁玲也说："对。天亮一定去看看小猫。"

杨秀霞
黑龙江省作家协会会员
大庆油田

第二辑

中篇小说

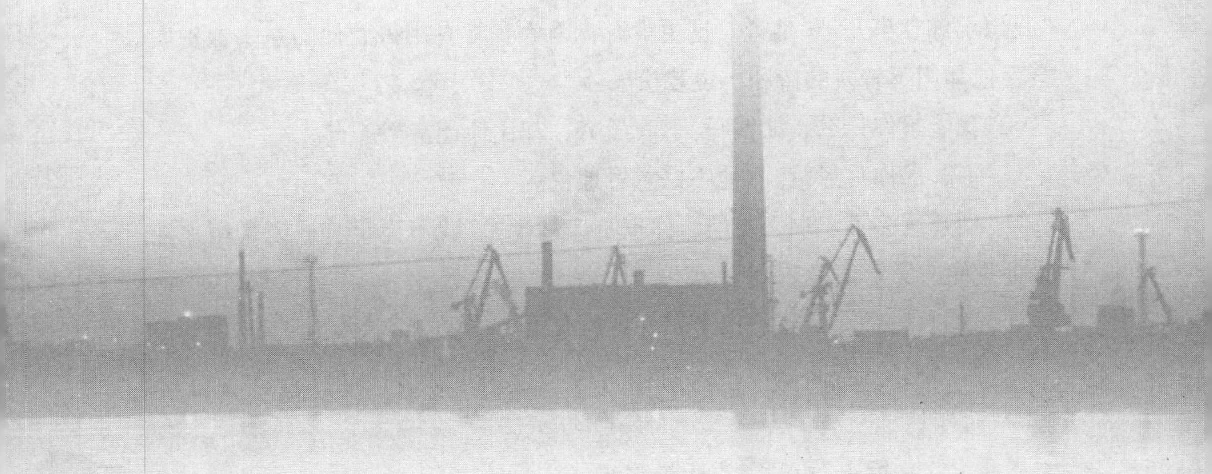

真正的爱情

宋青松

一

石玉汉又来了，坐在我的书架前，拿本书却不看。石玉汉和我一样是从农村走出来的大学生，我们同县异乡，同校异系，我学政治，他学体育。可我很少叫他的名字，而叫他汉子。

“苗儿。”汉子叫我。我叫邱苗，和汉子同龄，汉子爱打球，我不会，我爱写诗，他不懂，可这并不影响我们成为好朋友，我们有时就这么默默地坐着。

“邱苗！”见我没应，他更郑重地叫，这很少有，我不能不认真地听，“我想求你点事儿。”他说。这更少有，因为我常有用得到他的拳头保护安全，他却用不着我的诗和小说装扮风骚。

“我能帮你什么，缺钱吗？”我虽穷，却比他还富裕一点。

“不，求你写封信。”他不好意思地说。

“别开玩笑了，求人写信，你也是大学生？”我不无讥笑地说。相互挖苦是我们的家常便饭。

“真的。”他一本正经地更不好意思起来。

“情书吧？”我茅塞顿开，“咱汉子也有恋头了，多长时间了？”

“两年。”

我大吃一惊：“可我怎没听说呢？”

“我们还没说过话呢。”他低下头，两手夹在腿里。

哎，这个汉子啊，审问他确是一件难事，求他多说几句话比掏他兜里的钱还难，我绞尽脑汁，东扯西拉，才算问明白个大概：

有一个早晨，晨雾未散，汉子就去跑步上北山，沿阶而上，气喘吁吁，顶峰就在前头只剩几步之遥，汉子拼命冲去，不好！一位少女正在他脚步将落的地方读书，汉子急中生慌，自控不住，又怕伤了别人，只好重重地摔在石阶上。

汉子想站起来，但是不能，他膝盖坏了，血在流，他用手去捂，血就从指缝里流出来。那少女从惊呆中醒来，忙用手帕给他系住，汉子没说不用，没说谢谢……什么也没说，猛地站起来三步并做两步，窜上了顶峰。站在顶峰，他回头看着少女一步步缓缓离去，他认出来了，她就是在欢迎会上我们下届代表新生发言的那位，曾有多少男生背后下定决心：非她不娶。可汉子想不到自己竟然和她有了缘份。从此，汉子的心就系在了她的裾带上。

当然，打动汉子的不止这些，还有“五·四”联欢会上她唱的一首歌，还有校刊上她发表的一篇叫《归来的云》的作文。

我对汉子说：“那是小说。”

汉子说：“小说也是作文。”

我说：“当然，但是……”我真不知说什么好，觉得对他说什么都不如不说。

汉子说更详细的都写在他的日记本上，我说：“你还记日记？”他说：“嗯……”又说，“从那天以后。”

汉子回去一会儿，捧回四个厚厚的日记本，都写得满满的，我随便翻开一页：

四月六日

两天没见到她了，今天下午在图书馆窗户看到她拎水浇花，累得身子都歪了，我赶紧下去想去帮她拎。可我刚跑下楼去，就见她浇完花往回去了，我今天看到了她很高兴，没帮助上她又不高兴。

四月七日

今天我去文史楼，操场和二舍都转了，一天没见着她心里很空，就又看了一遍她的手帕和她写的作文。

四月八日

今天间操一群女生打排球，一个球飞了，我给拣回来一看见里面有她，我在她们中间分了几个球，上课铃响了她们就走了，我也只好走，走的时候她回头看了我两眼，我很幸福。

日记开头基本都是今天……而结尾多数是我很高兴、很幸福、很遗憾。

“你没去找过她？”看日记我知道汉子动了真情。

“没有……”汉子说，“没有机会。”

“那送手帕不行吗？”我问，我记得许多小说里都是这么加强来往的。

“手帕送去了，我就没什么纪念了，再说下回咋办？”汉子十二分虔诚地说。

这个呆人，我想：下回你不会以借书为由吗，这是电视里常有的镜头，大学生嘛，书为媒。但不等开口我自己就推翻了，一旦借书必须要读书，汉子能和她谈些什么呢，我反问汉子，“那你说怎么办？”

“我想写信。”汉子说。

“你怎么会想到写信呢？”我问。

“学生会裘大光吹牛说：他非邢云不娶，而且他明天就写信，后天可望佳音。他是吹，邢云不会爱上他。”汉子气愤地说。

裘大光谁人不知，堂堂学生会副主席，市大学生讲演比赛一等奖获得者，正是春风得意的时候，可他也太猖狂了，难道你爱上谁，谁就会爱上你吗？

可是，汉子呢，除了力气以外没一样能比上裘大光，风度地位、名誉、文才、口才……

可汉子却这么痴痴地爱，而且默默地想了两年，他每天都在寻找她，却又不敢打扰她，他努力使自己一步步接近她，苦苦地读文学书、读恋爱心理学，读她的文章，可是却一句也没向她表白，只有汉子才会这么深沉，现在是快要毕业，不表白不行的时候了，汉子才来找我，他坚信我的才智就像我坚信他的力量，这是毫无疑问的，我和汉子单拿出来谁也不是裘大光的对手，但我们绑在一起却完全可以……但是，我们能绑在一起爱一个人吗，能绑在一起成为一个人的爱人吗？

“汉子，信还是你自己写吧。”我不好意思地推脱，汉子对我有从水里捞出来之恩，这又是第一次求我，我真怕他骂我忘恩负义，狼心狗肺。

想不到他说：“我写完了，你给我改改。”我大松了一口气拿过信看。

亲爱的邢云：

我名叫石玉汉，是体育系的，自从你用手帕包扎了我的伤口以来我对你充满了感激和爱情，在白天我寻找你就像寻找太阳，晚上我盼望你就像盼望月亮，你是一盏灯，把我黑暗的心房照亮，我一直暗中打量着你，我了解你的才华，你的心地善良，你不仅是全校最美的姑娘，也是最有才华的姑娘，也许有一百人追求你，但他们都不会有我这么真挚，我是可以掏出心来给你看的，自从那个早晨以后我的生命就是为你而存在的，没有你我可以终生不娶，但只要你招呼一声我马上就会飞向你的身旁。海可枯，石可烂，但我的心不会改变，就像天空不会改变颜色，就像大地不会改变深厚，我相信只有我们的爱情才是真正的爱情，只有我不论在什么样情况下经过怎样的艰难曲折都会永远爱你的，我有很大的力气和胆量，我会给你幸福的，而且我还可以做家务让你腾出时间写稿、唱歌，相信我吧！邢云。别轻信别的男人，只有我是永远爱你的。

永远听你的石玉汉

我弄不清汉子的创作水平什么时候提高到这种地步，也想不到他竟有如此胆量，这也许便是在沉默中爆发吧，或者叫狗急跳墙。

“汉子，咱俩换对象吧。我们乡长的女儿看了你的信保准喜欢得不得了。”我逗他说。

“不行，真正的爱情是不能交换的。”汉子一本正经地说。

“我才不跟你换呢，乡长丈人刚分给我们家的西瓜地肥着呢！”我继续戏谑，然后正经说，“你这封信寄给乡下姑娘，是绝好的情书，而给大学生特别是自恃清高的中文系女生，准给你当众朗诵，传为笑谈，羞得你头也抬不起来。”

“我是这么想的啊，就这么写，不过学点文化词罢了。”汉子说。

“那也不行，”我说，“要不我写吧，写出来给你看，你就明白了。”

汉子忙答应了，把日记本留下又把校刊拿来。

二

答应汉子，我才发现自己揽了份苦差，这信绝不比汉子把我从水里捞出来简单，要知道汉子不过是一厢情愿，他在人家姑娘心中也许连个印象都没有，仅仅通过书信打动一个人而且是几乎每天都收到求爱信的女生的心是多么不容易啊，何况追求者之中又不乏像裘大光一样的佼佼者，我相信这信不是一般人能够写出来的，弄不好信寄出就石沉大海，或者草草几字拒之，或者给你展销一番，成为伴茶的笑谈，此信难哪！而我自认为不是一般人，我要寻找一个突破口，先使通信成为可能，我花了两小时翻看了四本日记，都太实、太具体。文章之事虚虚实实，真真假假，太实在是不可以的，我把四本日记枕在头下，汉子看着他精心记录两年的事实毫无用场不免遗憾。

我又耐着性子读校刊上的文章，倒不是文章难读，校刊印刷太次，我向来不看，我只读大刊物，因为我准备当大作家。

“有了！汉子，”我说，“明早来取信吧。”

邢云那篇叫《归来的云》的小说，写的是一个农村姑娘考上名牌大学后两年一直热恋着她在农村的情人大石头，可是大石头却在抢修河堤时摔伤了腿，要外出治疗，而他的父母都年老不能护理，姑娘毅然决然地申请休学一年护理大石头。

小说是以第一人称写的，细节虽有破绽，但文笔流畅感情动人，可算校刊上的上乘之作，傻瓜们看了其中许多悲悲凄凄的场面也许声泪俱下，我当然不，不过我要从这篇小说入手，完成汉子给邢云的第一封情书，严格地说还不是情书，因为这封信里我不想谈一个爱字，越是爱越不说爱，最后让她说出来爱，这是艺术，并非每个有才华的人都能达到这样的境地，为了汉子，我相信我能做到让她说她爱我，不，是说爱汉子。

首先是称呼，想了许多诸如亲爱的，尊敬的，想念的等等都觉得俗而不妥，呼了小姐，又嫌洋得更土，唤之为云，又为时过早显得轻浮。

我开头写上“邢云同学”，这样严肃自然平等，我想关键是语气问题，过冷则不易感情交流，过热则难免牵强附会，过低则显得乞求可怜，过高又有施舍之嫌。

我决定先冷再热，先高再低，又近又疏，给她一种游离感，据我考察姑娘们更喜欢捉摸不定的男性，高仓健，杨在葆便是，他们的魅力并不在于他们阴沉沉的脸和高大有力的身躯，而在于他们变幻的命运，这一点恐怕连他们自己也不知道吧，我却明白。

开头我写到：“我是不曾追求过任何人的，一个姓石名玉汉被称为汉子的人，是自信自己魅力的。”这句话高而冷，让柔情绵绵的少女禁不住一激楞来看你，她必仰视你，她们追求高个男人，就是因为喜欢仰视，接着我写道：“连我自己也想不清，我为什么写这封信，而且是给你，我想你是一个女生。”这句话是一个斜面，使她渐渐地奔向你，让她敢和你平等地对话，她们的自尊要求这种虚无的平等，可怜的女人们！我继续写：“那是一篇纯朴的小说，纯朴得有些幼稚，但还是打动了我的心，我石头一样的心竟让一个少女给打动了。”对于一个作者，一个想当作家的人，一般都会喜欢读者来信，不管是男是女，没有比说他（她）的作品打动人更让他（她）高兴的，何况对一个初学写作的姑娘。“我想小说里的主人公就是你的化身，不仅为你的精神，你的纯结、善良所感动，并替你的恋人高兴，他拥有你这样的姑娘的爱简直是世界上最幸福的人，也许他甚至连一声谢谢你也不曾说，只是自己奋力挣扎着站起来，正像你写的那样，可是你理解一个男人自强不息的心吗？写到这我想起两年前清晨的一段往事，那天我正在向山顶冲刺的时候跌倒在石头上，一个小姑娘用自己心爱的手帕包扎了我的伤口，我没有说一句谢谢便冲上山去，也许她认为我无礼，可我心里对她充满了感激，为什么要说谢谢呢？行动不是最好的回答吗！即使你的石头不对你讲一句客气的话，他的心里会加倍爱你的，男人的心是相通的，我理解石头。”

这一段我自认为最为精彩，用小姑娘几字尤妙，达到了以假乱真的境地，平等且推心置腹地将石玉汉代替了大石头，一个尚未恋爱的姑娘被误解定会解释，这便使通信成为可能，为了增加厚度充实情感，我又写道：“从作者简介中知道，我们不仅是同省，还是邻县，一种从无有过的亲切感油然而生，我觉得大石头就是我的兄弟，而你是一位可爱、纯洁又有些顽皮的小妹妹，噢，对不起，不知你什么年纪，我二十四岁，有资格吗？（多么巧妙地介绍自己的年龄啊）我们的兄弟负了伤要小妹妹休学护理，我觉得实在不忍，再一个多月我就毕业了，我要求分到你们那个县去，去护理我们的石头兄弟，我多么盼望着他早日康复，你们也能像一对恋人一样，漫步花前月下啊，善良的人应得到善报的，即使我孤苦也希望历尽苦难的大石头幸福，这才是我作为一个一米八二的男子汉所应拥有的气概。”

这一段我放松一下写得轻松随便一些，故意把对方说成孩子，这种容易引起姑娘娇矜好胜的情绪，此信非回不可。

祝你们爱情幸福的下一行最后署名我非常自然地写下：一个姓石的汉子。

写罢此信，我像是大病初愈，又像是洗了个热水澡，舒服极了，我觉得石玉汉就是我，我便是汉子。

汉子不误时机地来取信，打破了我的梦，他看了足足有十分钟说：“我打听了，她家里根本没有对象，她是编着写的。”

我说：“这我比你懂，这叫假做真时真亦假，有当无处无还有，唯此才能让她回信，信呗?”

汉子似懂非懂，点头称是，兴致所致，我又赋诗一首，写在背后：

石头赋

不卑不亢有棱有角，你是挺立着的顽强。
沉重如山涌积成浪，你是凝固了的海洋。
砌在地下埋在土里，肩负着全世界的重量。
倒下就是一条大路，任人践踏，
却从不陷落任何一轮善良。
站起来你是真正的汉子，是纪念碑，
是一块耸立着的昂扬。

汉子着急邮，管不了许多，我又嘱咐，信封上别写你的地址姓名，也别写内详，要写她们家的地址，这道理多数求爱者不懂，所以信往往被别人拆开石沉大海，而我懂。

信发出后四天汉子颠着来找我，“回信了!”他说完话，嘴使劲合可闭不上，我打开一看，皆在预料之中。

汉子同学：

我不知道这样称呼你是否合适，不过我倒喜欢这名字，因为你的字里行间都表现出一个男子汉的气概，这正是当今许多男青年所缺少的，我一向不大了解体育系的同胞们，以为真像有些人所说的那样头脑简单，四肢发达呢，读完了你的信，我彻底改变了这种看法，你不仅拥有强壮的体魄刚毅的性格，而且还拥有一颗如此宽厚、仁慈的心，比我心目中的石头哥更加美好、可爱，顺便要告诉你的是，大石头不过是我编出来的一个人物形象，而我心中爱情的田野尚是一片未曾开垦的土地，想不到我的一篇习作造成了这样的误会，不知别人也这么看么，正如你信中所说的善良人终有好的报应的，真想不到我的手帕系在了你这样一个真正的男子汉的腿上了，我为这偶然的机遇兴奋，不，你大概猜不到我就是险些被你踩着的小女孩吧，不，我不是小女孩，而是被你信中一个个字撞击着心灵的大三女生，我不喜欢阿哥阿妹的那称呼，我希望叫你汉子，而你呼我为云，真的我希望。

夜已经很深了，宿舍的人都睡了，我悄悄地写这封信，我有许多话要说，可我想先听听你的话。

一朵姓邢的云

我看完想，果然是八十年代的女大学生，多么明朗的意思啊，“鱼儿咬钩了。”我对汉子说。

我心里想到底谁是真正的男子汉，我呢，还是汉子，哎，我不过是苗儿。

“什么鱼？”汉子傻傻地问。“鲤鱼，”我说，“今天你请一顿馆子，清炖鱼，然后再说别的。”

鱼吃得飞快，难得这么一顿，我恐怕赔了。

“这么干行吗？”汉子问。

“咋的，一条鱼拿不起钱，好，我拿。”

“不！”汉子赶紧拿出钱，“我怕以后露了。”

“这就看你了，”我说，“你把信上提的事全记住，保准没问题。”

汉子说下封信还让我写，因为他实在写不出来。

借着两瓶啤酒的劲，第二封信仅花一小时便出了笼，洋洋洒洒放荡不羁，全无拘禁之感。

云：

我想按你喜欢的名字称呼你，大概会讨人喜欢的，虽然我没这个嗜好，可还是这样做了，来信中谈到的两个问题是我始料不及的，知道得突然，更让我感到幸运，我觉得一个从没梦想得到的神明正向我垂青，她要将世界上最美好的东西送给我，而我却怯生生地想我配吗，我像是秋日大地的一棵枯树，我的根须渴望雨露的滋润，可我的叶子羞答答地垂下，在美丽的云彩下我自惭形秽，我能真正吮吸到每一滴雨露的营养化作向上的生机吗，我能再生宽大的绿叶回报天空的厚爱吗？能！我思考后坚定地说，我是可以的，我有强壮的躯干，深扎的根须，我是能承受一切，支撑起一切的。

我觉得我就是那个挺立起来的大石头，正看着你一步步走来，而你真的就是为我包扎伤口的那个女孩，不，是一个美丽而成熟的姑娘。

我心里憧憬的未来，美好的一切，我是多么渴望得到……我是多么想说……但是，我毅然决然沉默着向最后一个台阶冲去。

握你的手。

我一气呵成写完了信，竟写下了自己的名：苗。但我马上发现并将此角撕下，将信做一番解释交给汉子。

第二天，我回到我家所在的县实习去了，汉子去了别的县。

三

到县里实习第五天，我收到了汉子的来信，汉子说，实习前他已见到了邢云，而且说了话，他们还约定继续每周通一次信，因为邢云喜欢通信，这样不仅能交流感情，还可以提高她的文学才能。

汉子把邢云给他的第二封信一字不漏地抄好给我邮来，趁中午休息的时候我一个人躲进办公室里细细地看：

汉子，我想念的：

面见得那么短促，就匆匆离别了，你们实习的学校好吗？见不到你，我反复读你的两封来信，你的文字将我带进无尽的遐想之中，梦幻般的世界让我充满喜悦和幸福的憧憬，你为什么将自己石头一般的身躯比做枯树呢，不，你不是，你是一棵青松，你笔直的干给我一种坚毅向上的力量，你锋芒毕露的叶子是对任何邪恶的一种挑战，而对于我你是一种慰籍，是一个幸运的港湾，我看厌了许多所谓痴情者的来信，唯有你的信，让我清醒，让我振作并感到自己的责任，假如你正是一棵渴望浇灌的树，我就是一片飘来的云，要化为点点雨露滋润你的根，你的心。

我被一种不安的情绪撞击着，从你洋洋洒洒，却又吞吞吐吐的字里行间，我领略到一个真正男子汉的心，这不仅是由于你有强壮的身躯无穷的力量还因为你有博大的胸怀，有惊人的尚不曾被人发现的才华，我崇拜你，不，我爱你！这是我第一次使用这三个字，我不想使用，但除此再没有什么能表达我的心情，这是我二十二年来第一次发出心底的呼声，你听见了吗？我远在他乡的汉子，我把我的心夹在信里一同给你寄去了，我期待着换回另一颗心。

向你飘飞的云

我朦胧地感到，有一片云向我飞来，我不仅张开口，期待她化作甘露降落，可云忽地飞了，只剩下眼前的纸条：请你三日内一定将回信写好寄于我处。汉子在期待着我。

第二天恰好周日，我将自己闷在屋子里开始创作第三封情书，事已至此，我甚至觉得在情书上不能表现出多大的水平了，而我向来不愿意做没有水平的事，可又无奈，只有苦苦地写。

亲爱的云：

我下笔就写了这么俗的字眼。

实习五天了，终于盼到了你的信……

刚写到这，有一个人推门进来，我一看不是别人，正是我们乡长的女儿，我的女友玉兰，她笑着说："就你一个人？"我说："嗯。"她说："你干什么呢？"

我说："写封信。"她拿起信便看，一看便滴出泪水，"陈世美！"她大义凛然地指着我喊，我说："不是！"她更加愤怒，捂着脸跑出去了，以后的二十天实习对我如受苦刑，先是父母，后是朋友，再是乡长来找我，让我交待云到底是谁，我动用满身的嘴都说不清楚，没有人相信会有个叫汉子的大学生让别人替他写情书，而认为爱上云的汉子便是我，所有的结论只有一个：我就是“陈世美”。我只好向父亲向乡长发誓说，毕业后就让我和他女儿结婚，就让我回咱们县。此事总算没再闹大，可我给汉子写信的兴致全没了。

我一下火车，汉子就跑过来，“信呢?”他迫不及待地问。

“没写!”我烦恼地说，不再想解释为什么。“她又来信了，都急坏我了。”汉子哭叽叽地说，难免又让我动了恻隐之心，这时候我觉得自己真是个无私的人了，为了给汉子写信，我才没有给玉兰写信，才被定为“陈世美”，可我的确喜欢云的回信，这一封信写得更好。

汉子：

我恨你、骂你、咬你，你是一个绝情的人，你刚刚掀动一颗少女的心，就这样销声匿迹了吗，整整二十三天了，我天天盼望着你的信，哪怕一个字也好，可是没有，告诉我，你为什么要将自己隐藏起来，为什么？即使你真是一棵枯树，难道我爱情的雨露还不能滋润你吗？你说，为什么？你难道听到什么流言蜚语了吗，我绝不是水性杨花的女性，我跟你说我爱你就给了你一颗真挚的心，可你回报我的是什么？是冷漠。难道这就是男子汉吗，不，我恨你，你是块石头，我一次次提醒自己，忘记他吧，忘记这个可恨的人，绝情的人，可是，不行，每当这时候你高大有力的身躯，你充满智慧的诗句就站在我的眼前，挤进我的脑海，我将你看作智与力的化身，爱与美的结晶，可是，你却这样无视一个少女的痴情。

难道你听不到我字里行间都在呼唤着我爱你吗？汉子！

也许，你的心中已另有所爱，或者你正在别人的包围之中，你是有这样的魅力的。而我自信，我是一个自强不息的女性，在这短促的日子里，我已向你奉献了我的全部恋情，虽然我们只是那么短促谈了几句话，可鸿雁传递了我们的恋情，只要你给我一个讯息，我就将飘然向你飞去。

属于你的云

我草草将信读完，递回汉子，“你成功了。”我说。

“可她恨我怎么办?”

“那是假的，你用不着再玩这种游戏了，你去约她吧，随便去北山、公园什么样的地方转转，别再搞这种柏拉图式的了。”

我想法把他支开，想自己的心思，想我自己的路该怎么走，要知道在给邢云写信的时候，我确实忘记了自己的玉兰，我甚至不爱看玉兰邮来的充满了从书上抄来的山誓海盟的信。我用笔征服这片云时，也被她征服了我的心，但云是汉子的了，现在成功的是汉子，不是我，而我是不能做对不起汉子的事的，君子不夺人爱物，何况汉子有恩于我。但是即使我冒天下之大不讳，就这样出现在邢云面前，说那充满诗意的信是我写的，她大概也不会爱我，因为我的仪表这么平常，费了二十三年的力气竟没有够上一米七零，对于漂亮的姑娘男子的相貌身高也是至关重要的。

而汉子的路也并不会像信上显示的那么乐观，沉默寡言的汉子是很难与一个中文系大学生侃侃而谈的，特别是对于文学，他苦读了两年仍是个门外汉，最糟糕的还是汉子的一片痴心和他对云五体投地的崇拜，我坚信用不了几次他便会由纸上的奴隶主沦为生活中的奴隶。

而那个天真烂漫的邢云，就这么悠悠然掉进一个设好的圈套里去了。

设下这圈套的是憨厚的汉子呢，还是狡猾的我，是我们。

随着毕业分配的明朗化，汉子他们的关系也明朗化。

最迷惑不解的是裘大光，他万万没有想到战胜他的竟是汉子，一个被他称为傻大个的人，当听说毕业后的汉子和放暑假的邢云去北京旅行的消息，他彻底放弃了希望。我想换了我他会出来决斗的，但对汉子他不敢，汉子温和如牛，可力大如虎，他带着满腹的疑惑毕业留在了市里，而我和汉子都分回了县里。我得承认，他强于我和汉子中任何一个却没法战胜我们。

我老爹催促我回去结婚的时候，乡长的女儿早已和某个局长的儿子漫步清水河边了，可这不等于我不是忘恩负义的陈世美，而爹骂完了我是陈世美并不等于他不是陈世美的爹，不能和乡长做亲家爹总是遗憾，常把气撒在我头上，而我从此不再回家，受苦的还是爹。

汉子和我又分在一个学校，开学十天仍不见他来，校长让我找他去，我正也想去。

四

“汉子完了。”他爹说。

“什么?”我问，“他在哪?”

“他彻底完了。”他爹喝口酒又说。

“怎么回事?”我以为汉子不幸了。

“他让那个女人骗了，骗了!”

“让谁?”

“让他妈云骗了，我的八百元钱给汉子毁了。”

我看全家人神情悲哀，像办丧事的情绪。

“怎么死的?”我问。

“死、死就对了，就好了。”他爹又喝一口。

没死，我转忧为喜，继续问：“他人呢?”

汉子他姐姐把我拉到一边说：“汉子让那个女的骗了，大前天从北京回来，你知道火车到咱这是下午三点，可他八点才到家，我看他神色不对，爹让他吃饭他又不吃，妈问他剩的钱呢?家里等着买化肥呢，我说你别催，弟弟心里肯定难受，问他咋回事，他哇地一声哭了，反复地说，那个该死的诗社社长，把她骗去了，把她骗去了，她走了。”

汉子姐的眼睛红了，也要哭了似的说：“你没看到弟弟的样子呢，两眼盯住哪直直的，我爹心狠也是没办法，人跟人家跑了，可钱呢，买化肥的钱呢，爹逼着他去要钱了。弟弟前天去的，今天也该回来了。爹说：你得给我要回五百元钱，那三百算让狗叼去了，剩的钱你为什么给她那贱货。他就跟爹顶起来，以后就走了，钱也不知能不能要回来。”

汉子没死，去要钱了，我明白了便往回来。

走到一片小树林里，我被一个镜头惊呆了。

一个人头与颈折成直角顶在一个粗大的树干上，阳光从人与树之间的缝隙泻出来，留下的影子像一尊雕像，我走近看那人像是汉子。

“汉子。”我喊。

没有回声。

“汉子!”我又喊，仍没有声。

我壮大胆走近看他脖上没有绳子，拣块石头“砰”地打在他的背上。

“谁?”他一激楞抬起头来，这是怎样的一副面容啊，长长的头发蓬乱如草，满脸污垢，胡子被咬在嘴唇上，那双眼像两口井深陷下去。

“谁?”他盯着我问，像没看见一样。

“你……”我不知说什么好。

“你是写诗的苗子，不，你不是。”他瞪着我。

“我是你爹！”不知为什么这句话老在我嘴里打转，我却不敢说，我怕他揍我。

“坐下，汉子！”我说。

他就坐下，“完了……”自己嘟囔着。

我说：“你说说，也许还有办法呢。”

“没了……”他说。

“你还是讲讲吧。”

“我们是八月十六号走的，她说，‘想去北京看看，想给编辑部送篇稿，可又不敢。’我说，‘我陪你。’她说，‘也没有钱。’我说，‘我有。’”

“你哪来的钱？”我问汉子。

“我回家跟爹说，爹说就有五百，姐姐说她还有三百，那是姐姐准备买嫁妆的。”

我没说什么。

“我们就一起去了北京，我们面对面坐着，她很能说，总谈艺术，谈诗歌，还问我一些怪名词。”

“我只记住一句格言，在沉默中表现自己，有时也答，她高兴得一夜没睡，在车上人家都羡慕地看我们。”

对此我不怀疑他们看起来的确是般配的一对，可谁知内心深处的个性差异呢。

“到北京她让我把钱给她我就给了。”

“你凭什么给他，你是男子汉。”

“我给了。”

“哎……”我长叹。

“我们一起去编辑部，开始我们一起进去她总有办法和人家套上话，人家打量她却不发她的稿，后来我就不进去了，我无话可说，去里面难受，八月二十一日下午，她从编辑部出来，说人家肯发她的稿，这是一个诗社自印的刊物，社长送她出来，说他们是同乡，社长毕业后留在了北京，说要请我们一起吃饭，在饭店点了许多很高级的菜，算账时她抢着交钱，结果一算 106 块，就这么吃了。”

“你喝酒了。”

“嗯，仨人都喝了。”

“第二天，社长说陪我们一起旅游，我们仨在一起走，她在中间，她和社长话总谈不完，他们离得越来越近，第三天长城十三陵一日游，他俩总在一个座，我自己一个，我看见他们手拉在一起，头紧挨着像对恋人。”

“你不会生气，不让他们在一起?!”

“第二天，她对我说，你自己走吧，社长约她参加诗会。”

“你不会说，你也去吗，你也是诗人，比他写得好。”

“我告诉她我不写诗了。”

“可你不能让她跟人家跑了。”

“我在门口看着她和他走了，她和他没去参加诗会，去了北海，我看见他们搂在一起。”

“你没冲上去揍她?”

“不，我不想，我想揍那个社长。”

“你凭什么揍人家，她自找的人家。”

“我想。”

“你揍了?”

“没有，我怕她会伤心。”

“哎，她甩了你，你倒管她，可怜，你真他妈的可怜，你怎么不揍她!”我恶狠狠地说。

“我恨不起来。”

“哎，世界上再没有这么见鬼的事了，她是个女骗子了，她骗了你，你却不恨她，你是木讷，是呆子，是他妈混蛋。”我骂汉子。

“啪”，他竟给了我一个耳光，我更加愤怒大骂：“你他妈不敢打骗你的女人，倒打帮你的朋友，你他妈算什么汉子，你是个王八蛋!”

他把头低下去，双手抱住。

我趁机说：“你爹为你没买化肥，你姐姐没买嫁妆，可你却把钱给了个骗子，你去要回来了吗?他们都在家等着你呢。”

他重抬起头，目光柱子般的呆硬，口上说：“钱、钱，钱能买来真正爱情吗?”

真正的爱情?我禁不住好笑，这时候他还配谈什么爱情，这家伙真是鬼迷心窍，怕不是我能说服的。

“那这几天你去哪了，没去她家吗?”

他回头看着林子，我明白了，汉子和我一样毁了，而且毁得更惨。

五

我和汉子达成了一种默契，拒绝任何求爱者和说媒人，沉浸在各自的悲伤和梦想中，我觉得我失去的也不是山中那悠悠的玉兰，而是天空飘飞的行云。

学校的人视我们这对沉默的朋友为不可理喻的怪物，三年过去，我大小发了十几篇稿子，虽没成什么家，可也有了些名气。

而汉子呢，除了练了一身肌肉外，似乎别无长进，总低着头，阴着脸，毫无生机，他姐姐几次来让我劝劝他，我只笑笑，他姐姐只好说，你们俩呀，傻了吗？

我们俩傻呆在一起，同出同入却很少说什么话，尤其关于男女间的。

“苗儿，”一天汉子突然说，“我要结婚了。”

“什么，你还没对象呢？”我想汉子大概疯了，他的事情能瞒住我吗。

“有。”

“谁？”

“她。”

“她是谁？”

“邢云。”

“什么！”我更吃惊，“她不是要和北京的那个社长结婚了吗？”

“不，黄了，我想和她结婚。”

“什么？”我开口便骂，“你是他妈的大混蛋，你怎么能和她，她骗了你，又让人家骗了，回头找你，你是收破烂的吗？你他妈傻了，我不同意。”我他爹般决然地说。

“是我找的她。”

“你怎么找的？”

“听说他们吹了，我就写信。”

我心里想这回没用我：“你怎么写的？”

“云，咱们结婚吧。”

“还有别的呢？”

“就这些。”

“她同意了？”

“嗯！”

莫明其妙，这回那傻呆的不是他而是我了，我仍然不甘心：“你怎么能和她结婚呢，她骗了你，天下的好姑娘有的是，她不过是个混货。”我不惜恶毒诽谤。

而汉子连气都没生决然地说：“我定了。”

我只好沉默。

接下来我慢慢地抚平自己的情绪，人家愿意你何必瞎掺和呢，我对自己说。我是听过邢云曾寄三百元钱给汉子的，但汉子退了回去，那时我称赞过汉子，但是，邢云和别人这总是事实，至少汉子至今从没想到和别的女性，他唯一迷恋的只有邢云，而邢云难道不知道那些信不是出自汉子之手吗，她是应该猜到的，在到北京之后她就知道了汉子不是那种文学人，汉子憨厚得像个农民，邢云为什么终究爱上他呢，我百思不得其解。

汉子的婚期越来越近了，我不能不帮助做些什么，我做的第一件事就是把自己的行李从房间里搬出来，把我的床和汉子的床合在一起。

举行婚礼的那天，正是他们动身去北京的日子，我不知他们为什么选择今天，天很好。

邢云穿一件白色的结婚礼服和穿西装的汉子给大家敬酒。

我不知自己为什么一连喝了这么多酒，我有些昏，看见一片缥缈的云向我飞来，那云渡上阳光显得光彩迷人，一会阳光隐去，云变成乌黑，但终于没能下雨。

“这是邱老师。”汉子介绍我。

“邱老师，”邢云将杯递过来，“好面熟呢。”

我毫不推辞地一饮而尽。

我想我眼睛红红的，我想起汉子抱她下车的那一个瞬间，我心里顿生一种酸涩的感觉。

啊，一片云。

是飞走了呢，还是飞了回来。

我昏昏地告诉自己，结婚的是汉子，而你是苗儿，干涸的邱苗。

六

汉子结婚第二年我也结婚了，我的对象说出来也同样让汉子大吃了一惊。结婚后的汉子虽两地分居，可并不太和我来往，这让我想起了那句老话，娶了媳妇忘了娘。对于汉子的爱情，我帮着写信没有促成，使劲拆又没有搅黄。更重要的是让我看到了爱情的虚伪，他们成与败都牵着我的心，当他们走进洞房的一瞬间，我突然发现我的爱情从此就没了。

那是又一个同学结婚的时候，酒宴就要结束了，我对汉子说：“玉汉，”我现在习惯叫他的全名了，在学校我干脆就叫他石老师，我们之间的生分从此可见一斑了，“我就要结婚了。”

“是吗？祝贺你一杯，”他举起杯酒问，“和谁？”

“还是她。”我自呷了一口酒，冷冷地说。

“还是她，那个乡长的姑娘？”

“不，准确地说，是县长的女儿，她父亲刚提了，是咱们的副县长了。”

“势力眼，不是真正的爱情！”他一撂杯径自走了。

我不禁气愤地笑，真正的爱情！难道你那让别人代写情书是真正的爱情，难道你让别人骗是真正的爱情？我举起杯对同学说：“请下个月参加我的婚礼，干！”

我和乡长的女儿，不，是县长的女儿在石玉汉结婚后不长时间就化干戈为玉帛了，那时候她爸还没有当县长，却先把她的工作调到了县上，她也早和那个什么局长的儿子黄了，有一天我在街上看到她，本想躲过去，却听到一声呼叫：“邱苗！”我自然不好再躲，就假装惊奇地问：“怎么是你，到县上办事来了？”

“我调下来工作了，在法院当文书兼打字。”

这回轮到我真的惊奇了，这样的人也能进法院。

玉兰几天后到我们学校来玩了一次，我的办公室、宿舍都是人头济济，没有唠嗑的地方，就约我到她那里去玩，我一去，果然不一样，她自己一个办公室，一个宿舍，虽说办公室不时有人进进出出，可看我进去都自动回避，更对我具有吸引力的是，她办公室里的打字机，把我的一篇篇作品打印出来。就在我们闲谈之间，我向她讲了石玉汉的故事，并告诉她：这就是真正的爱情！然后我们一起发出不怀好意的嬉笑，在笑声中我们拥在一起，将我们并不真正的爱情继续了下去。

我们的爱情进行时正是他爸爸的得意之时，从乡长升到了书记，不过一年又选上了副县长，这时我又有几篇作品在省里发表，并出了一部作品集，已引起有关部门重视。

“邱苗，”未来的岳父新任的县长语重心长地对我说，“我是很器重你的，你的文章写得很好，听说课教得也不错，可是有一点你要注意，你是学政治的怎么能一点也不关心政治。这样对你的前途不利，将来咱们就是一家人了，在个人发展上有什么想法就跟我说。”

“是，是。”我唯唯诺诺地答。我不能不唯唯诺诺，虽然我瞧不起官，但在当时我的确是第一次如此接近、如此亲切地听一个大干部讲话。

作为对我的关心，结婚不久我就调到了县里的电视台工作，并很快分了房子，这让我原来的同事们好不羡慕，我也有些洋洋自得，可住在学校宿舍并两地分居的石玉汉却对此不屑一顾。我请了他几次都不肯到我家里来，并格言式地送我一句话：为了金钱地位牺牲爱情这不算幸福。我只好承认他的幸福。但我的妻子还是动了恻隐之心，动员她的县长爸爸把邢云从外地调了过来，分到了县上我曾任教的重点中学里，可让我那娇妻气愤的是：石玉汉夫妻从没上门道谢，好像压根不知是谁帮他们似的，后来我才知道也许把他们调到一起本身就是个错误。

七

那天上午，电视台长交给我一个任务，让我去一中采访一名教学新秀，到了那里我才知道我的采访对象就是邢云。

校长把我请到办公室："李县长给我们调来了一个好老师，"他有些讨好地对我说，他说的李县长就是我的老丈人，"这个叫邢云的老师还是你的校友，你来宣传她就是宣传我们学校。"校长的话让我弄不懂，到底是因为邢云工作好还是因为她是县长给转来的才成为教学新秀。就在这个时候邢云走进校长室来："朱校长，你找我?"她有些拘谨地站在校长室门口，也许是看到几个陌生人的缘故吧。

"你好，邢云，想不到这么快就当典型了。"我不无调侃地说。

"怎么是你，"邢云这时才转过脸来，"你回学校了?"

"当然是为你做宣传来了。"

"我可不敢当。"

但邢云还是当了一次，我们从她上课，开班会，组织学生活动一直拍到备课思考，这次我全方位地对我的朋友妻、我的信中情人做了认真观察，而且还拍了几个特写。有几个是节目需要，如：拿粉笔的手、备课时的脸，还有几个纯属我在工作之便的杂念一闪，如：走路时露出裙子外的腿，隔着薄衣隆起的乳部、还有化了淡妆却依然迷人的唇。拍着拍着我不禁佩服石玉汉这小子的眼力，甚至产生了嫉妒，这么一个优秀的女人怎么就走进了他的怀里，我暗暗地算计，这里面有几分我的功劳，禁不住品品嘴，像也吃了一口似的。

我和另一个记者忙活了一天，还拍了不少学校改革的镜头，也算是我对学校的回报。

“晚上留下吃饭!”校长嚷着。

“我们有纪律……”我假惺惺地推辞。

“又不是学生，有几个遵守纪律的。”陪我们的政教主任说。

那好吧。

饭桌上，喝了几杯酒以后，校长就拿起我和邢云来开涮。

“你们俩喝一杯。”有人提议。

“对，喝杯同学酒。”众人怂恿。

我们只好喝一杯。

“再来一杯!”看我们痛快地干了，有人觉得不过瘾怂恿说，“邢老师，人家邱记者为你忙了一天了，你不敬一杯。”

“好，我敬一杯。”邢云给我倒了多半杯酒。

“不行，满杯酒，半杯茶。”校长说。

“倒酒不满，骂人不浅。”政教主任应声接道。

邢云只好给我倒满。“谢谢!”我端起杯来一饮而尽。

“不算，不算，好事成双，你怎么自己单喝了呢?”主任又站起来，“你和邢老师郎才女貌，要喝个成双杯。”

“好，就喝个成双杯，”有了几分醉意的我抢过酒瓶子来，“不过我得先给大家敬一杯!”众人都把我敬的酒喝了，我又说：“主任，你劳苦功高，甘做红娘，我们俩也敬你一个双杯!”我们和主任又连喝了四杯，邢云的脸上泛起了一片红云。

校长适时地结束了宴会，问我是否唱卡拉 OK，我说不去便各自回家，另一个记者把摄像机送回台里，我和邢云推着自行车往家走，我现在实在想不起来，我们为什么没有骑。

路过桃花街，我对邢云说：“这里又开了一间咖啡屋。”

“你们常到这里来。”

“不，有时来。你呢?”

“没来过。”

“我们进去坐坐?”

“几点啦?”

“还不到八点半。”

“好吧。”

我和邢云在幽暗的灯光下面对面坐着，各自搅着咖啡半天没说一句话。

“你们生活得很好吧?”邢云打破了沉默。

“表面上看是这样，”我有些自以为是地答，“你们呢?”

“表面上不太好，”邢云喝了一口咖啡，“到学校来你没听说吗?”

“没有，我净忙着拍你了，哪顾上别人说什么。”其实，我在工作的间隙就听了关于邢云的不少闲话，都是对成功女人常有的那种。其中之一就是说她与校长如何，要不才来了不到一年怎么就成了教学新秀，全县典型，不能就是因为她姓邢吧。

“既然没听说，那就好。”邢云悠悠地低下头，气息里透过一丝惆怅。

“你和玉汉好吗?”我想换一个轻松点的话题。

“他一天像个老头，又是养鸡，又是养猪，全没了过去的浪漫。我们也没有什么话说。”邢云淡淡地说。

我忽然觉得，将这么一个美丽的女性送进汉子的怀里是我犯下的最大罪恶。“对不起，怨我。”我喃喃地说。

“不怨你，这是一个谁都关心的话题，是我自己没想到人的变化会那么大，一个那么有才的人怎么就让生活压成这个样子，他拼命地挣钱，好像钱多就能给我幸福似的，可看到他那个在人前抬不起头来的样子，我觉得比穷更让我难受。”显然，邢云还不知道，给她的那些情书就是坐在她对面的这个人写的，我更不敢在这个时候挑开。

坐到九点半，我一直把她送到门口，看着她家的灯还亮着。她让了让我：“进来坐坐吧。”我说：“不了，改日再来。”就返回家来，一路上，我想如果我告诉她会怎样，如果我握住她的手会怎样。

八

我和玉兰的关系总是好好坏坏，她的不求上进又自以为是和我的故作清高常常碰得落花流水，而这次战争的爆发却是由另一个人引起的，这个人就是我们电视台的主持人刘芳，那时正在流行《小芳》这首歌，所以我一把她招进电视台，就有人开玩笑说我比李春波强，够意思，真的把小芳找回来了。顺便要说的是，在我们这个县级电视台我是专题部主任，而专题部摄像、编辑、记者加在一起在小芳来之前只有我一个人。小芳是我刚参加工作时的学生，虽我没教过她。但她是校广播室的播音员，没毕业就考上县文工团当报幕员，文工团不景气，放假在家。所以台长同意我招一个人时，我就想到了她，她高兴得差点跳起来，连说：“邱老师你真好!”

小芳到电视台以后，几乎和我形影不离，因为工作需要，我们还常常加班到深夜，小芳的家住在郊外的平房里，我就理所当然地成了她的保护神，每晚送她回家。当然我们回去晚也不全为了工作，这次就是因为到一个企业做专题，被留下吃饭，又唱卡拉 OK 闹到十点多才结束，醉醺醺的厂长要开车送她，小芳不敢，坚持让我送，我当然不能推辞。小芳今天没骑自行车，就坐在我的自行车后面，开始手把在车座上，后来就搂着我的腰，我的心里一阵骚动，我知道我们的关系已经有人在说闲话，可我至今连小芳的手还没摸过。这么想着，我就把我的一只手放在了小芳的手上，小芳也顺势把头贴在了我的后背上，我们谁也不说话，好像是怕惊醒了自己的好梦似的，到离小芳家很近了，这是一条没有路灯的胡同，我们从自行车上下来牵着手走。到了门口，我依依不舍地看着她向大门走去，要开门的一瞬间她却突然又转过身来，小鸟依人地飞到我身边，扬起头给我一个吻。我禁不住一把抱住她，用急促的呼吸堵住她的嘴，我们久久地抱着。“我爱你！”她说。“我喜欢你！”我也倒出嘴来说。到了不能不分别的时候，她看着我回返的身影说：“做个好梦！”我有些讨好地说：“梦里有你才好。”

然而，回到家，我却没有做梦的心思了，妻子指着墙上的那块石英钟问我：“几点了？”

“我记得你认表来的，怎么这么没文化了，连表都不认了。”我本想先幽她一默，缓解一下空气，再编个合适的理由，想不到一下子把火点着了。

“我是没文化、没学历、没水平，可我不缺德，你是什么人，刚土豆子开花，就忘了自己是什么了，朋友妻你也占，小同事你也恋，你还要脸吗？”

“你说什么，我占朋友妻，你凭什么诬蔑我人格！”我愤怒地大叫。

“人格，你还配提这两个字，你领邢云上咖啡屋全县谁不知道。只瞒着我一个人，告诉你，我安排人监视你了，你做了什么痛快跟我说。”

一听说监视，我不禁冒出火来：

“我说，我说你妈个屁！”我一巴掌打了过去。

“好啊，你这个没良心的，你敢打我！”她瞪大眼睛看着我。

“打你，打你怎么样了，别以为你爹是县长，告啊，现在就告诉你的县长爹。”我不怀好意地想：她不会这么做的。

可她真的拿起了电话：“喂，骚货，让你丈夫听电话。”

她歇斯底里地喊：“石玉汉，你个孬包，你老婆让你同学弄了，你还美呢？”

她竟把电话打到了汉子家，我真的不知说什么好：“离婚，明天我就跟你离婚。”

“离婚，没那么便宜，我还要告诉你，小芳的丈夫是军人，你破坏军婚，我先判了你再离。”这时我才想起这个泼女人已是个法官了。

九

第二天，还不到下班点，有人告诉我有人在楼下等我，我出来一看是石玉汉。

“进屋坐吧。”我佯装镇静地说。

“不，出去走走。”汉子一字一句地说。

“那好吧，找个饭店，我请客。”说了后三个字，我真想打自己个嘴巴，到了这时候说这种贱话有什么用，我想我真是在社会上学坏了。

“跟我走吧。”汉子冷冷地说。

我只好就跟着他走，一直走了半个多小时，没再说一句话，我在想怎么解释才能说明白这种事。

到了当年他失恋待的那个树林，他猛地转过身来，两眼红得像两个火球要喷出来，我想完了，就赶紧抱住脑袋，自从我发表了几篇小说后，一遇到危险这成了我的习惯动作，我想，你汉子不能为一句闲话全废了我吧，我可以没手没脚，但不能没有脑袋。这时我只听“啪”的一声，我竟没觉得痛，抬头一看，汉子自己的脸上落下重重的五个指印。“汉子！”我赶紧过去抱住他。

汉子冷冷地说：“我知道你们什么都没做，可是我对不起她，我说给她幸福，可结婚七年了，我们连个房都没混上，在家里我连个话也不能跟她说，她写了那么多东西想找你看，就是怕闲话一直不敢找你，昨天，我接了你老婆的电话，她哭了一个晚上，我也陪着哭了一个晚上，你可能不知道，我为什么结婚后再也不和你来往，实话说吧，我就是怕她知道咱们俩关系好，猜出那些信是你写的，我太自私了，真对不起你，对不起邢云。”汉子顿了顿又说：“我不行了，可我多盼着她出人头地，可怎么她有一点成绩就谣言四起呢，都是因为我没能力。”汉子的话，说得我心里也酸酸的，心想那天多亏没再越雷池一步，今天还能坦然面对。

“汉子，这不怪你，我们每个人都有追求美好和幸福的权利，但是目标不一定都能实现，邢云从没埋怨过你，说明她是理解你的。”我不知道怎么劝好。

过了几天，汉子来到我的办公室里，拿来一叠子邢云的作品，让我修改，我挑了几篇散文给一些熟悉的编辑邮去，很快发了出来。汉子请我喝了一顿酒，却没让邢云参加。

后来全市公务员考试，邢云以全市第一名的成绩考入了县妇联，在这不久，我就离了婚，我把所有的东西都留给了玉兰，玉兰给我留了面子：我没有被判破坏军婚罪。小芳的爱人很快提到了连长，她便随军到了另一个县城，就在我在小城混得满头灰色的时候，市里却把我当成了人才，调入了市报社工作。

十

到报社工作两年多，我就被提为副刊部主任，并亲自主编“婚姻与家庭”副刊。我不知为什么总编选我这么一个在这方面的失败者做编辑，而我编的那些充满偏见、抵毁爱情的文章似乎还很受欢迎，可这就更让我觉得无聊，难道我就这样靠迎合一些人的低级趣味生活吗？这天我正待得无聊，电话铃响起来，我职业性地回答：“你好，这里是家庭热线，请问，你有什么需要咨询？”

“你是邱苗吗？我是邢云。”

“你好，邢云，”我马上像个正常人似的热情起来，“你当妇联主任了，是吗？”

“不说这些，我今天到市里开会来，有空想见见你。”

“好啊，你住在哪，我马上去看你。”

“我在北山宾馆316房间，不过你现在不要来，下午有讨论。”

“那我晚上请你吃饭。”

“不，晚饭会议安排了，你八点钟来吧。”

开始我为这么晚着急，可一想这么晚去说不上邢云有什么意思，然而我发现从中午到晚上原来是一段很长的时间，在这段时间里我回忆了从汉子和我自己接触中关于邢云的所有往事，我给她写的那些信，甚至于我又重背了那首诗，匆匆地吃过晚饭，我又仔细地刮了胡子，彻底地刷了一遍牙，我甚至想洗澡，可恨想起来晚了，时间来不及了。

316房间的门虚掩着，我刚想敲就听到亲切的声音“请进”。

我见这个双人房间里只有邢云一个人，她告诉我另一个家就在近郊，散会就回去了。她脸上写着亲切，我不禁暗暗窃喜，想该有故事了。

邢云早削好了苹果，我们一边吃着，一边介绍各自的工作，简单的寒暄式的交谈后，邢云笑着对我说，讲讲你的家庭和爱情经历吧。

“不堪回首，”我不想在此浪费时间，轻描淡写地说，“人近中年，不谈爱情，我真没有什么可谈的，你这个妇联主任不是还想做爱情专家吧。”我冲她憨笑着。

“那我谈谈自己，你不会介意吧?”

“当然不会，你是有故事的人，我特爱听你谈话甚至包括讲课。”我讨好地说。把一只手轻轻放在她露在短裙外的大腿上。

邢云冲我笑笑，开始了她的故事：

“我想对你说两个人，一个人我曾经很崇拜，可现在有些……”

“鄙视。”我抢着说。

“另一个人我开始有些瞧不起，可现在越来越觉得可爱。”她喝了一口水接着说：

“还是先说后一个人吧，这个人就是你的同学，我的丈夫，石玉汉，我最先被他感动是从他给我的那些信开始的……”

“那信是……”我想到了该说实话的时候了。

“不，你听我说完。”她坚决地打断了我的话。

“那时候，我很浪漫，喜欢文学，所以当石玉汉给了我那些充满了诗意的情书后，我一下子就被打动了，那时候女生中崇拜高仓健，可我觉得他比高仓健还完美，既冷峻又有智慧还通人情，我觉得我找到了世界上最完美的人，我都背下了那些信，常常被那些文字激动着。我天天盼望看到他那高大的身影。”

从她讲话的语气还可看出她当年陶醉的心情，我笑着点头，表示愿意听她再讲下去。

“后来，我们见了面，我发现他的语言表达与他的文字水平相去甚远，但我还是喜欢他，并为他的沉默找根据，因为从杂志上我看到我所崇拜的一个作家也不善言谈，而且还有一句名言，‘我如果说多了，还写什么?’恋爱的人总是把对方往最好处想，我也犯了这个毛病。”

我点点头，表示我心里清楚。

“那时，我就想通过写信来满足我与他交流的欲望，可是后来他连信都写得那么慢，而且水平越来越低，我们见面时我想与他分手，可他一遍又一遍向我表示他的爱情，并给我看了他的所有日记，那些文字虽然平淡，却十分真诚，不知为什么，我突然生出了想要一要这个人的念头，就安排了那次北京之行，想不到我曾那么坏过。”

“我都觉得那时你真坏，”我忍不住说，“你差点毁了汉子。”

邢云摇摇头：“其实毁了的是我自己，从北京回来后，我的良心被折磨着，我无论在别人面前还是自己心里都抬不起头，我试着和别人谈过两次恋爱，虽然那些人的地位、财富比石玉汉高得多，但我都找不到感觉，找不到那种真诚，所以，当一次偶然的机会我们知道彼此都没有成家时，一下子心就跳到一起了，我们甚至迫不及待地就结了婚。”

“可结婚后，特别是我们调到一起后，我发现我们的距离越来越大了，我过去一直把他当成我的文学知音，可到一起我才发现，我们根本没有共同语言，他听我讲话有时像个呆子，这时我才真的怀疑那些情书根本不是他写的，他不置可否，却不告诉我那个人是谁，我们就这样闹了一年多，准确地说是我自己在闹，骂他是个骗子，可我越闹他对我越好，他没有别的能耐，就想挣钱让我过得好点，一个老师又是养鸡、又是养猪，还上街做小买卖，虽然他什么都不让我干，可我总觉得丢人，那时他总是对我说，我会给你幸福的。可我却不知，那时我就生活在幸福里了。”

“我对你讲这些，你不会烦吧。”邢云像个教师特别注意听者情绪，见我半天没有出声就提醒我注意听讲，其实我心里正想着我自己在什么时候出现呢。

“他对我也特别关心，自从我怀孕后就天天接送我上下班，后来又都是他接送孩子，我在外面常有些活动，每次回去晚了，他就到处找我，你还记得那次我们上咖啡屋的事吧，他就一直站在外面等着，又一路跟着我们，直到我们回去他才抄近路到家，后来我知道这事和他大闹了一场，直到你妻子，对现在应该叫前妻吧，打了那次电话，我才想亏了那天他一直跟着，否则你我都洗不清了，你知道，我这些年工作变化挺多，取得的荣誉也不少，外面闲话不断，亏了他的理解，要不我还能做什么呢？人们说，一个成功的男人后面有一个伟大的女人，可我想说，一个成功的女人后面，同样也有一个伟大的男人，”邢云讲得有些激动，“我这么说话是不是有点太夸你的同学了。”

不等我回答，她接着说：“你可能还不知道，他残废了。”

“什么，残废了？”我一惊。

“是的，”邢云的眼里闪着泪花，“年前我们买了新楼，虽然他攒了不少钱，可是连装修还是欠了债，他为了早还上钱，就承包了学校旧房的一段拆除任务，看他拆房有几个学生也来帮忙，在他们推倒那堵墙的时候，有两个学生险些砸到墙下，他一把把学生推出去，自己的腿却被砸断了。”

“那现在怎么样？”我急切地问。

“截肢了。”邢云沉沉地说：

“手术前，他曾想自杀，攒了多半瓶子安眠药，被我发现了，我问他为什么，他说，‘我最大的心愿就是给你幸福，可现在不但没有给你幸福，却成了你的负担，我活着还有什么意义？’他还说，他想自己割腕，可是怕我做噩梦，就想平平静静地死，让我永远忘记他。”说着说着，邢云的眼里滚出了泪水，我的眼睛也潮湿了，我低下头，发现放在她腿上的手不知什么时候早已离开了。

“我这次来之前，他让我把他这个锁了多年的小箱子打开，给我拿出了这些，我一看，是我们当年的情书，只是不知为什么还有另一个人的手稿，他告诉我，另一个人就是你，他说，‘这些信都是邱苗写的，他心里也有你，现在他离婚了，我们也离婚，你去找他吧。他会让你幸福的。’我说，‘真正爱我的就你一个人。’他说，‘我是真的爱你，可我没有幸福给你，你刚过得好了点，我却又成了你的拖累。’我说，‘你已经爱过我了，现在到了我爱你的时候了。’他说，‘我不值得你爱，我骗了你，连那信都不是我写的。’我说，‘不论谁写的，那都是你的心。’”

说到这，邢云换了姿势，面对着我：

“还有另一个人，那就是你，你是全校第一个在全国刊物发表作品的人，毕业后又一部一部地出书，在我的心目中你是可望不可及的偶像，上学时，我多少次想给你写信，可就是鼓不起勇气，却没想到，那令我激动的信竟是你替别人写的，当然，你比我更了解你自己，我不想对你再评价什么了。不过我还是想把我们夫妻间这些最宝贵的东西送给你，希望能通过你的作品告诉人们这个世界上还有真正的爱情，而不是像您那样游戏人生。”

我注意到，在最后一句话里邢云对我的称呼由你变成了您。

宋青松
北京劳动人民文化宫
上海《主人》杂志推荐

深　白

李　榕

七点半。

高飞走在病房走廊，像是头顶着一锅沸水。

夜班是从下午五点接班，病区整晚的警报不断，抢救工作一直持续到第二天凌晨五点半。八点前白班医生沈心应该接班，病房里却没有发现沈心的影子。高飞经过医生办公室，里面却传来一声紧似一声的抽泣声。沈心背朝着门，从后望去她瘦弱的肩骨仿佛两把手术刀片，她把头埋进瘦弱的胳膊里努力遏制着哭声，窘迫在喉管里的抽泣却比放声大哭更让人压抑。

不必说，她又和老公吵架了。高飞呆呆望着沈心，内脏里有一根神经被扯得紧紧的。也许大多数婚姻不过是虎头蛇尾的一出戏，开始时神魂颠倒如胶似漆，随着时间的渐次推移，争吵就会取代性生活变成家常便饭。

沈心很少谈论家事，但明眼人都看得出她过得不如意。高飞嘴笨，不知道如何劝说，在旁边干望着不知所措，沈心抹了把眼泪，低声说："我一会就没事，你不用管我。"

高飞赶紧说："那我去给你买早点。"

医院食堂大门上竖着一块蓝底白字招牌："为了您和他人的健康，请不要穿白大褂进食堂。"

高飞脱下工作服挂在食堂门口的挂钩上，在窗口排队。食堂里大多是刚下夜班的医护人员，有认识的彼此打招呼开着玩笑，众人中唯一一个还穿着白大褂的就是外科的欧阳锦程。

欧阳锦程顶着一头新品种玉米般的黄发，甚至连队都没排，带着他那特有的迷人微笑走到窗口递进餐卡："素汤粉"。照理食堂师傅不给违反规定的人服务，但他碗里热气腾腾的素汤粉里却赫然漂浮着红彤彤颤悠悠的牛肉片。高飞心里哼了一声：长得好看也是特权啊。欧阳是她的前夫，他们的婚姻结束于三年前。

欧阳转身时发现了她，径自朝她走来，高飞警觉地用手护住自己的饭盒："我只吃素面。"

她显然自作多情了。欧阳连汤带水吸溜了一大口含混不清地问她："听说你昨晚运气不好？"坏消息总比刘翔跑得快，高飞并不认为这有什么值得提起的，索性冷着脸不说话，欧阳却不识趣地陪她排队，一面吃着一面和她谈论外科夜班的轶事。

排了五分钟队，高飞刚到窗口，手机猛地叫唤起来，病房紧急呼叫：17 床病危，血压突降。高飞终于摆脱了欧阳的唠叨不休，飞奔回病房。

紧急时候沈心却不知去向，抢救进行了 20 分钟后，沈心才姗姗来迟。她明显不在状态，魂不守舍，反应均慢半拍，急得高飞大吼大叫。心脏内科主任闻讯前来参加抢救，但为时已晚，病人没能救活。家属投诉医院：病人病危后医生 6 分钟后才赶到。

科里的规矩是逢投（诉）必查（责任）必扣（奖金），当天排查值班表追究责任。高飞是下夜班，与她交接的是沈心，两人都不能免责。主任询问高飞时，她迟疑片刻后承担了全部责任。严格讲她没有和沈心交班，而且她清晨疏漏了 17 床的例行检查，当高飞查到 17 床时，17 床的房门紧闭，她推开房门，眼前 17 床正赤身裸体地把他老婆压在身下忙得正欢，两人都很克制没发出过分的声响。但她的出现使夫妻俩的"工作"出现了不可逆的停顿，高飞当时就窘得落荒而逃，脑子里活像闯进了一群蜜蜂，眼睛看什么都是白晃晃的，哪里还顾得去询问病人的状况。谁承想半小时前生龙活虎的病人会因为"幸福"过度突发心脏病？

除了扣发一个月奖金，处分还会影响到年底涨工资。大家都觉得高飞够倒霉。清晨的查房按说是两班医生的交接班，沈心根本就没到场，推算起来主要责任当然是沈心，这件事高飞顶多次要责任，明摆着是代人受过。但高飞能和沈心计较吗？且不说她们关系一直很要好，沈心从两年前就查出患了乳腺癌，左乳全切。自那以后，她的丈夫喝醉了酒就发酒疯，沈心过不下去了就离家出走，但那个人一来接她，说几句软话她就跟着回去了。高飞曾经见过沈心的丈夫，“才华横溢”的画家，横竖看着就跟黑社会似的，满脸横肉不说，鼻梁上架副茶色眼镜更让人胃部紧缩。她不觉得此公有什么值得留念的，私下里科里同事都觉得沈心早该快刀斩乱麻把婚离了，但当面均是劝合不劝离。

沈心很快就知道了科里对高飞的处罚结论，她要去找科主任说明情况，高飞拦住她：“行了，别添乱了，处罚一个总比处罚两个好。”她觉得沈心不能再承受更多了。

高飞一脸疲惫地回到家，准备不管不顾地好好补上一觉，迎接她的却是满满一屋子的人，比抢救室还要热闹。

她记起了今天是周末，是黄成家人雷打不动的团聚日。

黄成的大哥二哥全家出动，加上两位老人，把个三室两厅塞得满满的。黄成三兄弟各自叼着烟陪着黄老爷子在搓一分的麻将，一屋子的烟。婆婆在厨房里招呼着锅碗瓢盆，忙碌得像个架子鼓手。两个嫂子一面嗑瓜子一面看韩剧，女儿妮妮和两个哥哥在高飞的卧室里玩，枕头掉在地上被踩来踩去，被子也不见了踪迹。她竟连个能安然睡觉的地方都没有。

自从他们去年搬进这套三居室后，黄家人越来越喜欢家庭聚会，来得比白班还早，走得比中班还晚，流连忘返。高飞曾对黄成提过，聚聚可以，不必每周两次，这个和女人月经一样，来多了伤元气。例行聚会搞得他们每个礼拜都如临大敌，吃的用的玩的，大包小袋从超市收集回来，花钱还在其次，生活节奏全被打乱了。黄成对她的抱怨听而不闻，他是个寡言的人，大多数的时候他都是一脸高深莫测的微笑，无论别人说什么，其实主意已定。如果可以，他一个月不说话都没问题，除了面对家人时他难得的笑语不断，对任何人他都三缄其口，包括高飞。

高飞从来没有如此渴望过睡眠！一个晚上经历四次急救，插氧管、上呼吸机、心肺复苏，面对四次糟糕的结果，纵是钢铁神经也会绷断。从上班的第一天起，她就害怕推开抢救室的门家属爆发的那种撕心裂肺的失声痛哭。这工作没法干了，这家也没法回了，她怀着沉痛的心情自言自语。

门铃响，黄老爷子呼唤着她：“小高，去开门，顺便给我把眼镜拿来，我的牌看不清楚了。”高飞强打起精神去开门。门外站着一个人，身子细瘦。走道里光线暗淡，一股男人强烈的汗味扑面而来，她还以为是楼下收破烂的李师傅，定睛一瞧，却是她的父亲高国庆。

记忆中的高国庆总是雪白的衬衫笔挺的西裤，个子虽不高，但头发从来梳理得一丝不乱，鼻直口方，油光水滑，从早到晚都整齐得像张新版人民币。但眼前的父亲像块皱巴巴的抹布，头发长长，胡子拉碴，了无生气。他一看到她就像被开水烫了似的整个人蜷缩起来，搓着手，眼皮耷拉着，背也更加佝偻起来。

高飞没好声气地问了声："你来干嘛？"

她记不起来上次见父亲是什么时候。父母离婚后，她就习惯了没有父亲的生活，家里一张父亲的照片都没有，但每次父亲不论隔了多久出现，她都能准确无误地从人堆里把他找出来。

父亲期期艾艾说了半天，她才弄明白他是来借钱的，两千。高飞在家一向不管钱，工资存折都是交给黄成打理，她转身去和黄成商量，黄成果然拒绝了："他又没养过你，理他干什么！"他掉头又上了牌桌，手上的麻将牌脆生生地跳动起来。

黄成的话说得是没错，父亲从小到大没有给过她一毛钱。记忆中父亲只给她买过一块面包，那还是小学时高飞和同学去春游，中午照例自带午饭。和同学疯闹的时候高飞的饭盒被碰翻在地，馒头和咸菜撒了一地，她把馒头捡起来，把弄脏的馒头皮剥掉，里面还是可以吃的。她蹲在地上小心地吃着捡起的馒头时，父亲正好经过，他不做声地牵起她，去旁边的小卖部买了块面包给她。面包一毛二，上面有薄薄的包装纸，包装纸上印着淡绿色的香蕉和淡绿色苹果的图案，面包上的油透过包装纸慢慢渗了出来。气味芬芳的水果面包。

其实高飞对父亲的不请自来也是一千个不高兴一万个不乐意，他每次出现都是一脸的愁苦，搞得周围的空气也变得愁苦了似的。怪谁呢？一个堂堂的中学教师，放弃了当医生的妻子和一个摆裁缝摊的女人跑了，而且那个女人皮肤不是一般的黑，鼻子不是一般的塌，怪谁？

但人已经站在门口了能把他推走不成？她咬着牙在卧室里翻找了一遍，加上身上的钱通共不过两百，她只好又到牌桌上打断黄成。她希望赶紧打发掉父亲，黄成却不能体谅她的苦衷，木着脸装马虎不理睬她。倒是黄老爷子又叫唤起来："哎哟小高，我的眼镜呢？你看你，到现在还没给我找来，我的牌都打不下去了！"

黄成横了她一眼："走开吧！你挡着我的光了，呆头呆脑。"他这么一说，一桌的人哄笑着。高飞不知道这话有啥可笑的，她按捺住愤怒，先把这两百给了父亲再说吧，来到门口，父亲不知何时已经走了。想想自己竟然连杯水都没给父亲，她心里骤然酸楚起来，如果不是走投无路父亲无论如何是不会来求她的吧。屋里的人们又传来了哄然大笑。

"叫你们打牌！叫你们开心！"她猛地掀翻了牌桌，一家人的欢声笑语戛然而止，惊愕的表情瞬间转换成愤怒和轻蔑，高飞脸上立即挨了黄成的两记耳光。她懵了。

闹剧一旦拉开序幕就愈发演变得锣鼓喧天，因为有旁观者的加入，高飞与黄成的二人战争急剧升级。双方都不惜露出狰狞面目，不遗余力地将自己最恐怖最丑陋的嘴脸坦白出来，两个人像比赛一般声嘶力竭地朝着对方喊叫，比着赛摔碎新添置的东西。你滚！滚出我的房子！滚得越远远好！黄成恶狠狠地说。

沈心的嘴张成标准的"O"字型。高飞披头散发、脸色暗淡，一手提着个比拳头大不了多少的深绿色尼龙包（包里装着她的牙刷和换洗衣服），一手牵着两岁的妮妮突然出现在沈心的单身宿舍。这间宿舍是沈心结婚前住的，是个单间，收费很低廉。单人宿舍来之不易，婚后沈心就没舍得退掉，每次她和丈夫发生矛盾，她就逃到这里来避难。她自嘲这里是"防空洞"。随着她出走的次数越来越多，"防空洞"里的设备日趋完善。

沈心把冰块敷在高飞脸上："怎么搞的，发生什么事了？"高飞这才意识到自己的半边脸是肿的，老天爷呐，她刚才就是这副嘴脸穿街过巷，还故作镇定地和路边的街坊邻居议论了一会儿天气！

"我不是离婚，我只是到你这里来住两天。"高飞此地无银三白两地辩白。黄成一说让她"滚"，她就傻眼了。现在后悔自己当时的冲动，太晚了，他们俩结婚以来大小矛盾不断，刚生妮妮时婆婆就表示了带不了，高飞只好请小保姆。小保姆不好请，能干的干不长，不能干的请来自己怄气，她前后换过四五个小保姆。先前孩子小的时候黄家人鲜有上门，倒是孩子上了幼儿园买了新房后公婆就不请自来地搬了进来，径直霸占了最大的主卧，对她的生活指手画脚。

"妮妮怎么办？你还要上班，谁带她？"沈心忧心忡忡，她好像已经忘了自己的现状，倒一门心思操心起高飞的事来。

面对沈心的发问，高飞举手投降：“我等会儿还要去给妮妮找所幼儿园。现在拜托让我睡会儿，我累得都快要死掉了。”吵闹中黄家人都避之不及，没有一个人过来解劝，大概是巴不得这个结果。既然黄成要她“滚”，她拉不下面子只好佯装收拾东西。她象征性清了点东西拎在手里，发现她的丈夫一丁点挽留的意思都没有，已经气定神闲地坐在沙发上读报纸了，她抱起妮妮时原指望黄成能看在女儿的份上留她。在门口她稍微迟疑了片刻，黄成扔下报纸朝她们走过来，不是拉她，而是一把拉开门，把她们母女俩“扔”了出去。暗红色贴着“福”字的防盗门在她们身后“砰”地关上，她才意识到自己连门钥匙都没拿。

门外妮妮却睁着双毛茸茸的眼睛望着她，脆声说：“妈妈，超市看看!”她越大越喜欢到外面去，去小公园，去超市，去别人家，去“看看”。她是她们中唯一巴不得出门的一个。

高飞对黄成一向宽容，这是她的第二次婚姻，而黄成还是未婚身份。结婚以来无论是经济还是其他方面她都尽量让着他，如果有矛盾也一味死忍，她对自己说不能再离婚了，是好是赖也要咬牙努力过下去，显然，这一次她的忍耐“不在服务区”。

第一次婚姻怪她不够慎重，找的是外科号称“一支梨花压海棠，玉树临风，潇洒倜傥”的欧阳锦程。欧阳相貌出众，才华横溢，手术做得干净利落，在外科是秦主任的理想接班人。他们仅仅生活了一年。欧阳婚后和婚前没有什么改变，外面姐姐妹妹的关系错综复杂。

结束了第一次婚姻后，秦主任给她介绍了大她七岁的部门经理黄成，黄成因为性格孤僻从没有谈过恋爱，他们见了四次面就算是定下了婚事，四次会面黄成说的话不超过两百字，最长的一句是：“我该结婚了，你的意思呢?”黄成和欧阳是两个极端。欧阳才比宋玉貌比潘安，黄成长的如刀削斧砍，刀是钝刀，斧是锈斧；欧阳的父母在外地，他很少见面，过年过节也只是象征性问候一下，定时寄钱，黄成喜欢和家人待在一起，恨不能半分钟都不分开。基于种种表象，高飞凭简单的逻辑推理这一次婚姻会比前次成功。

“打算住哪里呢?”沈心看到高飞一脸地讨好，愕然道，“我这里?”

沈心小小的单身宿舍被一张单人床和几件简单家具塞得满满腾腾的，如何再容下一大一小两个人呢？倒是妮妮自来熟，快快乐乐地爬上了床玩起了枕头和闹钟。

高飞无奈地说："我实在没地方去，明天一找地方就走的。"

沈心嗫嚅着："你不嫌弃的话就住这里吧，我们俩不用讲究那么多。"说实在，沈心对高飞的两次婚姻都不赞同，尤其是对她和欧阳。一个男人长得细皮嫩肉本身就是件莫名其妙的事，何况欧阳的绯闻从没断过。只要把他往人堆里一放，除了苍蝇以外绝对还能引起两个以上异姓的关注。也不能怪他，现在的女孩多大胆哪，见面就敢要求男孩陪吃陪玩，要电话要QQ要E-MAIL，欧阳来者不拒，热情接待。高飞没少生闷气。高飞和黄成的婚姻她也不看好，沈心认为他有极深的"恋母情结"，根本不适合婚姻生活，托她的乌鸦嘴，高飞和黄成结婚半年后就分床而眠，但闹出现在这样的状况她始料未及。

沈心认为女人一旦恋爱智商都会急转直下，她之前交往了三年的对象是一个小她五岁的交警，年龄和身份的差异都很成问题。双方家里当然如临大敌，极力反对，三姑六婆轮番说教、谩骂，晓之以理，动之以情，他们之间充分体现了物理原理中的"阻力越大，动力越大"，山无棱，天地合，也不与君绝。眼见大家杀之不绝驱之不散，手段用尽后渐渐接受了现实，水到渠成时沈心却单方宣布放弃，毅然嫁给了追求了她半年的青年画家。

高飞心神俱疲，倒在床上就睡着了。她睡得不安稳，梦里还在给17床上呼吸机，17床是第三次收住院了，他其实很壮实，喜欢放声大笑，平日喜欢把酒当茶，没有酒友没有菜也能独自一人喝一斤半红星高粱。高飞告诉他再不能喝了，胃出血是小，肝坏掉了就麻烦了，17床红着脸连声保证再也不喝了。结果让高飞查到他在暖水瓶里藏酒，酒是70度的纯谷酒，只比消毒用的酒精低5度，是他那个百依百顺的老婆给偷偷带进来的。梦里她一面抢救17床一面苦口婆心劝他戒酒，17床苦笑着：高大夫，要戒了酒……那还不如死了哦。醒来时她闻到一股香气，不是酒香，而是米饭细细的甜香、大葱的浓香、小白菜的清香混合在一起的奇特香气。一旁沈心正带着妮妮玩电动汽车，电动车是她在高飞睡着时带妮妮出去买的，沈心玩得比妮妮还要投入，不时大呼小叫。妮妮仿佛觉得她比电动车还要好玩，张着小嘴望着她傻笑，小巴掌拍得"啪啪"响。见她醒了沈心好脾气地说："你睡得可真够沉的，我叫了你两次你都没醒。"

高飞突然觉得肚子饿得不行，想想早饭还没吃呢，桌上的饭菜立刻变得不可抗拒。她几乎是"扑"到小饭桌前，狼吞虎咽地吃光了所有的食物。沈心的厨艺没得说，即使在简陋的单身宿舍里，就着一口小铁锅和一只电炉，她也能在短时间里煎炒烹炸，制作出色香味俱全的四个菜。高飞佩服得不行，她在烹饪上面纯属弱智，只会简单地下面条和炒河粉。

“幼儿园我已经联系好了。”沈心轻描淡写，这消息让高飞惊喜莫名。来沈心这里前她尝试找过幼儿园，都是失望而归。一所省级示范幼儿园每月收费高达八百，她没敢细瞧赶紧走掉了；好容易找到一所收费低廉的私立幼儿园，那么简陋的房屋设施，她去的时候正是休息时间，斑驳的栏杆上挤满一脸脏相的小孩，看上去就像停在电线杆上的一排乌鸦。几乎所有幼儿园只收两岁半以上的孩子，妮妮还不够入园条件。沈心出去买玩具时经过交管局的自办幼儿园，一打听里面设有专门收两岁以下孩子的宝宝班，收费合理，老师配置也不错，条件是只收本单位职工的孩子。

“一点都不用担心，都给你联系好了，你只用找管人事的盖个章就行了。”沈心轻描淡写。

高飞觉得沈心是标准的“入得厨房，出得厅堂”，她不禁感叹道：“如果你是个男的我就嫁给你。”

幼儿园是解决了，高飞却轻松不起来。倒班带孩子不方便，早上送晚上接都成问题，而且现在科室里正是缺人的时候，唯一不倒班的只有沈心和主任。沈心是从开年就退出了倒班，开刀后她的身体一直没回复过来，三天两头生病，经常临时找人替班。

“你直接去找老板说说?”沈心提示她。大外科的主任姓秦，大家习惯叫他“老板”——老板着一张脸。副院长的不二人选。秦主任和内科高主任关系深厚，高飞进内科还是秦主任帮忙一手安排的呢，打个招呼应该是管用的。秦主任从高飞一进医院起就很看重她，但凡他做大手术都会安排高飞做助手。下了班还隔三岔五叫她去家里吃饺子。高飞离婚后，为避开欧阳就执意离开了外科，秦主任很痛心，觉得她感情用事自毁前程，平常碰到了也少有和她打招呼的意思，高飞想自己可开不了这个口。

“我和你轮流接孩子吧。”沈心挺仗义，高飞感动得都不知道说什么好了。

“睡了吗?”高飞睡在地上，辗转反侧。

“嗯?”沈心也睁着眼睛。

“你为什么不离婚?”高飞问。

沈心半天才闷声说：“我好端端的一个人嫁给他，现在搞得人不人鬼不鬼的，我离婚了找谁去？他倒是多的是女学生等着嫁呢，我才不离婚耗死他！我倒奇怪，你呢？好手好脚的，你为什么不离开他？”

“孩子太小了。”高飞长叹了一声。她怀妮妮的时候没少吃苦，因为输卵管堵塞做了半年的通液治疗，那种滋味比死还难受。好容易怀了孩子，她的反应比一般人都强烈，吐个没完，经常是一边赶班车一边狂吐，弄得大街上的人对她纷纷掩面捂鼻而过。

第二天高飞带着妮妮去办入园手续，其实沈心托的“熟人”就是沈心的前男友小交警。他客气地接待了高飞。小交警细巧的脸看上去也就二十出头的样子，说话做事都很斯文得体。原先他和沈心好的时候总到单位接她，他独自站在医院大门口的樟树底下，身上的制服大了一码。一有人盯他看，他就脸红。几年不见他的脸皮厚了些，带着高飞满世界找人帮忙，高飞发现其实他的人头也不熟，但他把烟一递就和人家称兄道弟，人家给他白眼他也像没看见，死皮赖脸地跟着人家喊哥，愣是把要紧的章子给盖上了。倒是高飞多年都无半点长进，别人多问两句就答不上话了，全靠着小交警的周旋，妮妮才得以成功混进幼儿园。

两岁的妮妮对身边的巨大变化全无所知，对幼儿园的一切都懵懵懂懂。幼儿园的老师很适时地拿出了好多玩具，妮妮大大的眼睛立刻亮了起来，她几乎忘记了妈妈，自己坐到地上饶有兴致地玩了起来，兴奋得小脸通红。

“小孩子的适应力很强的，别担心，放心交给我们好了！”幼儿园园长一看就是个精明强干的女人，脸上的妆容恰到好处，头发更是盘得纹丝不乱，“不要觉得把孩子放到幼儿园就是吃苦，现在的小孩子，蜜水里泡大的，哪里吃过苦？家长必须要有让小孩吃苦的决心，孩子越小上幼儿园越好，为什么呢？适应力强啊，以后融入社会就容易多了！”她笑眯眯地，口气坚决，不时伴以一两个有力的手势，叫人不知不觉就信赖了她。

黄成打来电话说：“我们离婚吧。”

高飞虽然潜意识里有预感，但听他说出“离婚”二字还是觉得突兀，没答复就慌忙挂了机，他再打来，她就索性关机不接他的电话。结果下午黄成突然出现在她的办公室，把离婚协议用力拍到她的办公桌上，甩了一句：“等你签字！”他垮着张脸，一旁的护士赶紧都躲得不见影了，高飞抬头看着他，发现他的脸上还留有青紫的痕迹。高飞觉得疑惑，黄成打她的时候她还手了吗？看上去他可伤得不轻，原来她只是看上去文弱，其实也不是好惹的主。

高飞拿起协议书一看，顿时哑然，孩子归她，他和孩子划清界限，房子存款都归他。岂有此理，房子的首付她还出了一半呢！她一把抓起揉成一团，气得浑身发抖。她怎么也没想到他会反应这样激烈、这样没风度。其实他们之间能有什么大不了的事情呢？每个婚姻都有矛盾，每对夫妻都会吵架，难道离婚就能解决所有的问题？原先两人在一起租房的日子虽然辛苦但落得自在，一起买菜分工做饭，吃了饭猜拳洗碗，睡觉前一起打电脑游戏，那时候他们过得无忧无虑。一切就坏在买了新房。

沈心冷眼旁观，问她："都找上门来了，你真舍不得他吗？"

高飞没吭声，黄成还在气头上，等他气生完了就会接她回去。黄成就是这么个脾气，生起气来六亲不认，但气来得快去得快。

沈心说，你对他下手够狠的，我刚才在走廊里碰到他，他走路都有点瘸。我最恨男人打女人，你干得好！

拖了两天，黄成没再来电话提离婚的事了，高飞一打听原来是黄成出差去了，她赶紧跑回那个"家"去取妮妮的东西。去之前她给公公打电话，公公说你来拿吧，这几天要变天别冻坏了小家伙，公公一直对她还算可以，不像婆婆心窄。

高飞在楼下按了半天铃都没有人理会，正纳罕间，听得"嗵"的一声，一个旧蛇皮袋从天而降，差一点就砸到她了，定睛一瞧袋子里正是她和妮妮的衣物，不用说，是婆婆扔的。高飞不禁莞尔，她想起自己和欧阳离婚的时候就是把欧阳的私人用品打包扔到垃圾桶，历史重现。

夏日的阳光像层厚厚的壳，高飞提着一大包的东西在路上走得挥汗如雨。收破烂的李师傅远远留意到她手里的袋子，还以为生意来了，满脸皱纹都灿烂起来，她尴尬地低头大步走开。

晚上去幼儿园接妮妮，高飞两眼都直了，一早换上的白底碎花裙子，已经分辨不出原来的颜色，胸前挂着的粉红手帕皱巴巴地像老头的脸。倒是妮妮的脸上红扑扑，看见妈妈开心得咯咯直叫。高飞端详着其他的孩子，无一例外都是极其脏相的，心中算是勉强找到了平衡。她忽然聪明起来，掉头去商店买了提进口水果送给幼儿园老师，第二天妮妮的衣服就顺眼多了。

一上班接到科主任的通知，内科有个去上海进修的名额。这个进修机会是高飞一直梦寐以求的，但进修时间接近两个月，以她目前这种状况怎么走得开，两岁的妮妮怎么办？

秦主任在电梯里碰到她，难得开口问起进修的事，知道她去不了表示很惋惜，说是机会难得，有什么困难不能克服的呢？年轻人，不要怕苦。

高飞不愿告诉秦主任自己目前的现状，只觉得心里堵得慌，回到办公室端起茶缸就咕咚咕咚喝了半杯冷水。沈心瞥了眼她脸色发青，她细声细气地说："……你放心去吧，我来给你顶班……"高飞一愣，知道沈心念及自己扛了17床的事而投桃报李。高飞带着复杂的心情打电话给高主任争取进修机会。

晚上沈心不知打哪儿得到的消息，外科选派进修的医生是高飞的前夫欧阳锦程，她顿时表情怪异："也就是说，你可以和欧阳帅哥鸳梦重温、双宿双飞了？"

说真的，高飞被吓了一跳，她怎么也想不到欧阳锦程和她一同去上海进修，而且整个医院一共五个进修名额，偏偏只她和欧阳去的是同一所医院，这下有得让人嚼舌根的了。

欧阳和高飞恋爱的时候，沈心就没少说过欧阳的坏话，因为那些乱七八糟的绯闻，因为他属于"可耐可耐，人见人爱"那种类型，因为她觉得欧阳和高飞纯粹是"玩"。让她大跌眼镜的是尽管高飞面对的强敌不少，一路PK下来，最后他们俩竟然终成正果，沈心以缺席婚礼来明确表示自己的态度。一年后高飞离婚，两人喝掉了一整瓶五粮液，高飞对着江水喊哑了喉咙来庆贺结束这一段不该发生的错误。

"如果比起黄成，欧阳这个人还算不错的，做的一手上海菜，出门在外也很会照顾女性的，你是瓜田选瓜，越选越差。"沈心酸溜溜地说。高飞心想欧阳经历过、照顾过的女人巨多，"只要工夫深，铁杵磨成绣花针"，熟能生巧，经验使然。

高飞心里放不下妮妮，两个月就是六十天，一百四十四个小时。妮妮还这么小，沈心一个人如何也带不了的，更何况她自己还是半个病人呢，有时候看她上楼都喘得跟老慢支病人似的，她可怎么带孩子？左思右想，高飞给黄成打了个电话。黄成心里其实满疼女儿的，她断定黄成绝不会坐视不管，能把妮妮托付给公公婆婆那是最可靠不过了。黄成人在外面应酬，电话那边吵得很。他知道高飞的意思后，说："我正忙着，你这样的事去和我妈商量！对了，协议签了没？"高飞二话不说，赶紧搭下了电话。

高飞和婆婆的关系一直处得僵硬，没办法只好硬着头皮打过去，还好电话是公公接的。公公人比较和善，满口答应说没问题，不就是两个月吗？放心好了。高飞在电话里连声感谢。

沈心一面做SPA一面点评说：“不错，你做人还不算太失败，有你公公婆婆帮忙撑着，你就放心去死灰复燃吧，回来利利索索扔了黄成。”沈心的脸上一连四季不是长痘就是过敏，大多数时候她都在敷面膜，搞得高飞觉得自己每天面对的是《大内密探007》里的无面人。

高飞说：“你要死啊开这种玩笑，欧阳锦程是什么人？男狐狸精、万人迷，我可玩不转。当年我是年幼无知，被美色所迷，现在是借我十七个胆我也不敢。”“无面人”插嘴说：“不怕，现在是男色时代，你要珍惜机会好好享受。”两人开着玩笑间，高飞的手机响了，公公在电话里期期艾艾地说他和老伴马上要出去旅游，估计是没办法带妮妮了，要她自己“设法克服”一下。

挂了电话妮妮天真地问：“奶奶吗？我要和奶奶讲电话。”高飞一脸沮丧，没好气地说：“你奶奶死了！”妮妮一听顿时惊恐万状，放声大哭起来。高飞越发地心烦，劈手就打。沈心顾不得脸上的膜，一把抱起妮妮，说：“高飞你发神经可别拿孩子撒气。”

高飞气呼呼地说：“他们明摆着是故意刁难我！”婆婆是北方人，把儿子一向看成了天，儿子声称杀人她就帮忙拿刀的那种类型。高飞说：“我从没见过这样的女人，连自己的孙女也不认了。”

沈心冷冷地说：“怪不得别人，还是你做人失败。”一句话噎得高飞白眼直翻。高飞不知道自己哪里得罪了她，气得冲沈心直嚷嚷，沈心不理她哄着妮妮去睡了。

高飞四处打电话联络全托幼儿园，人家一听小孩不到三岁都劝她别动这个念头，整一个害性命。她想实在不行就把孩子抱到黄成单位去，难不成他还把自己的孩子扔出来？这个念头也就是偶一浮现而已，她是断断做不出这样的事的。

临到出发前一天她还在一筹莫展，沈心看不惯她的心急如焚，告诉她，不要紧，妮妮她来管。

高飞半信半疑：“那你上夜班的时候呢？”

“山人自有妙计。”沈心却是胸有成竹，原来她在高飞四处求救兵的时候给她的交警打了个电话，让对方帮忙照顾孩子。

“他绝对没问题，幼儿园就在他的单位，他随时可以接，很方便的。”

高飞望着沈心一个劲发呆，她现在体会到什么是“做人失败”的反义词了。

她和沈心是完全不一样的人。高飞是在母亲的严格管教下长大的，欧阳之前从没结交过异性朋友。高考那年倒是有个胆大的男同学每天到她的楼下吹口哨，她一听到口哨就闪了魂一样飞奔下楼，两人站在昏暗的路灯底下天南海北地胡扯一气，那算是爱吗？她不知道，功课的压力太大，同学间的竞争日趋白热化，友谊灰飞烟灭，她只想找个出口换口气。但母亲发现后抡起椅子向她砸了过来，她还来不及辩解，左腿当时骨折，她是拄着拐杖进的考场。上大学的时候开新生欢迎晚会，舞曲响起的时候她惊恐地发现一个男生站在她面前，向她伸出手来邀请她，她吓坏了。尽管母亲并不在身边，她却恐惧地头都没敢抬，对方的一双匡威的球鞋笔直站在她面前很久很久，她的头恨不能埋到地底下，莫名的心疼起来。她内心的恐惧感无限放大。

欧阳锦程是她在母亲去世后正面接触的第一个男性，他给她的是全新的生活，因为他，她才了解自己所住的城市之大——他骑着车带她几乎跑遍了武汉三镇。她知道母亲在世的话他们恐怕不会结婚，母亲习惯地排斥出现在她身边的所有男性，她把他们都看成高国庆的化身。母亲的名言是：男人靠得住，母猪会上树。高飞太想有个家了，习惯了欧阳带给她的阳光、温暖。她迷糊了，竟然和他成了家，欧阳的生活是与她完全不同的。他的电话不断，找他的全是女性。她们公然当着她的面邀请他出去唱歌，要他教她们跳舞。她们香喷喷、活泼动人，而他以为自己是大众偶像？从不知道“不”字怎么写怎么说。高飞完全清醒过来，她和他不是一路人，人家是鲜花满地的阳关道，她是凄风冷雨的独木桥，她快刀斩乱麻地离了婚。第二次婚姻她是非常审慎的，黄成长得差强人意（正合她心），家庭观念强，除了工作就待在家里（和欧阳正好相反）。颇具讽刺意味的是，两次完全不同的婚姻，结局竟会一样惨淡，她总是过得跌跌撞撞。

也许沈心说的对，她做人很失败。

一上火车高飞开始担忧：沈心还记得多少她的嘱咐？比如妮妮不能喝冷的牛奶，比如妮妮晚上爱蹬被子。临走的前一天高飞把妮妮从幼儿园接回家，不知道如何对她解释自己要离开一段时间，想了又想，她说：“妮妮，我们来玩捉迷藏吧？”

妮妮拍着小手欢呼：“我喜欢捉迷藏！”

高飞躲，妮妮找。高飞开始都躲在显眼的地方，渐渐就躲到妮妮找不到的地方去，妮妮急得满屋子乱转吱哇乱叫，等到高飞从某个角落里出其不意地蹦出来，妮妮乐得一屁股坐在地上。

妮妮，她亲亲女儿红彤彤的小苹果脸，“妈妈过几天还要和你捉迷藏，时间会久一点哟!”也不知道妮妮明白没有，到时候找不到妈妈，她会哭成个泪人吗?

“吃苹果吃苹果。”欧阳一脸热情地把削好了皮的苹果递给她，他的右手上包着块纱布，苹果削得很粗糙。她拒绝后，他就小心地切成块再度给她，她装没看见，他放下苹果去剥香蕉。真是见鬼！他为什么总是情绪饱满，什么也不担心什么都不在乎。他们离婚的第二天欧阳还一如既往帮她去食堂打饭，饭菜搭配正合她的意，细心地替她把胃药分装在小盒子里，不厌其烦地嘱咐：妹妹，变天了多加件衣服。她忍无可忍地冲他大喊，不要你管我，滚滚滚！他一脸的不介意，只当她是耍孩子脾气，好像他们的离婚全是她一人挑起，他不过是顺从，一切与他无关。不知道的人根本不知道他们已经离婚了。正是因为这个高飞才坚决离开了外科，她不想和这个人再有任何形式的接触。

她突然间情绪低落，无言地返回上铺睡觉。

睡了不知道多久，欧阳拉她的衣袖把她惊醒了，她眼睛没睁：“到了吗?”

欧阳笑着摇摇头，指着车窗要她看，原来是外面下雨了。火车正经过金华，烟雨氤氲，仿佛人间仙境。她不是他，没有看风景的那份心情，掉头继续睡。醒了又睡，睡了又醒，火车上的时光真是难挨。睡了一觉又一觉，人却似变得浮肿了。看看时间，才过了五个小时。

在高飞睡觉的时间段里，欧阳已经结识了上下铺的其他旅客，和人家聊得热火朝天，把几个年轻女孩逗得前仰后合。欧阳出门的准备很充分，不仅带了mp3、杂志，水果，还从拎包里取出两副扑克和大家打起双升，牌局吸引了整个车厢的旅客前来观战。他瞥见她睡眼惺忪地坐起来，就硬把牌塞到她手里。高飞素来不爱打牌的，因为穷极无聊，难得地和一帮天南地北的人坐在一起。她上手快，手气奇好，竟然要什么来什么，欧阳和她对家，双方配合得得心应手。这样一来，时间倒是过得容易些了，快到站的时候，几个牌友都有些依依不舍了，尤其是那几个女孩子，眼圈都红了。男狐狸精，高飞嗤之以鼻。

上午十点准时到达上海南站，扑面就是“侬”、“阿拉”、“伊”的上海话，一句句脆生生的如同新鲜的青豆。高飞兴奋起来，一句都听不懂，搞了半天那些笑脸相迎的都是推销假发票的。她惊奇地发现欧阳很有语言天赋，不仅听得懂，还能和人家对话，用上海普通话问卖火车时刻表的阿婆巴士站怎么走，高飞从来不知道他还有如此天分，在旁边一脸的佩服、一脸的敬仰。估摸着他是什么时候认识了上海的女友吧。

前来接站的人手机联系不上，高飞建议两人先去吃点什么，她觉得车站附近就不必考虑了，又贵又不卫生，建议两人坐巴士到肯德基去吃洋垃圾。她的手机没电了，候餐的时候借欧阳的手机用了一下就随手搁在餐桌上，吃到一半时候欧阳手机竟不翼而飞，高飞立刻变了脸色，十分自责。欧阳却颇乐观，说手机是三年前买的，好几个数字键都出了问题，屏幕坏掉一半，目前接电话还行，其他功能都萎缩掉了，丢得好，谁偷谁倒霉。高飞居然被他说得笑了起来。

欧阳在医院是医生中的另类，据传他在北京上学的时候是不用心就能永远得第一的那种人，毕业晚会上大跳街舞的那种人，被女生爱戴尖叫经常打架闹事的那种人。在医院里他每天顶着韩国明星般的长发在走廊里招摇过市。与他的时髦发型同样惹人争议的是他和女孩们的关系太过随意，不时有两个女孩为他大打出手的绯闻。

两人在招待所里一安顿下来，欧阳就不见了（八成是到哪里去招蜂引蝶去了)。高飞独自到楼下去吃了盒饭，随意逛逛，上海的街道好窄，仰头看天觉得天空都是窄的。因为不懂方言，“四块”和“十块”都分辨不了，付钱的时候她和人起了争执。卖臭豆腐的婆婆把她给的钱硬塞给她，却又不让她走，两人各说各话，阿婆脸涨得通红，高飞给弄得抓耳挠腮、大汗淋漓。

“她是要你换张钱，她嫌这张太破了。”欧阳锦程咬着一只苹果走过来说，高飞半信半疑。欧阳替她付了钱，用上海话和婆婆聊了几句，婆婆乐呵呵地拍拍他的脸，这个动作亲昵地有吃豆腐的嫌疑。高飞心想男人长得好也是本钱啊，大小通吃，老少咸宜，可惜对她来说欧阳是块经历丰富的臭豆腐。

臭豆腐不错，外脆里嫩，沾上点辣酱和甜面酱，很好吃。欧阳看着她吃，提醒她：“不要沾到衣服上了……你看你……”他细心地用纸巾帮她把衣服上的辣酱去掉，作为一个外科医生，他的手法合乎标准的细腻。高飞猛退了一步，一把打开他的手，警惕地看着他，欧阳一脸的尴尬与无趣。

第一眼见到欧阳时她还是实习生，当时欧阳是外科最年轻的主治医生。在一群全副武装的医生护士中他格外引人注目，口罩上方露出的眼睛炯炯有神，他做的一例左下肢切除手术，一柄小小的柳叶刀在他手中寒光闪烁，在二十分钟以内他干净利索地卸掉一条大腿，让刚进院的这帮菜鸟看得心惊肉跳。手术完毕他摘下口罩露出他清秀的脸，周围顿时一片唏嘘，在这些实习生的眼中欧阳好像神一样给膜拜着，每天看到他一眼也是好的，空气都会因此变得新鲜。

一天中午在医院食堂里，高飞她们这批实习生正在吃饭，欧阳大步走过来，一屁股坐在她对面，把一缸红烧肉都倒到她的饭盒里。高飞莫名其妙，欧阳说："吃吧，你看你浑身上下皮包骨头！"他径自用餐巾纸擦掉她嘴角的油渍。旁边一干人都笑吟吟地看着高飞，眼神中五味杂陈。他是在追求她么？高飞登时闹了个大红脸，她是从来没有一点恋爱经验的，一味只知道死低着头，手脚都找不到地方放。

欧阳是一个典型的盲目乐观主义者，见谁都是满口溢美之词，高飞开始听着还很受用，时间长了他一说话她就浑身鸡皮疙瘩。他对高飞报以"清纯、脱俗"的评价，初时高飞听了喜不自胜，时间长了，什么"天然去雕饰、美轮美奂、高雅"……听得高飞都没地洞去钻。谁说人人喜欢戴高帽子，看那帽子压不压得死你。

这样的一个人，却是她的初恋。

高飞在上海的进修显然不顺利，带她的是一位全国著名的消化系统专家，出了名的严厉。他的口音尖细，明显带着上海腔，高飞几乎一句都听不懂，最可怕的是与年纪大的病人交流，他们的口音如同外语，连比带划半天她还是一脸茫然，被病人戏称为："呆鹅。"

她进修内窥镜，一根光导纤维管子，从咽部经食道下入胃肠，一头有镜子，可以折射出胃肠道内表面的情况。经过一个礼拜的观摩学习，导师示意她给一个怀疑上消化道出血的病人下胃镜。她怀着无比激动的心情操作着，镜子顺利下行，导师在一旁把关："好，再转一下，好！进入十二指肠！"她把眼睛紧贴在窥镜的这一端，紧张地观察着肠黏膜……忽然！一条白色蛔虫蜿蜒游来，摇晃着尖尖的脑袋，感觉上要经过管子钻进她的眼睛！她顿时惊叫一声，差点扔了镜子，还好她导师手疾眼快，一把持住了窥镜，进而斥责她："真是没素质！一条蛔虫吓成这样！"就这句呵斥是她听得最真切的一句本地话。

导师显然对她的印象深刻，第二天查房直接点名："高大夫，你认为这种情形下用多少剂量的西地兰呢？"

高飞对上海话是又爱又怕，听在耳里脆嘣嘣的，但脑子里却是糊涂成一锅米汤。她身子绷得紧紧的，结巴起来："5、5、5g，"看到大家满脸的严峻，她一个激灵赶紧更正，"不，是5mg！"

"抱歉，时间已经过了30秒，照此速度，病人已经死亡。"导师扔下一句话转身就走，其他的人面无表情地看了看她，全都一言不发。

高飞叹了口气，转向病人，正预备补充病历，老太太满脸蔑视，一脸的官司，居然来了一句："侬不要把我当小白鼠啊，换个医生给我看。"

高飞用吃饭的空隙给沈心打电话问妮妮的情况，沈心刚刚下夜班在补觉，声音倦怠。她告诉高飞昨天妮妮要妈妈，后来沈心买了个超大的芭比娃娃，妮妮就破涕为笑，玩了很晚才睡。高飞听了心情大好起来，想必妮妮和她还是不够亲的缘故，不见了妈妈也不至于太过伤心，又千叮咛万嘱咐了一番才恋恋不舍地挂机。

刚挂机一个电话就打进来，号码是陌生的，一个很专横的女声指名要找欧阳锦程，欧阳来接电话，顿时眉开眼笑。高飞虽然不悦他将自己的号码自作主张给了别人，但一想他的手机是因自己而丢，也就平息了怒气，尽心尽力做了双方的通讯员。但欧阳的女友好像不止一个（也许她多心），有的极客气，有的骄横，欧阳对她们无一例外的缠绵周到。稍微留心一下，发现有个女子来电话的次数最多，也没什么固定时段，声音甜腻温柔，高飞就对欧阳说你这个女朋友是播音员吧，声音真好听。欧阳笑起来，说你猜对了一半，不是我的女朋友，只是女性朋友。

不消说，这是他的惯用伎俩，他们当初的离婚原因就是这些"女性朋友"。她们可不管他结没结婚，想找他就上门，一个个莺歌燕舞、香气扑鼻，弄得高飞神经兮兮，紧张莫名。结婚周年那天她得知自己怀孕，心情复杂地想等他回来好好谈谈，那天晚上欧阳彻夜未归。凌晨他开门进来，一夜未眠的她决然提出了离婚。记得他当时说："你讲点道理成不成？"他的道理就是那些不过是"女性朋友"，他和她们"没什么"。

在众多来电的女孩中，说话最不客气的那位是欧阳那位叫"燕子"的"女性朋友"，电话想来就来，想挂就挂。一次欧阳在手术台上高飞不便传话，高飞刚同她解释一句，对方就“砰”地挂机，再次来电话也直截了当：“找欧阳锦程”，连“请”、“谢谢”，都没有。

高飞暗生闷气，心里盼欧阳赶紧买个手机，但欧阳似乎对此没有任何计划，高飞就经常关机，开机的时候也尽量交给欧阳保管，省得自己受冤枉气。欧阳有所察觉，问是不是燕子有什么地方得罪她了。高飞本想好好控诉对方，但细一想人家的感情比和自己密切多了，多一事不如少一事，索性三缄其口。欧阳心里有数，对她解释说燕子是独生女，很娇惯，但心地不坏。

高飞忍不住多嘴说：“这个世界上杀人放火的毕竟是少数，娇惯没错，缺乏教养就要不得了。”话一出口欧阳的脸色就变了，高飞知道自己失言，后悔不迭，两人的关系就此冷淡多了。欧阳第二天不声不响就去配了个新手机，彻底免了她的苦役。

高飞再次打电话的时候沈心大声说：“才过几天啊！你不相信我怎么的，你的小妮和我好着呢，等你回来她可不认你了啊！”沈心大声笑着，高飞觉得有点不好意思，其实以前对妮妮也没这么依恋，那时候都是婆婆带，带的好不好不说，没让高飞操什么心，自己没日没夜地带了几天，操心吃操心喝，虽然累，但心里牵挂得不行。

倒是黄成的电话打消了她的平静：“你是怎么当妈的？妮妮住院了！”原来妮妮在高飞离开后一直哭闹，几乎没停过，沈心想尽了办法，买玩具，带她去游乐场，都不管用。妮妮哭得嗓子哑了，喉咙化脓，高烧不退，已经住院三天。沈心刚开始准备给高飞打电话，但高飞那段时间总是关机（全赖欧阳），沈心考虑到高飞工作忙，就索性瞒着。还是从海南回来的婆婆放心不下偷偷去看望才得知的。

高飞一听这消息心火上升，一晚上两边嘴角都烂了，眼睛红得像兔子。她早晨和院方打了个招呼就筹划着买火车票回家，欧阳请了半天的假前来送行。欧阳还特地买了上海的小零食什么薰青豆之类的给她路上吃。他对她像是小孩子一样，给她展示新买的芡实糕，糕是现做、现切、现装盒的，隔着包装都闻得到扑鼻的香气。

高飞手捧着他买来的一大堆吃的忽然开始哭起来，她哭得像个孩子一样。她恨自己差劲，什么也做不好，什么都是错，从小到大都是这样。她第一次体会到语文书上“悲痛欲绝”是什么意思，当着欧阳的面她把离婚时该流没流的泪都流了。

欧阳等她哭够了，递上纸巾，劝慰说：“孩子不会有事的。”他一直看惯了高飞风风火火的样子，离婚的时候她都没掉过泪，神情坚毅宛如自由女神。这样的涕泪交流让他感到惊惶，他想说笑几句让她笑起来，又生怕弄巧成拙。

高飞哭够了，三把两把擦了眼泪，忽地站起来，膝盖上放的东西来不及收拾撒了一地。欧阳赶紧拉住她：“坐会儿吧，离发车还早着呢。”

高飞涨红着脸：“我去退票，不回去了。”欧阳看看她，点点头：“我去帮你退。”他接过她的车票就走了，高飞看着他的背影倒一阵发愣，他为什么不阻止她？为什么不责怪她不是个好母亲？他对她的做法总是一副理所应当的样子。也许因为他们现在的距离不过是比朋友远一点，比陌生人近一点，这样的距离刚刚好。

曾经他们也曾对对方大吼大叫过，说过很多伤感情的话，也许是当时他们间的距离太近了，近到以为可以尽情嘲笑对方，近到可以完全忽视对方？

接下来的进修高飞就像指导医师的跟班，亦步亦趋，手中的笔记记得飞快，眼睛瞪得溜圆，好像要将对方一口吃下去似地。中午吃饭的时候也在看笔记，口音不清楚的地方勾出来第二天再向教授请教。导师的上海口音的普通话也不那么难懂了。

“我和燕子分手了。”欧阳一屁股坐到她身边的座位上，像汇报工作那样大声说。高飞的饭盒都快空了，他的食物却一口没动。高飞小心地观察他的脸色，心说不是女性朋友吗，何来分手？可见是胡扯。但她是个不会在恰当的时候说出恰当话的人，觉得保持沉默更好。欧阳苦笑：“昨天她在电话里一直哭，哭得很伤心……”他唠叨的时候也挺温柔的，像个做错了事的孩子。

“那么，你伤心吗？”高飞忍不住直截了当地问，她觉得感情方面自己是不好给出什么建议的，她自己本身就很弱智。

欧阳坦率地说：“其实并不怎么伤心，我对女孩都挺好的，所以分手的时候都不难过，因为扪心自问没有对不起别人的地方。”

“那你根本就不爱她。”高飞武断地说。

“你这样认为？那你离开我的时候伤心吗？”欧阳突然反问，高飞心里猛得抽痛起来，当然难过！她曾经背着人哭了无数次，但伤心难过有用吗，能挽回他们之间的感情吗？

她板着脸："不伤心，还挺高兴的。"

欧阳反击："那你根本不爱我。"高飞笑了起来，是"曾经"爱过，或者她曾经"以为"自己爱过。父亲离开后（说抛弃也许更适合?）她和母亲一直相依为命。母亲对她期望过高，作业不完成会被罚饿肚子，回家迟了会罚站，和男孩搭讪会挨耳光。母亲去世后她长舒了一口气，对自己说再不要做那样的高飞，要学会做自己喜欢的事。这个时候遇到的欧阳，他的热情，他的笑脸都让她有种久违的温暖，她是个在冬季里待得时间太长的孩子，迷恋每寸阳光。她全身心的投入，每天一醒来就会想起他，等着他下班，牵手的时候幸福得要死，以为那就是一生一世。

但爱实在是太短暂了，她发现其实自己一点都不了解他，在他开心的背后，在他的阳光背面，有着什么东西是她没能看见的。她试着了解他，靠近他，结果发现两人越来越远。离婚后她表面上比原来开朗多了，但她对生活的操纵能力是很弱智的，待人接物也不够圆滑世故，和人相处还是带着恐惧，这方面欧阳与她恰恰相反。从始至终他们都不是同一条道上的人。

她怀疑这世界上真的有爱吗？大多数的人难道不是在寻找着可以规划人生的生意伙伴吗？

"嗨，别那么伤感。"欧阳拍拍她的肩膀，他的用力之大吓了她一跳，欧阳大声说，"别垮着脸好像个怨妇似地。"他的笑容灿烂，让人觉得有点没心没肺的。他的父母是非常相爱的一对，每天父亲都会早早起床给母亲做疙瘩汤，做得了，母亲才会在父亲的三催四请下起床。每天晚上两人都手牵手出去散步，恩爱得不行，让人艳羡。他是不会懂得她的痛苦的。

"你的上海话在哪里学的?"这是高飞最感兴趣的，她不记得他到过上海，也不记得他与上海有任何的联系。欧阳无所谓地笑笑："跟着电视学的。"他总是笑呵呵的，没有阴影没有负担的样子。世界就是这样的不公平，同样的宇宙中，有的地方一生阳光普照，有的地方终年冰雪覆盖。

进修很顺利地进入到尾声，导师对高飞表示如果有机会的话欢迎她再次来进修，高飞心知那不过是客套话，这样的机会就算再有也要轮到其他医生了，如果不出意外就是沈心。离开上海之前他们结伴一起去了西塘，西塘是《碟中谍3》中中国外景拍摄地，就是汤帅哥奔跑在江南水乡的长廊里的那个地方，高飞觉得阿汤哥长得并不帅，演技也平常，所以红得莫名其妙，妮可·基德曼离开他是上上之选。

从上海坐车去西塘只要一个多小时，车上人多，把人挤得跟沙丁鱼罐头似的，一下车欧阳突然就和一个男人扭打起来，高飞惊骇莫名，等欧阳把她的钱包还给她，她才明白刚才是小偷偷了自己的包。

为了表示感谢，晚上高飞请欧阳吃饭，他们占了张临河的桌子，点了半个鸡、炒螺丝、炒仓子、咸菜蚕豆、霉干菜烧肉，外加一小瓶嘉兴黄酒，欧阳用筷子的时候经常让她想起小儿麻痹症患者。他们一边品酒，一边欣赏着两岸的夜景，河对面不知道哪里响起了勃拉姆斯的乐曲。这种生活真是享受啊，高飞想这真是个好的开端，或者他们二人从此成为朋友也为未可知呢？她的朋友一向不多。

两个人显然喝高了，欧阳歪着头大着舌头用筷子对着炒肥肠点点戳戳：“你说说这是哪段肠管？”

高飞斜着双醉眼研究了片刻：“乙状结肠！脂肪成分不多、黏膜光滑，TMD这家饭店蒙人！用乙状结肠冒充直肠卖给我们，老板!!!”高飞一只脚踩在椅子上猛拍桌子，有种天王盖地虎的气势，老板赶紧过来给欧阳递烟：“求求你们都别说了，我的客人都恶心跑了，你们这桌我买单行不行？”

高飞立刻拍手感叹：“来的时候以为上海人都很排外，其实你看，他们明明又慷慨又热心。”

欧阳使劲鼓掌说：“那是当然！我出生的时候，你要知道，接生的医生就是上海人……”

“我刚出生的时候患了肠梗阻，我是早产儿，我的亲生父母把我扔在医院他们就跑了，是我的接生医生照顾了我整整三个月。她当时还没结婚，为了照顾我险些和男朋友分手，后来是逼于无奈才把我送给现在的父母。”欧阳喃喃地说，这些话他以前从来没对高飞说过，借着酒的惯性，他开始滔滔不绝。

高飞从来不知道欧阳会有过这样的经历，她若有所思：“其实对于父母的抛弃，你心里是很在乎的是吧？所以你只能努力去爱，而无法承担家庭？”

“你懂什么?!”欧阳愤怒地看着她，欧阳直着嗓子冲她嚷嚷：“以为自己是心理医生吗？要不要我告诉你一个关于心理医生的故事，一个病人去看心理医生，医生在纸上划了一道线问病人那是什么，病人说是‘女人’，医生又划了一个三角形，病人说‘女人在干丑陋的事’反问医生，‘你为什么总画这么恶心的东西?’这个故事说明什么问题?高飞，如果你能如此‘体会’我的感受，那么就证明你的心理同我一样的有问题，而且，你从来都没信任过我?!”

欧阳猛转身离开，他醉得太狠了，起身时碰翻了桌上的水杯。

高飞晕着，一时没反应过来，印象中欧阳离婚时候都没这么失态过，他被逼无奈在协议上签字时说：“如果你坚持……”他们算是“和平分手”。她想她是说错话了?

他说的对，在某个方面他们是一样的，脆弱易感。而某些方面他们又是天渊地别。他为什么选择医生职业?该是受到了那位上海医生的感召，而她却是被母亲硬逼着学医的。

母亲一直是个不得志的外科医生，成天风风火火的，婚姻失败后更把工作看成宇宙的核心，不计名利地加班加点。小时候母亲买了条鱼回来，非要她站在厨房里看着，鱼的内脏一件件掏出来，第二天要她复述一遍才肯罢休。高考的志愿她是本想去美院学画油画，母亲一把撕了她的志愿，自作主张给她填的医学院，当时她想死的念头都有。但后来亲眼目睹了母亲因病在医院里挣扎，然后步步走向死亡的过程，她恐惧得无以复加。

人是何等脆弱，那个用板凳砸过她，用皮带抽过她的壮年女人，在病床上辗转、呻吟、干瘪、腐朽、死亡。那过程如此无助而恐怖。其实在学医之前她就知道这项工作是多么不适合自己，今天活着出院的人可能明天被抬进来，多么尽力地抢救工作，往往只是徒劳。她选择的是一个每天都要面对死亡的工作。

与欧阳之间好不容易建立的一点友谊因为酒醉的失言再次荡然无存，可见人和人之间谈谈情跳跳舞都可以，只不该交换隐私的，今天你的隐私就是他日的漏洞。

火车上欧阳仍旧是用一副牌认识了上下铺的旅客，尤其是几个年轻女孩子，围拢过来谈笑风生，高飞在一边安静地读进修笔记。的确不怪他，他是光，别人都是飞蛾。可在他阳光面孔的背后是怎样的千疮百孔呢?她一直以为他是快乐无忧的，羡慕他有完整的家。当初选择他有一个重要的原因是他从来不过问她的家庭，不像有些男孩，刚一认识就穷根究底，让她没逃没躲。是他让她觉得安全、自在。她也同样。

他一抬头看到她的眼睛，两人俱是一惊，目光避之不及。

高飞的行李很沉，临走时同科室的人送了她不少上海小吃，她也想带回去给沈心尝尝，出站的时候她被欧阳大步流星甩出了老远。武汉的阳光好像榨汁机，高飞很快就汗流如注，在车站等车时就有黑巴前来搭讪，高飞走到哪里，那些人就坚定地跟到哪里，轰都轰不走，更有甚者拽了她的行李就走，高飞恼羞成怒地与对方勇夺自己的行李。欧阳及时出现制止了他们，他把她连人带行李塞进了出租，一语不发叫司机开车。

“谢谢啊。”高飞惊魂未定。

“笨蛋，”欧阳恶狠狠地骂了一句，她立刻吓了一跳，提醒自己此刻沉默是金，不要再得罪人。但欧阳没有结束的意思，声音提得更高：“到了家门口就说武汉话，装什么样说普通话？让那些人误会你是外地人欺负你？”他气急败坏一脸的不耐烦，高飞看在给他添了麻烦的面上不与他计较，眼观鼻，鼻观心，一律死忍。

妮妮被黄成接走了。

这是沈心告诉她的，黄成等妮妮一出院就把孩子接回了家，沈心怕影响高飞就没告诉她。高飞放下行李就奔黄家去了，按了半天的门铃也没人出来，她赶紧打黄成的手机，黄成一接电话就把她臭骂了一顿，问她是不是个当妈的，孩子高烧了整一个礼拜都没有过问，这次孩子是从鬼门关上逃过了一劫，以后的事就不用劳她费心了。离婚，而且孩子从此和她没有关系，也不需要她一分钱的赡养费。他不等她说话就挂了电话，任她再怎么打电话也不接了，高飞发短信给他解释，明知道他收到短信也会看都不看就删掉，她还是一个接一个地发过去。

“还是不理你？”沈心洗完澡回来看高飞还捏着手机不放，她摇了摇头。

“我想妮妮……”高飞低下头顿时泪流成河。

沈心叹了口气：“我看啊，你现在基本上就是水做的了，心情不好哭哭也是允许的，只当是冲洗眼球，不过哭久了引起酸中毒就不值得了。”

“去你的！”高飞破涕为笑。

沈心正色说：“孩子他带走就带走吧，你哪有能力养她？先找个好男人，等你有能力了再把孩子接回去好了。”

高飞说：“得了，别进行说教了，我觉得你现在就像我妈。”

沈心眼珠一转，“你和你们家老欧去上海那个浪漫城市，有没有闹出什么浪漫的事啊？是否死灰复燃，还不从实招来。”

高飞给了她一记左勾拳：“恶心死我了。洗澡去。”

“高大夫，有人找。”

高飞来到走廊里，看到楼下收破烂的李师傅一脸羞愧地望着她。李师傅是个下岗工人，没别的过活，在小区附近收捡点破烂糊口，他老婆脑子有点迷糊，就在巷子口卖油饼，全凭街坊照顾点生意。

李师傅的老伴脸色蜡黄，嘴唇白得吓人，在家病了一个礼拜死活不肯到医院看。一就诊医生判定胃出血需要紧急手术，仅三千块的押金就让他们傻了眼，夫妻俩个一个月收入加起来五百多点，两人急得直淌眼泪，他老婆闹着回去。李师傅想起楼上住的是位大夫，寻来问能不能开点便宜点的药回去，“兴许拖拖就好了呢。”高飞说实话不想管，她和李师傅没有什么交情，也就是清理垃圾的时候让他来收过破烂，他人老实，不玩秤。但要她说出拒绝的话却比什么都难，他站在她面前，一脸的虔诚，好像她是什么大人物，一句话一个电话就能帮他解决一切难题。他的头发白了一大半，手上的指甲都开裂着，关节粗壮，总让人联想起后期的高国庆。高飞犹豫着，艰难地揣摩着拒绝的话，最后还是说不出口，帮他们办理了入院手续，押金她签字担保，为节省费用，以最快的速度安排了手术时间。

高飞回家前一看时间还早就去食堂买了些菜，进门对沈心一比划：“今天煮鸡汤孝敬沈大小姐！”却看到沈心一脸诡异的笑：“我今天提前去上班了，拜拜。”

高飞看到角落里坐着自己的父亲，她就什么都明白了，父亲带着点讨好的神情搓着双手站了起来看着她，他比上次出现的时候样子更老态些了，白头发多了不少。

“怎么找到这里了?”高飞淡淡地问了一句，换了鞋子进门。

父亲说：“我去了黄家五次他们才肯告诉我你住这里了……”他半天没出声，高飞瞥了他一眼看到他在擦眼睛，她问：“又没钱了？这次借多少?”

父亲吞吞吐吐问：“你吃了没有?”

高飞摇摇头，还是男人呢，就不能干脆点？她索性不理他，自顾自拉长着脸在房间走来走去。父亲在离家二十年后曾经回来看过她，那时候她已经快大学毕业了，记得当时高飞冷冷看着他说：“你认错人了吧，我爸早死了。”出走后的父亲过得每况愈下，面孔已经远非当年，眼睛也日渐浑浊，样子也总是呆呆的。他每次出现的时候总是叹气，然后就开口借钱，高飞对他总没好声气，拜托，当初是你不要我们的，离我远点可以吗?

“你吃没?”高飞问，父亲一愣，赶紧点点头，又慌忙摇头。

高飞手脚麻利地弄了点菜，一碟酱大头菜是从上海带回来的，一个清炒莴苣，一个肉末青椒，还有一碗紫菜鸡蛋汤。黑色的大头菜上撒了点点白芝麻，翠绿的莴苣里点缀着鲜红的辣椒，所有的菜颜色适宜，味道鲜美。

父亲低头吃着，他的牙齿有部分松动，咀嚼得很慢，吃着吃着他哽咽起来:“菲菲长大了……”

“菲菲”，她几乎已经忘记了，从前她的名字叫“高菲”，很女性化的一个名字。父亲离家出走后母亲给她改了名，大概是想让她自立自强吧，这个名字让她永远忘不了父亲对她们的背叛。

“我说,”父亲犹犹豫豫,“我能不能搬过来和你一起住?”

高飞口里塞满了饭，许久没有反应过来。她明白过来父亲是想同她一起生活，心里陡生反感，这比借钱更让人无法容忍:“别瞎扯了，这是沈心的地方，我住这里也只是暂时的，怎么可能再加上你。”

父亲沉默不语，他的眼睛眨巴眨巴着，满脸的可怜相。高飞不敢正视他，她忍耐了几分钟后终于投降了:“好吧好吧，我明天就去找房子，今天你先回去。”等她明白父亲今晚无论如何是不会回自己家了，她只好安排他先去了一家小旅馆，一晚上三十块的那种，共用洗澡间。

沈心对她很不理解:“今晚就让伯父在这里挤一下吧，我可以去值班室过一晚上啊。”

高飞躺在床上唉声叹气，不想说话。

“发生什么事了吧?他原先不是爱那个女人爱得要死吗?”

高飞闷声说:“认识了七天就和人跑了，走时卷走了家里所有的钱，连新买的热水瓶都没放过。堂堂一个人民教师，为了个女裁缝开小铺卖杂货，原先在家是个多养尊处优的人，衣服都没自己洗过，落魄时在街道上修自行车。磕磕碰碰过了几十年，帮人家带大两个儿子，其中一个还娶了媳妇，那女人忽然和前夫联系上了，前夫中风后遗症，生活不便，两个儿子都不管。她儿子把老妈接走照顾老爸，走时除了一床铺盖什么也没留给他，这个傻子还到处张罗钱给人家治病。这样的父亲，有什么办法!”

沈心结论:“想起自己也有孩子，所以他就来找你了。”

高飞没回答，她累坏了，已经睡着了。

周一大查房，院长亲自参加督阵，科室里如临大敌，一行医生亦步亦趋地跟随着，大气都不敢出。

“17 床，23 岁，头晕，全身乏力两周，诊断为心肌缺血，应用活血扩管药物一周，病情有改善。”沈心简单地叙述。

院长有点意犹未尽，转向其他人：“还有谁要补充的吗?”大家俱是沉默。

高飞看着手中的大把病历，提出疑问：“这个病人的家族史中有三人死于癌症，我建议进一步检查。”

院长定睛看了看她：“就目前的几项检查，你认为有遗漏吗?”

“就血液分析来说只做了常规，血糖偏低，心电图正常，我认为做个肝脏彩超……”

病人打断了她：“喂喂，等等，我只是头晕，只是想吊几瓶水补充一下。你们医生讲点医德好不好，不要无端端就开一大堆检查单给我们病人增加负担。”大家面面相觑。

院长一离开，高主任就把病历摔到了办公桌上：“你什么意思?”他气得话都说不完整了，整个人结巴了起来。

高飞沉着脸：“我没什么意思。”因为院长查房，她的夜班又推迟了两个小时未下。缺觉。她极度渴望睡眠。

“图表现是吧？这个病人是我下的诊断书，你出我洋相也得找对地方，你看看，心脏彩色多普勒，肺部透视、血液常规，心电图，所有结果都在这里，你怎么能这样?”主任的嘴巴在她眼前飞快地张开、合拢，主任的眼睛里有血丝，他也是刚从抢救台上下来……

“就家族病史来说……”高飞的声音颤抖着，17 床病人的家族病史是她作补充病例时发现的。这个病人是在前一个 17 床之后入住的，年纪很轻，有时说话却会语无伦次，疑点重重，需要进一步检查排除身体可能出现的情况。她也只是在院长问起时临时想起的。

“好，你说家族病史，他的母亲死于肺癌，他的外公死于前列腺癌，他的妹妹患的乳腺癌。毫无联系的三种病！你觉得他可能得什么癌?”主任咄咄逼人。

又是争吵。高飞和黄成吵，和欧阳吵，生活中的争吵随处可见。也许主任是对的，她一直想找个机会表现自己，她是院内唯一一个外科改行进内科的医生，唯一结两次婚的女医生，心脏按压从来没有及格的内科医生，她多么的不得志，做什么都不顺。她需要得到别人的重视。但不会是在病床前。

欧阳站在办公室的门外，他是来过问逃费病人的资料的。上次高飞担保的那个胃出血病人是他亲自主刀，病人术后第三天就不告而别，病理切片出来后他觉得病人还需要进一步的手术，他猜想那个病人是高飞的什么亲戚。

护士们在办公室外探头探脑，两位医生争吵的声音太大了，其他工作根本就没法进行。

欧阳一把推开门怒喝一声：“够了没有！”

两个人几乎同时闭上了嘴巴，高飞张大了嘴巴和眼睛望着他，主任的身体用力支撑在桌子上，恼怒的脸侧向他。在对方发作前，欧阳一把拽住了高飞走出了病区。高飞努力甩开他的手都没成功，哎呀，现在这样可叫她怎么说得清楚，他当着那么多的人拉着她。

欧阳转过身面对她，他气得脸通红，冲她竖起了一根手指头：“第一，你不是救世主，无论是做医生还是做人都必须有个尺度，那、就、是，不要滥用同情心；第二，你刚才面对的是你的顶头上司，你不应该当着院长的面给他难堪，以任何理由！高飞，你知道你做人有多失败多幼稚！”

她怒气冲冲地打掉了他傲然竖起的手指：“请你记住，你和我早已经没有任何关系了，请你不要以我的家人的姿态出现！更不要以家长的口吻和我讲话！”

欧阳气极：“你心胸狭隘！”

高飞冷笑还击：“你心胸宽广！你滥交，不懂节制，不珍惜家庭！”

欧阳举起手投降：“我要重复多少遍你才信，那些不过是我的普通朋友……”

“那天晚上你人究竟在哪里？”高飞质问，欧阳垂下眼皮，摊开手表示无可奉告：“我说过很多遍了，这是我和朋友的私事，我答应了人的。”

“你无耻！”高飞大叫着，浑身颤抖，这样的争吵仿佛当年原音重现。好在她及时清醒过来，她在干什么，他们早已经没有关系了，所以没有必要再争吵。

“好了，我不和你吵，”欧阳首先妥协，“你担保的那个病人不见了，你得赶紧的把病人给找回来！”

高飞傻了眼，李师傅？逃费？怎么可能呢？他是个多老实的人呐。

她想她明白他的来意了，冲他使劲点头："那个病人一切费用由我来承担！你不会损失一毛钱……"她掉头离开，欧阳气得脸色发灰，难道她以为他是来向她讨医疗费的？他在她身后怒喝了一声："高飞，你混账！"

高飞回到了外科。高主任直接给秦主任打电话，说你的高徒还是回你那里去，我这里安置不了这样的大人物。他这里再缺人也不需要这样的人，不久前还背着一个处分，目中无人，狂妄自大……秦主任沉吟片刻说：如果她愿意的话……

用沈心的话说"你被开了"。

回到外科的第二天，秦主任叫高飞去他家吃饭，高飞知道不会是什么好事，老老实实准备着挨剋。果然，一进门秦主任就开门见山："我听说你最近家里有些变故？"

高飞欲语还休，现在她说什么都是错吧？她的生活就像多米诺骨牌，倒霉的事一桩接一桩，拦都拦不住。

秦主任语重心长："你从进医院开始就在我手下实习，时间也不短了，我一直觉得我对你还是了解的。但是，现在医院里的一些传闻太不入耳，我实在是听不下去了……"

高飞糊涂了，怎么回事啊，离婚算是个人隐私吧，虽然不是什么锣鼓喧天的好事，也不至于"不入耳"、"听不下去"吧？看秦主任那副痛心疾首的样子，她越发忐忑起来，不知道自己哪里出了岔子，最近她总是错误不断。

秦主任叹了口气说："欧阳这个人，怎么说呢？从业务角度来说，是个难得的人才，但是从其他方面来讲——比如生活作风，比如说为人处世的态度，都匪夷所思。你先前和他谈恋爱的时候我不支持，如果你早听我的话就不会搞到现在这步田地……"

高飞更糊涂了，秦主任是不是年纪大了，正说着自己呢怎么话锋一转到欧阳那里了？

秦主任继续说："……你说说，你为这种人离婚值得吗？"

高飞好像烧了屁股一样跳了起来："不对！我是在闹离婚，可不是为了他！"

她这才弄明白秦主任为什么说她"不入耳"、"听不下去"，首先她自己都听不下去，他只是她的前夫而已！他早与她的生活无关，她绝对没有为他离婚！

秦主任对她的激动视而不见："没有是最好，"语气里还是透着不信任。高飞觉得事出有因，秦主任不会无端端发这样的感慨。细一问，原来秦主任和黄成的上司有点交往，一起吃饭的时候秦主任才知道高飞闹离婚的事，据说离婚的原因是高飞与前夫欧阳锦程藕断丝连。

高飞悲愤交加，这都什么和什么啊！明摆着黄成在含血喷人！她拨打黄成的电话，对方已经停机，拨打家里的电话也无人接听。她简直要气疯了，不就是离婚吗？离就是了！他怎么可以在外面这样诽谤她，那她成什么人了？一脚踏两船，内科待不了再回外科，这个男人不行回到前一个男人身边。

这一天过得如此漫长，回到家竟然听到妮妮奶声奶气的声音，房门开了，妮妮站在门里冲她笑着。

高飞惊呼一声一把把女儿抱到怀里，妮妮顿时咯咯笑个不停，在她身上不停扭来扭去。

父亲在一旁乐呵呵地说："她非要给你开门，在门口站好久了哟。"父亲做好了饭，虽然青豆炒得老了点，藕汤也咸了，高飞却很知足，添了两碗饭，三口两口把碗吃了个底朝天。

晚饭后，妮妮自己唱了会儿谁也听不懂的歌，就抱着个枕头歪在床上睡着了。安置好妮妮，高飞才有时间问父亲孩子是怎么回来的，父亲淡淡地说："你婆婆摔了一跤，骨折了，在医院住着。今天我多炖了些排骨藕汤，你明天抽空给你婆婆送去。"

高飞也盼望借这次机会能和黄成和好，但拉不下脸来："我不去！我和他都闹到这步田地了，还趟这趟浑水干嘛？他还催着我签协议呢，别让人误会了我还想和他过，我可丢不起这个人。"

"冲孩子看看就不能离这个婚。"父亲语重心长，完全忘记了当初某人抛家弃女而去的故事，"我听邻居说，妮妮晚上闹着要你不肯睡觉，你婆婆抱着她在屋子外面一圈圈转，每天都是如此。她一不留神摔到地上，怕孩子摔了，都没敢撒开手去扶地。你婆婆啊，嘴硬心软，她对妮妮是真，你也要有所回报。黄成呢，我觉得他还是很在乎你们母女的，好好和他沟通沟通，能过下去是最好的，孩子还小，不能没了家。"

高飞中午提了汤去了婆婆住院的地方。黄成不在场，婆婆一个人躺在病床上。

高飞也不知道现在该喊婆婆什么，堆上一脸笑盛汤给婆婆喝，婆婆却爱答不理的。她觉得自己真是自讨没趣。

第二天父亲又炖了脊骨汤，正碰上双休日，她带上了妮妮去医院。婆婆一看到妮妮就笑逐颜开，一口一个心肝，一口一个肉肉。原先高飞觉得婆婆这样喊怪肉麻的，今天却也不这样觉得了。

黄成和高飞在走廊里撞见了，双方都愣了一下，黄成一开口就说："别拖了，我们还是离婚，对两人都好。"高飞瞪大了眼睛，从他口里再次说出离婚二字，让她忽然有种悲凉的感觉。她点点头，不必多说了，他是铁了心了，她再赖着脸就很无趣了。他们擦身而过。

父亲又和她唠叨着千万不要离婚的话，高飞烦他不过忍不住顶了一句："我就是离婚也要带着妮妮一起过，绝不会扔下自己的孩子不管的。"

这句话点了父亲的死穴，父亲脸上红一阵白一阵，噎得半晌没吭声。

正好有人敲门，父亲去开门才缓解了他们间的尴尬。来的是欧阳，他说高飞上次去上海的时候忘在他那里的一条丝巾今天随手带来。高飞记不起自己什么时候掉的，但看看没错，的确是自己的东西。父亲热情地招呼欧阳一同用餐，高飞赶紧说不必不必欧阳大夫忙得很，欧阳已经自行在桌边落座，口里说打扰了，手上已经拿起了筷子。父亲以前见过欧阳，对他印象不错。

在饭桌上，高飞发现父亲和欧阳长得有几分相似，心里猛地一惊。

欧阳告别时父亲还一再嘱咐："常来玩啊!"

欧阳也笑眯眯地说："我会的。"

高飞一边收拾碗筷一边给他泼冷水："您的忘性真大，刚才还劝我不离婚呢。"

父亲却是一脸不以为然："不离是最好的，离了也不要紧，和欧阳复婚不就行了，一个女人过日子多难呐，总要有个伴不是?"高飞简直目瞪口呆，这样一个曾经抛妻弃女的人，他们显然不在一个对话层面。

她发现父亲把家里的衣服洗了，湿漉漉的衣服一件件轻扬在初夏的阳光里。出租屋里顿时充满了似幻似真的家的气息。

手机"滴"地响了一声，有短信进来，欧阳发来的："晚上去看电影吧，电影票在茶叶罐的下面。"

窗台的茶叶罐下果然压着一张电影票，电影是晚上七点的。他想干嘛？复婚？绝对不可能！高飞恨不能一个电话打过去把欧阳臭骂一顿，还嫌不乱吗?

一拿起手机，电话响起，沈心在电话那边哭得几乎要晕厥过去。

高飞担心沈心，赶紧打车到她家去，屋内一片狼藉，鱼缸碎了，鱼影全无。沙发皮开肉绽，沈心的头上一个大血肿，开过刀的地方也是一个大包。事情果真是比高飞所能预料的还要糟糕。高飞取冰块给沈心敷伤口，口里恶狠狠地说要报警，心说这是怎么了，为什么总有人受伤？还有完没完？

沈心一直不停地发抖，一句完整的话都说不出，一开口就流泪。原来画家在外面有个女友，已经怀孕四个月了，他迫不及待地要离婚，不惜一切代价。这一次是真的结束了。沈心并不在乎身上的伤，她掀掉了额头的冰块，睁大眼睛："你听明白了吗？他不要我了！"

高飞帮她洗脸，给她换了件干净的睡衣。客厅的灯就开着，沈心紧紧抱着高飞的胳膊抽泣着睡去。高飞怕她自杀，夜半偷偷起身，将家里的刀和一切锋利的物品都收起来，煤气也关好了才回到床上。

沈心睡得很不安稳，每当她哭醒，高飞迷迷糊糊地拍拍她："一切都会好起来的，别担心。"

"高飞，"沈心醒了，黑暗里她的眼睛显得特别亮，"我大二那年暗恋过一个人。"高飞努力想支撑起眼皮，听对方絮叨些什么，但她太困了，很快又闭上了眼睛，沈心一个人自言自语着，"他不是本校的。"

高飞的眼睛本来已经闭上了，她忽然清醒过来，背对着沈心，她问："是欧阳吗？"她觉得自己的声音在暗夜里显得很刺耳。

本以为沈心会否认，沈心却自顾自地说着："有一天突然在食堂里遇上的他，迎面向我走来，他穿件一件头的汗衫，左手抱只篮球，身上的气味妙极了。其时我多想走上前去和他说话，哪怕是天气之类的废话也行啊，但是我竟然像被人点了穴一样，干张着嘴，什么都没能说出来，我恨死我自己了。那时候我对我自己发誓说有一天遇到他，我会走上前告诉他我爱他。他人在北京上学，一年有两个周末坐火车过来探望同学。"她一直盼望着与他再度相逢。实习时在手术台上看到他，虽然他包裹得严严实实，她还是一眼就认出了他。在医院食堂里他大步向她走来突然坐在她身边，她紧张地出了好多汗，对自己说和他打个招呼吧，和他说点什么吧？她反复鼓励自己，话就要说出口了，这时听到这个男人说："吃吧，看你浑身皮包骨头。"她看到欧阳把自己碗里的红烧肉毫不吝惜地倒进了高飞的碗里。

高飞很想告诉她，如果她愿意，自己真的想把红烧肉全部让给她。同这个男人走在街上都需要巨大的勇气来接受大家的目光扫描，人们用挑剔的眼光看着她。她的五官不够柔和，她的脖子太长，腿太细。她的反应慢半拍。

沈心自作聪明地以为随着时间她会忘掉他，他却总是出现在她身边，目空一切，眼里只有高飞一个人。她选择了婚姻，认为婚姻可以给她保护，她借时间可以慢慢忘记这个人。高飞想起高考那年自己因为家离考场太远，那些天就一直同沈心吃睡在一起，沈心的爸很会烙饼，每天天不亮就磨好豆浆，烙了几张热气腾腾的饼等她们洗漱起来。妈妈去世的时候，是沈心一直陪伴着她，是她一天到晚跟着自己，生怕自己自杀，寸步不离。沈心就像她的家人，但她并不真正了解对方。

为什么不放手？离婚吧。她对沈心说，也是对自己说。歌手黄舒骏唱过，所谓刻骨铭心，只是不甘心而已。不甘心就是不甘心，为什么我有的人皆有，人有的我却无？我始终要的不过是一个完整的家。

如何放手？沈心问她，沈心最痛苦的时候曾经两度自杀，一次割脉，血水随着脉搏的跳动涌现出来，一次吃安眠药。谁能明白她内心的绝望？婚姻对她而言是层安全的外壳。现在她是软体动物，谁都可以伤害她。

手机铃声尖锐地叫起来，一时间两人都不知道是哪个的手机，仔细辨认，是高飞，总值班呼叫，一小时前市区一列火车与客车相撞，紧急呼叫外科医生前往抢救。

高飞跌跌撞撞地起身时，沈心已经穿戴停当了，她的头发梳得一丝不乱，眼睛炯炯有神：我也去。高飞看着她脸上的血肿欲言又止，也许治疗失恋的灵丹妙药就是工作。

两人赶到了医院，发现情况比想象得更糟，完全失控。地板上、咨询台上到处都是病人，呻吟声、呼叫声、血、奔跑的人……一个男人扛着一条腿撞开她们往里冲："医生，这里还有一条左腿！"

秦主任一眼看到了高飞："赶紧消毒！过来帮把手！"

他让高飞帮忙清创缝合，外伤病人多得吓人，人手远远不够。但他忘了她只是"曾经"是个外科医生啊，她好久没拿过手术刀了，她大脑一片空白，恐惧扑面而来。内科医生沈心已经准备妥当，她的头发被粗劣地挽在脑后，她跪下身就地抢救一位休克病人，呼吸机不够，她没有来得及覆盖无菌纱布，直接进行口对口呼吸。

“高大夫，缝合包。”护士的动作很快，但在瞬间仍能感觉得到护士的疑问，能行吗你？

高飞深深吸了口气，病人的创口呈三角形，创口不齐，不易缝合，如果打上麻药会加剧水肿那就更难了。她看了眼病人：“会比较痛，可以忍耐几分钟吗？”

“没问题。”小伙子看上去比她还要镇定，“您放心吧，我神经粗着呢。”

高飞仔细清理着创面，打开缝合包快速缝合起来，她的手指修长，有种神经质的灵巧，细长的不锈钢镊子牢牢地把握住弯头缝合针，针敏捷地从皮肤穿过。她快速缝好了二十一针，然后对那个目瞪口呆的护士说：“你来包扎。”

天终于亮了，清洁工开始上班，地板上的脏污很快就焕然一新。欧阳走到高飞面前，递给她一个饭盒，高飞谢谢都来不及说，埋头狼吞虎咽，她没有解释电影失约，欧阳也不问。

“听说你一个人处理了六个病人。”欧阳问。

“确切地说，七个。”

欧阳若有所思：“有没有人夸过你是个天生的外科医生？”他从来没有和她共同手术过，一直不理解秦主任对她的偏爱，还以为是秦主任好色。

高飞看了他一眼，摇头，他知道什么？从小学三年级起，她可以独自剖开一只鸡，分离每件内脏，然后将它缝合起来。他怎么可能了解一个母亲的奇怪教育方式？

也许说这话不是时候，高飞决定还是告诉他：“沈心一直喜欢着你。”奇怪的是，她觉得自己这样说有种如释重负。

欧阳没有一点吃惊的表情，原来他早就知道。

秦主任在开颅手术的手术台边倒下了，他一直有高血压，连夜的劳累让他体力透支。助手欧阳奉命接手了他的手术，秦主任指定高飞做助手。

手术进行到一半出了状况，取出了患者脑部的血块后发现病人脑中还有一个很小的肿块，高飞建议摘除，否则病人可能会面对第二次开颅。欧阳断然拒绝，摘除术必须得到病人家属签字，擅自摘除是会造成医疗纠纷的。

“现在病人的身份不明，怎么可能找家属来签字？”高飞瞪视着欧阳，觉得他真是个混账，他以为人的头颅是抽屉可以随便开开关关？欧阳根据对她的了解，根本不浪费时间和她争执，他示意护士上前：“把高大夫弄出去。”

高飞这个时候才明白，她不过“曾经”是个外科医生，现在她只是助手身份，她竟被“驱逐”出了手术室。

黄成来电话追问何时去办理离婚，高飞揣测他是不是外面也有个女友等不及了？两人约好了时间地点，几乎没有多纠缠，双方面对面坐下来，好像一对和谐的生意拍档一样，就财产的分割、孩子的归属都商量得有来有去。离婚出乎意料的顺利，一个小时后他们每人得到了一个绿色的离婚证。

下雨了，“我送你回去吧。”黄成借了一辆车，以前他开车时也顺路也送过她上班，高飞没有客套就上了车。车上两人都不说话，他的车开得很稳很快，除了电台里若有若无的音乐声，间或传来雨刮“刷刷”的声音。

高飞看了眼手机上的时间显示，估计还有 5 分钟就到家了，爸爸、妮妮都在家等着她。如果说第一次离家时带走妮妮是为了让黄成留住她，这次她争得妮妮的监护权是想建立一个梦寐以求的家。她从来不知道父亲带孩子可以那么耐心，妮妮不爱吃水果，父亲把几种水果弄成果泥一勺一勺地喂给孩子吃。或者可以这么说，父亲亏欠她的正在一点一点补偿給了她的孩子。她该心满意足。

黄成也看了眼她的手机：“这还是结婚前一天去买的那个手机，性能还好吗？”

高飞淡淡地说：“还不错，换过一块电池。”

黄成看着她，他看得久了些，也许想永远记住面前这张面孔。他笑笑说：“其实你一直没有忘记他。”

高飞愕然，人和人之间的沟通何其难，他认定的事情，解释也多余。

“我和你结婚前一夜，他喝得脸红脖子粗挥舞着小拳头来警告过我，如果我对你不好他不放过我。真是言情小说害惨的一代啊。他还真说到做到了，他一知道你挨了打第二天就跑来找我，我们多的话不说，先死掐了一架，谁也没占多大便宜，两败俱伤。”高飞仍是不语，心说你是欠揍，欧阳是发神经。

黄成说：“好了，现在你们之间的障碍清除了，你们是‘死灰复燃’，我则要‘退出江湖了’。TMD，我觉得我可真伟大。”他哈哈大笑起来，笑声在车里回荡，尾声却是有点干巴巴的，高飞冷冷抛了句：“欲加之罪何患无辞。”

“那你能解释一下你手机里他的照片是怎么回事吗？”黄成眯起眼睛看着她，高飞张口结舌，情不自禁地捏紧了手机，指关节因为用力而发白。

那些欧阳锦程站立着、斜靠着，低头走路，口里咬着水性笔，脖子上横挂着听诊器的各种照片。黄成从来不翻看她的手机啊？他何时发现的？离婚是他蓄谋已久的吗？高飞牙关紧咬。她现在说什么他会信吗？

前方突然出现了一辆大货，高飞大叫着示意他注意前方，他们正迎头撞了上去。

高飞恍惚觉得自己被送到医院，眼睛里像扎进了无数碎玻璃，灯光刺眼，地板摇晃得厉害，耳边不时有人在呼喊："高大夫，高大夫，你看得见我吗？你能睁开眼睛吗？"

上千条白影子在她眼前晃动着。

她看到欧阳锦程，一脸的无知无畏，她那么不甘心："那晚你究竟干什么去了？没有做什么亏心事还怕说出来吗？"

他说："你小题大做。"

她猛地醒了过来。

沈心在她身边，看上去很憔悴："嗨。"从病床的角度看沈心好像高大了很多。沈心穿的是工作服，那么她是被送入到的是自己工作的医院了？

沈心说："猜猜自己昏迷了多久？猜对了奖励一万块。"

高飞关切地说："我身上少什么没？胳膊？腿？都在吗？我爸知道吗？妮妮呢？妮妮还好吗？"

沈心被她一下问住了，停顿了片刻："你身上没少什么，还多了点东西呢。"她指一指高飞的腿："左腿压缩性骨折，石膏固定好了。你爸那里呢，我告诉他你出差去了，我撒谎的话他还是不得不信的。不过你现在最好给他打个电话，你不可能出差两天两夜一个电话也不给家里打吧？"

"你是说我昏迷了两天？"高飞惊叫起来。

沈心早有准备，递上一面小镜子，高飞紧张地对镜端详着，额头肿胀得像闪闪发亮，脸上两处轻微擦痕，还好，没有破相。

秦主任进来了，沈心借故出去了，他像父亲那样摸摸她的头："好险。"大概意思是差点这个头就不在身体上了。

"你的脑部有个血肿，逾期不好的话本来预备的明天开颅，目前看，这个血肿已经开始自行吸收。"

高飞这才明白"好险"是个什么概念，被钢钻打开头骨可不是什么好玩的事。她想起黄成是和她在一起的，脱口而出："我老公……"她意识到自己失言了，赶紧改口："黄先生呢？"

秦主任看了她一眼，停顿了很久，才说："他的头部伤得非常严重，送来的途中就去世了。"

高飞的嘴巴张得老大，秦主任以为她会哭，她茫然抬起头，有点不知所措。她再也无法向他解释那些照片的事了吗？哪怕是谎言也好！

欧阳进来给她检查，高飞还在熟睡中，她睡觉的时候眉毛微微皱着，好像心事重重。他记得第一次见到她的时候，高中时期的好友大学即将毕业邀他到武汉，在他们的迎新晚会上，一群打扮得时尚光鲜的女孩中，一个穿着白裙的女孩。印象中学医的女孩日常穿白色的很少，她低头坐在角落里，一脸的张皇失措，十只手指绞来绞去。

高飞睁开眼，他正轻轻抚摸着她的头发。看到她睁眼，他赶紧缩回了手。

欧阳说："有个女人和一个瘸腿男人在病房外转了好几天了，起初我还以为是小偷，后来他们说是来还医药费的。"

高飞点点头，又摇摇头，她疑惑起来：瘸腿男人？李师傅腿不瘸呀。

欧阳说："他们告诉我，那天手术后男的本来是来交费的，结果下公汽的时候被推倒了，头部流血，腿部骨折，被120送到了另外一家医院，所以没能及时交上医疗费用。"

高飞似听非听，她突然说："那天晚上，你是和沈心在一起？"

欧阳愣住了："她告诉你了？"

高飞说："她切腕的伤口是你帮忙缝合的吧，缝得很好，不留意真的看不到，你其实可以改行做美容医生。"她一直没告诉他怀孕的事，离婚手续一办她就去做了流产，休息得不够，她发烧一个星期，后遗症是输卵管堵塞。如果早些告诉他，他是否会告诉她实情？也许她的心早已发了炎，久病不愈，慢性炎症。

幼儿园打了个电话过来，说最近公司检查，要高飞赶紧去补个证明。高飞没联系上沈心，不敢耽搁，贸然去找沈心的小交警帮忙。

小交警很热情地帮她打电话联系。在他打电话的时候，高飞发现在办公桌的玻璃板下压着一张沈心的照片，从用光的角度来讲这个照片不算理想，照片上的沈心脸显得胖，但眼睛里神采飞扬……

"这是两年前我和她去上海的时候照的。"交警说。

高飞细一分辨，觉得眼熟："是西塘吗？"

"是啊，你去过？"他不经意地说，"她一直想去那里，说是找一个朋友。"

“她的朋友是上海人吗?”高飞问。

交警将盖了公章的证明给她，笑了笑：“说是那个朋友被自己的父母抛弃，一位上海医生照料了他两个月。”

分手的时候小交警突然说：“你知道吗，你的车祸处理现场我在，刹车印是S型。”高飞听不懂，她站住脚，迷惑地望着那张年轻的脸。

交警说：“几乎每一起车祸的车辙印都是\形，因为司机遇到车祸都有下意识的自我保护，所以一般出车祸最危险的就是副驾那个位置。从长长的车辙印来分析，你的司机猛一看到前面出现危险，下意识向左急打方向盘以避让前方汽车，但他紧接着反打方向盘，由此推断这个司机是想保护副驾驶座上的你。”他看到眼泪从高飞脸上蜿蜒爬过。

“谢谢你告诉我这一切，”高飞强忍住眼泪，“你是个好男人。”

“是啊，我的确是个好男人，但她还是不要我。”他无奈地笑着，朝她挥挥手走开。

沈心在抢救工作后一直没来上班，据说感冒发烧，等到消息传到高飞那里，她才知道沈心的乳腺癌已经扩散了。高飞回想起来，沈心在17床去世那天得知自己的病情，所以那天她哭得那么伤心，所以她不愿离婚。只是每个人无时无刻关注着的只是自己，对自己身边的人都不大留意罢了。

沈心的头发剪得很短，无限接近光头，据说为了配合放疗。高飞带给她大学的照片，大一时沈心是一头比现在稍长的短发，十足一个假小子，彼时伊人非牛仔T恤不穿，声称独身一辈子。大二下定决心留长发，头发不长不短的时候活像个流浪儿。

“这张记不记得，大二上面领导来学校检查，校长要我们夹道欢迎?”高飞问。

沈心摇头：“大一下学期吧? 班长提议要喊些口号来能表现我校的精神面貌，结果有人喊打倒日本帝国主义，有人喊农民工工资不能拖欠，你突然振臂高呼：‘反清复明!!!’直吓得众人面如土色，幸亏当时礼乐齐奏，领导没有听见，班长都恨死你了。”高飞张开嘴哈哈大笑起来，沈心总笑当时的高飞发神经，她不懂离家读书的高飞如同犯人假释。

“你那时候好土。”沈心指着照片上的高飞，穿了件白色的连衣裙，裙子一点曲线都没有，脱下来就是个口袋。

高飞说：“这是我最爱的裙子了，我妈给我做的。她不知道从哪里弄来的一卷白布，很软也很透气，我做了两条裙子，开始是泛点黄黄的颜色，却越洗越白！不像有些白布，越洗越灰。”

沈心说：“应该是医院里原来用做病床床单的面料，叫深白，确是越洗越白，越洗越亮。不过现在很少见了，嫌面料不细，不上档次。说实在的，你老妈可真节约!”妈妈是个好母亲，虽然过于苛责。父亲提起母亲年轻时候的趣事，在妇产科实习的时候曾经动过收养弃婴的念头，她当时那么固执把大家都吓坏了，要知道当时她还没结婚。如果一切真的按母亲的意图进行下去，也许就没有高飞了。但她遇到了父亲，这个当时帅得一塌糊涂，魅力超人的中学教师。高飞想，不知道把这件事告诉欧阳，他会是怎样的表情呢?

护士送花进来，按说她这样的重症病房里是不应该有鲜花的，护士给她过了目就赶紧拿出去了。

“交警送的?”高飞很羡慕。

沈心微笑着说：“他快结婚了。下半年吧。”高飞一呆，半天没说话，沈心拍拍她的手她才反应过来：“沈心沈心，你为什么要和他分手呢?”

沈心沉吟片刻：“告诉你你可要保密，他的母亲跪下来求我……”她苦笑着摇摇头，使劲扯扯自己的短发，“我想我还是不够爱他，否则天塌下来也不离开他。”

高飞听了心里难过：“赶快好起来吧，我过两个礼拜又要去上海了，那边点名要我。”

沈心听说高主任主动要高飞进修完回内科，上次诊断的17床再度发病，去上海诊断的结果是肝癌诱发低血糖朦胧。高飞在给上海导师的电话问候中得知病人正好入住的是她进修的医院，她的建议被导师采纳，虽然病人被确诊，但因为癌症晚期不久就去世了。事实证明高飞当时对病人家族病史的担忧是对的。如果当时按她的思路给病人做了肝脏检查，也许一切还来得及?谁知道呢。

运气而已。高飞告诉沈心，做开颅手术的那个病人脑中的小肿瘤诊断报告已经出来，那是个被称为I期A等非霍奇金淋巴瘤，是不能被随便摘除的肿瘤细胞，一旦见血，它就如一个定时炸弹那样随血液感染到全身，后果不堪设想。她真得感谢欧阳。

走前欧阳发来短信，“一路顺风，妹妹，不要再哭了。”

她永远不会知道在那年迎新晚会上那个脸色苍白的少年朝她伸出手时的时候要积聚多久的勇气。有些人即使无数次相遇最后的结果也只是错过。

去往上海的火车上，高飞用一副牌认识了上下铺的游客，玩得不亦乐乎。

手机“嘀嘀”响了两声，沈心的短信：“正在去往放疗的途中。要记住，健康要比离婚重要。如果此次我不能挺过去，拜托你健康地替我活好。此时此刻才明白你当年离婚时的那种痛。太喜欢的东西握得太紧反而会失去的，与其如此这般辛苦，不如放手……”

高飞回复一个笑脸表示认可。

李　榕
中国作家协会会员
武汉钢铁（集团）公司职工总医院

大声呼吸

荆永鸣

这天上午，刘民的情绪不太好。一大早，他在菜市场拉着一车的青菜萝卜和肉呀蛋呀的往回走，一路上，尽管他走得小小心心，还是先后被人厌恶地骂了好几个“傻逼”。当然，骂也就骂了，搅在这么一个人多、车多、行路难的城市里，别说慢腾腾地蹬一辆破三轮，你就是骑摩托，开大奔，甚至轻手利脚地走路，一天到晚，一年到头，要想不被人骂上几句“傻逼”其实也难。这没什么，很正常。没想到的是，刘民刚回到餐馆，气还没等喘匀呢，王留栓就挠着个脑袋要请假。不用说，王留栓请假，刘民就得替他“过油”，一想到“过油”，刘民的情绪顿时就坏了。

这也是没办法的事。虽说店里有七八个伙计，平时却一个萝卜顶一个坑儿，哪个人有事了，得病了，不能上班，刘民就得顶上去。什么杀鱼，配菜，洗盘子……这么说吧，除去当不了厨师炒不了菜，剩下的活儿，没有一样他没干过——不干咋办呢？这毕竟是他自己的餐馆，他是这里的主人，是老板。

现在，刘民之所以不愿意“过油”，是因为时间不对，要是昨天，或者是明天，都可以，过就过呗，所谓“过油”，无非就是给厨师打个下手。按理说，刘民的餐馆不大，只有七八张小桌，厨房里有杂工、配菜工、凉菜师，还有一个大厨，行了，够要的了。可是不行。不知道是城里的生活节奏太快，还是城里的人嘴急——吃起东西来，那是一时不等。刚点完了菜，人就坐不住了。快点儿，快点儿！一个劲地催。最后，把厨师都催急了，手忙脚乱地骂，说再快还得炒熟了吧？想快吃生肉去，拉死丫的算啦！更气人的是，有时候菜都炒到锅里了，人家却摆着手说算了，算了，不要啦，还忙着呢！这才糟践人哪。忙啥呢？刘民早把这样的人看透了，说忙，只不过是个借口，是个幌子。想吃得简单一点儿，又觉得没有面子，就说忙呗，大鱼大肉太贵了，就说慢呗。基围虾做起来最快了，你点基围虾嘛！说白了，舍不得吃罢了，不想花钱罢了。

话是这么说，毕竟做的是生意。后来，刘民还是给厨师加了一个帮手。有焯水过油的菜，活儿分两头，这边焯着水，过着油，厨师那边先炒别的菜。最后，两厢合一，效率一下子提高了不少。

王留栓就是这个“过油”的伙计。小伙子人不错，干起活儿来踏踏实实，可有一点不太好——在刘民的印象中，他动不动就请假，而且，一请假就是跟老婆去透环儿。以前，透就透了，刘民从没说过啥。这一次刘民却有些不太高兴，他拧着眉头说：“又去透环……你怎么老是去透环儿呢？”

一句话，把王留栓问了个满脸通红。

其实这事也怪不得王留栓。怎么说呢，王留栓的老婆也在北京打工，按照村里的规定，凡是外出打工的已婚育龄妇女，每间隔三个月，必须到医院做一次透环儿，并寄回一张未孕证明。

王留栓说：“不透不行。”

刘民说：“啥叫不行？”

王留栓说：“村里不让。”

刘民说：“不让能怎么着？这么远，他还能找到你北京来不成？”

王留栓说：“找倒是不找……”

刘民得胜似的看着王留栓：“这不得了！他不找你还去透什么透？”

王留栓一听就慌了，他说：“那可不行，要是不把证明寄回去，他们就在家里抓我妈！”

看看王留栓，刘民突然没电了。他虽没见过王留栓的妈，但脑海里还是浮出一个乡下老女人的形象来：两鬓苍白，一脸皱纹……不寄证明就抓他妈……当时刘民都差一点儿被气乐了，同时又有点儿心酸。他想，这是谁琢磨出来的招儿呢，这些个混账！

不过，刘民还是想扭转一下局面。他提醒王留栓，说今天可是周六。王留栓说他知道，那个医院没有假日，哪天去都可以。刘民皱了一下眉头，问王留栓能不能明天去透。王留栓说不行，他老婆已经从郊区坐上车了。

刘民不耐烦地摆了一下手，说行啦行啦，你去吧！

王留栓走后，刘民便坐在餐馆里生气。

刘民生气，是因为他今天有事。刘民的事倒是不大，说白了，也就是玩玩。只是上次玩完之后，刘民已经答应了人家，说今天一定去，并且他都跟人家“拉钩”了。本来刘民也没想要“拉钩”，四十多岁的人了，说话算数，还拉什么钩呀。可彭梅不干。她竟孩子似的伸出一根手指来，生要和刘民“拉钩”。刘民觉得拉也不好，不拉更不好，又索性一想，拉就拉吧。彭梅个头挺高，也挺胖，身体的每个段落都挺丰满的，手也是。钩着彭梅白白胖胖的手指，刘民特不好意思。不好意思也钩了。虽说这不过是一种小孩子的把戏，但钩了就是约定，就等于签下了合同。刘民本想吃过早餐就去履行这个合同的，哪想到王留栓却偏偏在这个时候要跟老婆去透环儿，不给他假又不行。刘民能不闹心吗？

正闹心，秀萍乐颠颠地来了。

秀萍就是这么个人，早晨的情绪总是好于晚上。每天早晨，她都是满怀信心地来到餐馆，到了晚上，该关门了，打烊了，还怏怏地不愿回家。那种做生意的劲头就像一架上足了发条的时钟，从早到晚，老是绷得紧紧的。为此，刘民没少劝过她，让她别着急，放松点儿，他说钱这东西，可不是一天就能挣足的。可秀萍总是松不下来。不但松不下来，有时候她还生气。她说，你说得倒好，谁不想轻松？可咱千里迢迢地跑到北京来干啥？不就为了挣点儿钱吗？一句话，就把刘民给闷了回去。没治。

秀萍一进餐馆，见刘民有些闷闷不乐，以为餐馆里出了什么事。一问，竟忍不住扑哧一声乐了。

她说：“你这人哎，人家去透环儿，你撅的哪门子嘴呢？”

秀萍的话说得很俏皮，耐人寻味，听得两个服务员笑起来。

刘民却觉得没什么好笑的。相反，一想到和彭梅“拉钩”的事，刘民倒越发觉得生气，可这话又不好直说。

怎么说？平心而言，秀萍是个不错的人。她心地善良，能吃苦，做生意的时候，挺要强，做老婆，该温柔的时候也温柔，只是思想上太传统，太守旧。到北京四五年了，还老是和城里的观念接不上轨。记得第一次见到彭梅的时候，秀萍就闹了一肚子的气。那天，刘民带着彭梅到餐馆来吃饭，此外，还有七八个男女，都是歌友。所谓歌友就是平时凑到一起唱歌的人。这些人，以退休的中老年为主，其中也有四十多岁的职业男女。每逢周六，他们就聚集在公园里，这一堆，那一伙，少则十几个，多则几十号人，不干别的，就是唱歌。这些人唱歌有个特点，那就是口味很高，很挑剔。通俗歌曲一律不唱，没意思，再说年龄上也不合适了。一般地说，唱通俗歌曲那是年轻人的事，得一边跳着摇着一边唱，嗓子必须要沙哑，还得不断地做出各种痛苦状……眼前的这些人，都不年轻了，受不了那样的折磨了。要唱，就唱民族的，最好是唱美声的，讲究，难度大。唱美声就得从胸腔里向外发音，口型要张得开，再稍稍往回收一点儿，发音的时候，咽喉腔要打开，小舌头要提起，整个口腔里就像含着个橘子似的，啊……哼……呜……对啦！这才是美声哪。于是一边交流一边唱……啊啊地吊嗓子，找感觉。接着才渐渐地转入正题，唱《三套车》，唱《红梅赞》，唱《我爱你中国》……拿情拿调，如痴如醉。唱了一遍又一遍……太棒了，真抒情。一呼一吸，肺叶全张开了，浑身通透，舒服死啦！什么疲惫与压力、烦恼与痛苦……全没了，唱掉了，冰消雪释了。怎么着？散吧？走吧？哎，刘老板，你不是开餐馆的吗？AA制，到你那儿撮一顿去吧？于此之下，刘民就把人拖拖拉拉地带来了。

一开始，还都不错。吃呀，喝呀，有尊有敬。毕竟都是一些唱歌的人，懂礼貌，讲文明，挺好的。可没好一会儿就不行了，有的人竟心血来潮地唱了起来。

唱就唱吧，反正店里已经没有了其他客人。开头的时候，秀萍还觉得蛮有趣的呢，她坐在旁边，边听边笑。没想到，后来却越唱越大发了。也难怪，唱歌这玩意儿它传染呀，煽情呀。结果，有个人带头，就全唱起来了，并且没完没了。唱了半个下午，空调一直呼呼地开着。那空调哪是小呀，柜机，五匹，还是那种老式的。费电不说，运转时间一长，就发冷似的打摆子，一个劲地哆嗦。哆嗦得秀萍心都疼了，她禁不住几次去看旁边的那个电表，嗖嗖地转，好像都闻到一股胶皮味了。再不关就完了，烧了。可是刚关掉，就有人粗着喉咙直叫，嘿！这大热的天儿，不开空调哪成呀？我说这么热哪，赶紧开开！于是就得开。急得秀萍一个劲儿地打转悠，一碰上刘民的目光就瞪他一眼。可是瞪有什么用，总不能撵人家走哇！

终于“差不多了”，作鸟兽散了。

“刘老板再见！”

“大姐再见！”

“再见……”

刚转过身来，秀萍的脸就变了。她愤愤地看着刘民，告诉他这样的人以后少往餐馆里领。她说什么素质，还都是老师哪？刘民一听，禁不住笑了。其实这些人没有一个是真正的老师，干啥的都有。秀萍说：“不是老师充什么大尾巴蛆？”刘民说：“人家互相叫老师，那是尊敬，也是谦虚。”“谦虚个屁吧谦虚！”秀萍说：“再不谦虚就上天了。”刘民说：“搞艺术的就那样，其实人都挺好的。”秀萍不屑地说：“还搞艺术，不就是像那些扭秧歌的人一样么？纯粹是闲的，有病！”“这怎么叫有病呢？”刘民用不解的目光看着秀萍。在他看来，没事了，聚到公园里，环境好，空气又好，唱唱歌，散散心，挺好的。秀萍说，快得了吧，以后少上这儿来散心。她受不了，空调也受不了。她说，尤其是那个胖女的，张牙舞爪最能挣了！那么胖，还又唱又扭的，哪来的那股疯劲儿呢……

秀萍说的那个“胖女的”就是彭梅。

现在，刘民能说和那个胖女的都“拉钩”了，必须得去公园里唱歌，不能在餐馆里过油了吗？

这话不好说，也没法说呀。

刘民不说，秀萍却看出来了。吃早饭的时候，她发现刘民一言不发，只是喝粥，而且把声音弄得很响。喝粥是应该有一点儿声音的，但也不至于这么夸张呀。秀萍看着刘民说：“你怎么不吃咸菜？”

刘民说：“我吃呢！”

“你光喝粥啊？”

说着，秀萍拿起一个馒头，一掰两半儿，把其中的一半递给了刘民。

刘民无声地咬了一口，腮上立刻鼓起一个疙瘩，恨恨地嚼着。

秀萍觉得刘民心里有事儿。啥事呢？总不能就因为王留栓请个假，就把脸子吊得跟水儿似的吧？她想着想着，恍然想起了什么。她说哎呀，今天是周六吧？

刘民没有搭言。不搭言，就等于秀萍说对了。意识到说对了之后，秀萍就笑了。她说看我这记性，我咋忘了今天是周六了哪，我说有人不高兴呢，人家还唱歌去哪。这个王留栓，早不去晚不去，怎么还今天去透环儿呢。

秀萍的话，直达刘民的内心。只是听起来有点儿别扭，虽不能说她是在表扬王留栓，但至少也让刘民听出了一点儿幸灾乐祸的意思。这让刘民感到恼火。他看着秀萍，说：“我唱歌还犯法是怎么的？”

秀萍立刻把笑收住：“你说话怎么像吃了枪药似的呢？我说你犯法了吗？”

秀萍的目光咄咄逼人。

刘民没再吭声。他知道秀萍的脾气，如果再呛上她一句，说不定就会擦枪走火，干起来了。所有的伙计都在围着桌子吃饭，怎么能在这样的场合吵起来呢。

刘民无声地嚼着馒头，同时也嚼着一肚子的委屈。

老实说，像那些城里的人一样，刘民之所以去唱歌，也不仅仅是因为他有这方面的爱好，此外还出于一种空虚，或者说是一种无聊。每天买菜回来，如果没有工商、防疫、防火办、城管、居委会什么的来检查，刘民反倒有一种无所事事的感觉。况且，刘民还是个闲不住的人，一没事，就想在餐馆里找点儿什么事做。一找事，秀萍便说他碍手碍脚，说他碍事。她说行了哎，这点儿活儿还用着你了？快找个地方待一会儿去得了。可是上哪儿待着去呢？在餐馆里坐着，没地儿。到餐馆外边去站着，站不了多久，腿就酸了。刚想蹲一会儿呢，也不行——主要是皮肤不行，太粗糙，还黑，往那儿一蹲，像块乌煤似的，与小餐馆白亮亮的瓷砖背景一对比，反差太大。秀萍一看都被气乐了，她愠怒地说，看你像个……受气包似的，你在这儿蹲着干啥？

没办法，刘民只好蔫着脑袋回家。

家倒是不远，就在餐馆附近，只是，这个叫“家”的地方太小了。往大说也不过十平方米，而且是夹在一个非常拥挤的杂院里，窗子都没有。走进屋里，那是真正的暗无天日。晚上没办法，总得有个窝儿住。大白天的回这个“家”来，有什么意思呢？也不能老是睡觉呀，再睡，还能睡出个花儿来不成？寻寻觅觅中，有一天，刘民突然发现了墙上挂着的二胡。他眼睛一亮，就把二胡摘下来了。

刘民喜欢二胡，而且拉得好。在煤矿的时候，他就是靠这把二胡把自己从井下调到“地面”上来的。即使下岗之后他和秀萍闯到北京开起了餐馆，刘民也没忘记带上这把二胡，只是几乎没有派上用场。最初，他还拉过几次。那时候，刘民的餐馆还开在北京的远郊。远郊其实不错，人少，肃静得很，只是生意有些难做。中午还有几桌人吃饭，到了晚上，天黑了，月亮升起来了，竟没有一个顾客的身影。实在坐不住了，刘民就拉拉二胡。刘民最喜欢拉的是《二泉映月》，曲调悲凉委婉，哀哀怨怨，如泣如诉。有一次，他正拉得悲切，秀萍竟嘤嘤地哭了起来。她一把夺过刘民手上的二胡，差点儿给他扔出去。她说拉什么拉？再这么下去，你就拿它要饭去吧！从此这把二胡就被刘民封了起来，不拉了。此后几经周折，刘民从远郊跑到了城中，又开起了现在的这家餐馆，一番苦心经营，总算把生意做了起来。这期间，刘民一直都没有动过这把二胡。他想，现在拉一拉总是可以的吧？这么一想，刘民就把二胡放在了腿上，吱吱呀呀地调弦儿，接着便有滋有味地拉了起来。

刚拉了个前奏，隔壁的李大妈就把门敲开了。老太太戴着治安的红袖标站在门口，用一种意外的表情看着刘民手上的二胡："是你拉的？"刘民不好意思地笑笑。李大妈说："我还以为是放电视呢。"刘民就赔着笑脸谦虚，他说："李大妈，瞧您老说的，我哪赶得上电视里拉得好呀，瞎拉！"李大妈没有表态。其实不管是刘民拉的，还是电视里拉的，在李大妈看来根本没什么区别，也没必要区别，都一样。李大妈说："我是告诉你一声，我们老头儿心脏不好，你得小点儿声拉。"

刘民一听，直敲自己的脑袋。他想真是该死，该死！我咋还把这事给忘了呢！

的确，刚租住进这个院子的时候，李大妈就曾不止一次地告诉过他和秀萍，说他们老头儿心脏不好。平时说话呀，开门关门呀，或者干这干那的，最好都注意点儿，小点儿声。李大妈说，既然一个院儿里住着，就得互相照顾，您说是不是？当时无论刘民还是秀萍，都连连点头，说，李大妈您放心，我们绝对不会给您添麻烦的。话是好说，做起来却有一定的难度。餐馆打烊晚，每天晚上回来，院子里的人早都休息了。一进院，刘民和秀萍就得把话收住。然后轻着脚步，小偷似的从李大妈的窗外溜到自己的门口，用一把特意摘下来的单独钥匙，小心翼翼地把门打开，再轻轻地把门关上。一切都很成功，哪想到，就在摸着黑去拉灯线的时候，却一脚踏翻了地上的脸盆儿，咣啷啷，竟像个转盘似的在地板砖上转了起来，真是惊心动魄。一猫腰，赶紧把那个操蛋的玩意儿按住！

"咋把脸盆放这儿了？"

"放那儿就不知道小心点儿？"

黑暗中，两个人小着声地顶了两句。原以为没事了，这时，几声夸张的咳嗽却从隔壁传了过来——这房子是怎么回事呢？隔音效果一点儿不好，太差了！

隔音不好，就得更加小心。刘民是个聪明人，第二天他就把脸盆换成了塑料的。塑料这玩意儿的确不错。别说是碰，就是踢它一脚，再踢一脚，它也不会发出那种尖锐的响声了。问题是，脸盆不响了，能保证别的什么都发不出扰人的声音来吗？房子里毕竟住着两个大活人呀，是人就得生活，而生活又是那么琐碎，而且丰富多彩。这可麻烦了。特别是到了晚上，夜深了，人静了，什么说话、刷牙、洗脚、看电视（基本不看。想看，就先把声音拧到无声，再一点点儿地调音量。更多的时候，就干脆让它哑巴着，反正有画面有字幕，参考着看也能知道它演的什么意思），总之，在所有与声音有关的事情上，哪怕是上床睡觉啥的，都一律小心着，克制着。不克制怎么行呢？人家老头儿心脏不好。人之为人，想必这么一点人道主义同情心，刘民和秀萍还是有的吧。当然，不想克制的时候也有。有一次，屏声敛气的刘民，憋得心脏咚咚直跳，实在是压抑，他突然就泄气了，他说这哪行？照这么下去不是完了吗？

为此，刘民都不想在这个院子里住了，秀萍却不想再搬家。她认为这房子好歹离餐馆近一些，住着方便。再说就是往哪儿搬，只要不是自己的房子，还不都是一个样？在此之前，他们就已经搬过好几个地方了。第一次是因为那个地下室太闷，还潮湿。第二次，刚租了房子没几天，就闹着倒建，要拆迁。上一次搬家，则完全是出于无奈。本来那是一间挺好的房子，比现在的这一间还要宽绰一些，租金也不贵。只是，院里住着一个七十多岁的孤寡老太太。据说，她和慈禧还有点儿什么亲戚关系。其实，谁和谁是亲戚都正常，碍不着刘民什么事。不正常的是，这个慈禧的亲戚神经不太好，喜欢骂人，而且动不动就撵刘民走，告诉他别在这个院子里住，滚蛋！按理说，刘民不滚也没事，这院子不是她一个人的，房子更不是。用房主的话说她管得着吗？您住您的，甭理她！那就住吧。住着住着，有一天老太太却哭了，生说刘民和秀萍要杀她。尽管刘民苦口婆心，跟院子里的人一个劲地解释，说她那么大岁数了，我们杀她干啥呢？再说我们做的是生意，杀她有什么用呢？可是解释归解释，事后，刘民总觉得那个院子里的人一看见他和秀萍，眼神儿就有点儿怪怪的，好像他们真的暗藏着什么杀人动机似的。在这样的环境和氛围里还咋住哇？一气之下，刘民和秀萍才搬到了这个院子里。

秀萍的意思是，没有这事儿，还有那事儿。她说除非将来有了大钱，自己买房子，那时候就谁也管不着了，咱想咋着就咋着！你说是吧？说着秀萍重重叹了一口气。其实秀萍也压抑。但压抑有什么办法呢？她说，现在就只能对付着闹吧。

刘民一想，也是，那就对付着闹吧。此后，不管白天黑夜，床上地下，房里屋外……他们千方百计，把所有对别人不利的声音都自觉地、理智地、细致入微地克服掉了。刘民却偏偏忽略了这把二胡！

当时，刘民是点头哈腰，一个劲地给李大妈道歉，他说您老放心，我是绝对不拉了！

不过后来，刘民还是拉了。他是在公园里拉的——那天，他赌着气找了一个僻静的地方，往石凳上一坐，一弓一弓地拽，同时还哆哆嗦嗦，不断地揉弦。他拉得激情澎湃，忘乎所以，似乎把尘封了几年的一种爱好，一种情感，一种说不来的压迫，借助于一曲《江河水》，一股脑儿的，全拉出来了，特别痛快。一曲罢了，竟有几个人啪啪地给刘民鼓掌。其中一个四十多岁的女人还向刘民直翘大拇指，她说，OK！真棒！

这个人就是彭梅。

后来，到公园的时候，碰上，彼此点点头，算是认识了。

再后来，刘民就加入了“唱歌一族”，哼哼呀呀地唱上歌了。

最初，刘民去唱歌的时候，秀萍是既不支持也不反对的。在她看来，平时除了买菜、有事的时候，刘民还得在餐馆里忙东忙西，也挺辛苦。没事了，待也是待着，既然他有那个爱好，而且是每周才那么一次，想玩就玩去呗。可自从领教了彭梅他们在餐馆里的那一番闹腾之后，秀萍的态度就变了。再说起唱歌的事来，她的口气就有点儿酸了巴唧的，时不时地还要刺激刘民几句。她说人家都是城里人，你去瞎掺和啥？刘民却不以为然。他说，唱个歌还分什么城里城外？那个卖鱼的倒是个外地人哪，天天晚上去扭秧歌，还打头阵呢。

“那个卖鱼的”是个安徽人。她三十多岁，白天穿着水靴戴着防水的大围裙，在隔壁的菜市场里腥气十足地卖鱼，一点儿都不起眼儿。可是到了晚上，红袄绿裤子地一换，一手执一把粉扇子，往秧歌队的排头一站，比城里的那些女人特别是比那些老头老太太可精神多了。锣鼓一响，扭得那叫欢实。说句玩笑话，恨不得把屁股都扭掉了。有一天秀萍看了都啧啧称赞，她说你看那个卖鱼的扭得真好！小腰多软呀。当时刘民还跟秀萍半真半假地提了个建议，他说没事的时候你也去玩玩，活动活动挺好。秀萍像是吓了一跳，眼睛都瞪起来了，她说我有病呀，还是吃饱了撑的？

没法交流。

在眼前的问题上，刘民就又一次遭遇了这种“没法交流”。见他既不吭声又闷闷不乐的样子，秀萍是这么说的：咱也犯不上为这么个屁事生气。你觉得生意重要，你就“过油”；你觉得唱歌重要，你就唱歌去呗。

秀萍的话听起来像是息事宁人，实际上却硬硬地将了刘民一军。不用说，把生意和唱歌这两件事摆在一起，哪头轻哪头重，刘民还是知道的。他甚至觉得，秀萍这是在故意玩弄他的感情。刘民满肚子是气，正不知道该怎么发泄，就在这时，他的手机嘟的一下响了。

电话正是彭梅打来的。刚按下接听键，刘民就听到了彭梅的呼吸声。不知怎么回事，人一胖，连呼吸声都比一般的人重一些。刘民喂了一声之后，彭梅开始说话。

她说：“你是刘老板吗？”

刘民说：“我是刘民。”

彭梅说：“你听出我是谁了吗？”

刘民刚想说你是彭老师，又突然意识到秀萍就在旁边，便马上改口说：“听出来了。”

“成呀！头一次打电话，就听出我的声音来啦？”

彭梅的声音挺亲切，也挺兴奋，说着她便咯咯咯地笑了起来。

彭梅是个性格活泼的人，这也许与她原先的职业有关。原先，彭梅曾在单位的老干部活动室工作，整天和一些退了休的老头老太太打交道，组织他们唱歌、跳舞、打打麻将什么的。用彭梅自己的话说，一天到晚，就是一个字“玩”。可是玩了好几年之后，领导却不叫她玩了，让她搞收发。为此，她一连生了好几天的气。但生气有什么用？领导的心里有数得很，就那十几个老干部，说句不太尊重的话，现在是死的死，瘫的瘫，活着的又岁数越来越大。老了，风烛残年了，别说唱唱跳跳呀，啥都玩不转了，还玩什么玩？只是，老干部不玩了倒可以，彭梅不玩哪成呀？一个月没过，她仔细地照了一回镜子，把自己都吓蔫了。脸上的皱纹多了，皮肤没有光泽了，特别是精神上，也是每况愈下。吃饭呀，睡觉呀，啥啥都没意思了，没兴趣了。还老是失眠。这还了得？于此之下，她便跑到公园里玩去了。刚玩了几次，那些唱歌的人就发现这个女人不错。玩得好，漂亮！这才是真正的女高音哪。而且玩的时候，彭梅给人的感觉很认真，没架子，还联合人。不管是原来的歌友，还是新入伙的人，彭梅一律善目相待。她说愿玩就在一块儿玩呗。没歌谱吧？先看我的，客气什么，下次我再复印几份不就成了吗？特热心。特善于扩大队伍。如此这般，没多久，这个彭梅便自然而然地成了那一伙人的组织者。

刘民就是被彭梅这么组织进去的。一开始，刘民还扭扭捏捏的，不好意思。那时他与秀萍现在的想法基本一致，人家都是城里人咱去掺和啥呀？可经不住彭梅的热情鼓动，他还是和那些城里人一块儿玩上了。刘民唱歌嗓子一般，甚至算不上好，他就是调儿拿得准。谁的哪一句歌唱得不对，走调了，刘民一听，立马就听出来了。他说哪位哪位老师，这一句您唱得不准确，要这样唱……说着，刘民小声地哼唱了一句谱子。被示范的人也跟着哼唱了一遍。刘民说："这就对了。"其他人在旁边一听，也觉得对了。彭梅就亮着眼睛看刘民，她说："嘿，看不出哎，不光二胡拉得棒，唱歌方面也蛮内行的嘛！"其实，刘民不但二胡拉得好，此外像快板呀，笛子呀，小号呀，甚至扒谱子，配器，编排节目什么的，都能闹一气。在煤矿的时候，他还当过业余文艺队的队长呢。听了彭梅的称赞，刘民不经意地一笑，他想，你们没看出来的地方还多着哪。

没多久，刘民就不唱歌了。是彭梅不让他唱的。上个周六，彭梅带来了一个消息。她神秘兮兮地告诉歌友，说社区里的人早就注意上他们了。他们发现，每到双休日公园里就有一些中老年人聚在一起，这一堆，那一伙的，还以为是干什么的呢。后来才发现是唱歌的。而且，除了唱歌之外，没别的。这就放心了，非常好。为了把这种自发的、群众性的歌咏活动引向一种健康之路，并推向一个新的高潮，社区准备在十月份，也就是下个月，搞一次群众性的演唱会，届时，要有一些著名的歌唱家来和群众一起参加活动。此外，还将邀请电视台和一些媒体的记者来采访呢。歌友们一听，都激动了，都振奋了，都瞪着眼睛看着彭梅，说是真的吗？彭梅生气地说，什么叫是真的？办事处就在我们单位旁边儿，没这事儿，您说我还能瞎掰呀？这么一说，大家都兴奋得不行了，像一群孩子似的，噢噢直喊。彭梅却犯愁了。彭梅犯愁有彭梅的道理，她是觉得像现在这么个唱法根本不行。她说，到时候也拿不到台面上去呀。

接下来，便好一顿嚷嚷。众人嚷嚷的时候，作为一直没显山露水的"行家"，刘民也忍不住地说话了。他说大家现在这个唱法，其实根本就不叫合唱，只是齐唱。合唱得有领唱，有合唱。领，又分男领、女领，还有男女双领。合里又分男声合、女声合，更讲究的，还得分高音部、低音部，二部轮唱，三部轮唱……刘民说得有板有眼，一套一套的，把好几个人听得直眉瞪眼，又摩拳擦掌。后来，又酝酿了半天，意见才趋于统一：必须把过去的齐唱改为合唱。不用说，彭梅肯定是女领了。五十多岁的赵老师，平时就有“小杨宏基”之称，被推为男领。一切都定出个眉目之后，新的问题又出现了，那就是，怎么也得有个指挥的吧？

于是，有的相互推举，有的毛遂自荐，都试了，都不行。不理想，不太带劲。有的合不上拍儿，有的像“纺线”，还有的表情太不自然了，瞪着眼睛要打架似的，没把人笑死。后来彭梅就提议让刘民试一试。

刘民说：“我行吗？”

彭梅鼓励他说：“行不行的，你就试试呗。”

刘民乐了。他说：“那就试试吧，如果不行，大家可别见笑。”

刘民把话说得如此谦虚，无非是有意卖个关子。其实，他心里还是有谱的。彭梅不知道，在煤矿的时候，刘民本来就当过指挥。每逢全矿务局有个大型文艺演出或比赛什么的，刘民那是特别露脸——燕尾服一穿，领结一戴，大幕拉开的时候，他已经面向乐队背向观众地站好了，正做翘首挺胸状，小公鸡似的精神！静默中，他舒缓地张开双臂，把观众引入一种期待。突然，一个示意性的动作，乐曲声就响起来了。什么西班牙斗牛士，约翰·施特劳斯的圆舞曲……都是名曲。刘民很有风度地指挥着，指挥着……渐渐地，节奏越来越快，曲调越来越高，把小号声都调进来了。乐曲进入高潮的时候，刘民的指挥最有看头，只见他越来越忙，把头发都忙乱了，他的身体不断地往前倾去，再倾去……动作的幅度越来越小，小得就像是哆嗦了……最后，终于张开双臂了，身体又突然向上一提，指挥棒在空中一抖，一个收式，一甩头，乐声戛然而止。散乱的头发也恢复到原来的形状，特别神气。刘民转过身来，走向台前，缓缓鞠躬。台下的掌声哗的一下就响成一片了……那时的刘民，是何等激动，何等春风得意啊。只是后来就不行了。时代在前进，煤矿也改革了。节目不演了，比赛不搞了，还把刘民给改成个下岗的了。

不用说，刘民一试，那种久违的感觉就回来了。开始他还有些保守，有些拘谨，到最后，他已经完全放开了，指挥的动作，准确、大胆，如行云流水。一曲结束，片刻宁静。彭梅突然伸出剪刀般的两根手指，手臂向前一冲，兴奋地叫了一声：“吔——”

接着，众人一片叫好。

“棒极了！”

“真过瘾！”

当时，刘民就像是做了一次精神体操，满脸红润。到了散场的时候，他还一直沉浸在一种说不来的轻松与兴奋中呢。

彭梅问：“你下周六还来不来？”

刘民说：“来吧。”

彭梅说：“说话算数？”

刘民说：“算数。”

彭梅说：“那不行，咱得拉钩！”

……

现在，彭梅还在刘民的手机里咯咯地笑着。笑得刘民心里一个劲地发毛。不必说，她是为了“拉钩”的事找上门来了。果然，还没等把笑打住呢，她就问刘民去了没有。刘民告诉彭梅他今天有事，去不了。彭梅一顿，立刻不笑了，她说：“你讨厌，你烦人！你怎么这样啊？”刘民解释了半天，说他真是有事。尽管彭梅非常失望，最后还是把刘民给放了。她问刘民下午能不能去。刘民说下午还练呀？彭梅说：“瞧您说的，不练哪成呀？练！”

彭梅的声音很大，把刘民的耳膜震得嗡嗡直响。秀萍就在旁边，为防止彭梅把“拉钩”的事说出来被秀萍误解，他只好把手机紧紧地压在耳朵上，不让彭梅的声音透出来。

奇怪的是，那天“拉钩”的事，彭梅却提都没提。也许，城里的女人就是这样吧，不该认真的时候往死里认真，该认真的时候，又往往像个马大哈了。

挂掉手机，刘民的心情顿时松快了不少。他想这才扯淡哪。早知道彭梅没把这件事放在心上，又何必当回事似的跟秀萍计较。结果把俩人都闹了个不痛快。

现在好了。

痛痛快快地“过油”吧。

没等刘民“过油”，王留栓就回来了。他走进餐馆的时候，刘民正在门口的一张桌子前坐着。当时刘民的情绪很好。此前，他趁秀萍整理昨天的账目的时候，凑过去，搭搭讪讪地说这说那，基本把秀萍那种别别扭扭的表情给扭转过来了。刘民的情绪一好，想起早晨请假的时候，他没给王留栓一个好脸，现在，反倒觉得王留栓有点儿可怜。他想逗一逗王留栓，就绷着脸问他，透环儿了没有?

哪知道，刘民的情绪好了，王留栓的情绪却坏了。听了刘民的问话，他只是点了点头，一声没吭地走进了厨房。把刘民一下子晾在了那里。

刘民怔怔地想，这小子是咋的了呢?

在刘民的餐馆里，王留栓是唯一结了婚的伙计。小伙子为人老实，平时寡言少语，干起活来也特别本分。绝不像以前那几个过油的小伙子那么刁钻，那么狡猾。该过油的时候过油，没过油的菜了，就站在那里，贼着眼睛看厨师怎么掂勺，怎么用火，怎么添油加醋地炒菜……看来看去，就看出门道来了。噢，掂勺的时候要这么掂。锅包肉出勺之前，要淋一点儿老抽。鱼香肉丝要这样。宫保鸡丁要那样。水煮鱼，清蒸河蟹……得！全明白是怎么回事了。一明白手就痒，菜单子一下来，人就乐了。说师傅你歇着，我来吧。于是拉开架势就炒。什么醋熘土豆丝，清炒小白菜……先简单，后复杂，日复一日，循序渐进。行了，不简单了。于此之下，把炒勺啪地一扔，还过啥油呀过油？不干喽，走人喽，他大爷的，咱也去找个厨师的干干！把人气死。相比之下，王留栓来了已经快一年了，除了一心一意地过油，一点儿别的意思没有。看着王留栓那种“干一行专一行”的样子，刘民都感动了。他建议王留栓，没事的时候也学学炒菜。王留栓说他不想学，学也学不会。说完，还用一种认真的表情看着刘民。刘民一下子就泄气了。他想，这小子难道真的受过什么刺激?

原来的王留栓不这样。没到餐馆之前，他曾在一个叫“美里美”的家政公司里打工。在“美里美”打工的人不少，活儿挺杂。王留栓干的主要是“开荒”。所谓“开荒”，就是谁家买了新房，已装修好了，再找家政公司完全彻底、干干净净、一尘不染地收拾一遍。开始王留栓不明白“开荒”是什么意思，明白了之后，他就和几个新来的小伙子偷着乐，说这城里啥都是先进的，就是语言不行，完蛋，太落后，给新房子搞个卫生都得到咱们乡下去借个词儿用呢，还“开荒”！到楼房里去种地啊?

不管咋说，开就开吧。刚开了两个多月，王留栓就开到人家的床上去了。那天，他是和带弟两个人去的。如果多去一个人，就不可能发生那样的事情了。可是老板不让多去人，他说：“好几个人干了一天，还没整完？多大个房子呀？今儿就去俩人算啦！”老板说得没错。其实要不是业主太挑剔，头一天就算是完工了。只是业主是个仔细的人，说有几个地方必须再好好弄一弄。弄到中午的时候，偌大的房子里只剩下王留栓和他媳妇带弟，两人就有点儿散漫下来了。毕竟带弟是从农村来的，在别人家，见到什么都新鲜和好奇。她说："王留栓你看这房子咋这么大，这房主肯定特有钱吧？"王留栓说："那还用说。"带弟唉地叹了声，她说："人和人就是不一样啊，别说住这么大的房子了，就是这床咱俩也买不起。她说王留栓你看这床多好啊，真大！啥也没铺就这么软，这是弹簧做的吧？"王留栓就一边搭着话，一边凑了过去。开始，俩人还只是坐在床沿上，一颠一颠的，体会这张大床的柔软与舒服。可是颠着颠着，王留栓却一时性起，一个鹞子翻身，就颠到带弟的身上去了。当时带弟还矜持了一下，说："你想干啥？别有病啦。"王留栓涎着脸说："我就想干这个。"又说："你看看，我是不是真有病了？特疼！"带弟一看，脸一红，心一动，浑身立刻就软了。带弟一软，王留栓便趁势嚣张起来。哪里想到，就在王留栓的动作越来越快，就要逼近终点的时候，咔一声锁响，去附近"吃个午饭"的业主，突然推门而入。

当时的情景，即使没有亲身经历过的人，也可想而知。看着床上的场面，业主先是目瞪口呆，接着就哭了。业主是个三十多岁的女性，尚未结婚。是一家歌舞团的演员，虽说不太出名，长得也一般，但毕竟识文断字，又是搞艺术的，面对这样的场面，人家能不哭吗？

王留栓和带弟彻底傻了。可是光傻了哪行呀？女演员立刻拨打了110。警车呼啸而至。来的人一胖一瘦。原以为是挖门撬锁，哪想到事情这么严重！胖110看了一眼哭哭啼啼的女演员，二话没说，咔地就给王留栓戴上了铐子。与此同时，他还打量了王留栓一眼，心想，瞧你这德性，还想吃天鹅肉哩！

就在这时，躲在门后的带弟才知道事情已不仅仅是丢人，看起来，已经相当严重。她顾不得害臊，扑通一声，就给警察跪下了，吓得110眉毛突然一跳，嘿！这是怎么啦？

一问，才全明白了。胖110看着女演员，抱歉地一笑。他说要是这样的话，还不好办了呢。女演员问110，什么意思？两个110就一胖一瘦地给女演员解释。意思是这样的：身份证都验了，这两个人还真是两口子。虽说他们不该在别人家里办这样的事，可话说回来，这毕竟不是公共场所。要是在大街上，或者是商场里，说他们耍流氓也好，破坏公共秩序也罢，那是非拘了他不可！可是，这就没法弄了。法律上没这方面的规定，没依据，让丫钻了法律的空子啦！您说是不是？

110 毕竟是 110，法律上的事，肯定比女演员懂得多一些。说完，他们就把王留栓手上的铐子取了下来。取下王留栓的铐子，似乎又觉得对女演员不公平。于是就用手铐顶着王留栓的脑袋，说我警告你丫的，以后注意点儿，别像个狗似的想在哪儿做就在哪儿做，明白吗？王留栓一边摸着手腕子，一边像电影里被宽大了的汉奸一样，使着劲儿地点头。

110 走后，王留栓和带弟这才喘上气来。还是带弟灵透些，会说话儿，嘴也甜，她一口一个大姐地叫着女演员，她说："大姐，让我们接着干吧，今天的工钱我们一分不要。"女演员惊讶地看着带弟："还想干呀？"情急之中，她把电视里最常用的一句台词都用上了，她说："你有没有搞错啊？"说完，又觉得这句话太轻了，不解劲。这毕竟不是在电视剧里演戏，这是实实在在的生活。生活里的事，比起那些狗屁编剧瞎编出来的情节要复杂得多，也气人得多。当时女演员都气蒙了，她说："做你的美梦去吧！"

接下来，事态便进一步恶化。女演员找到了"美里美"家政公司。老板听了事情的经过，开始还一个劲地乐，说丫真他妈会找地方。后来看女演员要动真格的了，老板才想认真地解决问题。他好话说了三千六，女演员却一句都听不进去。"房子一天没住，床也是刚刚搬进去的，全被他们弄脏了，玷污了，知道不知道？"女演员说，"少废话，我告诉你们，这所有的一切我都不要啦！"最后，气得五十多岁的老板脸都青了，一支烟卷儿刚抽了几口，就在烟灰缸里摁死了。他看着王留栓和带弟，用商量的口气说："你们都听见了吧？别在那戳着啦！去吧，整钱去吧？"说完，还用一种期待的目光看着王留栓。

一听说让他整钱去，王留栓就立刻傻了。上哪儿整去呀？别说是这辈子当牛下辈子做马都挣不来，就是去偷去抢，也整不来那么多的钱呀。这么一想，王留栓顿时就扑到女演员的脚下去了。女演员一怔，还以为王留栓要抱她的脚哪，她厌恶地往后退了一步说："你少给我来这套，没用！"话刚说完，就发现地上的人像一只被抹了一刀的鸡似的，一扑啦一扑啦地抽了起来。在场的人这才毛了，除了女演员矜持着没动，其他人全上手了，好一顿收拾，才把王留栓的一口气给收拾上来。

女演员的进攻，暂且告一段落。但她却告诉"美里美"的老板，事情没完！

后来的几天，趁双方冷战之机，还是老板想了一招儿，他让王留栓出钱，又托人找了个记者，从中调和，并暗示女演员，要追踪采访，要把这件事拿到报纸上去让读者讨论云云。这么一吓唬，女演员怕影响到自己的名誉，这才自认倒霉。否则，她就把这个“美里美”公司起诉了。

事情摆平之后，老板相当生气。鉴于王留栓和带弟给本公司造成的恶劣影响，本想扣掉两个人的抵押工资，然后再炒了他们的鱿鱼。可是当他一边吸烟，一边把低头耷脑的带弟从上到下地看了一遍之后，老板又突然改变了主意。他告诉王留栓和带弟，按着公司的规定，必须狠狠地处罚！可考虑到他们两口子出来打工也怪可怜的，不容易，他是想了又想，才决定给予从轻处理。

“这样吧，”老板看着王留栓说：“你先走人，叫你媳妇先在这儿干着。至于罚款的事，既然你们说家里实在困难，那就算啦。”老板面无表情地看了一会儿窗外。然后回过头来，用征求的口气说：“你们商量一下，看这样行不行？”

“行行行！”

钱都不罚了，还有啥不行的呢？

当时，王留栓和带弟都要给老板跪下了。

几天后，王留栓到餐馆来应聘的时候，刘民一眼就看中了他。小伙子身体不错，跟人说话的时候，还脸红，挺纯洁挺朴实的一个人。只是，时间不长，秀萍却发现王留栓有点儿不大对头，有时候跟他说句话，他都是一怔一怔的。秀萍说：“我怎么看王留栓好像受过什么刺激呢？”刘民却乐了，说：“神人也让你看出毛病来，一个打工的，哪来那么多的刺激？他就是那种木讷人。”

可是不久，王留栓就自己把这句话说出来了。那段时间，餐馆里的生意不错，一天晚上，刘民让厨师炒了一桌子的菜，跟他们喝酒，意思是犒劳一下伙计们。这一犒劳，就把伙计们的话全犒劳出来了。几杯酒下肚，个个都成了酒乱了。特别是说到来北京打工的经历，每个人都有好多好多的话要说。一宗宗，一件件，都是一些遭罪的事。但时过境迁，却常常把人听得笑起来，非常苦涩，也非常有趣儿。当时只有王留栓愣在一旁，不言不语。刘民问他怎么不说话。王留栓说他没什么好说的。刘民说没有好说的就得喝酒。王留栓说他喝酒。说着，就把满满一大杯白酒咕咚咕咚地全干下去了。两个服务员目瞪口呆，说王留栓你傻啊？王留栓直着眼睛说，我受过刺激。

说完，就捧着脸哭了。

刘民以为王留栓喝醉了，就没把他的话放在心里。事后，倒是伙计们把王留栓的这句话当作了笑柄，甚至演绎成了一句谴责词，一句妥协语。平时谁和谁逗起嘴来，动不动就会有人说，“你受过刺激呀?”或者说，“我受过刺激，行了吧?”最初，王留栓听到别人用这句话互相攻击的时候，还有些反感，不太高兴。可时间一长，也就习以为常，无所谓了。他不但不反感，有时候，他自己还拿这句话去攻击别人呢。

现在，乱哄哄的饭口时间，很快就过去了。到了内部人吃饭的时候，唯独不见王留栓的影子。秀萍问王留栓怎么不吃饭。一个伙计说他不吃了。秀萍说，跑了一上午了，又干了一中午活儿，不吃饭哪行呀？她看着刘民说，你叫他去！

平时，秀萍和刘民都很善待伙计。王留栓刚到餐馆不久，有个服务员被常来吃饭的一个男顾客给勾搭走了，据说是卖手机去了。当时，秀萍就想把王留栓的老婆招过来。她说两口子在一起干，也好有个照顾。刘民觉得秀萍的想法倒是不错，可是人长得咋样呢？毕竟是结了婚，而且有了孩子，在家政公司里干可以，当服务员行不行？秀萍听了刘民的话，觉得刘民考虑的也有道理。当时正好厨师也找秀萍，说他表妹想到北京来打工，问秀萍要不要。秀萍就答应了。等厨师又黑又胖的表妹刚来没几天，王留栓的老婆带弟就到餐馆来了，说是让王留栓跟她去透环儿。俩人一走，秀萍直后悔。她瞪了刘民一眼说：“就怨你！”坦率地说，刘民也没想到王留栓会有这么一个老婆。虽说是乡下人，却长出了几分城里人的模样儿，白白净净的，而且身条儿也好，穿着打扮得也利索，一点儿不像那些有了孩子就破罐子破摔的乡下妇女。秀萍觉得没把带弟挖过来，实在可惜。刘民却觉得没什么可惜的，他说：“反正王留栓在这，以后有了机会再说呗。”

机会是有，却一直没有“说”成。先是带弟的老板不放人，据说急得带弟还哭了一场。可有些事情并不是你哭了就能解决的。“美里美”的老板说，走可以，两个月的抵押工资甭想要！这咋走？后来则是带弟自己不想来了。她对王留栓说：“告诉你们老板，我就在这儿干了，这里挺好的。”此后，秀萍也就打消了原来的想法。既然人家在那里干得挺好的，还老是惦记人家干啥？这才是多余呢！

刘民来到厨房的时候，王留栓正蹲在厨房里打蔫。问了半天，刘民才把事情搞明白。原来，王留栓去跟老婆透环儿的时候，人家说带弟的环儿没了，丢了。

刘民一听，忍不住直乐。他说：“这么点儿事还犯得上不吃饭了？丢就丢了呗，又不是什么值钱的东西，再戴一个不就行啦？”王留栓沮丧地嘟哝着说：“不值钱，可是麻烦呢。”刘民说：“再麻烦，你也得吃饭呀。”

老板的话还是有一定作用的。在刘民注视下，王留栓只好站起身来，跟着刘民去吃饭。

正吃着饭，刘民的手机就响了。还是彭梅打来的。她告诉刘民，她们已经练了一个上午，现在又集合好了，正等着刘民快一点过去。她问刘民，到底去还是不去。彭梅的声音在手机里很大，也很急，似乎都有些不大高兴了。

刘民的餐馆离公园很近，也就是两站地的距离。当他匆匆赶往公园的时候，歌友们已经等得搓火。

这人咋那么牛逼啊，上午不来，下午还老是等他？

发牢骚的人叫老胡，是上午才入伙的一个歌友。老胡这个人有意思，他五十多岁，黑瘦，脖子上的喉结很大，操一口浑厚的京腔京韵。他年轻时曾给局长当过秘书，后来还当过十几所的科长。在岗位上的时候，总觉得烂事太多，咋干都干不完，不是开会，就是写材料，烦死个人。可是被“一刀切”下来之后，该休息了，才觉得精力非常充沛，根本就“休息”不进去。休息不进去，又没事干，啥都看不惯了。瞅哪儿哪儿不顺眼。甚至，看着两个孩子都别扭。以前一心扑在工作上，可谓几十年如一日，一直没顾得上好好端详自己的孩子，现在一端详，才发现上大学的女儿和正读高中的儿子，各有特点，一个都不像他。原本性格挺好的一个人，突然烦躁了，性情上变得很激进，很愤怒，动不动就生气。不妙的是，老胡一生气，他爱人就更生气，这才不好整呢。老胡的爱人比老胡小几岁，是个处长，还没有退休。她问老胡，整天没气儿找气儿想怎么着？女处长的声音和目光都极其尖锐，扎得老胡透不过气来。说实话，老胡也不想怎么着，他只是觉得心里乱七八糟的，很郁闷，很闹心，非常之烦。但在女处长眼里，老胡完全是“瞎烦”。她说：“我一天上班下班还得弄家务，都快让烦给压死了，知道吗？你还烦了，装什么孙子！”老胡的爱人阴着脸，把包一抡，饭都没吃就上班去了。这时候，老胡侧在那里，愣一会儿，蔫一会儿。有一次，他一跺脚，还摔碎了一只碗。

后来，老胡就苦着脸转到公园里去了。公园是城市里的乐土，是市民进行私人活动和喜怒哀乐各种情绪得以释放的地方。从某种意义上说，一个连公园都没有的城市，犹如大街上没有厕所，是最不道德的。

在公园里，老胡最先玩的是跳舞。同那些唱歌的人一样，每到周日，公园里的小广场上总是聚集着一些跳舞的人。不知谁把家里的录音机都贡献出来了，在地上一放，咔地按下按钮，舞曲便响起来了。快四、慢三、探戈、伦巴……换着样地跳。开始老胡是狠着脸子跳，动作还特别夸张，像个小丑，渐渐地就不那么跳了。他好像找到感觉了，表情也温柔了，舞步越发稳重起来。偶尔，还这样那样地玩几个花样儿。很不错的。只是跳来跳去，旁边却有人不高兴了，生气了，用一副讨厌的嘴脸看着他，说："这个师傅您还有完没完？这是您的舞伴吗？"结果老胡一下子尬尴在了那里。没有舞伴，又想跳舞，这是一件不太好办的事。后来为了跟人争舞伴，老胡还跟一个胖子相互指着鼻子骂过一次。要不是有两个人及时劝阻，用对方的话说"就抽他个老丫挺的了"。一气之下，老胡才又玩上了唱歌。

玩上唱歌，才知道唱歌其实也不容易。因为性格浮躁，又好较真儿，而别人又偏偏不买他的账，老胡总觉得跟一些人尿不到一壶里去。所以这儿唱几天，那儿唱几天，不到半年，整个公园里七八伙唱歌的，差不多都被老胡串遍了。现在，老胡跟着彭梅这一伙人"有组织"地唱了一个上午，又听说社区里要搞演唱会，他觉得这一伙比别的好，唱着舒服，来劲儿。越来劲却等不来指挥，老胡就有点儿焦躁起来。他问彭梅，指挥的人是哪个区的。彭梅告诉他，说是外地的，就住在附近。老胡说："外地的？干吗让个外地人来指挥呀？他行吗？"彭梅说："什么叫行呀，艺术感觉特棒！二胡拉得才好哪。"

话音未落，刘民就到了。

歌友们一阵夸张的欢呼，让刘民感到挺神气，又有点儿不好意思。接下来，彭梅便组织大家"开练"。先是《红梅赞》，接着是《歌唱祖国》……歌友们练得特别认真，练得激情澎湃，把刘民的情绪调动得也相当投入。他似乎比上一次指挥得更娴熟，更自信，更奔放，更有力度感了。只是，曲子当中有几处"二部轮唱"的地方不太整齐，有点儿乱。刘民告诉歌友，不能"抢拍儿"，耳根子要硬才行。他说该唱的时候再唱，不该唱的时候就别张嘴，不能一听见别人唱就跟下去，那就唱乱套了。有个老太太看着刘民，虔诚地说："事是这么回事，一唱起来怎么就好顺嘴呢？"刘民一笑，他说其实这才是二部轮唱，最简单的一种。在煤矿的时候，他还搞过四部轮唱呢。

"是吗？四部轮唱呀？"

"那可更棒啦！"

"当然啦！"刘民说，"听起来给人一种非常特别的效果，就像大海里的波涛一般，哇儿——哇儿——哇儿——哇儿——，一涌一涌地，此起彼伏。再加上乐队伴奏，那才叫合唱呢。"

刘民说得有点儿陶醉，同时也感染了一些歌友，大家正用一种很羡慕的目光看着刘民，这时，始终站在一边的老胡说话了。他说："这就是你们请来的指挥？"彭梅问："他怎么样，专业不专业？"老胡没有吱声，他看着刘民，竟叫了一声"刘老师"。说实话，这么长时间，刘民总听歌友们之间相互称为老师，却始终称他为老板。老胡这一声"老师"叫得让刘民都有点儿感动了。他微笑地看着老胡，问他什么事。老胡说他没什么事，就是想问问他在什么单位里工作。刘民说他没单位。这时，彭梅狐疑地看着老胡说："您问人家在哪个单位干吗？凑到一块儿，不都是唱歌的吗？"老胡说他不是那意思，就是想问问这老师是干什么的。

刘民一看老胡那种较真儿的样子，似乎明白了什么。他告诉老胡，他是开餐馆的，是个小餐馆。他觉得没什么可掩饰的，一点儿都不可耻。

老胡点点头说，这就对了。

彭梅不解地看着老胡，问他什么叫"对了"。

老胡说："您没瞧他指挥时的架势呀？一掂一掂的，嘿，他妈整个一掂勺！"

老胡一边说，一边模仿着炒菜掂勺的动作，一挺肚一挺肚的，特别滑稽。

众人哄然大笑。

刘民顿时怔住。他感到全身的血液都刷地涌到了脸上，涨得他很想说一点儿什么。但他却什么也没说。刘民不说，是因为他不想惹事。在外地人中曾有一种说法，城里人都是瞎咋呼，你越怕他他越来劲儿，你一瞪眼他就老实了。其实不对，至少不能说是全对。刚来北京不久的时候，刘民就是在这种错误信号的误导下，跟一个修自行车的人瞪过一次眼睛。事情的起因是，刘民的三轮车剐了修车人的三轮车。按理说，都是三轮车，铁家伙，又不是纸扎的，剐一下没什么，而且刘民还一个劲地道歉，说对不起，对不起……这时候如果对方说一句“没关系”，事情就会得到圆满解决了。可是对方不但不说，还不依不饶地追问——你长眼睛是干啥的？这才不好回答哪。越是不好回答，修车人还越是追问。事逼不过，刘民的火就上来了，他一瞪眼说：“再不讲理，别说我给你砸了！”本来刘民是想吓唬一下对方，说话的时候他心里虚得很。没想到这才惹出麻烦来了呢。对方不但不怕，反而还支持刘民砸他。他立刻抄起一把修车的锤子，向刘民举着，同时还把脑袋伸了过来，让刘民“往这儿砸”！

刘民一看，可怜见儿的，顶都秃了。

这怎么砸？

别说是刘民，就是个流氓恶棍，也下不了这种黑手呀。结果，闹得刘民非常狼狈。有了那次教训，刘民再不敢轻易口出狂言。一旦遇上难缠的主，该怂就怂，能躲就躲。即使这样，还免不掉要常常被人教训上几句。说起来凑巧，刚才在公园门外，刘民就被一个卖地图的人给教训过一顿了——那也是个五十多岁的男人，肩上挎着一个布兜，他问刘民要不要北京地图，新版的。也怪刘民他嘴欠，说话不加考虑，不要就不要得了，他竟说他是老北京了，还要什么地图？不料一句话就把人家给惹恼了。那人立刻瞪起眼睛，问他什么叫老北京。接着，他竟非常激动地追着刘民，好一顿给他上课。他从老北京说到了“旗人”，他说“旗人”有八姓，您知道吗？童、关、马、索、祈、富、安、郎。到了民国，多数又改成了汉姓……他跟着刘民，边走边说，喋喋不休。直到刘民买了票，又返回身来，都进了公园了，那人还京腔京韵地喊了一句：“不要地图没关系，别他妈跟我瞎掰！”

刘民就怕碰上这样的茬儿，一句话不对付，就像胶皮糖似的黏你。看着表面上洋洋得意，却分明透出几分斗鸡神情的老胡，刘民就不想理他。等所有的人都笑完了，平静了，刘民才告诉彭梅，说他得先走一会儿。彭梅一愣，说“刚练这么一会儿怎么就走呀？”众人也说：“还没过瘾哪，怎么也得再练一会儿。”刘民原本想笑一下，显得轻松些，不知怎么回事，却一点儿都没笑出来。他说：“对不起，我还得回去掂勺呢。”说完，便硬着脖子走了，头也没回。

刘民一走，众人的表情都一下子严肃了。彭梅不满地看着老胡，嗔怪他说话太不客气。其他的人也小声议论。有的说，刚来头一天就出这事儿。有的说，既然想到一起玩儿，就得讲团结。其中一个老太太说得最好了，她说："这不是团结不团结的事，我觉得，人与人之间应该互相尊重。您说是不是？"

对于众人的议论，老胡却嗤之以鼻，他鄙夷地说："我干吗要尊重他？他是谁呀？啊？我就看他是掂大勺！怎么啦？"

老胡面红耳赤，挑衅般地扫视着众人。他一边说着，还一边拍着自己的大腿，情绪相当激动。一时间，歌友们谁都不吱声了，面面相觑的神态里，好像是在说，这个人他怎么这样啊。

刘民也有刘民的自尊。一连几天，他想起老胡的那句话，就禁不住有一种挫败感。其实自从玩上唱歌后，如此的不愉快已经不止一次了。最初在讨论演唱会上唱什么歌曲的时候，刘民就被彭梅给污辱过一次。当时，见歌友们七嘴八舌，提议唱什么歌的都有，刘民就建议来一首《在希望的田野上》。他觉得这首歌挺好，旋律快，节奏感强，指挥起来，还能使上劲了。可刘民一说，却立刻遭到了众人的反对，都说不成，不成！那哪成呀？不成就不成得了，彭梅还说他土，说他农民……她说："现在是什么时代？都搞城市化个脚丫子的了，你还在希望的田野上呢，你累不累呀！啊？"说完了，还像个大母鸡似的，咯咯咯，那个笑哇。

当时，刘民的心里特不是个滋味。也难怪，在煤矿搞演出的时候，所有的节目都是他说了算，他说唱啥就唱啥，那是绝对权威。哪像现在似的，鸡一嘴，鸭一嘴，老母猪也想拱一嘴！这还不算，更让刘民生气的是后来。后来，不知谁说了一句，就唱《祖国颂》吧。众人一听立刻叫好，说好！太好了！既然是"十月激情演唱会"，不是"三月激情演唱会"，不唱《祖国颂》哪行？必须得扣住题儿呀，您说是不是？

刘民没有吱声，也不屑于吱声。他承认《祖国颂》这首歌的确是挺好，非常不错。让他不服气的是城里人那种自以为是的劲头。搞一次人口普查，也得在他餐馆的外墙上挂一条红色的标语："向人口普查的民警学习！向人口普查的民警致敬！"刘民就纳闷儿，学习啥呢？现在，参加个演唱会，还不唱《祖国颂》哪行，谁规定的不行？再说，人家共计让准备三支歌曲，已经定了两首——《红梅赞》和《歌唱祖国》。有歌颂祖国的了，再来一首《祖国颂》，这不是重复了吗？都顺拐个蛋的了，还以为自己走的是"正步"呢。不过，想是这么想，刘民并没有把自己的意见说出来。说到底，也不过就是个玩儿的事，图个乐呵罢了，较什么真呀，没必要。话又说回来了，就是唱啥，你们还不得听我指挥——可是，就连这么一点儿自尊，现在，也被那个叫老胡的人给挫败了。居然说他指挥得像掂勺似的——这也太难听了，太污辱人了！

刘民愤愤地想，我不掂了可以吧？

其实不行。刚到周五，彭梅就把电话打了过来，她又是赔礼，又是道歉的。开始，刘民还特别坚定呢，坚定得都有点儿顽固了。不管彭梅怎么说，他就是一句话："不去，我还得餐馆里掂勺呢！"说这话的时候，刘民的心里充满了伤感，同时又有一种莫名的痛快。

但彭梅那边不痛快了。她说"掂你个头！还用得着你老板掂勺了？你就是小性子，小心眼儿，心眼儿就像针尖尖那么大！"

接着，彭梅便开导起刘民来了。

她说，男人就该像男人的样子，要有点儿胸怀。

她说，那个胡说八道的人已经被歌友们骂跑了，不唱了。

她还说，社区已经决定，下个周六，就搞"激情演唱会"。

她嗔怪地说："一些歌星都定下来了，肯定参加，你还拿什么派儿呢？"

彭梅喋喋不休，把刘民的手机都要说爆了。最后，她干脆就给刘民下了通牒——她说不管怎么说，刘民明天都必须得去。如果不去，她就把人带到刘民的餐馆来唱。骚扰他，骚扰完了，再狠狠地宰他一刀！

刘民他能不去吗？

周六，刘民一到公园，彭梅老远就飞一个媚眼儿，还夸张地张开双臂，做了一个欢迎和拥抱状。几个六十多的老太太则哇的一声，差点雀跃起来，她们一边拍手，一边问着"刘老板好"，久别不见似的。刘民也回应性地跟歌友们打着招呼。虽是短短的一周，刘民的心里却被那个老胡闹得很是沧桑，竟有了一种重返江湖的滋味。

这天，四十多个歌友，一个不落地全来了。原先是一个人伴奏，现在不知彭梅又从哪儿请来了一位。手风琴的音量一下子被扩大了一倍，还没等开始呢，嗡的一家伙，就把大家的精神气全提起来了。领唱不错，男合女合都很整齐，朗诵的人也把词儿背得滚瓜烂熟——"金色的十月，我们满怀激情，踏歌而来，祖国啊……"相当不错。同时刘民的指挥也非常之好，看起来刚柔并济，潇洒自如，相当流畅。真是"士别三日，刮目相看"啊。

"太来劲了!"

"真棒!"

"还说人家指挥得像掂勺似的呢，人嘛儿不懂，瞎掰。"

"哎，对了，你到那边看看去，老胡正给人家当指挥哪，像抽筋似的。"

众人笑起来。

刘民一直绷着脸，装作没听见的样子，心里却特别受用。平心而论，如果不是出于人身攻击，老胡对刘民的评价也不是一点儿没有道理。事后，刘民还进行过反思呢。虽说老胡的话说得很难听，太夸张，有一种故意羞辱人的意思，但和电视里播出的那场外国音乐会里的指挥相比，刘民还真是找出了自己的许多不足。那天，他一个人躲在家里，把电视的声音调到了微乎其微，他只盯着那个指挥的一举一动，边看，边体会，好一顿摹仿……现在，刘民把那天掌握到的一些风格与动作全用上了。别说是歌友，他自己都感觉挺好的。于是，在一种挺好的感觉里，刘民和歌友们都练得很投入，很亢奋。

结束的时候，彭梅告诉大家，下周就搞演唱会了，明天是最后一次练习，大家必须都来。说完，她又特别关照刘民，不许掉链子。

刘民说："没事。"

刘民没事，王留栓却有事了。像上次一样，刘民刚买回菜来，王留栓就跟他请假。刘民想，这小子可是真绝啦，他咋还跟我摽上劲了呢。他问王留栓又有什么事。这一次王留栓痛快多了，他说跟老婆去上环儿。刘民这才恍然想起了什么。他问王留栓，上一次发现环儿丢了的时候怎么没直接戴上。王留栓说，医生不给戴。刘民问，摘环儿不给摘，戴环咋还不给戴呢？王留栓说，医生让先吃一个星期的消炎药，才给上呢。刘民不知道医生是真有道理，还是有意推销药品。他想，总而言之，医院就是个最啰唆的地方，别的那些破事就不说了，戴个环儿也这么麻烦。

这一次，刘民没有生气。他觉得不是透环儿就是戴环儿，而且，戴个环儿还得用一个星期的时间消炎……王留栓已经被这个环儿折腾得够呛了。不过，刘民还是告诉王留栓，说他今天还有事呢，不能替他"过油"。他问王留栓，明天去行不行。开始王留栓一直不表态，也许他是觉得事情有些挠头罢，他就站在那里，直挠自己的脑袋。刘民说："又不是什么大病小灾的，一个戴环儿，早戴一天晚戴一天不是一样吗?"

其实，已经不一样了。

王留栓和带弟是第二天上午去医院里戴环儿的。一回到餐馆，王留栓便告诉刘民，他不干了，要走人。

刘民听了一愣。他问王留栓："干得好好的，咋还突然不想干了呢？"

王留栓低着头，吭吭憋憋地不吱声，还把脸扭了过去。后来在秀萍的追问下，他才道出实情，说他老婆怀孕了，想回老家流产去，不干了。

刘民意识到王留栓的麻烦又来了。他有些同情王留栓，也为王留栓的麻烦感到莫名的生气。他说："你可真行，平时又不住在一块儿，怎么闹碴的呢？"

王留栓嘟嘟哝哝，说他没怎么闹碴……

刘民说："没怎么闹碴咋还怀孕了呢？"

这么一问，王留栓的眼圈立刻就红了。

说实话，自从到了北京，王留栓还真是没怎么"闹碴"。在家政公司那会儿，他和带弟是各住各的宿舍——男一间，女一间，每间都住着十几号人，想怎么着也不行。有天晚上，两个人倒是跑到城郊的一处荒地里，毛毛草草地"闹碴"了一回。后来，就是在女演员家里的那次。再后来，就一次都没有了。这倒不是说两口子不在一起工作，没有见面的机会。机会是有。每个月，王留栓差不多都到带弟那边去上一两回。有时是把自己的工资送过去，让带弟存上。大多时候也没啥事，就是去看看，坐一会儿。有几次，他们还去了城郊的荒地。只是，一次都没有成功。怎么说呢，自从那次在女演员的家里半途而废之后，王留栓就完了，不行了。说起来也怪，平时见不到带弟的时候，还行，甚至有一种干柴烈火的感觉。可一到真章就完啦，咋着都不行，急得王留栓跪在地上直揪自己的头发。有一次带弟也哭了。她一边哭着一边劝，告诉王留栓，说这病不能着急，越着急越不行，只能好好养着。就这么的，养来养去，带弟却怀孕了。

刘民和秀萍哪知道这些，一见王留栓那副尿唧唧的样子，刘民就觉得这小子太完蛋，太窝囊。老婆把环儿丢了的时候，不想吃饭，现在老婆一怀孕，连工都不想打了。刘民说邻居家死个耗子——多大个事呀？

秀萍也乐，她说："不就是个怀孕么？到医院里一流，啥都不影响，大老远的还犯得上往家跑？哪天你叫你媳妇过来，我和她去！"

刘民皱着眉头说，谁去都简单，也就是几分钟的事儿。

秀萍说："可不是咋的，昨天你还说哪，好好干上两年，挣点儿钱回去盖房子。就因为这么点儿事就把理想改了，那还行?”

刘民和秀萍轮番地说，轮番地劝。劝了半天，王留栓只是勾着头，一声不吭。好不容易把头抬起来了，他说：“老板，我真不干了。”

见王留栓一点儿盐酱不进，还越说越上样了似的，秀萍看了一眼刘民，泄气地说，那就招人吧。

刘民没有吱声。

细说起来，这些打工的本来就是一个流动性的群体。你来他走，都很正常，再招一个人就是了。让刘民为难的是，上哪儿招去呢？这可不是前几年了，刘民刚到北京开餐馆的时候，不招人都会天天有人找上门来。大街小巷，到处都是找工作的人。男男女女，一帮一帮的，海了去了，多得城里人直烦，有关部门更是大伤脑筋，头疼，整天研究怎么怎么着才能把这些外地人整出去。于是大街上清，胡同里查。夜深了，人静了，月儿弯弯照九州，夜色多么好！走吧？动弹着吧？此时此刻，伙计们躺在餐馆的桌椅上睡得正香。有的还做梦了。梦见了村前的大山，山后的小河，儿时的伙伴儿……突然，咣咣咣，一通砸门声，一个激灵醒了。

“谁啊?”

“派出所的!”

完了，全吓毛愣了。刚哆嗦上裤子，人已经进来了。

“有暂住证吗？拿出来。”

“有有有。”

“哪儿呢?”

“在这儿……”

刚递上去。咔咔两家伙，完了，碎了。

“还有吗?”

……

“瞪什么眼？把扣子系好，走!”

……

结果，是一车皮一车皮往回送。其实送也是白送。这又不是什么东西，是人，人是活的呀。结果押送的人员刚到家，紧跟着，被遣返的人就一批批地回来了。每次都是。啥法儿没有。后来就渐渐地好了。不清了，不送了。《外来人口管理条例》中许多不合理的地方都作了修改，还废除了一些条款。以人为本了。城市正以越来越宽容的姿态，欢迎外地人来就业了。只是拿着高等院校文凭，而找不到工作的人越来越多，奇怪的是，从事重体力和低等工种的人却是越来越少。别的不说，放眼京城，四万多家大小餐馆，哪家的窗子上不是常年都贴着招工的条子？不好招是真的！

刘民看着王留栓说："你非走不可我也不拦你，但你总得叫我先招人，招到人之后我马上就叫你走，这可行吧？"

王留栓勉强答应了。

可是三天没到头，厨师就找上秀萍了，说这几天王留栓也不知怎么回事，就像个"二不愣"似的，干啥都不上心；说过油的时候，花生米都冒烟了，炸糊了，他还站在那里瞪着眼瞅哪。说他，他要么不吱声，要么就把勺一扔，蹲在厨房里像受了多大委屈似的，冷着脸生气……厨师说："干脆叫他滚蛋得了。"

晚上，秀萍把厨师的话告诉了刘民，问他怎么办。刘民一听有些生气，便干脆地说："再等两天就叫他走，招不到人，他顶着。"秀萍说："既然想让他走，明天就让他走得了，还等两天干啥？"刘民说："这两天他还有点儿事呢。"秀萍问他："啥事。"刘民说："后天社区要搞激情演唱会……"话一出口，才突然意识到他的事在秀萍的眼里本来就不是个事。秀萍果然有些不屑，她说我还以为多大的事呢，人家愿意搞啥搞啥得了，你跟着闹腾个啥呢？

刘民觉得秀萍的话不太好听，他说："我怎么闹腾来？还闹腾！"

秀萍哼了一声，说："没闹腾，你又买衬衣又买领结的干啥？"

刘民顿时语塞。

其实这事都是彭梅闹的。怎么说呢，彭梅是个喜欢把玩儿的事也当成工作来闹腾的人。按着她的建议，演唱会的时候必须统一着装。为此事，昨天在公园里就好个争论了。有人说，平时穿啥就穿啥得了，随随便便的，更好。有人说，还是统一着装好，上了电视，看着整齐。你一言，我一语，都嚷嚷成一个蛋了。当时每个人的表情都特严肃，严肃得像是一群什么专家学者。后来，在主张统一（着装）和反统一的争论中，两个老头因为各执一端，哆哆嗦嗦的，谁也说不过谁，竟梗着脖子上纲上线地对骂起来。一个骂对方没有文化，一个骂对方狗屁不通，无耻。都是一把胡子的人了，一时又变成了不太懂事的孩子，劝都不听。穿啥就穿啥得了，非要争出个你高我低，犯得着么？

在乱哄哄的劝架过程中，只有刘民好脾气地站在一旁，像个局外人似的一声不语。他觉得城里的人好像一个比一个高明，彼此之间还谁都不服呢，他说了也没用，白扯。有过这方面教训的刘民，现在已经学会了沉默。

劝说住了两个很有激情、很有战斗性格的老头儿，人们又回到原来的问题上，继续吵吵。后来还是彭梅一锤子定音，说男的一律西装革履。女的，也不能像平时似的大红大绿啦，必须是清一色的西服，白衬衣。

“哎呀，好看吗？”

“可不是嘛，太死板了吧？”

“还想吵吵？”彭梅把脸子拉了下来，她严肃地说，“这不单单是她的意见，也是社区的意思。”听说是社区的意思，大家才安静下来。既然是社区组织的活动，不听社区的意见哪成啊？行了行了，头都吵大啦，就这么定吧！于是就定了。说实话，社区的意思，市民们还是非常配合的。否则，北京的大街小巷里，就不会有那么多老头老太太戴着治安的红袖标颤颤巍巍地“执勤”了。

众人的服装定下来之后，彭梅便安排刘民的着装问题。当时，刘民就觉得彭梅把事情玩儿大了，玩儿过了。既然是自发的、群众性的演唱会，着什么装呢？没那个必要。再说一律西装革履的穿法，就像专业性的老年合唱团了，往舞台上一站，还可以。在公园里被绿树、红花什么的一衬，就有点儿不协调了。太正规，太庄重了，凭想象就能体会到一种压抑感。

刘民说：“我就不着装了吧？”

彭梅亮着眼睛上下地打量着刘民，把他从头到脚地看了一遍。说：“不着装你还想裸体是怎么的？”一句话，把刘民问了个红脸。一些老太太都嘎嘎地乐。乐了一会儿，彭梅才严肃起来，她告诉刘民，不但要着装，而且最好是燕尾服。说实话，过去在煤矿搞活动的时候，刘民也不是没穿过燕尾服，但还是那句话，那是在舞台上，他总觉得在公园里穿上那么个玩意儿有点儿滑稽，太别扭。况且他也没燕尾服啊。有个老太太说：“这么大个北京，还怕借不着一件燕尾服？”刘民乐了：“北京倒是不小，可是连个认识人都没有，上哪儿借去？”“借不着就做呗。”老太太说，“挺大个老板，做一燕尾服还不容易？”刘民看了老太太一眼，心想，你说得轻巧，为了一个玩儿的事，我就去做一件燕尾服？可真是有病了我！

刘民说：“算了吧，彭老师，我就不穿了。”

彭梅却不依他。她说：“没有说没有的，不穿哪成啊？必须得穿！”她说："这样吧，燕尾服的事我去想办法，您就甭管了。可是黑裤子、白衬衫你可不能说没有了吧？"刘民说："黑裤子他倒是有，白衬衫还真是没有。"彭梅用无奈的表情看着刘民，她说："你怎么这样啊？没衬衫我可不能给你借去吧？自己买去！哎，对了，再买一个领结，要黑色的，明白么？"彭梅零零碎碎地说了一通，又突然想起了什么，她说："哎哟喂，我都差点儿忘了，还没有那种闪光的指挥棒呢！"

刘民站在那里，哭笑不得。本来是想在没事的时候来放松放松，玩一玩儿，哪想到玩来玩儿去的，却玩儿出了一大堆的麻烦！可不玩儿又不行，至少，从目前来说是不行。马上就搞演唱会了，现在他能说"你们玩儿你们的，我不玩儿了"——有这么说话的吗？

这就是没办法的事。刘民说："搞完这次演唱会，我可不扯这个了。"

"扯呗。"秀萍一边抡抡打打地脱着衣服，一边磨叨。她说"还激情演唱会，我就纳闷儿，这么多的烂事儿，你那个激情是哪儿来的呢。"

刘民看着秀萍，很想反驳她几句，但想了想，却觉得不好反驳——这就是秀萍，平时看起来乐乐呵呵，一旦逗起嘴来，净嚷熊话，啥有劲说啥。

刘民不想跟秀萍斗嘴。为扭转这种被动局面，也为了在演唱会之前营造出一种和谐的家庭氛围，他觉得必须采取一种迂回措施。他躺在床上，在后面一动不动地盯着坐在床沿上的秀萍，直到她把该脱的衣服都脱掉之后，刘民才伸出手来，一把将秀萍扳了个后仰。

"干啥呀你？"事情来得有些突然，秀萍一时没明白刘民的意图。

刘民说："我告诉你我的激情是哪儿来的。"

说着，他便得寸进尺。

"行了，行了！你小点儿声！"

"不是住院去了么？"

"出院了，又回来了！早晨李大妈还告诉让小点儿声哪。"

听秀萍这么一说，刘民的"激情"顿时蔫掉了一半儿。

两天后，社区组织的"激情演唱会"如期举行。

十月是北京最好的季节，天公作美，夜里还下了一场小雨。早晨，雨过天晴，太阳真是金灿灿的。公园里绿树鲜花，到处洋溢着一种和谐与欢乐的气氛。遗憾的是，社区说的那些歌星却一个都没来。所有的歌星都在电话里感叹，说在公园里演出多有意思啊，真好玩儿！可时间排不开，那天正好还有别的演出哪……请了一个，又一个，一个一个的都这么说。结果，把社区的人都气蒙了，在办公室直转着圈，说开头还答应得好好的，一听没有出场费，就都有事了，什么玩意儿！

没办法，社区的人只好跟歌友们解释，说是，本来想邀请一些歌唱家和大家一起活动的，之所以没邀请，就是考虑到这次活动主要是突出一个群众性。一开始，听说没有歌星参加，歌友们还很失望，很恼火。说组织者“净龇牛逼”，他们倒是想请人家，可是请得动吗？后来听社区的人如此一说，才闷过劲来。细想一下，可不是咋的，既然是为了突出群众，请那些明星干啥？

“他们不来才好呢！”

“就是，他们一来，哪还有我们上镜头的份儿呀？”

有意思的是，歌星没去，秀萍却去了。本来，秀萍她不想去。平时在唱歌这件事上，她和刘民就没少打过叽叽。现在，就是有心思去凑个热闹，也不好意思凑。可两个服务员却急了。听说刘民他们要在公园里演出，还有不少歌星要露面，都兴奋得满脸鲜红，非拉着秀萍去看看不可。好在公园很近，秀萍就只好去“看看”。

公园里一派热闹。这儿一群，那儿一伙，每一处唱歌的周围，都站着一些看热闹的游客。秀萍被两个服务员挽着胳膊，似乎是半推半就，这儿瞅瞅，那儿看看。没看到什么歌星，一个服务员却一惊一乍地看到了刘民。

她说：“哎呀，那不是刘叔吗？”

“在哪儿呢？”

“那不是吗，指挥呢……”

果然是刘民。原来，白衬衫，黑领结，外罩一件燕尾服的“刘叔”，竟像换了一个人似的精神。不细看，就连秀萍都没看出那个人是刘民。

“刘叔指挥得真好啊！”

两个服务员一边看着，一边赞叹。

刘民指挥得确实是不错。随着旋律的变化，他的表情也在不断地变化——他时而眉头紧蹙，非常痛苦；时而双眼一闭，如同陶醉；紧接着，他又直直地盯着唱歌的一个什么人，用指挥棒一点一点地，做挑逗状……只看了几眼，秀萍就不好意思看了。在煤矿的时候，她其实没少看过刘民的演出。那时，台上台下，全是熟人熟面，秀萍一点儿特别的感觉都没有。眼下，同样是刘民，只不过是换了一个地方，换了一帮城里唱歌的人而已，看着他的一招一式，秀萍却觉得非常别扭，不得劲，甚至都有点儿害臊了。看了一会儿，秀萍就不想再看了。她说："咱回去吧。"但两个服务员却不尽兴，非要再看一会儿。

其实，也没看多长时间，三支歌就唱完了，结束了。只见刘民一个收式的指挥动作，四十多人的合唱声和手风琴伴奏声，如刀切一般，戛然而止。漂亮！

秀萍都有点儿激动了。没有想到，就在这时候出了事。几秒钟的安静之后，众人噢地散了队形，有的兴奋得直喊，有的相互击掌。特别是彭梅，激动得跟什么似的，她双臂向上一冲，就地转了一个圈，接着，便走向刘民，在众目睽睽之下，哇的一声，竟跟刘民做了一个拥抱的动作。秀萍一怔，便泥塑似的愣在了那里。

刘民回到家的时候已是傍晚。这次演出，无论从哪个角度上讲都非常成功。用彭梅的话形容，那就是帅呆了！酷毙了！中午，一些歌友非要找个地儿庆贺庆贺不可。当时刘民不想参加，他说还得回去掂勺呢。彭梅看定了刘民，问他是不是有病？刘民说真的，一个伙计不干了，他得回去安排安排。彭梅一下子淡下脸来，让刘民看着办吧。别的歌友也劝他，说你这人怎么这样呀？别扫兴了好不好？推辞不过，刘民便跟着一伙人"AA制"去了。

一庆贺，就没完没了。后来刘民还是从"尿道儿"里脱的身。回到餐馆，秀萍不在。两个服务员正伏在桌子上睡觉。刘民轻敲了一下桌角。一个服务员抬起头来，满脸褶子地看着刘民。刘民一问，才知道秀萍回家了。他刚想回去，又突然想起了什么，便来到了厨房。其他伙计都不在，不知跑到哪"放风"去了。一个刚来不久的小杂工正拉着架势在切土豆丝。刘民问他："王留栓去哪儿了。"小杂工说："刚才他还在呢，可能在外边吧？"

外边却没有王留栓的影子。一直找到厕所，才发现王留栓两手揪着头发，正蹲在那里"用功"呢。小杂工一连叫了他两声，王留栓一动不动，也不抬头。小杂工以为他蹲得时间太长了，许不是睡着了呀？他走过去，扳着王留栓的脑袋一看，只见王留栓满脸是泪。

小杂工立刻怔在了那里，他说："王哥，你怎么又哭啦？"

昨天晚上，王留栓就已经哭过一次了。其实，晚上是伙计们最为快乐的时光，餐馆关门了，打烊了，一天的劳动结束了。几个人在椅子上各自摊开行李，一看表，说："你大爷的，刚十一点半，睡什么觉?"于是就山南海北地侃。侃来侃去，就侃邪性了。有个叫小耗子的伙计，竟问王留栓："结了婚是什么滋味，好玩不好玩儿?"其他人一听，都嘻嘻哈哈地乐，让王留栓说说。王留栓不但不说，闷了老半天之后他还哭了。哭得小耗子直眨眼睛，他说："你真是受过刺激呀?不说拉倒，你哭啥?"王留栓说他乐意哭。他说："我自己的眼泪，你管得着吗?你妈的!"一向老实的王留栓，不但骂了人，他还瞪着眼睛一种要打人的样子。

其实，这几天王留栓就一直想打人。那天，他和带弟从医院出来后，沮丧地上了公交车。怎么就怀孕了呢?在车上，王留栓越想越不对劲儿，他突然明白了什么。一下公交车，他竟不管不顾地给了带弟一个嘴巴子。这一巴掌打得狠，带弟的嘴角立刻出了血。王留栓仍不解恨，还想再打。这时一同下车的两个外地人看不下去了，其中一个喊了一声，问他要什么流氓。王留栓不服气地说，这是他老婆。听王留栓这么一说，先前已退到旁边的一些人，才知道这人原来不是歹徒。于是就男男女女地围了过来，冲着王留栓指指点点，七嘴八舌地痛斥他——

"打老婆算什么能耐!有事儿回家说去，干吗在大街上打人呀?这可是首都!"

"就是，还有没有王法呀?"

"真他妈野蛮!"

"什么玩意儿，给这样的人当老婆，多他妈倒霉呀，干脆跟他离婚算啦!"

"这不是虐待妇女吗?"

后来，不知谁还粗门大嗓地喊了一句，说："干脆报110，收拾丫的!"

周围的人越聚越多。王留栓早就草鸡了。他丢下带弟，好不容易从人缝里挣脱出来，才知道带弟也跟在他的后边，并且紧紧地拉着他的衣摆。王留栓让带弟撒手，别拽着他!带弟不撒手，也不说话，她嘴角上带着一丝血迹，却用一双泪光闪闪的眼睛看着他。从没打过老婆的王留栓，看着带弟心碎的样子，他一下子就崩溃了。

那天，王留栓是在一个地下通道里知道了事情的经过的。当时带弟一边说着一边流泪。她说她也是迫不得已，没办法。她说对不起留栓，你找个没人的地方，把我揍死吧……王留栓攥起拳头，整个面孔都凶狠得没个样子了。最后他一拳砸在了水泥地上，脑袋一垂，揪着自己的头发，极其压抑地哭了起来。

王留栓被小杂工在厕所里找回来的时候，眼睛还是红红的。刘民看着王留栓，问他怎么了。王留栓说他没怎么的。刘民说："我还以为你急着回家，哭了呢。"

小杂工在一旁偷偷地乐。

接着，刘民就把让王留栓走的事说了。他说，你不是要回去给老婆流产吗？明天就可以走了。王留栓没有吱声。刘民告诉他，这种事最好快一点儿处理，时间越长越麻烦。说过，他让一个服务员打开抽屉，把身份证给了王留栓，同时给他结清了工资。然后，刘民又吩咐小杂工，让他告诉厨师，晚上安排几个菜，跟王留栓喝点儿酒。不管咋说，在餐馆里干了一回，按以往其他伙计走时的惯例，也算是给王留栓饯个行吧。

刘民一进家，秀萍正虚着一双眼睛呆在那里想事。在此之前，她觉得心里堵得不行，撞墙的心思都有。好不容易"盼"回了刘民，一看他脸红扑扑的、乐乐呵呵、啥事儿没有的样子，秀萍恨不得立刻变成一个"人体炸弹"，像那个胖娘们儿似的一下子把他抱住！

秀萍这么恨着刘民，刘民却傻乎乎地蒙在鼓里，甚至，他还用一种狐疑的目光盯着秀萍，问她："你又咋的啦"，这使秀萍更加气愤。她先是东一榔头西一棒子地把刘民云里雾里地打了一通之后，才问刘民，咋不搂着了？直到这时，刘民才知道事情的头尾。

"真可笑，太可笑了！"刘民不屑地说。

秀萍立刻反唇相讥，她说："是有可笑的！当着那么多人就搂搂抱抱。不要个脸，太不要脸了！还高雅，还艺术，还陶冶情操……"

话说得如此难听，两个人便吵了起来。要说两口子吵架，也无可非议。过去，在煤矿的时候刘民和秀萍就吵，到了北京之后还是吵。为此，刘民早就看透了，环境改变不了夫妻的性质，别说到了北京，即使进了中南海，两口子也还是两口子。

让刘民不可思议的是，秀萍的脾气好像越来越脆弱了。动不动就翻脸，屁大个事也发火。而且，发起火来还忘乎所以。他愤怒地看着秀萍，又极其压抑地告诉她，让她小点儿声。他说："你嚷什么嚷？"

秀萍却根本不买他的账，而且声音异常坚定，她说她乐意嚷，怕丢人就别那么做！

刘民一脸麻烦："我咋的了，我怕丢人？人家隔壁的有病你知道吗？"

"我用不着你告诉！"

秀萍的话音未落，墙壁上果然就吭吭地响了几下。俩人同时一顿。

刘民幸灾乐祸般地看着秀萍，他说："你嚷啊？咋不嚷啦？"

秀萍不嚷了。她开始东一把西一把地往包里塞着东西。刘民一看，就知道她的毛病又要犯了。秀萍的毛病是，一吵架就要回家。说起来也怪，秀萍一回到家，见了女儿，见了爹妈，心情便呼啦一下就开朗了，再大的气也会烟消云散了。回到北京之后便浑身是劲，一头扎在生意里，那才积极肯干哪。好像，家是一种什么良药似的。问题是，就算是一种良药罢，但家，也毕竟是太远了。别的不算，一个来回，光路费就得六七百块。再说家里又没什么事儿，老人身体健康，女儿学习努力，而且目标都定了，非考到北京的大学不可。回家也无非是让自己消消气儿——消消气，就得付出千八百块的代价？这也太浪费了！

刘民虎视着秀萍，问她想干啥。秀萍耿耿于怀地说，给刘民让地方，让他把那个胖娘们儿整到家来，省得在外面丢人现眼！刘民脸都青了，他差一点儿拍了桌子。他猛地站起来，指着秀萍，警告她："你回家？我还想回家哪！你走我就走，全扔了，爱他妈的谁要谁要！不信你就试试！"

两个人都很绝情，很愤怒。只是因为声音太小，不匹配，看上去，表情便相当滑稽，个个都像是在诅咒似的，咬牙切齿，非常狰狞。

不管咋说，刘民的话还是奏效的。秀萍没有走。她把收拾好的包赌气一扔，一头扑到了床上，全无声息。

只是，事情却并没有就此结束。不一会儿，秀萍便头抵南墙，身体开始像蛇似的蠕动，刘民以为秀萍肯定是生气生得呢，肚子疼了。这就叫自作自受。

但两口子毕竟是两口子。撑了一会儿，见秀萍还在那里蠕动着，她头抵着南墙，一拱一拱的，恨不得把脑袋钻进墙里去，刘民终于撑不住了。一问，才知道秀萍不是什么肚子疼，而是憋气，心难受。两口子吵架谁不难受？难受说难受的。没想到，秀萍却提出了一个额外的要求，她说她没什么可说的，就是想哭，想大点儿声地哭一会儿……

这扯不扯。

刘民下意识地看了一眼隔壁，觉得秀萍的想法真是幼稚。他说想哭就哭，可是大点儿声哪行？在他看来，这也太奢侈了。

秀萍忍了一会儿，还是不行。她恳求地说，再不让她哭出来，她就得成精神病了。她一边说着，一边呼呼地喘着气，缺氧似的，连呼吸都困难了。

这才把人难住了呢。

刘民说，这可不是他让不让的事。关键是人家老头心脏不好。他问秀萍："出去哭行不行?"

秀萍一动不动。

话一出口，刘民也觉得不妥。城里毕竟是城里，到处是人，虽说哭是人的本能，是天性，是精神需要，也是人的一种权利，但是，一点儿前提没有，一点儿铺垫没有，就那么往马路边上一坐，哇哇地开哭? 这未免太不像话了。别说是哭呀，就是笑也不行呀。回头说一件事。事倒是不大，但说起来，就连刘民自己都感觉到丢人。那时候，他刚来北京不久，还不懂得城里的许多规矩。有一次，他去一个非法的劳务市场雇人，被两个便衣逮了个正着。一到派出所，按惯例人家让他把胳膊抬起来，以便露出两肋。意思是检查一下，摸一摸，看他有没有暗藏着什么枪支呀，或小刀子一类的东西。按理说，这挺正常的。只是刘民有个毛病，他怕痒，还特敏感。结果人家一伸手，没等摸呢，他就想乐。一摸，那就更不像话了。他不但嘿嘿地乐，还激激灵灵地躲闪着。气得那个警察凶着脸瞅他，让他严肃点儿！怎么说呢，那种既害怕又忍不住想笑的滋味，不是亲身经历过的人，是无法想象的。当时刘民的整个面孔都扭曲了，变形了，龇牙咧嘴又瞪眼的样子，仿佛对人家怀有一种仇恨似的。幸亏那个警察的年龄和他差不多，脾气也不错。当时只说了一句："瞧你那操行儿!"便没再说什么。要是遇上一个小年轻的，脾气再暴点，说不定就叭叭地给他两个大耳刮子也未可知……这件事，刘民一直没跟任何人说起过，包括秀萍。

可活人总不能让哭给憋死呀。后来，刘民和秀萍还是出去了。一到马路上，他们就坐进了一辆出租车。司机问刘民去哪儿。刘民告诉他出城，说找个没人的地方就行！司机斜了刘民一眼，又从后视镜里瞟了一下秀萍，暗着脸说了一句："明白。"

车便启动了。

正是晚高峰时间，马路上车来人往，像一锅粥似的搅在一起，你拥我挤，给人一种透不过气来的感觉。骑车的人，不论男女，一律麻木着表情抢路。开车的，即使一个人坐在车里，嘴上也不知道在嘟哝些什么。车内的司机则不停骂着，因为在不许停车的地方卸客，他刚被交警扣了三分，罚款二百，心情非常不好。司机磨磨叽叽，说辛辛苦苦跑了一天，白他妈玩儿了！

其实这就是都市，都市比不了乡下。在这里，人的所有行为几乎都被格式化了，你必须得按着一定的规则行事。说句不好听的，走在大街上，一不小心咳上一口痰来，都得咽下去呢，你还敢在不许停车的地方停车？可真是反了你了！

司机说："别说是乱停车了，您瞅那线儿了吗？一压上，被逮住就是二百！我跟您说吧，什么叫不容易呀，干上这行儿，算是倒血霉了，烦着哪！"

刘民没有吱声。他想干啥不烦？不烦能打着车到城外去哭吗？

一路上，坐在后边的秀萍一言不语。老实说，上车不久，秀萍她就有点儿后悔了。只是出于一种自尊，她才没好意思半途而废。不管车停车走，她都始终闭着眼睛，用手掐着额头，一种痛苦而又听天由命的样子。

出租车像蜗牛一般，终于爬出了城市。天已经完全黑了下来。在一面不高的土丘下，司机把车停住。他告诉刘民，到土丘后面去就成，说那里有片小林子。刘民问他那里有没有人，司机经验性地环视了一下周围，说："您放心，没车，哪有什么人？"

他建议刘民，最好快点儿。

刘民和秀萍往土丘走去的时候，五十多岁的司机突然有一种失重感。他掏出一支烟来，吸着。心想，这对狗男女，也学会城市化了，也想回归自然了，还跑到野外来玩儿刺激呢……现在的人都咋的啦？真他妈不可思议！

刘民和秀萍却没按着司机的指点，到那片"小林子"里去。上了土丘，秀萍就不走了，她一屁股坐在了地上。一动不动地看着眼前的旷野，心情竟渐渐地开阔起来。开始，两个人一直绷着脸，谁都不吱声。坐了一会儿，旁边的刘民竟扑哧一声笑了。

秀萍问他笑啥。

刘民说他笑某些人，不能哭的时候想大点儿声哭一场，能哭的地方又不哭了。弄得那个司机都不拿好眼看他，还以为他带着个女人跑到野外搞流氓来了呢。

秀萍说："你本来就不是个好东西，当着那么多人的面就和人家搂搂抱抱的。"

刘民说他没搂，是那个彭老师抱他来。

"别诡辩！"秀萍说，"你就是搂她来。"

刘民说："你想想，我还不知咋回事呢，她瞅冷子那么一抱，要不是搂了她一下，她非把我扑个后仰不可，她又那么胖……"

秀萍哼了一声："你不是说，女人还是胖点儿好吗？"

刘民瞪着秀萍："我说的是你！"

秀萍终于忍不住地笑了。接着，她长长地叹了一口气。说她心里也明镜似的，知道刘民和那个女的之间也没什么事。可不知咋的，就是不行，想控制都控制不住。她说："刘民我是不是更年期呢？"

刘民说，刚四十多岁，什么更年期。

秀萍自言自语，她说不是更年期这是咋的了呢，说来气忽地就来气，上来一阵子就想痛痛快快地哭一场。她幽幽地说："不是更年期，我这是变态了？"

秀萍如此真诚地检讨自己，让刘民都有点儿感动了。他说："别瞎扯了，变什么态？既然知道有这方面的毛病，就不是变态。"他告诉秀萍，往后扳着点儿就好了。

秀萍没有把握地点点头。

刘民转换了口气，问她现在还想不想哭。

秀萍不好意思地一笑，说："哭啥哭？"

不哭也好，就当是来看看北京城外的夜景吧。

两口子一直坐在土丘上。这时，秀萍已经不知不觉地把头靠在了刘民的肩膀上。一声长叹，舒畅极了。放眼过去，城外的旷野，那么疏朗，那么宁静；如水的天空上，月亮都是蓝色的。真美呀。此情此景，竟让人觉得一下子年轻了不少，特别想做一点儿什么……

只是，坐了一会儿，刘民却突然想起来了，他说："回去吧，王留栓明天要走，他都说了，晚上还得给他饯饯行呢。"

匆匆赶回餐馆，刘民和秀萍却没见到王留栓的影子。据说，下午刘民离开餐馆之后，王留栓就走了，到他老婆那里去了。

刘民问厨师："我不是说晚上一块儿喝点儿酒，明天再叫他走吗？"

厨师说："我们留他了，他不干，非走不可。"

正说着，小杂工也凑了过来，挠着脑袋说：“走就走吧，他还偷东西！”

刘民一怔，问他偷啥了？

“刀！”小杂工说：“他走的时候把菜刀给偷走了。”

刘民说：“他偷那玩意儿干啥？”

秀萍说：“干啥不行？那还是一把新刀呢，才买几天呀，四十多块！”说到这里，秀萍有些生气，“真是差劲，我说他受过什么刺激，你还不信呢！”

刘民觉得不太可能。再受过什么刺激，他也不至于把刀给拿走哇。

小杂工则语气坚定地表示，就是王留栓干的。王留栓没走的时候他还切土豆丝来呢，王留栓走了之后，刀就没了，咋找也找不着了。

小杂工说：“不是他是谁？”

小杂工说得没错。刀的确是被王留栓给偷走了。而且就在那天傍晚，王留栓竟拿着那把菜刀闯进了“美里美”老板的办公室，一顿乱砍，什么桌子，沙发，电视机……见啥砍啥，幸亏那个五十多岁的老板不在，否则，就全玩儿完了。

在派出所里，警察审问王留栓为什么要那么做，动机是什么。王留栓说，我就想杀人！警察问他为什么要杀人，王留栓便哑巴了似的，不管咋问，也不说。死也不说了。

解铃还需系铃人。后来，被拘了三天的王留栓还是让带弟的老板给捞出来的。本来，老板不想去捞王留栓。他还特解恨呢，他说：“让丫去作啊？咋不作啦？跟我玩儿这套，他还嫩着哪！”可没想到的是，带弟却把他给盯上了，非让他去“保人”不行。后来她都急了，竟指着自己的肚子，让老板看着办！没办法，老板这才想出一套“私了”的措辞，又送了点钱，才把王留栓捞了出来。

在离开派出所的时候，王留栓很配合，也很知趣。当警察问他还想不想杀人时，王留栓只说了一句话：“我想回家。”

第二天，王留栓就和带弟坐上了回家的火车。在座位上，两个人一言不语，一副各想心事的样子。对面坐着一个年轻的姑娘，她不时地看一眼王留栓，不知道他有什么喜事呢，还是精神上有什么毛病——有好几次了，他呆着呆着，便扑哧一声乐了。然后，竟害羞似的把目光转向了窗外。

窗外，远山如浪，残阳如血。

离开城市的火车，逃跑似地奔驰在广阔的原野上，一直向西……

荆永鸣
中国作家协会会员
中国煤矿作家协会副主席
中国国电内蒙古平庄煤业（集团）公司

荒原水站

曹建川

一

青藏高原柴达木盆地的冷湖镇曾经很有名声，它是新中国最早的石油重镇之一，有点儿像十几年前的深圳珠海特区，寻梦者把那里当作梦的摇篮，想孵化出一个人生理想的大卵。冷湖却给寻梦者开了个比天还大的玩笑，冷湖很快就冷了，地壳里的东西谁也看不见摸不着，说没了就没了。石油鬼子们开始候鸟一般的大迁徙，一部分更加西去千里，在与新疆接壤的阿尔金山脚下的花土沟油田重新开始战天斗地，一部分后退千里，撤出了祁连山、阿尔金山和昆仑山的怀抱，去了河西走廊的敦煌基地休养生息。

冷湖就成了一片废墟。

废墟的冷湖现在还有三千来人，还有少许石油鬼子在枯旧的油井里挤弄最后几滴石油；还有一应俱全的地方政府机构，挂威武国徽的公检法，挂醒目标志的邮电通讯，插鲜艳红旗的学校；还有满世界开饭馆的四川人，满世界补轮胎的陕西人，满世界收破烂的河南人；还有满世界乱飞的性工作者……其实，废墟的冷湖还是一个王国，虽然一条独街，近视眼也能从东望到西，闭着眼睛也能从南走到北，但色彩不比任何地方单调。

废墟冷湖依然丰富的色彩全靠一个荒原水站滋润着。没有这个水站，那三千多人将会像见了狼群的黄羊一样仓皇逃遁，冷湖的废墟上就真的黄羊不会停留老鹰也不会拉屎了。

二

裴菲菲接到去水站上班的通知确实有些不是时候。

其实，人生就像踩大鼓，有些鼓点不是为某个人专门敲打的，踩得上踩不上全靠自己的运气。裴菲菲就觉得运气发了霉。新婚还不到一个星期呢。这对一个在新婚的被窝里才翻滚了几天的女人来说是有些残忍。假若因此拒绝去水站上班那也绝对是不现实的。现实就是别无选择。石油鬼子似乎从来不会主动选择，他们的血液里有着强烈的奉献精神的烙印。在这高原上流行着这么一句话：献了青春献终身，献了终身献子孙。裴菲菲正好是她父亲献出来的柴达木盆地第二代石油人。

裴菲菲摸了摸新婚时门楞上还鲜艳的对联，脸上就滚过一阵火烧云。对联是几个工友送来贴上的，上联是“新人新井新钻头”，下联是“多打快打早出油”。紧密联系石油特性又隐喻那档子众所周知的人类秘密，一时传遍整个油田。裴菲菲要撕，刚品尝过人生滋味的小丈夫说：“撕个吊啊，撕了多不吉利。”裴菲菲就没有撕，当然，一夜之间“新井新钻头”都成旧家伙了。就一个星期吧，新井新钻头还处于机械磨合阶段，满脸红霞飞舞的裴菲菲就接到去水站上班的通知。

裴菲菲没有吭声，但阳光明媚的脸马上就阴云笼罩。小丈夫说：“去吧，去吧，我也要回井队去了，我们都不会守空房的。”小丈夫在千里之外的花土沟油田上班。裴菲菲说：“你的假期还不到呢，你忙个啥。”小丈夫眨了眨眼睛说：“我还比你早接到通知呢，明天就走。”小丈夫把谎撒得很圆泛，裴菲菲几乎没有怀疑什么，她是那种稀里马大哈的人。裴菲菲赶紧净身沐浴，小两口恩呀爱的一个通宵。天刚一亮，小丈夫就虚晃着瘦腰上了长途班车。

裴菲菲送罢小丈夫回家，收拾收拾准备上水站，对镜贴花黄时吓了一跳，一双乌青乌青的熊猫眼，一回想，是过度了，赶紧往眼窝里加了厚厚的粉膏。风风火火收拾几套衣服，将梳妆台上的大小瓶瓶一股脑儿扫进挎包，脚后跟将门一磕，哐当，下楼。走到楼下才想起咪咪，又赶紧咚咚咚上楼，抱起还在沙发上吹胡子打呼噜的咪咪，说：“差点儿把你忘了，等我从水站回来你不成了肉干才怪呢，我的小心肝儿。”

咪咪是只半岁大的母猫。

裴菲菲搂着咪咪上了水站，一个新家就残存这么一点儿温馨了。

三

裴菲菲和小丈夫把家安在了敦煌基地。这也是别无选择的现实。在敦煌基地有很多这样的空家，男人走了，进了盆地，女人走了，进了盆地，孩子也走了，跟着奶奶姥姥去了内地，家里连猫也得跟着走，房间就拿来盛接沙漠敦煌那铺天盖地又情意绵绵的黄沙。

班车从敦煌到冷湖要四五个小时，要爬很长很长的戈壁大坂，还要翻祁连山、阿尔金山。翻过这两座山，就进入了青藏高原，海拔一下就从一千多米飙升到三千来米。内地人会适应不了，但高原人的心脏和肺已经定型成高原需要了。有的人下敦煌还不适应呢，醉氧，也醉酒，端起酒杯就犯醉，一到了冷湖或者花土沟，大碗大碗的干，一个人能放倒一两只酒瓶子。有上几个人聚会，买酒论箱，一箱两箱就矗在桌子脚下。内地要来了朋友，嘿，不放倒他钻桌子不算喝好。把酒这个喝法，外地人就说，难怪你们都高原智商了。这是骂人，意思是你们傻皮，笨。高原人假装听不懂，咳乎咳乎的照喝不误。有个高原石油作家说得好，这高原幸亏有酒，不然，人就更傻皮了。

这是把深邃问题轻松说。

高原人图个啥呢？以前，“石油工人一声吼，地球也要抖三抖”。铁人王进喜这么一吼，石油鬼子就牛皮灿烂到家了，瞧，这是一伙把地球吼得发抖的人。谁能？没有谁，除了石油鬼子。“嘉陵江边迎朝阳，昆仑山下送晚霞”。歌唱家刘秉义这么一抒情，石油鬼子就恍若一群浪漫的幽灵，你想，昆仑山距离嘉陵江多远啊，他们怎么一天就赶到了呢。谁能？没有谁，除了石油鬼子。但现在很少有人仰望鬼子们了，虽然石油还是很赚钱的家伙，也让很多国家牵肠挂肚，谁叫石油尽长在兔子不拉屎的地方呢，不是沙漠戈壁就是盐碱滩，而且工资待遇也一般。十年前月工资千多元还能哄到一个没有长远眼光的媳妇，现在呢，只够哄一条腿了。就是只能哄住一条腿，也还有人在那里仰望高原蔚蓝色夜空里比碗还大的星星。

裴菲菲在水站就老是在夜里仰望那比碗还大的星星。

裴菲菲颠了四五个小时到了冷湖镇。她所在单位机关就在镇子上。她抱着咪咪闯进机关报了个到。管她的是车间主任。车间主任看她用脚开门的方式心里就明白了八九分。主任在满脸茂密的胡丛里硬挤出一些谦卑的笑容，赶紧倒了一杯水，蠕动着嘴唇想解释些什么，裴菲菲没有给胡子拉茬的主任机会，抱着咪咪就出了门。主任“咿哟”一声，给了自己老脸一巴掌，说：“我有个球的办法啊，你们都恨我吧，恨死我算了。”裴菲菲听见巴掌声也没有回头，就像扔掉敦煌的家一样她不敢回头。回头往往就会犯路线错误。她知道，平时主任跟自己哥们儿姐们儿的，关系还真的不错。

裴菲菲在冷湖跟王花花碰的头，她们俩搭班。一进水站，她们俩得鼻子碰鼻子眼睛对眼睛待上两个月。两个月待完了，被另一组搭班换下去休息一个月再上来。裴菲菲婚前在修保车间上班，结个婚就被调到水站去倒班了，她不知道为什么。她真想找个安慰自己的理由。其实，理由有时候也就是一根虚弱的拐杖。她想，拉倒吧，主任经常教导，啊，改革就是一场革命，啊，革命就是喀嚓。裴菲菲就被喀嚓到了水站。

这个水站她们管叫秀水，一个令人产生幻想的名词。秀水，就是秀丽的水吗？裴菲菲一股脑儿的纳闷。

虽然，冷湖镇距离秀水只有 22 公里，秀水距离冷湖镇也是 22 公里，似乎不是很遥远，但，22 公里全是戈壁，没有树没有草也没有路，盖地铺天的只有鹅卵石，一进秀水，就等于跟冷湖断绝了关系，跟花土沟断绝了关系，跟敦煌也断绝了关系，似乎和整个世界关联也不大。这都习惯了，石油鬼子们没有对鹅卵石有排斥的意思，她们有时候想，自己又比那些鹅卵石强到哪里去了呢?

于是，水站的荒原世界里，就只有两个女石油鬼子，两座巨大的水罐，六口水井，每天向冷湖输送几百立方的水。算起来倒还有一家邻居的，牧羊老汉河南老王、老王的一群羊、和沥青桶子一样黑壮的牧羊犬黑豹。现在还多了一只活物，咪咪。

王花花说：“我们水站八个女人，现在又多了一个姐妹。”

裴菲菲说：“咪咪可还是女孩儿身子呢。”

王花花说：“那就惨了，它没法跟黑豹配对吧。”

王花花说：“去你的吧，我下站就把它带回去，我才不让它在这里守活寡呢，河南老王的黑豹，哼，想都别想。”

其实，咪咪自此再没有出过水站，当然不是河南老王家黑豹的勾引，开初是姐妹们不让咪咪出去，最后是咪咪自己不愿意出去了，抱它到车上就跳下来，若是强行带它出去，它就猫发虎威了，一张温顺的猫脸狰狞得比老虎还凶残。没有人再故意改变它这种荒原属性了，因为，荒原已经彻彻底底改造了它。

咪咪成了荒原水站最忠贞的值守者。

四

裴菲菲自喀嚓到秀水也就再没有被调整过岗位，她开始还奢望能再次喀嚓回基地，后来，她就不想了。想是一种痛苦，欲望是一只魔鬼。不痛苦也就没有魔鬼，不魔鬼也就没有痛苦。裴菲菲的目光开始平静，平静得像退潮之后的沙滩，零乱的只有零星的贝壳，没有一丝杂乱。

裴菲菲开初也低估了秀水。她想，不就是两个月吗，不就六十天吗，咬咬牙过不去，把牙根咬出血总得过去了吧。是的，两个月总会过去的，一个两个月会过去的，两个两个月也会过去的，但，这确实是无休止的两个月，黑夜辗转着白天像咬着的齿轮一样在循环，咔呲，咔呲，咔呲咔呲，裴菲菲感觉自己就这样慢慢地被磨损着，被时日消耗着。过了无数个两个月的循环，裴菲菲就被秀水征服了。

上站时，是车间的破吉普车颠颠簸簸把裴菲菲和王花花送到的，吉普车转过车头就走了，车上拉着下站的另一对女工。下站的女工归心似箭啊，恨不得将自己导弹一般发射回去。裴菲菲对着车背影本能地伸出手，她似乎想拦住什么，胳膊一抡就沉了下来，她什么也没有拦住，破吉普车的尾烟倒呛了她一鼻子二氧化碳。王花花瞟了她一眼，说："裴菲菲啊你别发呆，两个月之后啊你自己也是那番猴急模样。"裴菲菲没有吭声，她心想，还两个月呢，现在就想把自己发射回去了。

王花花以秀水主人的身份向裴菲菲介绍了水站的情况，活儿根本算不上累，比起修保车间一身油污还清爽多了，穿着旗袍都可以上班。你别说，她真还把新婚的水红色旗袍带上站了，那旗袍鲜艳得让人眼花缭乱，大团大团的花儿开得比新婚之夜的心情还灿烂。裴菲菲穿着旗袍在王花花面前晃，还在几米见宽的卧室里走猫步，一扭一扭，一扭又一扭的。

王花花准备做饭，第一顿都是包饺子，这是水站不成文的规定。不，不是规定，是宗教一般的行为。包这一次饺子吃一半留一半，另一半冻在冰箱里，等两个月后下站时吃。第一次饺子叫见面饺子，后一次饺子叫滚蛋饺子。裴菲菲不知道，还在臭美，扭自己刚刚开放不久的胸，扭自己刚刚开发不久的屁股，王花花就一个人进了厨房。王花花想，第一次上站，算半个客人，就不让她动手了。裴菲菲也后脚跟进厨房，依然穿着旗袍。旗袍的衩开得老高，露出白森森的大腿。王花花正剥着一根葱，她感觉像在剥裴菲菲的大腿，就说："菲菲啊，你千万不要让河南老王家的黑豹看见了。"

裴菲菲说："为什么啊，黑豹不是一只狗么?"

王花花说："黑豹可是一只公狗的，你不要胡骚情。"

裴菲菲的脸唰就上了糖色，跟红烧肉上糖的颜色一样。她毕竟才刚刚做了女人，她不比王花花，孩子都七八岁了，嘴里粗的细的荤的素的都敢来。女人一旦成了娘们儿就老了，老了羞就少了，羞少了开口就没有个轻重缓急。裴菲菲脸上挂不住，踮踮踮一股风回了卧室，好半天都没缓过神来。王花花知道自己嘴重了，心想，把饺子端到她面前她总会给个微薄的面子吧。饺子熟了，端了两大盘去卧室，才发现裴菲菲捂着被子还在哭呢，身子在被子下抽搐，一根蠕动的大青虫样。王花花准备掀被子，眼睛一晃就怔住了，脚也跟粘了胶水似的，手一哆嗦，两盘饺子在地上骨碌碌翻滚着身子。

鲜艳的水红色旗袍从开衩处被撕成了两半。

那夜两个女人哭了半宿。

王花花说："菲菲啊，都怪花花这张臭嘴，我一定赔你一身新旗袍啊。"

裴菲菲还在抽泣。

王花花说："花花对不起你了，菲菲，你不原谅花花，花花就抽自己几个耳光吧。"

裴菲菲一下子从被子里弹了出来，也没有顾上赤裸裸的身子。裴菲菲怕花花真给她自己两个耳光。其实，裴菲菲已经不是在为花花的话伤心了，她在伤自己的心呢，新婚才一个星期，就上了这兔子不拉屎的地方。她想在花土沟的小丈夫，想在敦煌基地的空家，想自己为什么就这么倒霉呢。她越想越生气，一爪就把旗袍撕成了两半。

裴菲菲抓着王花花的手说："姐姐，我才不是生你的气呢，我是生自己的气，你看我怎么就这么倒霉蛋呢?"

王花花搂着裴菲菲说："妹妹啊，你不要认为这是倒霉不倒霉的事情，你要想开些，也许，还有比你更不如意的人呢。”

王花花叫裴菲菲妹妹，裴菲菲叫王花花姐姐。秀水很自然让两个女人完成称呼转换。两个女人诉长数短，说了哭，哭了又说，把话题黏糊到深夜。突然，有人敲门，咚咚咚，迟疑了一会儿，又咚咚咚，吓得裴菲菲呀的一声尖叫。她想起读过的一个科幻小说，说某人独自到了月球，夜里突然响起了敲门声。裴菲菲要钻花花的被窝。王花花不让，菲菲偏要钻了。声音好长时间不再响起，菲菲才敢钻出头来。

王花花说：“这地方鬼都不会来，除了河南老王。”

裴菲菲干脆就光着火热火热的身子紧紧搂了花花，她想起第一夜也是这么搂小丈夫的。

裴菲菲突然问：“姐姐你说，这么一个荒原水站怎么取了秀水这么一个艳丽的名字啊。”

王花花说：“妹妹你睡吧，你非要想听的话，姐姐今后再讲给你听，好吗?”

咪咪在枕头边早打起了呼噜。王花花被呼噜得睡不着，心慌慌的，想，一只母猫的呼噜超过自己家那口子酒后的电闪雷鸣了。

五

裴菲菲非常狼狈的在秀水度过了第一夜。

裴菲菲要不说，谁都猜不到。裴菲菲是那种快嘴直嗓子的人，她又忍不住跟王花花说了。

裴菲菲说：“姐姐，你知道我后半夜怎么过来的吗?”

王花花说：“我睡死了，你不是在床上吗?”

裴菲菲说：“要是不在床上就好了，告诉你吧，我是夹着腿过来的。”

王花花说：“夹着什么啊?”

裴菲菲说：“你以为我夹着什么呐，告诉你吧，夹着一泡尿。”

王花花说：“尿有什么好夹的呢，尿了不就行了。”

裴菲菲说：“尿憋了都晓得尿掉，你以为我就傻瓜啊。”

裴菲菲后半夜里醒来是被尿憋醒的。她尖着耳朵听了听，黑夜的荒原里全是翻着跟头鬼哭狼嚎的风，她看了看窗户，黑洞洞的，知道天亮还早，室内没有厕所，也没法像男人一样可以顶啤酒瓶。出去尿吧，她没有那个胆，她自小就胆小。动了动身子，本想以此惊醒王花花，王花花倒好，翻过身子又睡着了。咪咪使劲地呼噜，一点儿也不替主人尿急。裴菲菲就双腿使劲夹，夹啊夹，憋得下半身要爆炸似的。越到后来越受不了，天色也较着劲儿黑暗着，咪咪也较着劲儿呼噜着，王花花也较着劲儿侧着身子。裴菲菲感觉小腹像注满水的塑料袋子，一戳就破。好不容易等到天色有了微光，裴菲菲孕妇一般把自己的身子小心翼翼挪下床，踩气球似的刚踮到门口，就感觉黄河决堤了，哐当一声响，绝对不是哗啦一声响，双腿就仿佛踩进了热带雨林。

王花花说："你看我，都忘记告诉你床下就有个尿盆啊。"

裴菲菲说："哼，你得赔我。"

王花花说："好啊，你说，我赔你什么？"

裴菲菲想了一想，是啊，自己踩进了热带雨林，要别人赔什么呢，自个儿忍不住哈哈大笑起来。

裴菲菲说："哎呀，简直丢死我老娘的人了。"

王花花说："你害怕黑夜？黑夜有什么害怕的呢？这地方想找个鬼都没有呢。"

裴菲菲说："鬼？我才不想要鬼呢？"

王花花说："其实鬼的前身也是人啊。你知道秀水为什么叫秀水吗？"

裴菲菲说："我正准备问你呢。"

王菲菲说："你别问了，我也不想说。我只告诉你一点，秀水不是因为秀丽的水，就像天花不是天空的花朵一样。"

裴菲菲说："让我猜猜，哼，这肯定是因为女人，是吗？"

王花花没有吭声，她调头去看夕阳下的水罐。

要不是王花花告诉裴菲菲关于秀水的来历，菲菲怎么也不可能想象到秀水这个美丽的名字是这么来的。王花花带着裴菲菲把所有的水井都巡视了一遍。六口水井，最远的一口有五公里，近的也有五百米。正常情况下启动三口就够了，另外三口是备用的。每个星期要巡视一遍水井的，是岗位要求。王花花带着裴菲菲巡视了一遍，来回走了好几个小时。那可不是逛大街，高原上每迈动一步，都跟在内地跑个百米一样累。最后她们爬到水罐上。水罐是千方大罐，有十几米高，梯子从罐壁螺旋状绕上去。罐顶是凸的，但弧线不是很大，可以放稳小凳子，坐在上面织毛衣。可以看见身后的阿尔金山和左侧的祁连山，对面就是冷湖黑山，盆景一样的黑山。

还可以看见毛线样粗细的公路，公路上甲壳虫般的汽车。汽车往右走就是去花土沟，往左走就是去敦煌。站在水罐上，感觉风很大，仿佛一双手把人往后推。

裴菲菲说："好像有人推似的，风真大啊，姐姐。"

王花花说："妹妹，那是秀水在推咱们呢，怕咱们摔下去了。"

裴菲菲说："你说的是人吗？"

王花花说："是我们一个姐妹。"

荒原水站以前不叫秀水，就叫水源，水的源头，简单明了，没有那么浪漫主义。后来是因为秀水才叫秀水的。秀水叫李秀水，是一个人的名字。李秀水那年才十八岁，十六岁招的工，父母都是石油鬼子，早早让孩子招工上班战天斗地搞石油，那是老石油鬼子最容光的一件事。李秀水十六岁就招工了，也有十四五岁就招工的，她还不是最小的。李秀水招工就来到水站上班。李秀水是个乖巧的姑娘，可能继承了父母南方的血液，长得就跟花儿似的。花儿似的李秀水让荒原水站充满灵秀。

那是个大冬天，水源跌跌撞撞飘来一个人，浑身煤球似的脏，走近了才分辨得出是个男人。这地方兔子不会来黄羊也不会来，能飘来一个活人简直是奇迹。看那人好几天都没有沾水米的样子，李秀水就动了恻隐之心。李秀水问他从哪里来到哪里去，那人都不吱声。李秀水想，是个活物就得给水喝吧给饭吃吧，既然问不出从哪里来到哪里去也就不问了。于是，李秀水给了他水喝也给了他饭吃。大冷的天啊，冻得刚撒下的尿就成了冰柱子，那人就一件单衣，李秀水又扔给他一件棉工衣，怕他冻死在水站了。

跟李秀水搭班的女工临时有事跟送菜来的破吉普车回冷湖去了，就李秀水一个人。这样的事偶尔也有，对班有事了就一个人值守。李秀水给那人扔了一件棉衣后就紧闭了门窗，门窗还算牢实的，疯牛也不一定顶得开。当第二天对班回来后到处都找不到李秀水的影子，找到时，美丽如同花朵般的李秀水却死在了水罐下。是从水罐上摔下来的，脑袋都开花了，连五官都找不齐全。几天后，公安在阿尔金山里抓住了这个人，是一个越狱逃犯，他说，他强奸了给他饭吃给他衣穿的美丽姑娘。

李秀水是自己从水罐下跳下来的。

于是，水站就改名叫秀水了。没有谁树碑，也不是官方命名，是水站姐妹们自己叫出来的——秀水。

裴菲菲眼睛潮润了，好长时间才问："你害怕吗？"

王花花说："怕？有什么害怕的呢？那可是咱们的姐妹呢。"

六

裴菲菲说："姐姐啊，你说那三更半夜的敲门声，是因为这个吗？"

王花花说："才不呢，我们姐妹从不吓我们的。她那么善良，她是因为善良才死的，她才舍不得吓我们呢。那是老王，河南老王。其实啊，河南老王也是好心，只是敲门不是时候，吓坏你了，要是我头一次上来也会吓跑魂的。"

裴菲菲说："他那么晚来敲门干什么呢？"

王花花迟疑了一下，说："管他呢，谁知道啊。"

裴菲菲感觉王花花吞了一句话，虽然很不经意的，但还是感觉到了。

裴菲菲说："这里草也没有几根，他来这里放个什么羊啊，羊吃鹅卵石么？"

王花花忍不住笑了，说："羊能吃鹅卵石么，你也太天真了不是，告诉你吧，这是秋天，你见不到几根草的，一到夏天，这水站就有草了，草是随着水长的。哪里有水哪里就会有草。再说了，水站后面的阿尔金山，雪线下的草场可茂盛了。"

裴菲菲说："哦，我明白了，看来是河南老王嫌我们孤独，专门来做伴的，是吧？"

王花花没有吭声。王花花带裴菲菲去看河南老王。

河南老王是从阿尔金山游牧到水站的。因为有这脉水源，戈壁滩里就滋生了一片稀稀拉拉的牧场，牧草年年发年年黄，年年黄了又年年发，河南老王就不再游牧了，鹅卵石把羊圈一垒就扎下根来。如今有一百多只羊，牧草不是很好，长得跟河南老王似的不见神采，连毛也不洁白，沙窝子里翻过滚似的，脏不兮兮。

河南老王是水站唯一的固定居民，他来了，水站就不很孤单了。他宰了羊动不动还给水站拎一只腿来，或者炖了羊肉也送过去一碗汤，很民间风情。女工们也就把他当作了邻居，闲闷慌了就跑到羊圈去，听河南老王唱花儿，听河南老王诉说他美丽如同大玉米棒子的老婆如何不辞而别，听河南老王说他帅得跟周润发一样的儿子如何被阿尔金山的金客用微冲打成蜂窝的，还有他一个十六岁的丫头也被拉石棉的大卡车司机带出了高原自此音讯全无。百听不厌。听了，就起伏一阵胸脯掬几把泪水，也算打发时日。王花花一次听动情了，就说，老王啊，我给你生个儿子吧，你别伤心了。王花花后来坚决否认自己口出过如此狂言秽语。但，河南老王就开始给王花花送羊肉汤了。羊圈距离水站不到一千米，很近的。牧羊犬黑豹非常勇猛，站着半人高，坐下比半人还高，黑漆漆的，眼珠子都找不到，不叫都吓人，叫起来更是吓死个人。有黑豹一声吼，水站就更加安全了。黑豹是水站的忠贞保镖。

王花花说："老王，老王，你深更半夜敲个鬼门啊，你不知道菲菲妹妹是刚来的吗?"

老王正蹲在羊圈的土坷垃墙上晒太阳，身子蹴在羊皮袍子里，像一只闷盹儿的老雕。他听到王花花的喊声，脖子立马将头弹了出来。他的脸跟他身上的老羊皮袍子一个颜色，油光闪亮，脏不兮兮。

老王只是傻傻一笑。

王花花说："你就知道傻傻的笑，你以为你傻傻的笑多迷人是吧。"

老王还是傻傻一笑。

王花花说："你这副傻笑我都没治了，我不计较你了，你今后有事早点儿去啊。"

老王这才说："我熬了一锅羊肉汤呢。"

王花花有严重的关节炎，手，脚，膝盖都红肿了，只要一犯病，大六月天都得穿棉裤，什么都做不了，连上厕所提裤子都困难。老王动不动给她熬羊肉汤是出自一种什么情谊别人不会知道，但羊肉汤是热性的，没法治疗关节炎但可以缓解疼痛。老王是大晚上送羊肉汤的。王花花明白过来，眼泪闪了两闪，刹住，又倒回去了。

一转眼，老王就不见了。一群羊就在羊圈附近溜达。羊的嘴就是专门为草生长的，没有草，羊嘴就在沙窝子里拱，拱呀拱，什么也拱不着，就拱一嘴沙。有一只羊还真在啃一个鹅卵石，啃得咔呲咔呲响。牧羊犬黑豹以为羊在啃骨头呢，气势汹汹追过去，收缴过美味，咔呲一口下去，差点儿没嘣掉它的牙，嗷的一声怒吼，就去收拾那只羊，吓得那只羊粪蛋子都撒出来了。逗得裴菲菲和王花花哈哈大笑。

老王再猫出来时，龇牙咧嘴地笑着，手里端着两只黑不溜秋的陶瓷大碗，碗里蒸腾着滚滚热气。

王花花接过羊肉汤，两颗泪珠也随之滚落进汤碗。

裴菲菲说："老王啊，听说你'花儿'唱得好，你给我们唱一段行不行啊。"

老王还不好意思。王花花说："你就唱一段吧，老王，菲菲又不是外人呢。"

老王这才清理了一下牵丝带缕的喉咙，老嗓子一直，一股烟熏火燎的味儿就奔涌出来：

长江黄河是长辫子，青海湖是照人的镜子
我两人说下的一辈子，三两天你就变了个样子
不见的尕妹可见了，心上的疙瘩儿散了
眼看着阿哥们走远了，破皮鞋提上着撵了

七

以前水站几乎跟外界绝了缘，没有电话，没有电视，也不通手机，与外界沟通的方式就全靠展开想象，或者是夜里做梦。现在水站配了电视、手机。手机是133的，单位破例给一百块钱话费。刚通手机，她们就拿着手机拼命打，跟老爹老娘，跟儿子闺女，跟丈夫，以为还是在自家客厅聊天呢，通一次话不把手机打发烫不丢手，一个月下来，七八百块话费，一个月工资只剩下一点点生活费了。

寂寞空旷的日子里，王花花就想孩子，一想孩子就哭，哭得鼻涕跟眼泪都搅不开。裴菲菲还是搂着王花花睡，习惯了，这可跟现代人已经把亲密同性当时尚无关。王花花就给裴菲菲讲儿子，越讲越爱怜，越爱怜就越伤心，越伤心还越讲，简直没治。裴菲菲也是女人了，虽然对孩子的体验还八字没一撇，但她还是感受得到，母性的磁场是相通的。

王花花说："孩子可怜啊，自小就到处寄宿，今年寄宿到朋友家，明年寄宿到亲戚家，跟没娘儿一样。每次走啊，都好比拿刀子把心给剜了，孩子抱着腿啊，死死的不放，就喊，妈妈啊妈妈，你别扔下我，我不到别人家里去，我要跟妈妈去……"

裴菲菲说："那就把他带上来啊。"

王花花说："怎么可能呢，我们在这里都待傻了，孩子要在这里待大，回去人话都不会说了。"

裴菲菲说："那我们自小也是在高原上长大的啊。"

王花花说："菲菲啊菲菲，要是独独一只羊在这里待几个春夏秋冬的话，出去连叫都不会叫了。"

裴菲菲说："也是。现在大一些了好了吧？"

王花花说："大一些是好了，也不哭也不叫了，却一个字都不多说了，眼神冷冷的，藏着三九寒冬一样，吓死个人啊。孩子在学校也不合群，谁也不理，独狼。成绩就不要指望，只要神经别出个三长两短就烧高香了。"

裴菲菲直听得满身鸡皮疙瘩。

王花花说："这次走啊，早班车早，天才蒙蒙亮，我就叫儿子起床，热了牛奶，煎了鸡蛋，叫他吃，他不吃，背着书包就出了门……我喊啊喊，追到楼道，他都没有回一下头，都没有叫我一声妈妈。我就趴在楼道的窗户上往下面看，我看他开初还走得快，后来就一步三回头，仰着脖子看家里的灯……我真想冲出去啊，也不要这份工作了，但我又不敢啊，他爸在井队上那么辛苦，一个月也才千把块工资，咋个养得活一家三口呢……"

裴菲菲也赔着眼泪，不停地给王花花撕扯卫生纸，一卷纸都撕完了。

王花花说："妹妹啊，不是姐姐残忍，你要是调不出水站就不要要孩子，大人孩子都受罪啊。"

裴菲菲说："我要要孩子啊，就要个闺女，叫老娘带到内地去，带大了才带到身边来。"

王花花说："孩子自己不带啊就缺少感情了。不过，也好，好歹有人带，比我强。"

裴菲菲说："你老娘呢，咋个不让她帮忙带一带啊。"

王花花说："哎，下辈子才见得上老爹老娘了。"

裴菲菲一听，赶紧住了嘴。

裴菲菲说："你丈夫呢，也在花土沟上班？"

王花花说："钻工，跟你家的一样。你现在还没有感觉，他们活儿一紧张的话，一年到头都没有个休息，春天上井时敦煌树叶儿还没有发芽，冬天回去时，树叶儿早掉光了。好多人不休假回内地啊，几年都没有见过绿树叶呢。我们结婚快十年了吧，睡在一起的日子还不到十个月。"

裴菲菲吓得龇开了牙根子。

裴菲菲说："干脆出家算了，这不是守活寡吗？"

王花花说："守活寡也在守个东西啊，出家就什么都没有了不是？"

裴菲菲心里像放了几双猫爪爪了，她感觉到难受，甚至恐惧，像有无边无尽的黑暗正向自己笼罩而来，连气都喘不流畅。随即就掏手机，往小丈夫手机上拨电话。电话通了，就是没人接。再打，还是没人接。

裴菲菲说："电话通了，不接，在花土沟去找小姐去了么？"

王花花忍不住笑，说："你就那么不相信他啊，按时间，你们蜜月还没有完呢，他肯定上井了，井台上是不允许带手机的。"

裴菲菲这才舒展脸上的愁容，说："我们不想男人了，我们听歌好不好？"

王花花说："那就放刘欢的吧，他的歌有磁力。"

裴菲菲说："我才不听刘欢呢，我就喜欢刀郎，你听'2002年的第一场雪，比以往年来得更晚一些，停靠在八楼的二路汽车，带走了最后一片飘落的黄叶'，感觉多棒啊，是不是？"

王花花说："好好好，听刀郎，就刀郎，行了么。"

王花花很能容忍裴菲菲，她把菲菲当妹子看，当姐姐就得迁就妹妹。

好歹熬完了一个月，相当于孕妇难产，特别是越到后来的日子，心里就像放了十只猴爪子了。两个人该说的话都说完了，该表的情也都表完了，裴菲菲和王花花就像两个陌路人，连看对方一眼的心情都没有了。裴菲菲是第一次上站，如此表现是可以原谅的，王花花都是老同志了，却也经受不起时间的考验，猴急程度一点不比裴菲菲差。两个女人一个世界，说起流氓话一点儿不比男人逊色。

裴菲菲说："你们都老夫老妻了，也猴急得不行吗？"

王花花说："老嫩都一样的，你以为有多大差别啊。"

裴菲菲说："你回去了老公没有回去咋个办啊？"

王花花说："他不回去才好呢，早有人等我回去了，都等不及了呢。"

裴菲菲说："哟，看不出来，你还有备用的啊，真看不出来，啧啧。"

王花花说："都备用好几年了，老公回不回去都无所谓了，真的，你以为我骗你啊。"

裴菲菲说："啧啧，还好几年了，你害臊不。"

王花花说："我为什么害臊啊，备用了就备用了，有什么害臊的呢。"

裴菲菲说：“只要脸上不刻字，现在真是分不清淑女婊子了，道德沦丧啊。”

王花花说：“什么沦丧不沦丧，我不沦丧还能劈腿生下他吗。”

裴菲菲陡然明白过来被姐姐耍了，连忙去掐她，碰到王花花关节上了，痛得她直龇牙。裴菲菲赶紧住手，轻轻地搂着王花花。裴菲菲不搂着王花花已经睡不着觉了。

王花花说：“你还问我呢，要是你回去了你的小丈夫回不去怎么办啊。”

裴菲菲说：“我就上花土沟油田，上井队找他去，我才不管呢。”

王花花说：“就是的，去找他，怕什么呢，自家的‘钻头’拥有知识产权不是吗?”

裴菲菲说：“姐姐，你都别笑话我了好不好啊。”

王花花说：“笑话归笑话啊，我们水站女人就是命苦，盼个男人就像盼坐航天飞机一样。”

裴菲菲说：“姐姐，实话告诉你吧，我都忘了做那事是什么味道了，好像从来没有过男人似的，我是不是出毛病了?”

王花花说：“睡吧，妹妹，我早都忘了男人是什么味道了。”

夜里，裴菲菲做了一个梦，梦见了从井队归来的小丈夫，两个月不见头发咋那么长呢，体味好像也变了，没有石油的味道倒有一股香水味。裴菲菲管不了那么多，身上的每一个毛孔都是饥饿的嘴，十根手指成了十根贪婪的舌头，死死搂住小丈夫就是一阵缠绵，缠绵啊缠绵。但裴菲菲就是感觉小丈夫爱配合不配合的，哼，十有八九在花土沟找小姐了，要不怎么不上心呢。找小姐也得考虑交“公粮”啊，把粮仓都捣腾空了么?裴菲菲想，你不会把“钻头”也搞丢了吧。伸手下去摸，小丈夫双腿还一下夹紧了。裴菲菲生气了，身子一偏就骑上去了……

裴菲菲三天都不敢正眼瞧王花花。

八

其实，这一场梦让裴菲菲差点儿就改变了人生。

王花花也不问起什么，装作什么都没有发生。王花花搬一把小凳子上了水罐顶，手里织着毛衣。王花花现在织毛衣纯粹成了惯性，像烟鬼两个指头不夹个东西就难受，毛衣是织了拆拆了又织，家里丈夫和孩子的毛衣一辈子都穿不完了。王花花还创造过最高纪录，一个月织了五件毛衣。当然是关节炎不犯的时候。

裴菲菲抱着咪咪也上了水罐，在下面感觉没有风，罐顶上风就大了，头发都飞扬起来，衣服下摆也飞扬起来，真感觉有一双手在推人。裴菲菲这一茬石油子女都不喜欢传统技艺了，什么成天胳膊上挽一个毛线团，多俗啊，要有多俗就有多俗。王花花要教裴菲菲这项打发寂寞的手艺，裴菲菲还是坚持了。王花花眼睛望着对面冷湖的黑山，裴菲菲也望着对面冷湖的黑山。两个人像发呆的两只鸟，脖子都不知道扭动一下。

裴菲菲问："为什么水站不派男人来值守呢?"

王花花说："哪种形式都搞过，你以为没有啊。派男人值守，不行，男人守不住寂寞，在这里老打架，水井还老出故障，连故障的原因都找不到，莫名其妙。"

裴菲菲说："那就派夫妻上来嘛，阴阳协调。"

王花花说："夫妻方式也试验过，还是不行，好端端的夫妻在这里就老闹矛盾，上来一对回去就散一双，邪乎不？只有派清一色的女人上来。清一色的女人上来，这水站啊就乖乖的，从没有出过故障。"

裴菲菲说："真是这么玄乎?"

王花花说："只有女人才能守住水啊。你读过《红楼梦》吧，贾宝玉说了的，女人都是水做的。女人才能养住水。"

裴菲菲说："看来在这戈壁滩上的水还真神呢?"

她们虽然说着话，但眼睛一直没有离开过对面的公路。"

王花花说："你看见公路了吗?"

裴菲菲说："看见了啊，跟毛线一样细。"

王花花说："往左就是回敦煌了。"

裴菲菲说："往右就是去花土沟了。"

王花花看了看裴菲菲没有说话，她知道她的小丈夫在花土沟。"

裴菲菲看了看王花花也没有说话，她知道她孩子在敦煌。"

过了一个小时，裴菲菲说：公路上总共过了 34 辆汽车呢，姐姐。"

王花花说："妹妹呢，就是 34 辆。"

裴菲菲说："18 辆上花土沟，17 辆回敦煌。"

王花花说："18 辆回敦煌，17 辆上花土沟。"

裴菲菲说："你数错了，你绝对数错了。"

王花花说："我绝对没错，是你数错了。"

裴菲菲气得脖子都粗了，她认为姐姐故意在急自己。王花花也非常生气，你为什么就认为自己就是对的，别人就是错的呢。在这一点上她们互不相让，固执得非常不一般。裴菲菲提出要咪咪当裁判，王花花也同意这个办法。

裴菲菲说："咪咪啊咪咪，你要公正啊，你认为妹妹是对的就朝我叫两声'喵'。"

王花花说："你要公正啊，咪咪啊咪咪，你认为姐姐是对的就朝我叫两声'喵'。"

咪咪想了想，走到裴菲菲面前叫了两声"喵"，又跳到王花花腿上叫了两声"喵"，转身就下了水罐，跟河南老王家的黑豹玩去了。

两个女人呆愣了半天之后才笑出声来，一直笑得眼泪都出来了。

裴菲菲说："姐姐，你说咪咪多通人性啊，它是谁也不得罪。"

王花花说："看来在这里待久了啊，动物都比我们人要聪明。"

过了好半天，裴菲菲还是忍不住向王花花摊了牌。裴菲菲讲述时，头一直低着，像犯了错误的孩子。就是那晚一场"春梦"之后，王花花暴怒了。人一旦暴怒，脑神经就会"短路"。裴菲菲想，这样的生活还是人过的吗，与其在沉默中灭亡，还不如在沉默中爆发。吃过晚饭后，天就渐渐黑了，裴菲菲给王花花说去方便。王花花见裴菲菲神态有些异样，异样的东西是逃不过人眼的，王花花还开玩笑说，天黑了，早点儿回啊，别被老王家的黑豹拐跑了啊。裴菲菲一方便就是两个小时。裴菲菲在双腿上发狠，拼命地往外走，心想只要走到公路上，拦一辆车就回敦煌，死也不来水站了，就是被单位开除也行，大不了就上井队给小丈夫做饭去。心一横，脚下就更有劲，她感觉脚下都霍霍生风了，像踩了风火轮。走啊走，走啊走。走了好长时间了，停下一看前方，黑咕隆咚，什么也看不见。裴菲菲一出水站就发过誓，坚决不回头，就跟离开敦煌的新家和车间主任的办公室一样，坚决不能回头，一回头就会犯路线错误。咬咬牙，一低头，再拼命往前走。她明白，只要往前走就会有希望。跌跌撞撞又走了好长时间，突然听到狗叫声，那狗叫声还非常熟悉，猛一抬头，裴菲菲就妈啊一声长叹。她看见是黑豹和近在咫尺的水站的灯光。

裴菲菲瘫软在水罐下长长地痛哭了一场，心想，简直遇到鬼了，也许这就是命吧，只有认了，连这戈壁滩都不放过自己。

王花花说：“菲菲啊菲菲，你啊你。”

裴菲菲说：“姐姐啊，你说我走了半天怎么又绕回来了呢？”

王花花说：“妹妹啊，人呐，哪个又能够走出自己命运多远呢。你也别笑话我老是命啊命的，这荒原啊，我们父母没有走出去，我们也走不出去。”

裴菲菲说：“看你说话这口气，你知道我逃跑过？”

王花花说：“妹妹啊，我们朝夕相处的，你就是哪根头发丝乱了，我都清楚。”

裴菲菲哎了一声，说：“也是啊。好在还有三天我们就该下去了，你说，我是回敦煌还是去花土沟啊？”

王花花说：“你当然应该去找小丈夫呐，要不他也老想你，钻井都没有力气，还怎么打出油啊。”

裴菲菲又被王花花说得满脸飞了红霞，心儿像刚刚练习飞翔的小鸟，一扑腾一扑腾地乱摇摆。

裴菲菲和王花花吃过滚蛋饺子，就被那辆破吉普车屁颠儿屁颠儿地接出了水站。裴菲菲对王花花说，我再不想见到你了，哼。王花花也说，哼，谁稀罕见到你似的。两个女人以这种方式在冷湖镇告了别，王花花搭车回了敦煌，裴菲菲拦了一辆大吊车去了花土沟。

九

轮休时间对于她们来说短得像打了一个呼哨。

两个女人再次碰头吃见面饺子时，两双眼睛都沉默了，谁也不说话，剥葱的剥葱，揉面的揉面，饺子吃一半留一半，第一顿叫见面饺子，后一顿叫滚蛋饺子。才吃几个，都没有了胃口。这样的饺子已经是一种仪式。王花花又开始诉说她的孩子，眼泪扑簌簌往下流。裴菲菲说，你烦不烦啊，祥林嫂似的，早知道你就别要孩子啊。王花花呆呆地看着裴菲菲，看外星人一样，看了好半天，被子一拉捂住了头，自个儿抽泣。裴菲菲再想钻王花花的被窝已经不可能了，钻了几次都被王花花给拱了出来。

裴菲菲这时才一把鼻涕一把泪号啕起来。

裴菲菲拦的大吊车磨磨蹭蹭跑到花土沟已经深夜了，花土沟那密密麻麻的歌厅洗头房的灯光不怀好意地煽情地闪烁着，裴菲菲一下就失去了方寸。她想拦辆车追到丈夫的井上去，出租车司机都把她当小姐，说这么晚还到井上搞慰问啊，气得她在花土沟一家小招待所猫了一夜。第二天干脆在美容厅洗了一把脸，做了一个发型，又在市场上买了水果、烟，还有罐头，才美滋滋奔上井场。小丈夫还在井台上战天斗地呢，被工友叫下来，一身黑糊糊的原油，眉毛眼睛都分不清了。小丈夫愣了愣，还是敞开黑糊糊粘满原油的胸膛象征性拥抱了一下妻子。裴菲菲本想还会得到一个久别的温存的吻，她不会嫌弃丈夫那同样黑糊糊粘满原油的嘴唇。谁知小丈夫也没有给她这一点面子，说，你快点儿回去吧，马上就回！裴菲菲一听就懵了。小丈夫说，井场上不准女人来的，是规矩，不然打井不吉利。裴菲菲眼泪汪汪地说，我都想你了，想做爱，你知道吗，想做爱！小丈夫赶紧去捂她的嘴，裴菲菲恩啊恩啊的还要死犟。小丈夫又怕工友们听到了笑话，气得大头皮鞋把沙砾踩得乱飞。裴菲菲没有想到热脸贴了个冷屁股，气得把马上就要涌出来的眼泪又倒了回去，转身就下了花土沟，打辆出租就回了敦煌。回到敦煌，伤心的眼泪才流了出来。心想，这是什么个事儿啊，这叫夫妻相见吗。干脆关了半个月手机，恶狠狠地想，急死你，让你能，叫你道歉都没有机会。

裴菲菲半个月后想通了气消了才打开手机，打开手机就接到小丈夫的电话。小丈夫一直道了三天的歉裴菲菲才原谅了他。后来裴菲菲也想通了，自己确实有些莽撞，要是家家媳妇都去井场不就乱套了吗。裴菲菲就把自己封闭在敦煌空家里，吃方便面，吃零食，租又臭又长的电视连续剧看，一套几十集看完了才睡觉，一睡就是几个日升又日落，最后出门一看太阳头就晕，走路发飘，踩在云朵上一样。再后来就进酒吧，喝啤酒，整宿整宿地泡吧，喝得头重脚轻踩着云团才回家。有次一个小白脸勾引她，那人很有经验，几句话就把她套牢了，她差点儿就跟那个小白脸去一夜情。紧要关头她给了那个小白脸一巴掌，就逃回了家，后来一想起心都麻酥酥地发抖，自己怎么一下子就堕落到悬崖边边上了呢?

裴菲菲终于明白了，日子，这样的日子才刚刚开始。

王花花听了裴菲菲的诉说，心也软了，就说：“妹妹啊，你上来睡吧。”

裴菲菲说：“姐姐，你说，你说你的孩子吧，我听，真的，我听。”

王花花叹了一口气，说：“我不说了，我都快成祥林嫂了。”

裴菲菲帮王花花揉着肩，说：“姐姐，你就别生我的气了，怪菲菲不会说话，你千万别见怪我啊。”

夜里，咪咪的嚎叫声惊醒了裴菲菲和王花花。她们听到两只猫的叫声。显然，咪咪遭到了性攻击。咪咪在拼命抗议，声音和身体的，抗议得十分强烈。裴菲菲不知道怎么回事，提了拖把要出去帮忙。王花花阻止了她，说，它们有它们的秩序，你不要乱帮忙，不然就是人类的不道德了。裴菲菲说，它受欺负了，它还是个孩子呢。显然对方没有得手，咪咪嚎叫着撤回了房子。咪咪受伤害了，一只耳朵都被咬破了，鲜血滴滴答答。裴菲菲一见就怒火万丈，操一个酱油瓶子就冲了出去，随着一声怒吼，酱油瓶子在黑色的夜空里砰然破碎，惊得老王家的黑豹也摇旗呐喊开来。裴菲菲还不解恨，指着黑豹一阵臭骂，你个死黑豹，你个贱黑豹，刚才咪咪受欺负你不来帮忙，现在你才来凑热闹，滚你的吧，假惺惺。骂着骂着，竟然伤伤心心地哭开了。

那是一只野猫，块头赶上半个黑豹，裴菲菲和王花花后来都见过，它的一只腿瘸了，残疾着腿远远窥视着咪咪，目光凄凄的，却再不敢轻举妄动了。

一天下午，裴菲菲接到小丈夫的电话。小丈夫说井队搬家去南八仙油田，要路过冷湖，可能要在冷湖驻扎一晚上。裴菲菲一接到电话，高兴得又蹦又跳，说要到冷湖镇去跟丈夫见面。王花花赶紧叫她收拾收拾，说这样的鹊桥会很难得。临到走时王花花倒是犯了难，没有车怎么出得去呢。除了一个礼拜来一次送菜的车，平时车轱辘就是犯醉也不会到水站来。裴菲菲想也没想，换了一双旅游鞋就开拔了。她算了算，就是走上两三个小时也要走到镇子上去。

二十二公里不算远，但裴菲菲还是小看了这段距离，开初她走得风风火火，鞋底下好像安了盘弹簧，就跟逃跑那天晚上一样有气力，恨不得几下子就把自己导弹一样发射到公路上去。越到后来就感觉鞋底弹簧没有了，还像缀了沙袋，每迈出一步都费劲。沙滩上的鹅卵石现在也显示出个性，尖着小脑袋尽使坏，坏劲儿钻透旅游鞋底，咯得裴菲菲脚掌都起了血泡。裴菲菲是龇牙咧嘴走完这二十二公里的。走到镇上，花了四个半小时。

小丈夫的车队还没有到，裴菲菲赶紧到石油宾馆预订了一间房。车队九点钟才到冷湖，一大溜儿明晃晃的车灯光，几十辆重型搬迁车，轰隆隆碾压过来，震得冷湖整个镇子好像都在颤抖。裴菲菲赶紧冲到大街上去张望，黑糊糊的汽车尾烟呛得她肺都快炸了。她什么也看不见，但她还是站在路边张望，她希望小丈夫能看见她。等到车队都轰隆隆地过完了，也没有见到该见的人，她的心脏都快破碎了，眼泪一涌就喷了出来。

裴菲菲感觉腿都软得挪不动了，像要熔化掉似的。小丈夫却在后面拍了拍她的肩，说："你在张望谁呢。"裴菲菲搂住小丈夫就是一阵温柔的乱拳，说："我恨死你了，我恨死你了。"

裴菲菲找了一家四川饭馆给丈夫接风，点了红烧肉鸡啊鱼的，一口气叫了七八个菜。服务员说："你们就两个人吗?"裴菲菲说："你管那么多，我愿意。"小丈夫温情地看着妻子，满桌子菜一动没动。

裴菲菲说："傻瓜，你吃啊!"

小丈夫还是一动不动，呆呆地看着妻子。

裴菲菲说："你别看我了，眼神儿跟流氓似的。"

小丈夫说："我现在就想流氓你。"

裴菲菲说："你看你黑的，胡子拉碴，我跟你坐在一起都不自然，好像我在搞黄昏恋似的，跟一个老头在磨叽。"

小丈夫说："后悔了不是，还来得及，我给你开绿灯。"

裴菲菲一听，眼泪哗啦就奔泻出来了，说："你个没良心的家伙，我恨死你了。"

小丈夫往桌子上扔下两百块钱，拽起裴菲菲就往石油宾馆走。

到了夜里十一点，小丈夫接到电话，是队长打来的，说有一辆车在后面抛了锚，叫他去救急。裴菲菲一阵怒吼，说："别人就不能去吗，非要你去。"小丈夫边穿衣服边说："这是救急，没有条件可讲的，你等我，两个小时，最多两个小时就回来。"裴菲菲也无可奈何，就等，等啊等，等啊等，等得在床上睡了几觉，感觉不对劲，拉开窗帘一看，天都快亮了，赶紧给小丈夫拨手机，不在服务区。裴菲菲连忙冲到宾馆外面去看，一条独街的冷湖空空荡荡，只有满地的车印子……

两天后，小丈夫从南八仙油田打来电话，说当夜把队友救急出来就赶上车队出发了。裴菲菲一听，啪叽就扣了电话，又把手机关了半个月。

十

戈壁滩上的春夏秋冬没有很明显的界限，好像一年就两个季节，夏天和冬天，热就火热，冷就酷寒。水站被裹着寒冷衣衫的时候，冬天就悄悄来了。冷气团翻滚的戈壁里，荒原水站更加荒凉，除了风走沙飞，连老王家的黑豹都躲进羊圈不出来了。

裴菲菲的目光也已经平静了，好比瓜果成熟，一个季节就足够。裴菲菲也已经成熟了，她成了荒原创造出的果实。裴菲菲穿着火红的工衣，扛着大管钳，走在巡井的路上，像一束跳动的火焰。寒冷的风撂起她的长发，细碎的发丝随风飘扬。其实，戈壁滩上是没有路的，路不会长在地上，路只会长在人的脚掌之下。井与井之间也没有路，但只要走过去，两井之间就有一条路。每口井她都要巡视到，这是她的职责。裴菲菲感觉像走在家园的某条小路之上。她还哼起刀郎的歌：“2002 年的第一场雪，比以往年来得更晚一些，停靠在八楼的二路汽车，带走了最后一片飘落的黄叶。”

她没有让王花花一块儿去巡井。王花花的风湿病犯得非常厉害，一到这寒冷的季节，手脚基本就动不了，关节肿得亮晃晃的，连上厕所提裤子都困难。裴菲菲不让王花花动，让她躺在床上，喂水喂饭，晚上给她揉关节。王花花感动得泪水婆娑，一汪一汪的，怎么也擦不净。

裴菲菲说：“姐姐，你这样子，没法再在这戈壁沙滩待了，我帮你给领导反映去，你调回基地吧。”

王花花说：“上次领导来也看见了。我开不了口啊。谁没有个困难啊。”

裴菲菲抹了一把泪珠，说：“你都快成个废人了，谁再有困难也得给你让路，你要拉不下脸啊，我帮你去说。”

王花花说：“算了，今后再说吧，我这关节更加疼了，可能要变天下雪了。”

这一场雪确实来晚了。但这迟到的雪却沸沸扬扬的覆盖了荒原水站半个月。漫天遍野都成了一个颜色，戈壁滩不见了，冷湖黑山不见了，祁连山、阿尔金山也不见了，它们都被雪吞吃了。就在雪停的当天，车间主任开着皮卡车上了水站。雪真大，皮卡车是在雪窝子里拱出来的，车帮上都是雪和泥浆，像一头在雪地里刚刚调皮出来的小猪。

车间主任的到来，给水站带来了一个劈天的噩耗。

裴菲菲惊呆了，好半天才缓过神来，疯子一般揪住车间主任的衣袖，说：你为什么不早给我说，你为什么不早给我说啊，主任。

裴菲菲被突然喀嚓到水站上班是因为一个叫鱼儿的姐妹，鱼儿要到上海去治病，她的岗位不能空着，新婚的裴菲菲就被喀嚓来到了水站。

鱼儿真名不叫鱼儿，这是她的外号，她是一个快乐得像鱼儿的女孩。鱼儿得的癌症，血液里的病。发现都已经晚期了，到上海治疗也没有让鱼儿欢乐在人间。鱼儿的父母是上海拓梦柴达木的那一帮热血青年，父母退休了才回到了上海。鱼儿临走时留下唯一的遗愿就是把骨灰埋在水站。她说她在这片土地来到人世的，在水站工作了四五年，她要回到这片土地，繁华的上海已经不是她的家了……

油田破例给鱼儿这么一个普通职工举行了隆重的葬礼，几十辆车上百人不远千里从敦煌来到水站。漫天的雪原里，车队走得格外艰难。油田最高领导都来了，老局长哭花了花白的头发，短短一页悼词念了一个小时。水站被泪水湿透了。冷湖黑山和阿尔金山也被泪水打湿了。有人建议给鱼儿立一块碑，老局长说，不要立了，柴达木本身就是丰碑！

这是裴菲菲第一次见到鱼儿，确实是一个灿烂如花朵的女孩，但却是彩色的遗像。好多天，裴菲菲就坐在鱼儿坟冢的旁边，痴痴地眺望着荒原……

就在这场漫天大雪还没有完全融化的时候，王花花就接到调回基地消息。

裴菲菲连忙进了厨房。剥葱。揉面。剁馅。她要专门为王花花包一顿饺子。

滚烫的饺子端上桌时，王花花哭了。

裴菲菲笑着说：快吃吧，这是滚蛋饺子，你吃了马上就滚蛋，在这里我再不想见到你了。

曹建川
中国作家协会会员
青海油田

迷 失

周绍义

我是后来才听说那件事情的。对于这个城市、对于居住在这个城市中的其他人来说，那肯定是一件微不足道的事情，可对于我们家，事情就是严重的。为了这件事，我妈和我爸大吵了一架，我妈甚至扬言要和我爸离婚，要不她就出家当尼姑。我知道，我妈说的是气话，他们两口子多少年来还算得上和睦，没有太大的矛盾，至于爱情，在我们看来，我父母的那一代人都不懂，所以也就没有，但这并不妨碍他们在一起生活一辈子，互相照顾，互相帮助，走到人生的终点。既然如此，我妈的态度如此激烈，这让我很不理解。

我妈抹着眼泪对我说，你爸都一大把年纪了，还干那样的事情，真是丢人哪。

父亲坐在一把凳子上与我妈对峙。父亲似乎并不生气，甚至还带有一点点孩子似的顽皮。父亲说，跟你说了多少遍了，你不相信我也没有办法，你也不想想，我都这么大岁数了，还能干那样的事情？

我妈说，我知道，你就是人老心不老！

父亲终于有些急了，他说你现在怎么这样？要是我不告诉你，你知道什么？告诉你了，你反倒闹个没完！

我妈说，你不告诉我我就不知道了？要想人不知，除非己莫为！

父亲说，这几年，你好像变了，老是找我的毛病。

我妈说，这几年你也变了，毛病越来越多。

父亲问，我有什么毛病？

我妈说，你浑身都是毛病，要是没有毛病，那你每天往外跑什么？

一句话，把我父亲说得不再做声了。

后来我才得知，事情就是因为父亲不愿意待在家里，而是老往外跑引起来的。父亲向往家以外的生活，那里有阳光、空气，还有人群，而家里有什么？沉闷的空气、破旧的家具、还有我妈的唠叨。最近一段时间父亲喜欢上了公交车，每天吃过早饭就出门去坐公交车。父亲没有任何目的，也不挑选哪条线路，通常是信马由缰地先步行一段，走到哪个站算哪个站，仿佛是一场比赛前的热身，然后他就登上一辆公交车，并且要一直坐到终点站。在终点站下来后，父亲先是茫然地看着这个陌生的地方，以便确定自己身在何方，当他终于明白自己不可能知道这是个什么地方，而且，他从来没有到过这里后，这才死了心。然后再沿着一条马路走，直到再次登上一辆公交车，再次让公交车把他载向终点站。就这样，父亲一个上午大部分时间都是在公交车上度过的，他从一个个不确定的站台上车，然后走向一个个他不认识的终点站，直到要吃中午饭的时候，他才会恋恋不舍地离开公交车，返回家中。我妈常常做好饭等着父亲回来，由于掌握不好公交车的时间，父亲总是晚点，就像他早年上班时那样，总是有这事那事需要他加班加点。我妈对此十分不满，她说你都退下来了，还忙活什么？你能不能老老实实在家里待着，就算你不到市场去买菜，不帮我做饭，你和我在家里说说话行不行？父亲说，又不是年轻人，有多少话要说？要是说多了，搞不好你又要发火，我出去你不就清闲了吗？

就这样，父亲痴迷上了坐公交车，一天又一天，一站又一站，一辆又一辆，坐得很认真。要是公交车上人多的时候他不坐，就抓住车上的栏杆站着，要是人少他就找个座位坐下，然后，看着窗外的人、车、楼、道路和树，一些店的铺面，一些广告牌子，从车上看起来，这些东西都是流动的，它们总是在变化，有的甚至是一闪而过，然后就再也不见了，还有些花花绿绿的广告更是令父亲眼花缭乱，目不暇接，父亲觉得不可思议的是这些东西是怎么制造出来的，它们似乎在一个晚上就冒出来了，而且一天一个样子。父亲就像一个顽皮的孩子喜欢上了这个变化飞快的世界，那些不认识的东西让他赞叹和惊讶，父亲渴望看到更多的他没有见过的景象，就这样，父亲从公交车的车窗口窥视这个陌生而又熟悉的世界，父亲一次次让公交车把他拉向终点站，并且乐此不疲。

那天父亲和平时一样，准备好零钱，吃过饭早早就出门了，在路上，他已经和几辆公交车擦身而过，父亲不知道这些车为什么会这样早就出发了，他为自己总是赶不上那辆首发的公交车而懊恼不已。当他走到一个站台的时候，一辆公交车就像和他约好似的，飞快开来停在了他的身边，并且在他的面前哗啦一声打开了车门，父亲喜欢这样的场面，就因为这样的场面，让他觉得这辆车他非坐不可，或者说，这辆车就是为了拉他而开来的。父亲满心高兴地上了那辆公交车。公交车上很是拥挤，几乎是人贴着人，虽然这几年私家车的数量不断上升，可公交车上还是人满为患。不管汽车怎样降价，我们家还是买不起汽车。现如今人们所讲的四子：房子、车子、票子、位子，严格地讲，我父亲一样也没有。除了房子，那是二十多年前单位给父亲分了一套50平方米的楼房，当时还的确风光了一阵子，可二十多年后，我们家还住在那套50平方米的楼房里，没有挪窝儿。二十多年过去，楼房不光式样陈旧，设计不合理、不防震、破损严重，还和时下的大面积、高价格住宅有着本质上的区别。说实话，住在一幢摇摇欲坠、时常停水停电的50平方米破旧楼房里，也只是比住在大街上好一点点。

这辆公交车上的人又是满满的，父亲还是站着，他把一只手高高举过头顶，握住一个上面还印着什么广告的塑料把手，父亲的姿势和别人的一样，在车上，除了坐着的，站着的无一例外都是单手高举，好像在做一种集体操。车上人贴着人，每当车子急刹或者减速，人们都要碰撞在一起，有人还会发出一声轻微的惊叹。父亲觉得自己快要挤成了一片纸，或者是一个薄薄的什么东西。公交车走过一站又一站，人们上来下去，男男女女，老老少少，不断更换新的面孔。然而，对此父亲视而不见，他不知在想什么，在公交车有节奏的摇动中，父亲的思绪走得很远很远。

这时候，站在父亲前面的一位妙龄女郎突然转过头来杏眼圆睁，怒斥我父亲道，你这个人干什么？你怎么这么不老实？父亲的思绪被这声怒斥打断了，他茫然地看着怒斥他的女郎说，小……你说什么？父亲不习惯叫那些年轻的女孩子是小姐，因为小姐一词还有别的含义，父亲总是怕她们误会。可是，父亲一着急，差点儿把平时里不想说的词儿说出来。站在我父亲前面的妙龄女郎有着高挑的身材，长得十分漂亮，眉如柳叶，眼似寒星，不光花容月貌，身材也极其魔鬼，丰乳挺拔，肥臀高耸，头发染的颜色也与众不同，是十分热烈醒目的那种黄，她的头发也很奇怪，不光有辫子，也有散发，辫子有粗有细，散发有长有短，总之十分复杂，值得研究。这样的妙龄女郎在我们那个城市里很受关注，人们大都称她们为时尚女孩或者小姐。时尚小姐对我父亲突然发火让我父亲很不理解，他不明白他做错了什么，对这个小姐有了伤害。因此父亲问，姑娘你怎么了？要发这么大的火？你是在说我吗？时尚小姐大声朝我父亲喊道，你装什么蒜？老流氓，你想占我的便宜！父亲弄明白时尚女孩确实是在骂他的时候，父亲并没有被时尚小姐的气势吓住，他问道，我占你什么便宜了？你说说。时尚小姐欲说还休，一副难以出口的样子，见我父亲得意的神情，她终于气愤地喊道，你还有脸问，你摸了我的臀部！臀部！你这条老色狼！时尚小姐的话立刻引起满车上人的一片哗然，车上的气氛顿时热烈活跃起来，人们纷纷谴责我的父亲，说他老不正经，是老色鬼，是咸猪手，专吃年轻姑娘的豆腐等等。父亲让车上的人说得脸色发青，他对时尚小姐说，姑娘你怎么能这样诬陷好人？你这样说话要伤天害理你懂不懂？时尚小姐实在是忍无可忍，无法表达她的愤怒，她几乎要哭出来了，突然，她捂着眼睛对我父亲摆摆手说，我不要听你的解释，你给我马上消失！现在！

父亲又一次茫然地问她，你说什么？你要我怎么样？时尚小姐睁大恼怒的眼睛盯着我父亲，她伸出留着长长指甲的手指，几乎要戳到我父亲的脑门上了，她一个字一个字地重复了一遍，我要你马上从我面前消失！马上！

父亲还是没有听懂时尚小姐的话，他只好询问旁边的人，她说的是什么？她想让我干什么？车上的人顿时笑了起来，他们嘲笑我的父亲听不懂人话了，一个听不懂人话的人只能是弱智、傻子或者白痴。有个年轻人对我父亲说，她让你消失，就是叫你下车走开。父亲听后明白了，可是父亲的倔犟脾气也上来了，父亲说，我没干什么坏事，我为什么要下车？

那个时尚小姐见和我父亲说不通，终于作出了决断，她说你不消失是吧，那好，那我消失！此时正好到了一站，那个时尚女郎头也不回地下了车，父亲看着那个女郎招手打了辆出租车，钻进车里后很快就消失在由各种各样汽车组成的河流之中了。

父亲在别人的提防和众目炯炯中站着，他们都离父亲远远的，没有人和他说话，也没有人理他，父亲孤立无援。车子仍是一个劲地往前跑着，发动机声嘶力竭地叫着，司机时不时按一声喇叭，不知是不是他使劲过大，喇叭响得人心惊肉跳，父亲终于坚持不住了，这一次，他没有能坐到终点站，而是在半路上的一站下了车。父亲看到车上的人几乎同时松了一口气，仿佛集体在举行一个小小的庆贺仪式，有人在车上吹了声口哨，还有人朝我父亲作着下流手势，父亲听到有一声骂他的话也随着公交车的离去而重重地砸在了他的后脑勺上。

父亲茫然地站在公交车站的站台上，当又一辆公交车驶来时，父亲的心情很糟糕，他没有再上那辆车，而是一个人悄悄地回家了。

父亲不再去坐公交车了，这个爱好因为一个姑娘新潮的话语而得以改变。我妈在那段日子里过得平静而又幸福，因为父亲就在她的跟前，在她的眼皮子底下，实实在在，真真切切，想看他他就在那里站着或坐着，想和他说话就能说得上话，父亲几乎什么也不用干，只是坐着或者站着，只需回答我妈的一两句话就行了。然而，平静的生活很快又被打破了，我妈开始不满足于仅仅看我父亲，也不满足仅仅和我父亲说说话这些事情，我妈开始支派父亲干活儿了。老张，你把那个锅给我拿来。我妈朝父亲喊道，父亲一言不发，过去把那只铝锅拿过来交给了我妈。老张，你去烧壶水，我先看看这个电视剧。我妈很爱看电视剧，那些没有来由的故事，故事里的男人女人，常常能把我妈感动得泪水涟涟。与此相反的是父亲从来不爱看电视，更不爱看电视剧，他觉得那些剧都是骗人的，至少是一些人弄出来骗人的，他不相信那些胡编滥造的故事。父亲说，怎么就没有一个油田的电视剧看看啊？成天都是男女疯癫的剧，看了只是糟蹋眼睛。父亲干了很多年的石油工人，准确地说，父亲曾是一个标准的钻井工人。父亲觉得搞电视的那伙人都是吃干饭的，连个油田的电视剧都拍不出来。父亲只好忍声吞气地去烧开水，他觉得心里的一个地方着火了。终于有一天，我妈让父亲去择韭菜的时候，父亲的火压不住了。父亲说，我不会择韭菜。我妈不以为然地说，老张，你就是笨，两只手对不起个捧来，连个韭菜都不会择，不会你就学，我来教你。父亲一动不动，也不看那捆韭菜，而是说，我不学。我妈看了看父亲，见父亲的脖子拧到一边去了。我妈还想说服父亲，她说老张，其实择韭菜一点儿也不难，就这么把死叶子干叶子揪掉，就行了。然而父亲根本就不看一眼我妈的示范动作，父亲扭过头去一言不发。我妈说，老张，又犯病了？是不是在家里把你憋坏了？是不是又想出去坐车了？父亲心里的火终于熊熊地燃烧起来，他对我妈说，我就是憋得慌了，就是要出去坐车了，怎么了？父亲说完后一甩手走了，我妈喊他他头也不回地从家里走了。

父亲真的又去坐公交车了，他好像有了公交车情结，或者说，公交车已经成为他与这个世界保持联系的一条通道，没有这条通道，他的生活只能是一片空白或者荒芜。

令父亲没有想到的是，这一次坐公交车他看到了那个时尚小姐训斥他的事情，发生在别人的身上，那是一个年轻人做的，被父亲当场逮了个正着。

过了五十，父亲不可避免地老了。虽然他还不服老，比如走路时故意把胸脯挺起来，大声地咳嗽、说话，还像从前那样抽烟喝酒。可我和妹妹看得出来，父亲是在故作年轻，他的腰再也没有从前那样直，抽烟喝酒也不如从前多，就连大声地训斥我们，也能听得出里面的虚弱。随着时间的推移，父亲的眼睛花了，头上有了白发，腿脚迟缓了，终于有一天我无意中听到他和我妈说悄悄话，父亲说，老婆子哎，真没想到，我这么快就老了。

其实，在我的眼里，父亲并不老，虽然过了五十，可从外表上你很难看得出来。他脸上的皱纹不多，又粗又硬的平头上白发并不明显，脸色总是红润的，眼睛还是明亮的，尤其是他的双腿和双臂，肌肉还和年轻人一样发达，那年单位举办运动会的时候，父亲还和二十多岁的小伙子掰过腕子，好多小伙子竟然不是父亲的对手，父亲以强大的实力获得冠军，拿到一枚金牌。

父亲衰老的原因在于内退。内退是油田进行企业改革中的一项重要工作，又叫内部退养，只发给一部分工资作养老金，等到了退休年龄再办退休手续。单位人员过剩，就动员父亲内退。父亲不想内退，父亲说他还能再干几年。可单位的领导们上门来做父亲的工作，他们知道，父亲一退，很多人就要跟着退了，父亲在他们那个年龄段的职工里，还是很有些威望的，更为重要的一点，父亲是在机关上班，属于机关的编制。其实，油田内退是自愿的，并不勉强，可单位为了完成油田的改革任务，一定要把数字凑够，把这项工作做好，不能落到别的单位后面。当时的情况并不乐观，职工们对这项工作持怀疑态度，如果只是让基层的老职工内退，那就会有很大阻力，机关带个头，工作就好做多了。所谓的“堡垒最容易从内部攻破”，也包含这个意思。领导们于是下了决心把我父亲的工作做通。

父亲从钻井队调到机关工作已经有近十个年头了，一开始他在安全科里当科员。因为父亲对钻井技术十分熟悉和精到，对于那些外行人看起来根本就弄不懂的钻井工艺流程，父亲闭着眼睛就能说得一清二楚。更重要的是父亲还有一手别人没有的绝活儿，那就是他能从地面的刹把操作中准确地判断出地下数千米的情况，对于事故的预测也是他的拿手好戏。父亲对安全工作投入了极大的热情，因为他在钻井队干了二十多年，他知道钻井事故的风险，不仅会造成经济上的损失，还会造成人身伤亡，一个生命，就是一个家庭的幸福或者灾难。因此，回避事故、安全生产就成为钻井的一项重要工作。一开始，父亲干得很出色，每天都要跑钻井队现场，去检查或者监督他们的施工。父亲还和他在钻井队时一样忙碌，有时不能回家，就住在钻井队上。我妈为此没少说他。我妈说，老张啊，你在钻井队干了二十多年，一年回不了几次家，连春节都不和我们一起过，盼着你调到机关每天能回来，怎么你比从前还要忙？父亲说，工作啊，工作就是这个样子，等我退休了我每天陪你行不行？我妈听了不再说什么，只是叹口气作罢。

很快，不到两年，父亲的工作就得到了调整。让他到机关的一个小锅炉房烧开水，兼管单位花草树木的绿化。组织部门的人找父亲谈话时郑重地告诉父亲，这是照顾他，一个是父亲的年纪大了，跑施工现场太累，怕父亲的身体吃不消，另外，给机关烧锅炉也不是一般人能干的，因为锅炉虽小，也属于压力容器，所以得内行的人、懂安全的人来干，至于单位大院内的花草树木绿化工作，那更是无比重要，因为不管哪一级领导，不管多大的首长到单位来视察，首先看到的就是这个单位的冬青、月季花，还有迎客松什么的，绿化工作可不轻松啊，它代表着一个单位的形象。组织上的人还要求父亲要刻苦钻研业务知识，保证机关工作人员的开水供应，不要把水烧得半开不开，让机关的工作人员喝了拉肚子，还有，要保证冬青常绿，花要常开，树要不生虫子等等。父亲一一答应，并去进行了交接。父亲知道，真正让他到这里来的原因还是因为他的脾气，因为他的认真，因为他看不惯弄虚作假。那年年底单位上报的安全报表里，少了一次重大的人身事故，那次事故造成了一死一伤。然而，单位为了安全生产达标，隐瞒了这次事故。父亲知道事故的严重性，父亲听到过死亡者家属撕心裂肺的哭声，父亲见到过死亡者还在上学的孩子。父亲觉得不该隐瞒这样的事故，父亲就找科长谈，找副经理谈，找主管生产的领导谈，父亲以为简单的事情竟然被这些人一再搁置。父亲只得到上一级安全部门去反映情况，但是，事情还没有着落的时候，父亲被单位安排去南方疗养旅游。二十天回来后，父亲的工作做了新的调整。父亲成了一名烧开水的锅炉工。那些日子父亲很郁闷，他一个人喝酒，一个人说话，一个人在事故的死亡者家门外徘徊。父亲恨事故、恨那些弄虚作假的人，也恨自己。只有我妈对他新调整的工作表示了满意，因为这样父亲总算可以按时回家吃饭和睡觉了。

父亲渐渐安心于他的工作并逐渐热爱上了他的新工作，不久，他在锅炉上进行了技术改造，把烧开水的成本降到了最低，而开水的供应数量质量不减。后来他又不按时回家了，那多半是他在单位的冬青池里忙活，或者给花们施肥松土浇水，父亲干得忘记了时间。父亲以为他会在这样一个工作中一直干到退休，他觉得这也没有什么不好，父亲是知足的。然而，油田改革内部退养的工作又来了，父亲又一次赶上了。

父亲一直是一个觉悟很高的人，在部队里他就入了党，上个世纪七十年代初复员到油田后，思想进步，工作积极，很快就成了钻井队的骨干。改革开放初期，他觉得自己可以大干一场了，那时候最时髦的一句话就是：积极投身于改革开放的洪流中，做时代的弄潮儿。父亲也想成为一名弄潮儿。他对我妈说，不改革真是不行了，你看看咱们国家的经济，都快要到了崩溃的边缘了。父亲打算与时代同行，他历经了独立核算、节能挖潜、竞争上岗、承包施工等一次次改革，父亲依靠自己的技术总是能在改革中占得主动，虽然我妈对这些变化没有亲身体验，可我妈有她自己的看法，她觉得改革好是好，但并没有给我们家带来实质性的利益，比如房子，我们家从住上那套50平方米的房子后，就再也没有搬过家，而单位的领导和干部们则一次次搬家，搬一次房子大一次。每当我妈这样说的时候，父亲都会训斥我妈，说你就知足吧，现在我们不缺吃不缺穿，你还想干什么？我妈想想，她确实不想干什么，过日子也就是这些东西，而且，现在穿的和吃的比从前不知要强多少倍，因此我妈只好败下阵来，不再说什么。父亲却一天比一天茫然，改革在深入，让他越来越看不透，他心中的疑问也越来越多。父亲不说，父亲知道自己的身份，他总是觉得自己是工人阶级，是企业的主人翁，主人翁是不能随便发牢骚的，是不能说扯后腿话的。父亲总是支持所有的改革，不管当时他是多么想不通。

然而，内退的工作又像波浪样地掀起来了，离开岗位回家等待退休的结果无情地摆在了父亲的面前。这一次，父亲终于想不通了，也不再支持了，父亲的态度十分坚决，那就是，他不内退，他还要干下去。

父亲又一次走出了家门，父亲呼吸到了外面的空气，虽然那空气污染得厉害，但比起只能待在家里，父亲还是感到了空气的流动和呼吸的通畅。父亲从我们住的那幢楼房走了出去。父亲看到，这幢楼只是过去了二十多年，就已经陈旧得不像样子了，它低矮、窄小、破败，门窗的油漆早已退去，式样也由各家各户随心所欲地改变了。与那些豪华的住宅楼比起来，这幢楼简直不堪入目。更让父亲有所感触的是，这幢楼的大部分住户他已经不认识了，原来的很多邻居都已经搬走了，他们或者住进了更大的楼房，或者换了单位到了新的工作生活环境中去了，总之他们逃跑一样地离开了这里。父亲只有这时才会想到，自己现在正跟一些刚刚结婚的年轻人住在一起，而那些年轻人也是因为确实没有房子，才暂时住在这里的，最让父亲不可理解的是，这幢楼里竟然还住着许多不是油田的人，他们是外地来这里做生意的，他们在这里钉鞋、做衣裳、卖豆腐、卖菜、卖小吃，还有几个打扮扎眼的女孩子，她们穿着暴露，脖子上挂着红线吊的玉件，说话满不在乎，受吃零食，据说是性工作者。第一次听到这个词儿的时候，父亲就像在公交车上听到让他消失的话一样困惑，他不知道性工作者是干什么的，直到别人告诉他他才恍然大悟，原来这些女孩儿就是俗称“鸡”的那种女人。现在，我父母就住在这样一栋人员混杂的楼房里。父亲只有此时才会想到他应该把家从这里搬出去了，可是，搬到哪里去呢？父亲曾经去看过几次卖房子的大型交易会，那些天文数字让父亲害怕，结果父亲连印刷精美的广告都没敢要，飞快地离开了那里。此后虽然有兜售楼房的找上门来，让父亲买楼房，父亲总是对他们说，你们借钱给我我就买，那些人哭笑不得，他们说，老师傅，你说你没有钱，谁相信？我妈说，我相信。因为这么多年来都是我妈当家，我们家里有多少钱我妈最知道，我结婚几乎花光了家里的所有积蓄。而我也没有房子，只好暂时和彭丽住在租来的房子里。

父亲就是那时候知道了自己的无能和无用，多少年前他作为一名石油工人的自豪一去不复返了。那些羡慕他的目光，那些对他夸奖的话，都像风一样过去了，再也不会来了。更令他无法容忍的是人们对他的歧视和轻蔑，住在那幢楼里的人，包括那些钉鞋的、卖菜的、做衣裳的，他们看父亲就像在看一个穷光蛋，看一个一文不值的孤独老人。父亲从此不和那幢楼的人说话，即使走了碰面他也不开口，别人和他说话他也装作没有听到，这样，那些人又以为父亲是个聋子，是个既老又穷还有残疾的老家伙。

那天，父亲又坐上了公交车，刚坐上公交车父亲的心情还是很不错的，他觉得公交车就像这个城市的一根根脉络，四通八达，十分灵活，把人们一个个运到他们想去的地方。那些坐车的人有的急切，有的悠闲，人们怀着各自不同的心情来坐公交车，他们上车时一副赶上了的幸运表情，下车时又是一副到站了的快慰。这让父亲觉得公交车还是很有必要的，要是城市没有了公交车，不知多少人要上班迟到，也不知多少人会买不到想买的东西，还有不知多少人见不着自己的孩子、长辈，从而失去了天伦之乐，甚至还会有人找不到对象，有人不能及时谈恋爱从而失去一个个大好机会。总之，公交车还是很好的，公交车还是要坐的，公交车是老百姓生活中不可或缺的交通工具。

可是，父亲那天在公交车上又遇到了麻烦。那天车上也是人很多，父亲先上的车，所以找到了一个座位。父亲坐在座位上开始研究车上站着的那些人，一个四十多岁的中年人，背着包，他的神情急切，父亲觉得这是个要去坐长途车的人，他可能要到很远的地方去出差。还有两个三十多岁的女人站着在说话，她们是在说逛商店的事情，关于衣裳和鞋的价格，父亲对此没有兴趣。就在这时，父亲看到了这样一幕：一个站着的年轻男人把手伸向了另一个站着的年轻女子胸部，并且在那里停留了一会儿。那个年轻女子虽然不属时尚那种，却也是很有几分姿色，她似乎并没有感觉到有人在她的胸口乱摸，只是偏着头在打手机。父亲觉得这个女子一定是因为打电话太专心了，所以连有人摸她的胸口她都没有感觉出来。父亲想是不是提醒她一下，父亲正在想的时候又看到，那个男子把手从女子的胸部拿下来后，又伸向了女子的屁股，这一次男子的手放在女子屁股上按了两下，又从容地摩着。父亲就是这时候从座位上跳了起来，一把抓住了那个年轻男子的手。父亲像一个见义勇为的英雄一样喊叫起来，父亲说，你这个坏蛋！你在干什么？让父亲没有想到的是，那个年轻的男子并没有慌张，而是看了看我父亲问他道，你说我在干什么？父亲有些恍惚，他想起不久前在车上发生的一幕，那时他也像这个年轻人那样心情平静，因为他什么也没有干，他自己的心里清楚，可是，这一次，他是明明看见这个男子摸了女子的胸口，又摸了女子的屁股，为什么这个男子也是理直气壮？父亲觉得自己的眼睛是不会骗人的，于是父亲大声说道，这个人，刚才摸了这位女子的胸口，又摸了这位女子的屁股！车上的人立刻有了反应，人们开始指责那个男子，这让父亲感到了正义的力量，他觉得自己做得对了，今天抓住的这个家伙真的是个坏人。那个男子用力甩开了我父亲的手，他恶狠狠地骂道，你这个老家伙，你一定是个变态狂，我告诉你我什么也没干！父亲不依不饶，父亲知道做了坏事的人都不会轻易承认，于是父亲说，我亲眼看见了你还想抵赖？那男子急于摆脱我父亲，就向车门那里走去，父亲怕他下车，那样这个坏人就会溜掉，父亲牢牢抓住了那个年轻人。那个年轻人见跑不掉，干脆停下来问我父亲，你说我干了坏事儿，那我问问你，我摸谁了？父亲马上对那个打手机的女子说，小姐，你来证明一下，他是不是摸了你？那个打手机的女子早就收线了，车内的混乱让她皱着眉头，父亲的问话显然出乎她的意料，她的脸竟然腾的红了一下，她没有作声。我父亲对她说，你说话啊，他是不是摸了你？父亲急切地看着她，让我父亲万万没有想到的是，那个女子很快就恢复了常态，她生气地对父亲说，他没有摸我，没有人摸我，你一定看错了。父亲不由自主地叫了起来，父亲说，你怎么可以这样呢？摸了就是摸了，你只要承认了咱们就把他送到派出所，让派出所来处理。那个女子根本不理我父亲，她转过头去说没摸，没有人摸我，要是摸了，我自己还不知道吗？此时正好到了一站，那个女子竟然像一条鱼一样，穿过几个人的缝隙，迅速地下车消失了，父亲抓住的那个年轻人此刻好像有了理，他骂了我父亲一句脏话，又出其不意地朝我父亲的胸前打了一拳，挣脱开我父亲，然后也飞快地下了车。

父亲就这样窝囊地挨了一拳。车上有几个年龄大些的人同情地对父亲说，这年头，好事做不得啊。父亲觉得胸口那里堵住了，被什么东西堵住了，好像是一块砖头，一把草，一方石头。父亲不明白现在的人是怎么了，明明不是自己摸的，却被人说成是，明明看得清清楚楚被摸了，却死活也不承认，这个世界上的事情全都颠倒了，乱套了。父亲只能怨自己的眼睛不好使，看不明白了。

父亲低着头坐在车上，那一刻，父亲真想把自己的眼珠子抠出来。

荒原上是怎样出现了一座城市的？这是个年轻的城市，由于年轻，它什么也不在乎，什么也不怕，也是由于年轻，它新潮、时尚，生机勃勃。城市不是无缘无故就能出现的，在过去，能成为城市的地方屈指可数，那是居住过帝王的地方、那些最重要的军事要地，而我们这里却只是一片荒原。我们这里能成为城市，不是靠地上的东西，而是靠地下的财富。地下的财富就是石油。

多少年以前，父亲是一名标准的钻井工人。他和他的那些工友们一起在荒原上打了一口又一口井，那是喷涌石油的井。就是因为有了那么多喷涌石油的井，这里才来了许多的人，他们都是奔着石油来的，在短短的二十多年时间里，这里竟然来了五十多万人。父亲不止一次地讲给我听，他说这里原来什么也没有，只是一片荒原，一眼望不到边的盐碱荒原，没有人烟，没有植物，没有庄稼，只有他们的钻井队和高大的钻井架子立在荒原上，只有机器的响声在这里叫着，那时的油田也没有多少房子，至于楼房，那更是多年以后才有的，他们钻井队住的是什么？一开始是地窝子，后来是苇草房，再后来是野营房，关于楼房，那是他们的一个梦想。那时候，父亲根本没有一个固定的住址，对外他的单位是保密的，上面指定了一个数字作为他们单位的代号，那是三个阿拉伯数字，现在，已经很少有人知道那个代号了。父亲就是这样含辛茹苦地开发着油田。有一天，父亲和他的工友们从中央人民广播电台的新闻节目里听到了我国又建成了一个大型石油基地的消息后，父亲他们这些人激动得热泪盈眶。他们自豪而骄傲，光荣而幸福，他们知道，这个有着好听名字的油田就是由他们的双手建成的。然而，不久后，这里就建制为市了，一个有着二百万人口的地级市。父亲他们根本没有想到成立市对他们意味着什么，他们还以为一切都像过去那样，但是，不久后他们就发现什么都改变了。首先是道路、土地，油田不能随便使用了，然后又是各种各样的管理，让企业再也不能为所欲为。油田的报纸、电视频道市里不承认，油田要盖房子必须由市里批准，从前油田占用的土地全都重新买过一次。油田的公安交出去了，油田的教育交出去了，油田把能交的都交出去了，最后，油田的交通也完全由市里接管了，所有的公交车都是市里的。在父亲他们的眼里，油田越来越小，除了打井出油，别的什么也管不了了。

然而，油田还在自己跟自己过不去，内部改革工作继续推行，父亲又成了内退范围内的老职工。父亲这一回是下了决心不退，他觉得这几年自己已经受了不少委屈，从机关工作到烧锅炉，从工资不算太低到现在最低，我妈没有工作，我们家的生活水平比别人家的要差很多。父亲有着充分的理由，父亲觉得让他内退是不可能的，他不会内退的，他要捍卫自己最后的劳动权利，捍卫最后的石油工人荣誉，如果内退了，他可能就什么也不是了，只是一个无所事事的老头子。

父亲的锅炉房在那些日子里不再清静，一个又一个人来找父亲谈心，他们讲形势，国际的，国内的，大有胸怀祖国放眼世界的气概。我们这几年取得了很好的成绩，原油产量已经跃居世界第五位。形势大好，但也存在问题，主要就是人员过剩，僧多粥少，所以裁员是当务之急。他们有的这样说，有的那样说，他们说来说去都是告诉父亲内退挺好，挺合算，内退是油田为老职工考虑的一条出路。父亲不明白自己干了三十多年怎么忽然没有出路了，父亲懒得开口，他什么也不说，只是用摇头来表示对内退的不同意。

父亲的徒弟终于亲自出面了。父亲这个徒弟是他当年在钻井队时带过的，现在，这个徒弟已经是单位的一名主要领导了。父亲从来没有说过领导是他的徒弟，父亲知道那都是过去的事情了，一般当了领导的人，都很容易忘记过去的事情。不过，父亲的这个徒弟还真是不一样，他没有到锅炉房去找父亲，而是到我们家里来了，在我的记忆中，我们家从来没有来过这么大的领导，因此就不懂得怎么接待，我妈因为紧张，还失手砸碎了一个茶杯。其实，我妈大可不必紧张，领导很平易，很和蔼，领导很会说话。他叫我父亲是张师傅，这样，既显示出他曾经是父亲的徒弟，又似乎不是。只有父亲对他的到来并没有表示出欢迎，他已经猜到了领导来的目的，要不然，领导是不会贸然到一个烧锅炉的老职工家里来的。

领导先对父亲表示了关心，还谴责了自己，说这么多年还是头一次来。工作忙啊，领导用手理了理大背头，有板有眼地讲，比如说，眼下进行的内退工作，就很有难度，可是，只要是改革，哪一项工作没有难度？领导像是跟我父亲说话，又像是自言自语，像是促膝谈心，又像是作报告。领导亲热地叫我妈是嫂子，这让我妈很感动，赶紧又找来一只茶杯给领导沏上茶水。父亲好像成心不给领导面子了，绷着脸不说一句话。领导自有领导的艺术，他站起身来，在我们家走了一圈后，忽然像发现了什么情况似地说，张师傅，你住的还是50平方米的楼房啊？这也太小了啊！说到房子，父亲的气不打一处来，父亲说我不住小房子谁住？我一没有级别，二没有职称，我不住谁住啊？领导又坐得离父亲近了些。领导说，张师傅，我记得你不是一个爱发牢骚的人，过去，我们的条件那么艰苦，你也从来不说一句泄气的话，现在，我们的生活条件好多了，你怎么反而心里不平衡了呢？领导又说，房子的事情也怨我，没有早来看你，不知道你还住在这里，这样吧，房子的事情我来办。领导提高了嗓门对我妈说，嫂子，张师傅为油田做了一辈子贡献了，还住着这样小的房子，我不忍心啊，这样吧，最迟明年调房的时候，我让你们搬进70平方米的新房里！我妈惊得嘴张开都合不上了，她不相信地说，70 平方米，那得有多大，不会吧？领导语重心长地说，嫂子，你要相信组织，相信党啊。我妈感动得几乎要掉下眼泪来了，我妈说，我们做梦都想着能住上个好房子，大房子，要是你给我们调了房子，别说让老张内退，就是让他退休，他也没有二话。领导摆着手说，不不不，这和退休是两回事儿，说不定哪天形势一变，内退的还得回去上班了呢。父亲虽然没有作出什么表示，但他的内心已经开始动摇了，虽然如此，父亲觉得有必要维护自己在这个家里的威信，父亲对我妈说，你一个老娘们儿，少插嘴！接下来，领导的话声亲切起来，他对着父亲回忆起在钻井队的那段日子，那是一段激情燃烧的岁月。领导说，你还记得那年秋天咱们上夜班，天挺凉，半夜里我到老百姓的地里去偷青苞米烧着吃的事儿吗？你知道后把我狠批了一顿，就差动手打我了，还非要我把青苞米给人家送回去，还要给人家在苞米叶子里夹二十块钱。父亲点点头说记得，你那时候的脑子就比我们灵活。领导继续说，我把青苞米烧熟后，让你尝一尝，你一尝就尝了三个，结果也不送回去了，也不给钱了，就这么违反纪律了。领导哈哈哈哈地大笑起来，不知是不是受到领导的感染，还是揭了父亲的短，父亲也笑了。领导说，张师傅，这么多年，我就佩服你，你没有变，还有咱们石油工人的骨气。父亲让领导夸得心里热乎乎的，两个人的手不知不觉握到了一起。父亲喊我妈去炒几个菜，父亲对领导说我们喝两盅。领导忙拦住说不行不行，要是喝酒改天我请你喝。父亲突然意识到他已经不是当年那个偷青玉米的徒弟了，他是领导。父亲赶紧撒了手对我妈说，算了算了，家里也没有什么好酒。领导又忙给父亲解释了一番，领导的意思是，不是他不想喝父亲的酒，也不是要喝什么好酒，而是领导的胃出问题了，先是胃出血，后是萎缩性胃炎，离胃癌只有一步之遥了。领导原来还有很多很多病，关节炎、颈椎病、神经衰弱、高血压、高血糖、心脏病、气管炎，领导看上去冠冕堂皇，其实是一台破机器，就是这台破机器，还在带病坚持工作。领导的手又放在背头上了，领导的手停住了，他对父亲说，张师傅，你看看，我的头发白了一半了，比你的还多吧，为什么，工作忙啊，领导不好当啊。领导甚至动了感情对父亲说，张师傅，说不一定哪天我就倒下了，我现在，也是干一天少一天啊。父亲就在那时下定决心要内退了，父亲突然觉得很悲哀，人生原来就是这样的，那些好的时候过去了，该到不好的时候了。领导鼓励父亲，你的身体比我好，真羡慕你啊，像你这身体，内退后还能干很多事情，干什么都行啊。父亲说，你再别说了，我答应你，我内退，明天就去办手续。

第二年调房之前，领导出事了，父亲的那位徒弟出事儿了，因为贪污和受贿，领导被检察院调查，继而批准逮捕了。关于贪污的数目，我们不知道，我们所能知道的，只是他把孩子自费送到美国去读书，还有，他在北京、上海各有一套房子。父亲到房管处去申请分房，被房管处的人告知，油田已经进行了房产住宅改革，取消了福利分房，所有的房产交易全部走向市场，至于父亲这样一个工人身份的内退职工，住房面积已经达标了。因为，即使按现在的标准，五十至六十平方米也是工人的居住范围。因此说，你的房子不存在调整和补助了，房管的人对父亲和颜悦色地说，老师傅，你要想住大房子，只能自己去买商品楼了。

父亲摇摇晃晃回了家，父亲一言不发。我妈问了几遍才知道调房子的事情泡汤了，看着肺都要气炸了的父亲，我妈害怕地给父亲炒了两个菜，让父亲喝两盅，消消气。父亲那天喝醉了。父亲说，真是坑人啊！坑人啊！

父亲吐了酒，我和我妈妈把父亲弄到床上躺下，可父亲还是挣扎着要起来，父亲对我妈和我叫嚷说，我要吃青苞米，我要吃青苞米，你们去给我偷！都去给我偷！什么，偷不到？你们这些没有用的东西！偷不到就给我抢！听到了没有？抢！抢！抢！

父亲还是一天比一天更迷恋公交车。他对车的颜色、形状，以及车身上的广告都十分熟悉，了如指掌。只要看到远远过来一辆车，父亲就能准确地判断出是不是公交车，父亲只是对车上那些标着的从一到上百的阿拉伯数字不感兴趣，那是多少路公交车的标记，父亲不相信这样一座城市会有那么多条路，在父亲的记忆中，这里原来只有两条路，一条是南北的，一条是东西的，它们相交就出现一个十字路口，其他的路，都是从这两条路派生出来的，它们根本算不上路。

我妈不再阻拦父亲，她知道父亲的心里其实很苦，再说，他也只是去坐坐公交车，又不是干什么坏事儿，要是在家里，憋出个什么病来，还得我妈来照顾。更重要的是，内退时因为领导来家里做工作，并答应给调房子，我妈就坚决支持父亲内退，恨不得立刻填表，在这件事情上，我妈也有责任。父亲一直以为，我妈一个女人家，只知道房子、柴米油盐酱醋，看不清事情的实质，属于目光短浅，头发长见识短的那种。父亲在我们家里的地位不可动摇。不过，父亲是个宽容的人，他不愿意把过去的事情都算到谁的头上，说到底，内退还是他自己同意的，如果不是他同意，那谁也不能硬逼着他退，用他自己的话说，我不退谁还能有胆子把我弄死？

父亲的思绪就在这样的气氛中走得很远，他仿佛回到了自己年轻的时候，他和我妈坐公共汽车上，他们是到县城去的。父亲不明白那时候的汽车为什么叫公共汽车而不是公交车，从外表看起来，它们都是一样的东西，要说有分别，那就是车的颜色不一样，现在的变成了绿色，而过去的公共汽车都是红色的，开得很慢，在父亲的家乡，有很多大山，公共汽车爬起山来就像一头老牛一样慢，父亲担心它爬不到坡上去，那样他和我妈去逛县城的愿望就要落空了。汽车费了九牛二虎之力还是爬上了山坡，下坡时汽车就轻松多了，这时候它也像一头牛，一头拼命奔跑着的牛。

父亲和我妈的结合一点儿也不浪漫，只是有点儿小小的曲折。事情原本很简单，村里的支书所以把那年征兵的唯一一个名额给了父亲，就是因为书记没有儿子，于是他便和我爷爷定了协议，那就是让父亲去当兵，条件是复员回来必须娶他的大姑娘。我爷爷同意了，我爷爷觉得他的儿子他能做主。父亲就这样去当兵了，本来，要是没有什么变化，父亲复员回村娶了书记的闺女，说不定也能接班当书记，可父亲没按这条道走，父亲复员后来到了油田，父亲从此不仅改变了自己的命运，也改变了村支书和支书女儿的命运。父亲是在一次回家探亲的途中遇到我妈的，父亲一开始并没有要娶我妈做媳妇的打算，父亲只是对这个长相俊秀的姑娘讲些油田上的事情。父亲说到了油井，那是二三千米深深的油井，我妈吓坏了，我妈说那你们下到那么深的井里害不害怕啊？父亲听后哈哈大笑，父亲说，我们是地面操作，不用到地底下去的。父亲还说到高高的井架，有十几层楼房那么高吧，还有马力很大的柴油机。我妈就问，那得有多高，你上去不害怕啊？父亲骄傲地说，不怕！站在井架上，看地下的人就像蚂蚁一样小。父亲一讲到钻井就眉飞色舞，不善讲话的嘴巴也会说了。我妈就是那个时候喜欢上了我父亲的，而我父亲还浑然不知，还在跟她大讲地下的石油是怎样形成的。父亲说，很久很久以前发生了大地震，森林埋进了地下，那些树啊草的都在地下变了煤，埋得更深的，就变成了石油。我妈问再深一些的呢？父亲说那就是天然气了。其实，我妈根本听不懂地下的石油是怎样形成的，我妈考虑的是小两口是怎样形成的。父亲意识到我妈喜欢上他是后来的事情，我妈给父亲写了信，那是一封走了几个月的信，地址就是一个简单的地名外加三个阿拉伯数字，过了那么长的时间却没有丢失。父亲从信里得知我妈的心思，父亲的眼前便浮现出我妈的形象。不知为什么，父亲一闭上眼睛，村支书大姑娘的形象便十分模糊，而我妈的形象却无比清晰，我妈的笑声和神情栩栩如生，从此我妈的形象便取代了支书大姑娘的形象，牢牢占据了父亲的心怀。那一次坐公共汽车是他们在结婚前一起到县城去买东西，在父亲的记忆中，那是他和我妈婚前唯一一次坐车的经历。我妈挨着他坐，我妈不怎么说话，主要是听父亲在说，父亲说的还是打井的那些事，那都是多么新鲜的事情啊，我妈不光没有看见过，就是听也从来没有听到过，因此，我妈百听不厌，从不插嘴。父亲给我妈在县城买了衣服，一起吃了饭，那时候在饭店一起吃饭基本上就是两口子了。这件事情不知怎么被村支书知道了，支书不干了，他找到我爷爷兴师问罪，非要把这个女婿抢到手不可，父亲被他们关了起来，他们甚至要强行让父亲和支书的女儿举行婚礼。就在婚礼即将举行的头一天晚上，我妈找到了我父亲，并且和我父亲一起从村子里逃了出来，在我妈的姑姑家躲了两天后，他们干脆一起来到油田，在油田登记结了婚。说起来，我妈和父亲的这段婚姻还是很惊险的，但时间久了，我妈就淡化了当年他们那种惊险，我妈总是说，我是让你爸把我骗来的。父亲听了咧嘴一笑，父亲说，我有那么大本事？

父亲坐在公交车上回忆往事，他闭着眼睛在想，想到得意处竟然自己笑了起来。这时候，父亲觉得自己的身体触到一团柔软的东西上，他回过神来睁眼一看，见身边不知什么时候又换成了一个三十多岁的女人，这是个有点儿发胖的女人。女人的头上也是玉米缨子似的头发，她紧贴父亲的身体，并且还不时地随着车的摇晃往父亲身上轻轻碰撞。父亲为自己的笑觉得有些不好意思，就往里缩了缩身子，那个女人却朝父亲笑了，很有礼貌地说，对不起，碰着你了。父亲忙说不要紧不要紧。那女的看看父亲又问他，你自己一个人？父亲点点头。那女的又放低声音问，你是一个人出来散心的？父亲问她你是怎么知道的？那女的说，我会相面，我还会看手相。那女的说完不由分说抓起父亲的手就看起来，又在父亲的手上摸了两下，用更神秘的声音说，师傅，你有喜事啊，你最近要交桃花运了。父亲努力把自己的手缩回来，父亲觉得手心那里被这个女人画了两道咒符。那真是两道奇妙的咒符，当公交车又到一站的时候，在那女人眼睛的示意下，父亲身不由己跟着她一起下了车。他们一起走向一个居民小区，父亲恍惚有些似曾相识的感觉，这个小区很像自己居住的小区，也是陈旧的楼房，也是人员杂乱的样子。那女人对父亲说，我知道你心里苦闷，不要紧，跟我来你就能排遣出去了。父亲问她这里是不是你的家？那女的说，也算是吧，反正能睡觉。父亲问她，你说苦闷怎么治？你会治？女人有些不耐烦了，她的眉毛动了两下说，和我睡觉你就好了。父亲忽然有些觉察，这不就是那些所谓的“性工作者”吗？父亲在一个单元的门前停下来了，那女人干脆动手把父亲往里拉，女人边拉边说，我是全市最便宜的，五十，不信你去打听打听。父亲用力甩开那女人的手，父亲说，不行，不行，我要走！那女人松开手，哇的一声哭了，她边哭边说，你走吧，我也是没有办法啊，我是下岗的，找不着工作，我也不想干这样的事情，可我不干怎么办啊？

父亲逃跑一样离开了那个小区和那座楼房，父亲被那个女人吓着了，他被那个绝望的女人弄得心情很不好，父亲用手摸了摸兜里，发觉还有五十块钱，他有些后悔没有把钱给那个下岗的女人。

内退了的父亲很快就后悔了，但已经成为事实不可更改。不再上班了的父亲每天变得无所事事，从前的单位他不能再去了，他的天地变得狭窄起来。起初，父亲还是很乐观的，他对我们说，我干了一辈子石油了，现在退下来了，我该享享福了，从明天开始，我每天早上要晚起一个小时，我要睡懒觉了，等我哪天睡够了，歇得烦了，我就找个活儿干干。父亲以为凭自己的技术和身体，找个活儿干干应该没有什么问题。

我们故作顺从地答应着，其实我们心里清楚，他现在就是整天都睡觉，也没人管他了。果然，父亲在睡了一个星期的懒觉后就受不了了，又恢复了从前早起的习惯。父亲走出家门，来到大街上，他尝试着想找一个工作，哪怕是个看大门的工作，他也会欣然答应下来，每天干得兢兢业业。然而，几乎每个单位都是人满为患，父亲找工作的美好愿望很快破灭了。有很多次，父亲不知不觉就来到自己原来的工作单位，那个单位没有变化，包括里面的一切都没有变，那个烧开水的小锅炉房也还在，只是门已经上了一把锁，看起来已经没人来做这件事情了，父亲觉得自己的岗位原来真的是没有用的，有没有自己一点儿也不重要，机关干部们的喝水问题照样能解决。那些桶装的矿泉水被搬进一个个办公室，办公室里已经用不着暖瓶，而改为饮水机了。父亲只是看到那些花草树木，由于失去了他的照顾，都变得有些焉了，无精打采的样子，冬青没有修剪，参差不齐，花开得一点儿也不鲜艳，树上的叶子被虫子吃得很像蜘蛛网了。父亲一着急，就要进去捉虫子，但父亲立刻就被两个年轻的门卫拦住了，他们让父亲出示通行证，那是一种硬卡片，上面还印着岗位和职务，可以佩戴在胸前的，父亲没有证，被眼睁睁地挡在了门外。父亲小声对两个门卫说，我原来就是这里的，你们俩我怎么不认识，这样好不好，你们让我进去给树抓抓虫子，给花浇浇水我马上就走好不好？那两个年轻的门卫根本不能通融，他们忠于职守，表现出了高度的责任感，坚决地拒绝了我父亲的无理要求，他们甚至以为我父亲是个精神病人，或者是一个伪装的上访者，这个人是来无理取闹的。他们对父亲说，你要是再赖在这里不走，我们就要打电话报警了，父亲只好怏怏而去。父亲觉得这不是两个门卫不让他进去的事情，而是单位不让进，单位无情无义，翻脸就不认人了。

父亲那天在外面见到了和他一起内退的老范。老范提着个包走得匆匆忙忙，见到父亲后他马上停下来和父亲打招呼，问父亲去干什么？父亲说没事儿，我没事儿，你这是干什么去啊，这么急匆匆的？是不是找到好活儿啦？老范看看父亲说，咱们就会打井，别的啥也不会，你又不是不知道，我能找到啥好活儿啊。父亲说那你这么着急地干什么去？老范说，上学啊。父亲愣了一下，老范要上学了？在父亲的记忆中，老范是个不识字的人，是个文盲，那时候在钻井队也就老范连自己的名字都不会写，一填表就要请别人帮忙。父亲想到这里对老范说，你是该上上学认认字了。老范说，你说什么呢，认什么字，我现在上的是老年大学！父亲笑了，父亲说老范啊老范，你还没上过小学怎么就要上大学呢？老范有些急了，他说老年大学学什么的都有，看你报什么班。父亲问他报的什么班？老范说报的是书法班，父亲笑得更响了，父亲觉得老范简直就是在开国际玩笑，荒唐，试问一个字不识的人怎么能学书法，要知道，书法可是老祖宗传下来的绝学，就算是一辈子饱读诗书的人，也不一定能写好书法。不过父亲没有让老范下不来台，父亲对老范说，有这么个爱好挺好，总比我一样爱好也没有要强。老范对父亲说，咱们这些上了年龄的人，就得自我发现，你像那个老董，在咱们队上的时候唱歌老跑调，人家现在唱上京剧了，还是什么裘派呢，听说快成票友了。老范说完就和父亲告别，老范的包里鼓鼓的，全是毛笔、纸张和墨汁什么的，望着老范匆匆而去的身影，父亲忽然想到老范老董他们是不是疯了，难道他们不知道自己是谁？姓什么了吗？当年在钻井队上的时候，老范虽然不识一字，却是个贪生怕死的人，他很爱惜自己的生命，只要有一点点危险，他也不干，问题是，钻井队的活儿根本不可能绕过去，就是说，你不干就得别人干，总得有人来干，多危险的活儿也得有人来干。一个人，不识字，还怕死，所以老范很让人看不起。而那个老董则是个脾气很大的人，遇事沉不住气，喜欢咋呼，基本上算是个没有脑子的人。可就是这样两个人，和他一样内退后竟然都找到了自己新的生活目标，至少，也算找到了一点儿乐趣吧。父亲很苦恼，他不明白自己为什么总是找不到目标，也没有一点乐趣。父亲觉得老范老董这些人比起郑指挥来说，都差得太远了，父亲只佩服郑指挥。那是过去的一位老领导，为人正派、生活俭朴，工作踏实。那年在钻井队的时候，郑指挥到队上检查工作，因为路程太远，只好在钻井队吃饭。郑指挥自己去买饭菜票，然后到食堂的窗口那里去排队，郑指挥没有碗，跟老范借，老范竟然不借，父亲把自己的碗给了郑指挥，才让郑指挥吃上了饭。那次走的时候，郑指挥找到父亲问了问名字，父亲告诉了他。在第一次分楼房的时候，有资格的几乎都是干部，父亲意外地得知竟然有他的名字。父亲住上了油田历史上第一批楼房，这让老范老董他们嫉妒得眼睛发红，他们认定父亲走了后门，找了哪个当领导的老乡给办成的。父亲也很纳闷，他不知道以自己的条件怎么能住上第一批楼房，父亲觉得只有郑指挥才会帮他，肯定是郑指挥说了话才给他分上了楼房。老范老董他们都在三年后才住上了楼房，不过，他们住的比父亲的要大十多个平方米。而且，父亲这一住竟然就是二十多年，再也没有动过地方。父亲低低地叹了一口气，现在他很想找到郑指挥和他谈谈自己心中的苦闷，他听说郑指挥退休后也住在这个地方，但他从来没有去找过他。

闲来无事的父亲老是觉得手心发痒，他总想能干点儿什么。那天，他在马路上漫无目的地行走时，看到三个农民工模样的人正在修理一段被轧坏了的路面。父亲很有兴趣地走过去看了起来，那活儿其实没有多少技术性，他们三个人要把那段轧坏的路面重新挖开，填上新土，夯实，然后再铺上石子，最后灌上沥青，压平，就算完成任务。父亲看到那是三个年轻人在干，他们中只有一个年龄大一些，他们干得无精打采，毫无章法。父亲实在看不下去了，他从一个小青年的手中一把夺过铁锹说，有你这么干活儿的吗？应该这样干。父亲把自己的外衣脱下来，甩到一边，然后用力干了起来，只一会儿，父亲的膀子上就渗出了晶莹的汗水。被父亲替掉的那个小青年不知所措地站在那里，另外两个却不愿意了，他们干脆都不干了，只是看着父亲一个人干。父亲不管他们，认认真真地干着，后来，那个小青年用央求的声音对父亲说，大叔，求求你还是让我来干吧，我还得挣钱供我妹妹上学呢。父亲听到这话才意犹未尽地停住了，父亲把铁锹交给了那个小青年说，干活儿得仔细，别看这活儿没有多少技术含量，那也马虎不得，原来的路面为什么坏了，就是因为干活儿糊弄，不然再大的车轧也轧不坏的。父亲不仅帮那三个农民工干了大半上午活儿，走的时候他问那个小青年家里是不是很贫穷，那个小青年说，他父母有病只能种种庄稼，没有办法他只好不念书了，现在是他挣钱供他妹妹上学。父亲听了后大为动容，他掏遍了自己的口袋，只找到五十块钱，他把钱给了那个小青年说，这钱不多，你拿着，到时候给你妹妹交学费吧。那个小青年显然没有想到父亲会给他钱，他高兴得千恩万谢，送父亲走的时候，小青年对父亲说，大叔你明天能不能再来教教我干活儿，我干得一点儿都不好，你要是住得远，我去接你怎么样？父亲看了看这个小青年，又看了看那两个一脸嫉妒的人，父亲忽然觉得自己做得有些不妥，父亲只好对那个小青年说，明天再说吧，能来我就来，就不用你去接了。

那天父亲又看到了老范，老范还是行色匆匆的，他这回没有主动和父亲打招呼，而是父亲先和他打招呼的，老范都不想停下来了。父亲说，大书法家，你还没成名就想不认人啦？老范才迫不得已停下了，他告诉父亲，他要去参加一个活动，是老年大学组织的，给残疾人义写书法作品，义卖，帮助残疾人。父亲听后吃了一惊，难道这个一字不识的老范只学了不到两年就真的会写字了？父亲问老范，老范小声对父亲说，对你我不能隐瞒，我其实根本就不认得那些字，老师教我我也只能先记下来，然后回家查字典，看这是个什么字，当什么讲，然后再照着写。老范叹了口气说，没有文化，干啥也不行啊。父亲觉得老范这回说了实话，他一个文盲，还挣巴着想当什么书法家啊，要是说他想认几个字还说得过去，书法家，那是老范这样人当的吗？

不到半年，父亲就大跌眼镜了。父亲听那个唱京戏的老董说，老范不得了了，真的成事儿了，他的一幅书法作品在北京得了奖，老范也到人民大会堂去领了奖，老范不光吃了大席，还和国家领导人合影留念了呢，老范这下可风光啦。父亲听到后对老董说，难道这能是真的？肯定不是，你说呢？

老董说，一开始我也不信，可是那天我上老范家里去见了照片，又是合影，又是吃席的，不由人不信。

父亲无言以对。老董又放低声音说，不过，我听到一个最可靠的消息，老范这次获奖，是因为他交了钱，才给他评上奖的。你猜他交了多少钱？父亲摇摇头，父亲甚至不明白为什么交了钱就能获奖。老董伸出了一只手，又展开食指拇指两个手指。父亲说，八十？老董摇摇头，父亲说八百？老董又摇摇头。父亲也摇摇头，意思是猜不着了，老董神秘地加重语气说，八千，老范一出手给了人家八千，人家这才给他弄了个二等奖。要是一等奖，那都是得交一万的。

父亲已经听不清老董在说什么了，父亲觉得八千已经不少了，对于那个修路的少年和需要他挣钱才能上学的妹妹来讲，八千真的是不算少了。

父亲对公交车的感情越来越深，平均每天都要坐一次，要是哪天没有坐一回，他好像丢了魂儿一样，什么也干不下去。随着父亲坐公交车的时间越来越长，父亲对这种城市里的交通工具也越来越熟悉，父亲不光知道了坐公交车的大致人群，还知道了坐公交车的一些秘密。我们这个城市的公交车从几年前就取消了人工售票，一律改为无人售票，那些没买月票的人只有向售票箱里投币，父亲看到，那些投币的人形形色色，有人对零钱根本不在乎，也有人把一块或五毛钱看得比天还重，更有甚者，他们不是投一元那种硬币，而是和一元一样大小的游戏币，司机对此一无所知，他只是把住方向盘看看投币捣鬼的人，他不知道这个人在和他玩着把戏。父亲还看到，公交车上不光有专吃女人豆腐的色狼，还有偷拍女人的摄影者。父亲觉得公交车上的生活真是丰富多彩，父亲不光在公交车上看到了骗子、色狼、妓女、冒牌艺术家、推销员，还有小偷。

对于小偷父亲是深恶痛绝的，父亲历来觉得偷东西是一个道德品质问题，是一个重大问题。一个人，可以什么也不干，只凭盗窃得到别人靠自己劳动得到的成果，从而坐享其成，无论如何，都是不道德的，都是说不过去的，都是令人不齿的。父亲在坐了一段时间公交车后就发现，公交车上的小偷远比他想象的要多得多。父亲之所以一直对此无动于衷，主要是为了自身安全，父亲觉得那些小偷的身上一定会带有凶器，如果把他们惹急了，他们就可能狗急跳墙，出手伤人。有的时候，那些专门在公交车上扒别人钱财的贼们可能会是两个人，他们一个打掩护，一个下手，偷到东西后立刻就转移了。这样合伙的小偷，要抓住他们也是不容易的。有很多时候，那些坐车的乘客根本还不知道什么时候手机就没有了，钱包也没有了，身上带的钞票不见了。他们想找，却怎么也找不到，看谁都像是小偷，看谁也不像，司机这时候总是沉默的，他不想节外生枝，他的职责就是跑到终点，然后再回来，一天天混下来，没有交通事故，平安地拿到自己的薪水。

真正让父亲挺身而出擒贼的原因是一个和我妈年龄差不多的女人。那天父亲坐上车后就看到两个年轻人的行为很可疑，他们的手中都有东西作掩护，一个拿了件衣裳，另一个拿了几张报纸。他们上车后两只眼睛就不再闲着，总在别人的包和兜上扫来扫去，或者有意去挤碰别人，父亲知道这又是两个小偷，他们像寄居在这个城市身上的一些虫子，总是在一些人多的地方出现，他们是依靠别人生活的。父亲不愿意看他们的具体扒窃过程，父亲知道那也是一种技能，一种令人不齿的技能。父亲把眼睛移到窗外，窗外是那些让父亲看了千百次的风景，因为每次的角度不同，所以看上去每一次都是新的。父亲看风景的好心情被一声撕裂般的哭叫声打破了，父亲看到那是一个和我妈年龄相仿的女人，看不出她是个城里人，也看不出她是农村人，她的脸上有两团酡红的颜色，皮肤缺乏保养，这是一个上了年龄的女人，她的叫声夹带着哭泣，让父亲听到后心里颤动了。她用力地跺着脚，边哭边诉说，我的钱不见了！我的钱啊！哪个该死的偷了我的钱！她真的哭了，泪水和花白的头发使她愈加苍老和难看，也使她更可怜。那是我给老头子看病的钱啊，那是救命的钱啊！她向人们诉说她的老头子得了什么病，她说她就是到医院去交钱的，两千块钱啊，还是向别人借的，谁这么没有良心，缺了大德，不得好死啊！女人的哭声渐渐变得沙哑。司机并不朝这里看一眼，司机只是机械地开着车，有人说把车开到派出所去，可司机并不说话。司机这时候变成了聋子。女人绝望地哭了，女人绝望的哭声在车内就像水一样漫开了，就在这时，车子到站了，父亲眼见得那两个小偷向车门口挤去，父亲就在这时出手了，他飞快地一把抓住其中一个年轻人，并且把他的胳膊一下子扭向后背，那个年轻人想挣脱却没有挣脱掉，他对父亲说，你想干什么？父亲说，把钱交出来！年轻人说你污赖好人，谁偷钱了？父亲根本不听他的话，父亲只是用力扭着他，并且让他把钱交出来。那个年轻人说，你翻我的身上，你要是能翻出钱来就是我偷的。年轻人还是咬牙坚持着。父亲对他说，我不管这钱在你身上还是在你同伴身上，你今天不交出来你就别想走！年轻人终于知道今天碰上了什么人，他觉得父亲很像警察，他们中间传说的反扒警察。年轻人慌神了，他对父亲说，你放了我，我把钱给你找回来，父亲这才松了松手，原来那钱就在他身上，他把钱给了父亲后撒腿就跑，一眨眼就不见影了。父亲把钱交给那个女人时，那个女人千恩万谢，父亲说，谢什么，赶紧上医院吧。车上的人都用敬畏的眼光看着父亲，他们真的以为父亲是个便衣警察了。

父亲就是从那次后开始了公交车上的捉贼生涯，父亲赤手空拳，生擒过不少盗贼，父亲身手敏捷，小偷们见到我父亲便闻风丧胆。父亲抓住的小偷数量不断上升，在短短的半年内，父亲就抓到了十几名，追回钱物价值数万元。那年年底，市里几家单位都提议授予我父亲“见义勇为”光荣称号，但父亲没有同意，父亲喜欢独往独来，依靠自己的力量和能力，给那些小偷们以沉重打击。不久，市里一个民间组织“反盗窃联盟”也来人邀请父亲加入，那是一个自发组织，他们的活动范围和内容更广泛，他们要抓的，不仅是公交车上的小偷，还包括偷自行车、电动车、汽车、入室盗窃等窃贼，这个联盟大都是年轻人，他们觉得父亲加入他们的联盟会增加联盟的人气。然而父亲毫不犹豫地拒绝了他们，父亲不想和任何单位，任何人合作，父亲也不想做名人，父亲就是想让公交车有个好环境，父亲的想法很简单。

让我们没有想到的是，父亲抓贼有了瘾，几天抓不到一个手就发痒，父亲还曾经试图抓那些还没有来得及下手的贼，那需要精确的判断和勇气。让父亲觉得奇怪的是，为什么这个城市的贼会这么多，他抓了这么长时间却还是没有能抓完?

我妈对父亲的担心与日俱增，我妈对父亲说，老张，你都快五十六的人了，歇歇吧，让年轻人来抓，你该歇歇了。父亲活动了几下手臂说，趁我现在还能行，再抓一些吧，哪天实在抓不了了，我就住手。我妈说，那你可得当心啊，父亲笑了，父亲口气很大地说，我原以为贼们有多大胆子，还以为他们拿着凶器挺吓人的，可你朝他们大声一喝，他们立刻就害怕了。父亲不无遗憾地说，到现在我还没碰上一个对手呢。

父亲觉得他找到了自己的新的人生目标，就像老范和老董一样，都在内退后重新发现了自己的潜能，从前他们没有发现过，他们以为他们只是个工人，只能上班下班，挣钱养活老婆孩子，他们不知道自己竟然还在别的方面有着不错的才能。那天父亲见到唱戏的老董时问了一句，怎么好长时间不见老范了?老董立刻告诉父亲，老范不得了了，自从书法获奖到人民大会堂领奖后，老范的名气越来越大，找他写字的人越来越多，人们给他送纸送笔，老范都忙得应酬不过来了。父亲还是用老眼光看人，父亲说，他一个文盲怎么真的成事儿了，这也太离谱了吧?老董说，人家还专门研究过老范这种现象，听说咱们国家好多书法家都和老范一样，一开始都是文盲，后来才成了家，原因就是他们不识字，所以也不知道怎么写，等到真写的时候就不那么正规了，不讲顺序了，不是从头开始写，而是从当中写起来，还有人能倒着写，这样，写出来再看的时候就是书法了。父亲笑了，父亲觉得老祖宗留下来的东西让现在的人糟蹋得不成样子了。老董真正对老范不满和嫉妒的并不是他成了书法家，而是老范现在有钱了，听说他写一平方尺就是八千块，老董比划着，就这么大个地方，跟块尿布似的就八千啊，他凭什么啊？老范有钱了，不光买了套一百四十平米的商品楼，还买了小轿车，还是日本的丰田。父亲越听越气愤，老董也无心再讲了，老董忽然高声叫了一声板，罢了！不提他也罢！老董叫得悲切之极，底气很足，老董唱道：

他那里用甩头打某的左膀，
也是某心大意未曾提防，
大丈夫仇不报枉在世上，
饮罢了杯中酒我换衣前往……

不知老董是不是心里意难平，唱得大失水准，父亲只得捂住耳朵走开了。

父亲过五十六岁生日那天也没有休息，听我妈说，父亲还是和往常一样吃过早饭就出门了，我妈知道他又要去坐公交车，我妈说，今天是你的生日，你就不能放一天假？父亲严肃地对我妈说，放什么假？我上班的那么多年，从来没有休过一天星期天，也没有休过一个节假日，难道你都忘了？现在比起那时候，条件多好啊，再说坐公交车也不累，下雨刮风淋不着也吹不着，还是现在好啊。我妈知道拦不住他，只好说，今天中午孩子们都回来给你过生日，你也早点儿回来吧。父亲说好吧，我早点儿回来。

我和妻子彭丽一起回了家，还有我妹妹和她的男朋友，我们带了很多礼物。我给父亲买了一条钢鞭，是那种可以缠在腰上的，我想父亲应该喜欢这件东西，在关键的时候，也许它可以保护父亲，制服那些小偷。我们一家人又凑到一起了，人多，房间显得很小了，我和妹妹都觉得对不起父母，还让父母住在这样小的房子里。不过，我们也是心有余而力不足，我和妹妹都是工人，我们都靠微薄的工资收入生活，我们的能力暂时还达不到。像我，现在还只是住在租来的房子里。我忽然打了个冷战，我觉得，我和当年的父亲一样，我又走上了父亲的那条道路，不同的是，我面前的道路也许比父亲的道路还要难走。

一个又一个菜做好了，时间也接近中午了，父亲还是没有回来。我妈让我去看看，我便下了楼，这里是我最熟悉的地方，我小时候就在这里玩耍，现在竟有些陌生了，我觉得是时间把一切弄得陌生了，我在小区走了一圈，在小区的门口等了很久，也没有见到父亲的影子。我只好又回到家里。我妈的脸色很不好看，她似乎有了什么不好的预感，她对我说，你爸可能不回来了。我大吃一惊，我问我妈，你怎么这样说？我爸为什么不回来？我妈说，我也不知道，我只是这样想的。我觉得我妈也上了年纪，她年轻时可不是这样的。

我还记得那是我十岁的时候，父亲在井队打井任务很重，一年回不了几次家，有时一个月回来住两天，也有时只能住一天。我常常忘记父亲的长相。他回家时我问他为什么这样忙？父亲摸摸我的头说，国家需要油啊，我们是石油工人，有责任啊。那时候我不懂事，我对父亲说，别人都不管，为什么就你管？父亲的脸黑了，他对我说，我是国家的工人，我不管谁来管？我说，你管国家的事儿，可有一天国家不管你的事儿了呢？父亲突然朝我发火了，父亲骂我，你个小兔崽子，我叫你胡说八道，我叫你乱说！父亲狠狠地抽打我的屁股，现在想起来我的屁股还是感到火辣辣的痛。那年夏天，父亲他们在海边的一个地方打井，气候突然变了，不光下了几天暴雨，还涨了海潮。我妈那些日子焦虑不安，那时候没有电话，因此不知道父亲的情况。我妈只好天天看天气预报，看完后就祷告老天开眼。那天早上，可怕的事情终于发生了，一辆车开到我们家门口，从车上下来的都是父亲单位的领导，他们身上穿的雨衣还朝下滴着水。一位领导对我妈说，嫂子，你要挺住，张师傅和另外两个工人一起被海浪卷走，可能已经遇难了！我妈听后并没有惊慌，表现得出奇地镇定，我妈问他们，是在什么地方卷走的？海浪有多大？领导告诉我妈，是在上班的时候，海浪大得就像山一样。我妈听后再也没有说话，也没有一丝悲伤。领导们把我妈接到了单位的招待所，在那里，另外两名工人的家属已经哭得昏天黑地，她们看到我妈没有掉一滴眼泪。她们问我妈，你们两口子是不是感情不好？我妈说，我们两口子感情很好。她们又问，你们是不是要打离婚？我妈说，你们说什么呢，离什么婚？她们疑惑地问我妈，那你为什么不哭？我妈说，我为什么要哭，我又没见老张的尸首，我怎么知道他真的死了？那两个家属以为我妈疯了，她们顾不得悲伤，反过来劝我妈，大妹子，就算是他们死了，咱们还得过下去啊。我妈冷冷地说，谁说我不过下去了？

一连两天两夜，我妈没有吃一粒饭，没有喝一滴水，更没有闭一闭眼睡觉。不管谁劝也没有用，我妈只是在等待，苦苦地在等待。事情果然如我妈想的那样，失踪的三个人中，只有我父亲一个人生还，因为他在部队里进行过严格的游泳训练、武装泅渡，水性超人，父亲与海浪搏斗了五个多小时后，才筋疲力尽地爬上了岸。父亲在海边一个小窝棚里又恢复了一天一夜后，才找到了前来寻找他的救援队伍。几乎没有人相信父亲是凭着自己的能力战胜了死神，只有我妈相信，我妈说，你爸不会那么轻易走的，再说，你们还没有长大成人，他舍不得你们的。

让所有人都没有想到的是，父亲回来后我妈见到他的第一面不是惊喜，而是一场大哭，我妈哭得惊天动地，哭得痛快淋漓，哭得摧肝裂胆。我妈先是撕扯着父亲，用手捶打着父亲，然后两手紧紧箍着父亲的腰说，老张，你别走，我再也不让你走了！父亲也流下了泪水，父亲既为自己死里逃生而庆幸，父亲也为自己的工友死去而悲伤，因此，父亲对我妈说，翠萍，不能啊，你不能把我拴在你的裤带上，国家急需油，油田要发展，我是油田的一分子，我还得出力啊！

然而这一次，我妈却和从前大不一样，我妈的泪水就像泉水一样涌了出来，我妈哭得我们都害怕起来。我说妈您别着急，千万别急，我们出去找。我和彭丽一组、我妹妹和她男友一组，开始了寻找。我们找遍了市里所有的公交车，问遍了所有的公交车司机，我们在一路又一路公交车上寻访，辨别，搜索关于父亲的蛛丝马迹，然而我们没有任何发现。后来，我们的搜寻范围越来越大，我们在火车站、汽车站、飞机场、港口、高速公路，几乎所有与交通有关的地方寻找，可还是没有找到，我们又在商店、旅馆、市场、那些人迹稠密的地方寻找，我们仍然没有找到。一天，两天，一个星期，两个星期，我们既没有父亲离开这个城市的消息，也没有得到父亲被害死亡的消息。父亲就这样消失了，在他五十六岁生日那天，从这个城市，从我们的面前消失了。父亲的消失神秘而又彻底，就像是他经过精心的策划，没有任何痕迹，又给我们留下了巨大的想象空间，既让我们看到了冰冷的现实，又给我们留下了多种的可能和希望。

我们能做的，就是在曾经报道过父亲事迹的那张晚报上一期又一期地刊登寻人启事：

张光明，男，五十六岁。国字脸，浓眉毛，大眼睛，身高一米七七，操山东胶东方言。曾当过兵，当过钻井工人，多次被评为技术能手和技术尖兵。后调机关工作，在改革中带头内退。爱好坐公交车，并曾在公交车上抓获小偷39人，追回失主钱物近十万元。于5月27日失踪，至今未归，有见到者请提供线索，电话×××××××××××。定有重谢。

我们坚信，父亲会像那次遭遇大海潮时一样，战胜海浪再次回到家中。他一直是个战士，即使当石油工人的时候他也每天早上把自己的被子叠得整整齐齐，每天早上起来跑操。每打一口井，他就像去执行了一次战斗任务，每一次，他都能圆满地完成任务。我们一直在等待他的归来，就像过去的那些日子。每天早上醒来，一睁开眼我就会对彭丽说，我有预感，我爸爸好像今天要回来。然而，我们还是一次次失望，因为直到现在，我们还是没有得到他的任何消息。

周绍义
中国作家协会会员
胜利油田

我们都是杨来顺

尹德朝

一

当1148井队在盐碱滩打出一口臭水井的时候，山东姑娘胡秀娥刚过了她二十一岁的生日。

那是1957年的初秋季节，山东的沂蒙山区迎来了一个前所未有的丰收年。这段日子，胡秀娥每天都在华鲁乡的玉米地里收获一年的耕耘，她一边掰着包米棒子，一边想念着她从未谋面的男人。苞米穗子喷散着花粉，花粉弄得她身上很痒，越是痒痒，她就越想这个男人。

这个正被姑娘思念的男人叫杨来顺，可是他一点儿也不像自己的名字那样顺利，自从他跟着1148井队进了新疆的托里大戈壁，就仿佛被抛到了地球之外失去了方位，他和队伍的士气和运气都很糟。这一年，准噶尔盆地同时开进了很多部队，这些部队脱了军装都变成了打井队，兄弟井队接连打出好几口的高产油井，全国上下喜报频传，而他和1148井队的钻工们却打出了一口比狗尿还臭的水井。在严冬就要过去的时候，他被烧死在盐碱滩的地窝子里，在那个艰苦的年月，死个人是很平常的事，可是这个女人来找杨来顺了，这让井队的人有点儿束手无策，他们实在想不出让这个女人不伤心的办法，也不想让这个女人成为别的井队的女人。可是女人的选择却让他们大出所料。

胡秀娥要去新疆寻找她的未婚夫杨来顺，已是这一年的冬季。胡秀娥没有见过这个人，只看过他的照片。是通过村里媒婆牵的线。媒婆说：

“邻村的这个小伙子不仅是个当兵的，还是个带兵的，上尉连长。”

媒婆说着就把小伙子的照片掏出来给她看，浓眉大眼，一杠两星的肩章下斜挎着宽宽的牛皮黄铜武装带，英武潇洒。胡秀娥冲那张照片只看了一眼，一股热血就上了头，就像喝了二两土老烧，心跳的声音把耳膜都震得咚咚响，她脸红耳热，不是害羞，而是激动，激动得出了汗，浑身上下都湿透了，天哪，这么俊俏的军人呀，他就要成为自己的老公了？这不是做梦吧。她想要再看一看照片，媒婆不给看了，说，等你们相中了我就送给你，意思是要是相不中就毁了照片吗？胡秀娥是很自信的，因为，她也是她们胡家村最秀丽的姑娘，村里多少当过支前模范的小伙子追她，没日没夜地追，她对他们只是一句话：“非人民解放军俺不嫁。”这话她还只说了一半，心里还有另一半，那就是，不是军官俺也不嫁。不过这话她不敢说，怕别人说她势利眼，心比天高，癞蛤蟆想吃天鹅肉……

现在，她的这个愿望分明就在眼前，再向前跨一步就会实现。

然而遗憾的是，就在他们定下见面的那一天，她的上尉连长，她的日思夜想的杨来顺，突然接到开伐的命令，上新疆找石油去了。他们还未曾见过一面，小伙子就这样走到了天边。天边不怕，天寒地冻也不怕，只要他杨来顺还在这个世界上，活着是她的人，死了也要是她的鬼。胡秀娥的内心是一大片纯净的水，那未曾谋面的男人在她的水里洗了一遍又一遍，越洗越觉得他很像英雄黄继光或董存瑞，他一定高大健壮，力大无比，一只手就能把她抱起来，咕咚一下扔在苞谷地里或热炕上，然后像一座崩塌的山一样倒向她……她整夜睡不着，睡不着就写信，她给他写信，给他寄照片，照片是专门跑几十里地上县城里照的。她写呀写，一直写到天亮，越想他，她就越写。她写呀写，就决定去找他，上新疆找他，找她的爱情，找她的未曾见面的上尉连长。

胡秀娥第二天就去了县城，她要在这里买一张去新疆的火车票。天气已出现霜冻，北风扫荡着沂蒙山区的枯枝败柳，扫荡着山东姑娘千里寻爱的一颗骚动的芳心，扫荡着她对未来美好命运的憧憬和担忧。

胡秀娥包袱皮里除了她的一件小夹袄，还有一双她连夜赶做出来的一双千层底棉布鞋，鞋面上还绣了一朵百合花。这是她做的第二双鞋了，第一双她送给了一个参加孟良崮战役的解放军了。那是六年前，那一年她只有十六岁，那天村头鞭炮齐鸣锣鼓喧天，全村的人都欢送人民解放军出征，消灭蒋家王朝，解放全中国的口号声和旗帜染红了沂蒙山区蔚蓝的天空，这个军人也在队伍里，她不认识他，但是他比别人都高出一头，这个军人腰挎盒子枪，走在队伍的最前头，她就顺手把鞋子挂到了他的脖子上，他回头一笑，她就记住了他的面容，浓黑的眉毛，长着一脸的胡子。从他带领的士兵的人数来看，像是个连长。鞋子送给这样的男人才会物有所值。那双鞋，她做得很累很辛苦，那年，村妇女主任对村里的大姑娘小媳妇说，必须在部队开发前把手里的鞋做好。只有两天的时间，她是个好强的女孩，她点灯熬油，细嫩的手上勒出了一个一个大血泡，天亮的时候鞋做好了，她还把一朵百合花绣在上面，可是她的手肿得就像一对紫馒头。队伍浩浩荡荡地开进山里去了，把她的一颗少女的心也带到了战场。她在心里发誓，将来一定要嫁，就得嫁给这样高高大大的，长着浓密胡子的军官做自己的男人。

后来听说战争打得很惨烈，确实也很惨烈，因为她看见从前线抬下来很多的伤员，伤员躺满了她们村的麦场，麦场躺不下了，又往村小学和一座庙里抬，把香炉和财神罗汉都腾出来了。还有那一车一车的尸体，天哪，那都是爹妈生爹妈爱的鲜活生命呀，那都是让大姑娘们等着来牵她们的手的棒小伙子呀，战争就这样把他们的一切都毁了，血水顺着厢板往下流，一路走一路流……她在伤员堆里一个一个地找，一个一个地看，没有那个大胡子兵。她心里很欣慰，可是她还是听到了不好的消息，说那个大胡子军官也死了，说他所带的那个连队是个尖刀连，打得一个都不剩，她不信那个人会死，他那么健壮高大怎么会死呢？可是人家说得有声有色，人家说："那个胡子军官穿着一双绣着野百合的棉布鞋，有一个大官在向烈士们告别的时候，看到了那双漂亮的百合花鞋子，就把那双鞋子从尸体的脚上扒了下来，说等全国解放以后，要把它送到革命军事博物馆展览哩。"

她听后心里悲伤极了，但是悲伤之中，她的心里又有那么一点欣慰，她的鞋子要是真的送到什么地方去展览，她一定要去看一看，她要对人家说，这是她做的哩。

胡秀娥在县火车站里整整排了一天的队，等到了窗口，一问，她听到了一个不太好的消息，说现在的铁路还没有通到新疆，火车只通到甘肃的九泉，甘肃在哪里？九泉在哪里？九泉，不就是黄泉吗？娘哎，怎么这阳世上还有这么一个让人丧气的阴间名字。好在售票员给她解释说，不是九泉，是酒泉，还告诉她，到了酒泉，可以换乘汽车去新疆，不过，就是苦一些，时间长一些，得走上十天半个月呢。长算什么，苦也不怕，为了她英俊的军官男人，就是上刀山下火海俺也要去。

她哪里知道，遥远的西部地区寒风凛冽，荒沙无际与她的家乡天壤有别，她哪里知道，在托里戈壁的茫茫旷野里，要找到一个男人是一件多么艰难的事情。她哪里知道，那个男人与她想象的一点儿也不一样……

二

此时，杨来顺正与一支头戴两顶帽子的队伍行走在新疆的托里戈壁里。队伍走得歪歪斜斜，他们从东南方向走过来，就像是一支没有经过训练的地方武装，然而他们中间，大部分都是参加过辽沈战役和朝鲜战争的老兵。但是，这里的风太大了，天太冷了，再有素质的队伍也会被刮得七零八落。这里是一个奇怪地方，这才刚进十一月，怎么就这样寒冷？鼻子冻得发青，眉毛和胡子都让哈气染白了。在山东老家，庄稼还绿着哩。

他们的头上戴着狗皮帽子，皮帽子上还要扣着一顶铝盔，为什么要戴两顶帽子？因为这里不仅寒冷，大风还能把石头刮到头上来。两顶帽子增加了他们的高度，因而看上去他们很高大。像一些游走在另一个世界上的大头怪物。他们有车，却不坐车，因为车上驮着被分解的巨大的机器和铁架子，还因为他们正在爬一个山坡，地下都是虚软的碱土，车重了上不去，他们就下车走路。

唯一不走路的有两个人，一个是苏联专家涅巴托夫斯基，另一个是北京大学毕业的女工程师李菡玉。

队伍的前头打着一杆红旗，红旗不是很红，就像是从这支队伍中流淌出来的一片陈血，红旗被风吹得很强劲，但是它的旗梢已抽打成布条，正一块一块地被风撕走。他们的肩上扛的已不再是枪支，是一根被称作管钳的粗铁棍子。风沙很大，把队伍吹得时隐时现，东倒西歪。旗杆吹成一个弧形，被风吹得平平展展的旗面上写着1148钻井队。

这群去了帽徽的转业军人，要找他们从没有见过的一种叫做石油的黑色液体，这个液体不在天上不在地上，却在千米深的地下，看不见也摸不到，因而他们显得有些沮丧，他们想不通，山河如画的祖国怎么还会有这样一个鸟不拉屎的荒沙戈壁？在战场上，他们生龙活虎，因为，敌人就在你面前，看得见摸得着，而石油这个东西，它到底在哪里？鬼也不知道。

举目远望，没有尽头，可这里又像是世界的尽头。戈壁太庞大，沙漠太庞大，苍茫无垠，万顷不毛，这些战功显赫的军人们在这里傻了，他们似沧海一粟，容不下丝毫的印记。

杨来顺快要掉队了，其实他很懦弱，一点儿也不像黄继光、董存瑞那样高大，也不像刘巧儿的对象赵振华，他没有一点儿战斗的朝气，他也不是什么军官，在部队上是一个炊事兵，现在继续在井队里干他的厨师事业。他又矮又瘦，寡言少语，哪里是胡秀娥心中的形象？单纯的小姑娘哪里知道，那张照片是精明鬼诈的媒婆从一个画报上剪下来的。

前几天，杨来顺在克拉玛依居住地收到了山东老家的第一封来信，信是胡秀娥写来的，她在信上说，她要和他结婚。现在正走在来新疆的路上。于是，他的心里热得就像烧红了的炉子煤炭，来新疆之前他雄心勃勃，立志要大干一番事业，可是上级还要让他干炊事工作，再加上这里荒凉无比，就对找油没了兴趣，想来想去，还是家乡的土地实在，老婆的被窝实在。石油在哪里？听说是在几千米的地下，外国专家说，还不知道在哪块地下，油怎么弄出来，像挖煤那样一镐一镐地挖？挖十辈子也挖不到底。路上，他一直想着怎样向队长请长假，回老家和前来找他的女人结婚，或者干脆一走了之，可是他不敢，这个荒无人烟的大沙漠，他要是一个人走，就会迷失方向，就会冻死，让狼吃掉，让风刮走。不过，现在就是想走也不能走了，他要是走了，胡秀娥找来了怎么办？

队长陆佳川与杨来顺一前一后走在队伍中，杨来顺想请假，心里反复不停地背着几句话，说自己想去克拉玛依市接他的未婚妻，然后在那里结婚，然后是不是能让他回老家看看，帮爹娘收一收地里的庄稼。然后他就再也不来这个鸟不拉屎的地方了，可是他心虚，几次想张口，都没敢，他不是怕陆佳川，井队的人从上到下都黑着脸，因为这支队伍，目前还没有找到一滴石油。而其他兄弟井队，都已在准噶尔盆地的不同地方打出了高产油井。队伍中，陆佳川的脸色尤为不好看。这个时候，他要是请假，去克拉玛依车站接未婚妻、结婚，不是找骂吗？他跟在队中走呀走，手里紧紧握着胡秀娥的信，他没有见过她，可他把她想象成刘巧儿。甜甜地一笑，一笑俩酒窝，迷死人了。

次日下午，队伍停留在一个无名山坡上，他们要在这里打井了。他们把红旗插到山坡上，开始卸车，大风几次都把红旗吹倒，但是总有人走过去把它再扶起来，红旗就是这支队伍的意志和灵魂。可是，红旗越飘越显得无精打采，因为所有的人都在怀疑，这样一个鬼都不来的地方会有那个叫做石油的人类宝藏？可是，苏联大鼻子涅巴托夫斯基把打井的圈子画到了这里，他们就得把红旗插到这里，圈子是用白石灰画的，画得一点儿也不圆，很像一个猪尿泡。

大铁架子竖在那个猪尿泡上，开钻了。

这是1957年11月30日，在中国石油工业的历史上，这里有了第一行有关打井的文字记载：准噶尔盆地以西黑油山外围勘探区域，打油井一口，预订深度800米。地名为：托里戈壁外围的勘探区域。这个名字太长，比苏联人的名字都长，这么一长串文字，把1148井队的人搞得很晕，把苏联老毛子搞得也很晕，指挥部的人就说："干脆简称为外探区吧。"

在外探区的小山坡响起钻机声的第二天，杨来顺终于向队长张开了请假的嘴，可是，钻机的声音太大，轰轰隆隆如美国人的轰炸机在天空盘旋，杨来顺喊了半天无果。最后他打消了念头，等打出油再说吧。

井队里有钻工二三十人，除了在朝鲜战场上炸掉一只耳朵的陆佳川已过三十，其余均是二十出头的小伙子，另一个领队的是苏联大鼻子专家涅巴托夫斯基，年龄在四十岁左右，一直单身。"大鼻子"是外国洋人的统称，涅巴托夫斯基的鼻子并不大，却很尖，鼻尖上总停留着一滴明亮的清鼻涕，不等它掉下来，他一吸就进去了。他说他很喜欢中国，想留在这里。后来才知道他真正喜欢的是中国的女孩子。

李菡玉是钻井队唯一的女性，这个女人是北京石油学院分来的学生，23岁，她学的是机械专业，管着井队里所有的机械，因而，她身上的雪花膏味和体香里还夹杂着柴油味。她长着一张白净端庄的小脸，有着苗条的身材，这个女人给了这支队伍强大的动力，不过，她与这些农民出身的军转钻工们总是保持着一段距离，他们都是中国人却没有语言，更没有感情交流的渠道，她字正腔圆的北京口音，再加上一口流利的俄语，让钻工们感到，她可能是上帝派下来的仙女，遥不可及。她已不再是一个生活中的女人，她是一幅画儿，纯净地骄傲地高尚地孤独地裸体地挂在钻工们的心里。

陆佳川自见到她的第一天就暗恋上了她，可是他知道，李菡玉是个城里的大学生，在50年代，城市是人间的天堂，而大学生就是天堂里的仙女，陆佳川是在抗日末期当的兵，农村土改时学了几个大字，军旅八年才混上了一个上尉连长，岂敢做李菡玉的春梦？可是知道归知道，想归想，明明知道他们之间有着不可逾越的天然鸿沟，可是他还是做了她不少的春梦，他想她，怎么挡也挡不住，他只要一嗅到这个女人的味道，就心跳加快，浑身有劲。

可是，这是一个奇怪的女人，她明明是一个中国女人，却和苏联专家涅巴托夫斯基走得很近，她不仅是机械工程师，还担任着1148井队的俄语翻译工作，两个人整天叽里咕噜，不知都说些什么，但是从他们的表情上看，大部分语言绝对都与工作无关。两个人到底在谈什么？当然只有他们知道。最初，他们谈的是中苏友好，谈列宁和斯大林，谈肃反委员会和捷尔任斯基、谈阶级异己分子布哈林和立陶宛匪帮，后来他们谈托尔斯泰、谈普希金，谈《钢铁是怎样炼成的》共产主义战士保尔和资产阶级小姐冬妮娅的爱情、再后来谈中国的《围城》和《红楼梦》，谈安娜卡捷琳娜和林黛玉，谈着谈着，他们“谈”出事了……

钻头钻下去，土质很松软，很像是一把餐刀轻轻地切着一块蛋糕，原计划要在这里打一个月井的，可是，才钻了不到三天零几个小时，还没容这支队伍喘口气，还没把炉灶砌好、把帐篷支牢固……井喷了，液体喷出来了，喷出来的不是油，是水，灰色的臭水，它带着地球滚烫的体温和压抑了千年的呼吸，冲天而上，臭味真臭，就像腌坏了的好几年的臭鸡蛋突然甩在了人的鼻子上。它从地下钻出来，喷出几十米高，又重重地落下来，变成一条蟒蛇拼命朝山下逃，它可能已经知道自己太臭，不讨人喜欢，就顺着山坡逃呀逃呀，它跑的速度真快，越快越臭，越臭越快，把托里大戈壁的天都熏黑了。

几乎在一夜之间，戈壁滩变成了一片臭气熏天的沼泽，水渗下去，碱浮上来，青灰色的戈壁变成了一片又一片白花花的碱滩，银装素裹，像永远也化不了的雪；像准噶尔盆地染上苍老的霜鬓。苏联专家傻眼了，上帝呀。我画的这个小白圈子，怎么一下子把地球都染白了？

“打井还真的打到地球的尿泡子上去了。”这是队长陆佳川在说话，他一屁股坐在地上，命令大家停钻休工，支帐篷打黄羊烧火炖肉。钻工们高喊：陆队长万岁，工友当面叫他陆队长，陆大哥，背后却叫他陆光棍，陆独耳。这时，杨来顺再次提出要结婚的事，队长说：“来了就结吧，可是你不能走，你走了谁来给我们做饭，你不能走，要是你女人来了，就在这里结，让大家闹一闹，也解一解打不出油的闷气……”

杨来顺一听有点儿傻，他是想借结婚为由，带着女人跑回老家去，永远离开这个狗不拉屎的鬼地方。

三

打出来的臭水要拿到克拉玛依指挥部化验，看一看它到底是什么成分，为什么这么臭？

全队人一时接不到新任务，原地待命，可是刚支起帐篷，才开了一顿饭，咔嚓一下起风了，说来就来，来得快来得猛。比胶东半岛上的台风大得多，大风吹走了他们的帐篷，把他们活埋在沙石里，好在他们还没有到窒息的地步风就停了，风来得猛，停得也快，咔嚓一下风就停了，刀切一样得齐，连一点儿惯性都没有。他们从土里钻出来，与指挥部的联系中断了，他们饿得不行，也渴得不行，他们必须赶紧生火做饭，可是饭锅给刮跑了，面粉也吹得只剩一个空面袋子，问杨来顺还有啥吃的没有？他坐在地上哭，别人都以为他是在哭铁锅和面粉，其实他是在哭他的信，胡秀娥写给他的信和一张照片被风吹走了。那上面还写着到达克拉玛依的具体时间。

总不能等死，队里有一支中正造老步枪，陆佳川提枪走了，戈壁滩上黄羊、盘羊很多，肥匍匐地跑来跑去不怕人。那时，国家还没有明令禁止捕杀它们，陆佳川一直都不许钻工们开枪，因为他不愿再听到枪声，再看到死亡。可是人被逼到绝境后，就顾不了那么多了。看到黄羊，他举起的枪又放了下来。最后他把一只狼拖了回来。涅巴托夫斯基看到打死的狼，呜哩哇啦冲他大声喊叫，不知他在说什么。李菡玉说："涅巴托夫斯基说，你打狼还不如打羊，狼是羊的医生，它吃的都是跑不动的羊，吃掉病羊，就会阻挡疾病传播，它追逐动物们奔跑，会使它们更健康。"陆佳川搞不懂，这是他妈的什么逻辑，他就知道人饿了得吃，上甘岭的歌子是怎么唱的？……朋友来了有好酒，若是那豺狼当道迎接它的是猎枪……你涅巴托夫斯基也最好别挡我的道。

帐篷刮走了，他们就用臭水和泥打土块，盖起了土坯房，刚盖了一半，咔嚓一声，大风又来了，还没有干透的房子又被大风刮倒了，这些从江南苏北来的内地人没有见过这么强大的风沙，不知如何是好了。不过还是上天有眼，无意之间，他们看到了地上打洞的黄鼠。这些黄鼠在洞里钻来钻去轻松自如，你来我往修身养性，洞穴式住宅让它们安哉优哉，看都不看一眼这些蠢笨的人类。钻工们恍然大悟，我们未尝不可？于是纷纷效仿，开始挖洞，他们在这里挖了无数地洞，与黄鼠们一起居住下来，举世闻名的地窝子就这样诞生了。

上级很快找到了他们，送来了食物和饮水。臭水的化验结果也出来了，说那是硫化氢水，有毒不能饮用，但臭味对人体并无大害，钻工们就在那块被臭水翻上来的碱地驻扎下来。

那是1957年的12月，就快要过元旦了，天气冷得很厉害，很多兄弟井队都已经停钻了，都到克拉玛依观看正在全国热播的电影《柳堡的故事》去了。可是1148井队的钻机还在轰轰地响着，因为到现在这个井队还没有见到一点儿油星子，陆佳川的嘴上燎起了水泡，涅巴托夫斯基也很着急，那口臭水井让他威风扫地，在中国人面前很丢面子，在他的苏联同事面前压力也很大，他天天蹲在钻井边上，把每一块岩芯抱在怀里，使劲地看呀摸呀，敲碎了放在一台破旧的显微镜下化验个没完，有时还放到嘴里尝一尝，他的手里总是拿着一个放大镜，在地质图纸上晃过来又晃过去，有一次在太阳底下晃，想不到冬天的太阳也很厉害，把纸燃得冒烟了。李菡玉也是整天都埋在图纸里，脸上愁容不散。作为新中国第一代石油地质工程师，她的压力一点儿也不亚于“老毛子”。钻机日夜不停地转，她就日夜不敢合眼，钻头换下一个又一个，钻机声音越听越像是一大群牛在哭。可是油到底在哪里呢？大家也好像没了战斗力，天气一天比一天冷，实在冷得不行了，几个钻工就从戈壁上砍来梭梭柴，在井旁点起一堆火驱寒。火刚点着，涅巴托夫斯基就冲他们大喊大叫，也不知他说些什么，钻工们都不想理他，对这个“老毛子”很有气，说这个苏联专家，乱画圈，哪里是什么石油专家，分明是一个猪尿泡专家、水窟窿专家嘛。李菡玉见钻工们不理涅巴托夫斯基，就对大家说：“你们快把火灭了，根据数据表明我们打的这口井，已有了油气的迹象，石油和天然气可能随时都会出来，你们这样点火，油要是喷出来，后果是不堪设想的。”大家不相信，都知道这个城里的女学生和“老毛子”穿一条裤子，一个钻工没好气地说：“油要是出来了，我就把它喝了，我的肚子正缺油水呢。”大家哈哈哈。

陆佳川站在井台上发起火来：“你们给我立刻灭了，你们为什么冷，那是你们活动的少，懒。你们怎么知道我们的石油出不来？以后你们谁要再说我打不出油来，等我打出来了，我就让他喝油，喝死他——！”

大家还是有些怕陆佳川的，人家曾经是一个战斗英雄，打井不行，打仗带兵还是有一套的。于是，大家赶紧把火灭了。

石油是凌晨五点从地里冒出来的，很突然，比那股臭水还猛烈，大家又惊喜又紧张，一紧张，采油树不知道该怎么装上井口了，涅巴托夫斯基又在一边大喊大叫起来，可是谁也听不懂他在喊什么，不过，大家开始服他了，要是那堆火还烧着，那这个井队就全完了，还不都化成灰不可？石油不停地向外喷射，都流到戈壁滩上去了，油不是水，它可是我们国家的宝贵财富。陆佳川大声喊："快拿铁锹把油围起来。"于是大家就拿起铁锹镐头把流出来的石油围成了一个圈，很快形成了一个油池，不过这不是解决问题的根本办法，重要的是把那个采油树的闸门拧到油管上去，但这必须要跳进油里才能完成，陆佳川看到身边的杨来顺站在一边束手无策，就说："你还站着干什么，跟我上！"说着，就脱了衣服跳进油池，杨来顺犹豫了一下也跟着跳了进去，他们这一跳，司钻马少朋和另外几个人也进去了。

太阳升起来的时候，采油树的闸门终于控制了呼啸的油龙，东升的太阳红彤彤地映在镜子一般的油池里。陆佳川、马少朋和杨来顺他们都成了黑亮黑亮的塑像，李菡玉端来了一盆柴油和擦机器抹布，他们这才把自己恢复人样。

1148 井队的这口井，创造了日产原油千吨的历史纪录，成为当时准噶尔盆地所有日产量的总和。他们敲锣打鼓向总指挥部报喜，总指挥部奖给他们一头猪和两袋白面。当时的《人民日报》、《新疆日报》也都上了头条。之后石油局里的大领导来了，在 1148 井队上开了一个庆功会，队上很多人包括杨来顺都戴上了大红花，会上，陆佳川发了言，后来，大家也让杨来顺讲几句。他的第一句话就说："俺不想回老家了，前一段时间，我总想开小差跑掉，回俺家种地去，现在俺看到党中央和毛主席都在报纸上表扬我们了。俺感到我们的井队很伟大，俺也很伟大，俺的老婆就要来了。俺要让她在这里生根发芽，开花结果……"

台上台下顿时发出热烈的掌声。

后来，这里建镇了。名字像戈壁滩一样直白质朴——盐碱滩。

四

时节进入严冬，在陆佳川的记忆中，那一年是一个最冷的冬天，摄氏零下 45 度，他们在地窝子里住不下去了。

苏联专家涅巴托夫斯基到底是一个专家，他说：“我们守着石油和天然气还要受冻吗？这就跟死狼见了肉，没反应。为什么没反应？是因为狼死了，可人是活的，活人对危及到生命的寒冷没有反应，那就是死人，你们中国有句俗话叫：‘人还能叫尿憋死？’来，我们把天然气接到屋里的炉子里去。”

陆佳川想，这个“老毛子”真不愧是一个石油专家，这点子出得真是一点儿不错，不过，他总觉得这样做好像在哪里有一点儿不对劲。是哪里不对劲呢，他还一时想不起来。

钻工们问涅巴托夫斯基：“可是，我们怎么把天然气引到地窝子里去呢？”

涅巴托夫斯基说：“有办法。”他把气焊枪用的胶皮管子割下来，接到油气分离器的油嘴上，另一头拉进地窝子的火墙里，火柴一点，着了，地窝子里暖和得很，火光把屋子也照得明亮。

杨来顺做饭也用上了天然气。火头真是旺盛，原来两小时也做不好一顿饭，现在一个小时就把一个井队的饭菜做好了。

李菡玉也脱下连睡觉都穿在身上的棉衣，把她从北京带来的大红毛衣套在了身上。地窝子里温暖如春，她想洗头，城里的女人什么都能忍，就是忍不住头痒，她出门到水罐里去提水，水罐是一个十几立方的大铁槽式水箱，是井队职工们的生活饮用水，在天然气还没有使用前，水罐里的水都已封冻了，钻工们揭开箱盖儿，用管钳一块一块地砸着吃，现在，一根 4 分的钢管，把天然气插到水罐底下，水烧温了烧热了，不仅喝着舒服，还能痛痛快快地洗热水澡。

人的肚子吃饱了，身子暖和了，心房明亮了，心情也就舒畅了。一饱一暖和，人就会想家，想女人。这一天，晴空万里，天气虽然很寒冷，但是清淡的太阳还是给人的脸上带来一丝暖意。由于钻井用的泥浆车一直未到，钻机停下来了。钻机一停，这个世界就安静了，安静得掉下一根针都能听到它的声响。钻工们都半卧在钻台边的露天下，一边晒着冬季温柔的寒日，一边等着杨来顺开午饭的钟声。

杨来顺总是把钟敲得像打机关枪，钟是从钻杆上锯下来的一截钢套管，铁棒一敲叮叮响，就像子弹打在钢盔上，让当过兵的人听着很不舒服，总是觉得美国人的卡宾枪子弹又在头上飞来了。他们怀念过去的军号声，嘀嘀嗒嗒一吹，休息号、熄灯号、起床号、冲锋号都有了，听着有精神有力量，新中国不就是在这声声的号角中建立起来的吗？令人遗憾的是，这个二三十人的井队没有司号员，也没有那嘀嘀嗒嗒铜喇叭。有了他们也不会吹。因而，他们也只好耐着性子，把子弹打穿钢盔的声音听进去。

食堂在职工驻地，距离井架也不过两百多米远。

钟声主要是敲给上夜班的工人们听的，听到钟声，上夜班的工人就会从床上爬起来，到杨来顺的地窖子里打饭，过点不补。杨来顺住的地窖子要比别的地窖子高出很多，也宽出很多。门檐上有一块长方形木板，木板上用红油漆歪歪扭扭地写着“食堂”两个字，既然是食堂，就有厨房和饭厅，饭厅里有木桌和木凳。这些粗糙的桌凳，都是用苏联进口来的装机器的木箱子拼凑而成的，是高加索山上的红松，散发着结实的松香味儿。这里不仅是食堂，还是1148井队职工开大会的所在地。

为了不耽误钻井的进尺，钻塔上劳作的人都在工地吃饭，太阳当空时，钻工们的肚子就叫上了，不时地朝挂着“食堂”的地窝子方向张望，只要杨来顺的饭挑子一出现，他们就会放下手里的活，从自己的军用挎包里掏出饭盒和水壶，自动排好队，肚子饿的人很远就能闻到炒菜的香味，香味闻够了，他们就目不转睛地看着杨来顺的饭勺子。这个时候，是杨来顺的人生价值得以最高体现的时候。这个时候他可以大声地训人，用又黑又亮的铁勺敲打他们快伸到锅里的瓷碗和饭盒，一块一块的搪瓷都崩到了菜汤里了也没有谁敢说什么，他们生怕杨来顺少打一口菜半块肉。

这天菜是白菜炖粉条，细看也能看到几块猪肉片，它们非常珍贵地点缀在白菜帮子里，看一眼就会流口水。工人们最大的幸运和最大的不幸都取决于今天的碗里有肉或没肉，取决于杨来顺手里的铁勺子。工人们有时有点儿怀疑，上级送来的一头肥猪怎么还没有吃几顿就没有了呢？后来知道，杨来顺把猪都炼成油了。菜是每人一份，窝头随便吃。钻工们打上饭菜后，就东一堆西一堆地蹲在井场四周，吧唧吧唧地吃起来，吃得很响，李菡玉最厌烦这种声音：“你们能不能不吧唧嘴。”废话，不吧唧嘴，那香味能出来吗？但是没有人敢反驳，当然也没有人能止住自己的嘴不出声。李菡玉只有端起饭碗走人，把饭端到自己的地窝子里吃。不过，上边有特殊规定，机械工程师可以和苏联专家一起享受小灶待遇，在那个年代这可是一个大到天上的待遇。

吃罢午饭，有半个小时的休息时间，钻工们就地躺在布满碎青石的小斜坡上，一边晒着深冬太阳，一边谈起了家乡和家乡的女人，有人从怀里把自己老婆和未婚妻的照片掏出来，相互传看，于是大家都掏出来了，他们相互比着，比谁的老婆或未婚妻漂亮，有的还把女人写来的信在大家面前公开阅读。这天，司钻马少朋的老婆来信了，他是刚从老家回来的。大家闹着让马司钻拿出来公开，杨来顺担起两个空饭桶正要走，听大家嚷着要读别人的家书，他就停下来，也想听一听人家女人的信。这两天，他可是天天都盼着胡秀娥的来信啊。

马司钻老婆的信一念出来，就在钻工群中产生了巨大的轰动效应，"……少朋哥，俺想你，你到底啥时来接我呀，革命不是都结束了嘛，怎么这石油的命老是革不完……不过你放心，你只要好好地为革命找油，我就耐心地等你，等到地老天荒也心甘，俺还想告诉你一件事，这几天该来了，却一直没有来，俺想，八成是怀上了，俺一点儿心理准备都没有。你说俺该咋办哩，不过，反正俺想好了，我要生，生一个革命的小石油……"

钻工们嗷嗷地怪叫，推搡着马司钻，学着娘娘腔："……少朋啊，俺好想你，俺要生一个革命的小石油……"

钻工们特别喜欢听马少朋说故事，平平淡淡的一件事，也不管是真是假，大家听起来就像那么回事，都愿听，天南地北他无事不晓，他口才也好，细节抓得准，说得有板有眼，有血有肉，而且永远都不重复，不雷同，故事多得说也说不完，说到关键时刻他就打住了：要知后事如何，且听下回分解。搞得你心里痒痒的放不下。没事的时候，钻工们就围坐在他的身边听他眉飞色舞，海阔天空。他的威信，在潜移默化中变得很高，相比之下，队长陆佳川，就显得有些冷落。

陆佳川和马少朋曾经同是66军某团的战友，两人可以说是无话不说。但是两个人的思想境界却大有不同，马少朋曾是国民党军邓淮手下的一个骑兵连长，潼关战役，邓淮战败，马少朋带领一个马队投奔了人民解放军，1951年随人民志愿军第66军某团赴朝鲜作战，在清川江一役，获得二等功勋章一枚。

回国后，马少朋在授奖大会上认识了陆佳川。两人胸前佩戴金光闪闪的军功章，坐在了一张庆功大会的餐桌上。餐桌上摆着东北高粱烧和肥颤颤的红烧猪肉。军人的纪律严明，在领导的讲话没完之前，当然是不能动筷子的，马少朋两眼直直地盯着大盆子里的肉，一个劲地咽口水。军政委端着一碗酒，对将士们大声说："各路英雄模范们，平时，咱们有纪律约束，不能喝酒，今天咱们喝的是庆功酒，要敞开了喝，在战场上咱是英雄，酒桌上咱也别当狗熊，喝——"军政委第一个把满满一碗酒灌到了肚子里。喝——喝他个一醉方休。那天马少朋喝得酩酊大醉，吃到嘴里的好东西都让他吐得一干二净。睡在桌子底下，是陆佳川把他背回去的。

没有想到他们所在的66军某师整师转业，直接整编为开发祖国西部石油师。两人凑巧又走到了一个井队。两人在军队的级别是一样的，在军功章上陆佳川还略逊色于马少朋，两人一个指导员兼队长，一个是司钻，本应是很好的一对搭档。但是陆佳川是中共党员，又是在革命老区参的军，而马少朋多少沾染了一些旧军阀的习性，组织上考虑到这一点，自然就在职务上做了调整。他们表面看上去没有什么，其实，两个人在心里多少有了一点儿隔阂。

年轻的钻工们多数都没有结婚，闹着让马司钻谈一谈男女间的心得体会。马司钻也不推让，说："也没啥好说的，就是两个字，很好，事后，有一点儿像是被人抽走一罐子血似的，没有力气。"钻工们一个个张着嘴，听傻了。深刻，深刻，这个体会深刻，好听，过瘾。钻工们异口同声称赞马司钻，讲得到位，言简意赅。一听就是对女人有过真枪实弹，不像有些人，总吹牛，其实连女人床边都没有摸着。比如杨来顺，他说他老婆长得像七仙女，一边和他干，还一边唱山东吕剧给他听……一听这就是他瞎编的，这分明是坐在茶馆里的感觉嘛。大家伙哈哈哈。

杨来顺很尴尬。最初，他也很想跟大伙一起谈论家乡和女人，他的女人就要来了，很漂亮，这是他心里最自豪的一件事，也是他比别人都强的一件事。因此他要说给大家听，让大伙都羡慕他。平时大多数时间都是他听人家说，别人笑，他也笑，别人发出怪叫的声音，他也跟着嗷嗷两声，今天他想唱一唱主角。可是他一开口，大家都不信。大伙说："你说你老婆像七仙女，拿照片来我们看一看？"他说："让风刮走了。""信呢？""也让风刮走了。"大家伙又哈哈哈。

不过，里边也有不笑的人，这个人是指导员兼队长陆佳川，陆佳川知道马少朋时常口无遮拦，满嘴跑火车，本来不想阻止他，可是他越说越出格了，再不让他停下来就要出原则问题了。因此，他就不得不站起来制止他，可是当着工人的面批评他，有点儿不给他面子，孬好也是一个司钻，不过，他讲了一点儿策略："马司钻，你过来一下。"他又对大伙儿说："你们的屁股怎么这么沉，上午刚卸下来的一车水泥，你们就不知道去盖一盖？雪都下到上面，等到了春天一化，全完蛋了。"

大家见陆佳川黑着脸训斥人，有点儿扫兴，就站起来，到自己的岗位上去了。

陆佳川把马少朋叫到钻井平台一个转弯处对他说："你是一个干部，可不能这样瞎说，队伍不太稳定，想家，可你却说什么女人的事。"

马少朋笑一笑："咱们这里太乏味枯燥了，说一说笑话，工人们的心情会好一些，干劲就会高一些。"

"胡说，工作干劲怎么能是几句笑话就能鼓动出来呢？干劲是要树立大干社会主义的好思想才行的……"

马少朋不以为然地打断他："好了好了，这些大道理是不能当饭吃的，可我刚才说的那些话还真能当饭吃，不信你瞧一瞧工地，细听听他在喊什么？"

陆佳川顺着马少朋手指的方向望过去，工人正在整理袋装水泥，工人们喊着号子："少朋哎——哎嗨嗷，亲哥哎——哎嗨嗷，你说叫俺咋办嘞，哎嗨嗷——"

马少朋不以为耻反以为荣地哈哈大笑。陆佳川一脸的无奈："老马呀，这样下去可要出问题的。哪有把干部编成号子喊的？低级趣味。"

陆佳川独自走了，不过，他的心里也挺纳闷，这个老马的几句低级趣味怎么会让钻工们这么感兴趣，钻工群里有党员团员，可是他们也都跟着起哄。我们从前是一支人民的武装，现在是一支建设祖国的队伍，不是国民党反动军队，要好好地武装头脑了。他这样想着走着，眼见就要迈进自己的地窖门槛了，这时，他看见李菡玉披着一头湿润的长发，从地窖子里一个台阶一个台阶地升上来，她穿得很单，一件水蓝色薄毛衣把她束得胸高腰细，她的手里提着一个锌皮水桶，向水罐走去，一股清香的女人气味就钻进了陆佳川的鼻孔。

五

李菡玉先是把桶里洗过身子的水泼到地上，又走到水罐前拧开水龙头。就在李菡玉提水进屋的时候，陆佳川拦住了她。

陆佳川说：“李菡玉同志，我想找你谈一谈。”

李菡玉说：“要是有什么话，那就进屋说吧。”

陆佳川就跟着李菡玉进了她的地窨，里边真清香，不过，让陆佳川扫兴的是，涅巴托夫斯基也坐在屋子里。他上身只穿一件白背心，上面印着斯大林的头像，浓密的棕色胸毛都从斯大林的头上钻出来了。桌前摆着一张正在画的图纸。见陆佳川进来，他很开心地用中国话说：“噎——我的陆队长，你一个酥（稀）客呀。菡玉，快给他一杯咖啡，喝一个伏特加好吗？”

陆佳川忙说谢谢。他心里很纳闷，这明明是李菡玉的房间，涅巴托夫斯基反倒更像房子的主人。李菡玉把一杯咖啡端过来。弯腰时，深深的乳沟进入陆佳川的眼帘。陆佳川喝了一口，又苦又涩，跟门前那口臭井的味儿差不多少。

李菡玉一脸沉静地说：“陆队长，有什么话你就说吧。”陆佳川看一眼涅巴托夫斯基。

李菡玉笑说：“没事的，他听不懂我们的话。”涅巴托夫斯基确实没有什么反应，他又继续开始画他的图纸。

陆佳川见李菡玉糟蹋这个老毛子，心里很开心。

陆佳川就放下心来，说：“我想说，咱们都是中国人，在学习上，工作上乃至生活上是不是走得能够更近一些比较好。”

李菡玉笑说：“那请您说一说，咱们俩是怎么个近法儿呢？是一起画图纸呢？还是一起谈地质，是一起喝咖啡呢，还是一起喝伏特加，您说？”

陆佳川一时无语，他岔开话题：“涅巴托夫斯基同志，他是一个外国人，我认为，我们对他更应该像一个客人，而不是主人……”

“哈哈哈……”李菡玉和涅巴托夫斯基都笑了，原来他听得懂。这个李菡玉，不是在戏弄老毛子，而是在耍他。

陆佳川浑身不自在起来。他起身说：“那你们忙吧，我去井上看一下。”

李菡玉说："好的，那我就不送您了。"

涅巴托夫斯基说："菡玉，你还是要送一下的，陆队长是咱们的酥（稀）客。"

陆佳川怎么看都觉得他们像两口子，走到门口，陆佳川总想把憋了很久的话说出来："我想对你说，我……"

李菡玉打断他："我看你还是别说了吧，我知道你要说什么，很抱歉，我们是不合适的，小陆，你要好好的工作，不要想一些没有用的事情，以后，你会有一个好姑娘的。"

陆佳川走出李菡玉的地窨，有点儿头重脚轻，他有点儿想不通，这个女人为什么喜欢满脸满身都是毛的老外，难道，她就不怕毛扎，不怕那些毛里生虱子？她喊我小陆，她比我小，居然喊我小陆。这真是一个让人着迷的怪女人。

出门还没走几步，他就撞上了杨来顺。其实杨来顺看到他进了地窝子，就在门外等他。这次他不是请假，是谈他结婚的事。他对陆佳川说："我的未婚妻要来了，我是不是能把食堂的餐厅布置一下。再允许我垒一道火墙，再接两个火嘴子，把房子烧得更热一点儿。"

一说天然气，陆佳川就有点儿发毛，那个涅巴托夫斯基搞的天然气保温，他还没向上级请示哩，就没好气地说："我还没向上级请示。允许不允许我们这样用气，还不知道咧。"

杨来顺又说："她已从家里走出来半个多月了，眼见就要来了，那我就在这里结了？"

陆佳川心里有点儿烦地说："你要结就结吧。"

然而，就在天然气烧到第四天，出了大事。杨来顺的地窝子爆炸了，那是在他向陆佳川请假的当天夜里出的事，那天杨来顺一夜没睡，他在干什么，他是在布置他的新房，他要把这个地窝弄成一个结婚的洞房，他先从井场把包装机器的木箱子拖进地窝，把它们拆开，拔掉上面的钉子，拼成了一个宽大的双人床，屋子里好像还是不够暖和，他就把炉灶里的天然气做了改进，他先在床边又加了一个炉子，然后他把胶皮管一断两节，找不到铁火嘴子，他就直接把皮管子塞进了做的新炉子里，一点燃，好家伙，房子又亮又暖和，半夜，皮管子被烤化了，灭了，他被冻醒了，地窝充满了天然气，他的头很晕，但是他不知道这是天然气的原因，屋内漆黑一团，他摸到手电筒，一开电门。只听轰的一声，把他从地窝子里掀了出去。

爆炸声很响，把 1148 钻井队的职工都震醒了，陆佳川从梦中惊醒，还以为自己又到了战场，睡在战壕里，美国人正在炮轰阵地发起反攻了，他翻起身来，大喊一声："准备战斗！"下床找枪，看到身边的人撑起半个身子，傻呆呆地看他，这才渐渐清醒过来。

"什么响声？"他一边找皮大衣，一边没头没脑地问。

一个队员说："好像是炊事房，爆炸了……"

陆佳川大喊："还愣着干什么，都快给我起来——！"

六

地窝子的顶部整个被气浪掀掉了，像是一个被炸掉的地堡。火不是很大，除了烧掉了蒸馒头用的笼屉桌子床铺，一些蔬菜面粉和杨来顺的衣物棉被之外，也没有什么可供燃烧的了，天然气并没有因爆炸而熄灭，依然旺盛地燃烧着，把黑暗的戈壁照得通明。在一片废墟和灰烬里，怎么也找不见杨来顺的踪影，难道他烧得连骨头都没有剩下？直到天亮，人们才在几十米以外的地方找到了他，他躺在臭水井流出来的冰面上，他是被炸上了天后，又落到了这里来的，尸体已碳化，烧得很短，像一棵树根子，当时杨来顺的身体可能还很炽热，化开了封冻冰面，此时，他的整个身体都深深嵌在冰槽里。员工们用十字镐啃了一个小时，才把他抠出来。

杨来顺下葬的那一天，风雪一直刮个不停，油田会战指挥部来了领导，还从文艺宣传队里带来了两个会吹唢呐的演奏员。送葬的队伍抬着棺木踏着积雪艰难地向前走，风雪鞭子一样抽在杨来顺的棺材上发出嗖嗖的声响，空洞而凄凉，棺木和通常的一样大，并没有因杨来顺碳化成一尺来长的身体而做得小一些。不管杨来顺是怎么死的，他终究是中国西部石油工业第一个献身者，因此，上级很重视。他们顺风而行，风雪一直把送葬人驱赶到离 1148 井队一公里远的山坳里。他们把坟堆得很大，碑也不小，还在那水泥碑上镶了杨来顺的照片。宣传队员站在墓坑边开始努力吹奏。他们先是吹《我为祖国献石油》吹了一段后，觉得有点文不对题，就换了一段山东吕剧《张寡妇上吊》，这个段子在山东当地办丧事是很流行的，这一吹，很多员工就掉下了眼泪，那被曲子吹出来的眼泪一半掉给杨来顺，另一半是想家是掉给亲人和失去的亲人们的，唢呐刚吹了两曲，就被指挥部领导喝止住了："……不要吹得太悲哀了，把人搞得挺难受，哭哭涕涕的，一点儿革命斗志也没有，杨来顺是为石油工业而牺牲的，死得壮烈，重于泰山，不要婆婆妈妈的嘛，吹一些斗志昂扬的曲子嘛，现在广播里那么多好曲子不会吹吗？"

于是，吹奏员就吹上了《石油工人之歌》、《志愿军之歌》，指挥部领导登上一个高处："来，我们大家一起唱！"

于是大家就唱起来："锦绣河山美如花，祖国建设跨骏马。我当个石油工人多荣耀，头戴铝盔走天下……雄赳赳，气昂昂，跨过鸭绿江……"

歌声伴随着呼啸的风雪，时起时落，时高时低，就像是在冰冷的戈壁燃起了一把火，风雪更大了，把本来更昏暗的天地吹得几乎黑成夜晚，出殡完毕，员工们再无心排着队回井队了，他们心里都在说，我们已不是军人了，干吗总是排着队走路？他们自行解体，趺趺撞撞地走在戈壁肥厚的雪地上，人们心里很压抑，总是感到杨来顺死得很可惜，眼见苦难都熬到头了，眼见未婚妻就要来了，他就这样结束了，唉……

七

就在埋了杨来顺的第二天，一辆警车就开了过来，警车是一辆土黄色的嘎斯69吉普车，没有警灯。车一停下来，就跳下两个手持波波沙冲锋枪的战士，紧跟其后的是一个夹公文包干部模样的人，他从车上走下来，站定后，就对着几间地窑子喊："陆佳川，你出来，跟我们走！"这一喊，不仅走出了陆佳川，还有许多钻工也被这冰冷的喊声喊了出来，其中包括李菡玉，大家护着陆佳川，不解地问："为什么抓我们的队长？他犯了什么法？"

夹公文包干部说："我是矿区保卫处的，他犯的什么法，你们应该清楚，作为一队之长，不经上级同意，擅自使用国家紧缺的自然资源，把同志们的生命安全当儿戏，你们说，他犯的法还小吗？"员工们你看我，我看你，不说话了。夹公文包干部对身边两个战士说："抓捕！"

两个全副武装的战士就把陆佳川捆绑起来，陆佳川没有一丝的反抗，从他的表情上看，他没有惊恐，更多的是歉意和无奈。

就在这时，李菡玉突然扭头钻进了地窑子，迅速把苏联专家喊了出来，涅巴托夫斯基一看这副抓人的阵势，呜哩哇啦地问李菡玉这是怎么一回事？李菡玉同样呜哩哇啦地说了一通。涅巴托夫斯基冲到保卫干部的前面，大声地呜哩哇啦，虽然听不明白他在说什么，但是他的那张连严冬都冻不红的白脸，此时涨得通红，鸟语里夹杂着一些酒气和唾沫星，直喷得保卫干部不停地往后撤，他一边退，一边不停地看李菡玉，那意思是这个老外是不是有点儿疯，他在说什么？涅巴托夫斯基一口气把他要表达的意思说完后，才感到自己是在对牛弹琴。停了口，也看李菡玉。

李菡玉对干部说："他说天然气这件事与陆佳川没有关系，是他让大家接进屋里的，你们要抓就抓他吧。"

保卫干部从鼻子里哼了一声说："这不是我想抓谁就抓谁的事，陆佳川是带兵的，是党支部书记一队之长，不讲安全，把人搞死了，他不负责谁负责？一个外国专家只管他的技术，有什么权力管我们油气……"

李菡玉把话翻译给涅巴托夫斯基，他又跳了起来："我倒是要问你们这些坐机关的人，这样零下40度的寒冷天气，你们有没有想过工人是怎样工作的，他们住在寒冷的地洞里能活下来就很不错了，可是他们还要劳作，为了自己的生存，为了你们的国家能够获得石油财富，他们那冻僵的身躯还不如一条狗，就这样，他们也不敢动一动这些所谓国家的油气资源，难道人的生存还没有一点气体重要吗？皮管子是我割的，天然气也是我接进来的，我告诉你，你要是抓他走，那就请你转告中国政府，我不干了，我要上告你们的中央！"

说完话，涅巴托夫斯基冲冲撞撞地走下地窖，提出一个棕色的大皮箱，他的速度真是快，皮帽西装围巾几秒钟就都穿在身上了。李菡玉一把拽住他呜哩哇啦说着话，他们开始在雪地上拉拉扯扯，你一句呜哩哇啦，他一句呜哩哇啦，大家瞪着眼睛看他们，虽不知他们具体说什么，但都能明白两人的意思，保卫干部僵在原地，不知道该怎么办了。但他知道，眼前这个性情狂躁的老外要是真走了，井队有可能就得停钻，耽搁了1148井队打井事小，影响了国家石油工业的正常发展，破坏了中苏友谊事可就大了，这样大的责任，他一个小小的官可担不起呀。他看了一眼五花大绑的陆佳川，对两个武装战士说："先给他松绑。"陆佳川松开以后，并不觉得自己有多轻松，他心里也还是认为自己有不可推卸的责任："你们还是带我走吧。"

保卫干部说："你就别不识好歹了。要不是半路杀出这么个大鼻子，你就好好坐牢吧。"他又对一井队人说："放他是暂时的，并不意味着这场事故不予追究。不过，你们的困难我也要向上级反映的。有关部门的冬季保温工作也确实没有跟上，间接性地酿成了这场因取暖所带来的事故。对不起了苏联同志，我看还是把你的皮箱提回去吧。你要是真走，我的车也不会拉你的。我们走。”检察干部和两个战士跳上嘎斯吉普车走了。

马司钻张罗大家：“好啦，没事了，大家该干什么就干什么去吧。”

涅巴托夫斯基走到陆佳川面前，用生硬的中国话说：“对不起陆队长。都是我惹的祸。”

陆佳川很麻木地看他一眼，好像并无感恩的样子，他说：“你刚才怎么不走？我真的希望你能走掉。”

涅巴托夫斯基听不懂：“你在说什么？”

陆佳川说：“我在说你最好离李菡玉远一点。她是一个中国姑娘，而你是一个外国人。”

李菡玉打断他的话，严厉地说：“陆佳川，请你不要这样，我和你之间在对人生认识的问题上是有差别的。我喜欢谁与你无关。好好当你的队长，大家都很看重你，少不了你。涅巴托夫斯基也很欣赏你，不要因为一个对你来讲根本不可能的事，毁了你自己的前程。”

马司钻也走过来说：“也说得是嘛，你得好好谢谢咱队的这个老毛子，那几条罪状你知道意味着什么？不死也得二十年，那样你就完了。”

涅巴托夫斯基一直看着他们说话，他问：“你们在说什么？”

李菡玉却大声用汉语说：“我们在说你真好，把我们的队长救了。充分体现了一个国际共产主义战士的国际主义精神。”

涅巴托夫斯基咧开大嘴笑了，陆佳川也笑了，但他笑得很难看。

八

得知杨来顺的未婚妻要来井队的那一天，陆佳川正在重新安装天然气的火嘴子，自从那个保卫干部空手回去后向上级做了汇报，领导们仔细想了想，拍了拍脑门子，从大干快上的口号中回归到了人性，说：“人也是肉长的，不把自己搞暖和，又怎么能把井打好呢，问题不是出在天然气上，而是出在怎样安全使用上。”这个领导亲自给陆佳川通了电话，说：“供应站立刻给你们送去一批五毫米钢管。你们要快速安装，保证密封不泄漏，使用好天然气。”

“是!”陆佳川在喊话筒前打了一个响亮的立正。他的心里一下子亮了许多，就像夜里点燃的天然气。

然而就在他和几个钻工把一条条管线铺进地窖的时候。负责接听话筒的马司钻，匆忙钻进地窝子把陆佳川拉到一边。说：“克拉玛依那边有个女人要来找杨来顺，说是从山东来的，好像就是他的未婚妻，上级领导要我们接待一下。”

陆佳川说：“上级没有对她说杨来顺死了吗?”见马司钻没有听懂他的意思，又说：“上边有没有对这个女人说，杨来顺死了?”

马司钻吭哧半天，说：“不知道说没说。好像没说，听女人的口气，她好像什么也不知道，现在她就在话筒里，她说要跟杨来顺说话哩，要我去把杨来顺找来，我到哪里去找，所以我只好来找你，你看怎么办?现在，她正等着杨来顺回话哩。”

陆佳川皱着眉头钻进了装有喊话筒的地窖。他刚拿起话筒，里边就传过一个女人清亮声音：“喂——有人吗，喊人喊的怎么这么长时间。你是杨来顺吗?喂?”

“我……我不是杨来顺。”

“那你接什么电话呀。”

“他现在不在住处，他……上井了。”

“我知道他一定很忙，中尉干部嘛，那他什么时候下班呀，我想让他来接我，他长得高大吗?说实话，我们还没有见过面呢?也只是在照片里见过他的半身照，好傻气哩。喂，你是谁呀，要不这样吧，他要是真的很忙，我就自己过去吧。请你转告他，一定要用独特的方式见我呦。嘻嘻……”

话筒挂了。陆佳川和马司钻对望一眼，有点儿束手无策。马司钻笑说：“你看，这妮子还挺浪漫的，还要什么特殊的方式，唉——要是杨来顺这小子活着多好。陆队长，不过，我倒有个主意，不知该不该说。”

陆佳川正愁着不知如何是好，忙说：“你说说看。”

“她大老远的来到这里，我看还是不要把杨来顺的死因告诉她为好。”

“你说得轻巧，咱们怎么能瞒得过去。”

“听我说完嘛，她不是没有见过杨来顺的面吗?而且，这个杨来顺竟然对这妮子说自己是个中尉，在她的印象中，杨来顺一定高大威猛，没准那张照片都是假的……”

陆佳川打断他："好了好了，人都死了，你还说他这些干什么嘛。"

马司钻说："你没有明白我的意思，我是说，咱们井队里的男人个个也都不比杨来顺差。既然到了咱门上，岂能让她再哭哭啼啼地回老家？"

陆佳川正眼看了他几秒钟："你什么意思？你是说把她留在咱们井队里？这好像不太容易吧。"

马司钻小声说："你看这样行不，就让咱们井队里的一个人充当杨来顺，你看好不好。咱们井队的单身汉也很多。"

陆佳川想了想说："这当然好，两全其美，可是这不是骗人家吗？"

马司钻坚定道："我看这也不是什么骗不骗的，要说骗还是杨来顺骗了人家呢，如果他还活着，这女人到这里来一看，好家伙，这个杨来顺哪里是什么中尉，又矮又瘦一个炊事员，那还不闹起来，那样一闹的话，咱们的 1148 不就成了一个名副其实的骗子队了吗？"

陆佳川看着马司钻，心里觉得也挺在理："不过，这是不是有点儿太离奇了。这事要是这么将错就错地做下去，早晚也会露馅的。"

马司钻说："就是露了馅，那也到了生米熟饭的地步了。"

陆佳川心里不得不佩服他，他看着马司钻说："没准是你不安什么好心，打人家的主意吧。"

马司钻也毫不掩饰地说："我坦白说，我们公平竞争，反正我的老婆见我总不回去，受不了两地分居正跟我闹离呢。咱队三十多号人，人家挑上谁是谁，你陆佳川也不例外，怎么样？哈哈哈……"

"你不要把我拉进去，我看八成就是你在给自己做安排吧？"

马司钻说："我是在为你解围哩，你怎么总这样怀疑我的行为，我还是那句话公平竞争。"

陆佳川不耐烦地说："好好，也只能这样当死马治了，女人的事你在行就按你的办吧，你快说说咱们下一步干什么？"

马司钻说："时间不等人，这山东嫂儿说到就到了。赶紧开会吧。"

在会上，陆佳川大概说了杨来顺未婚媳妇要来井队的时间，他说这是一不幸的女人，风尘仆仆前来寻找她那未曾谋面的未婚夫，未婚夫却死掉了。还说她是我们 1148 迎来的第一个女人，因此我们一定不能让她伤心，一定要热烈而隆重地欢迎她的到来等等。接着他话音一转说："不过，现在她还不知道杨来顺已经牺牲的消息，我看，不知道就让她不知道下去为好。这不仅对她本人有好处，同时……"陆佳川停顿下来，看一眼在一个角落里的李菡玉，李工程师正捧着一本俄文书看得津津有味，“同时，也给我们大家带来了希望……”话音一落，人群就兴奋开了。马司钻站起来：“你们安静一下，队长的话还没有说完。”

“我所说的这个‘希望’是有条件的，也是有针对性的。第一，我们在座的每一个人都要保守秘密，不能把杨来顺的死暴露出去，第二，只能是她来选择我们，不准我们选择她，你们明白吗？”下面已形成了一片蜂鸣状。李菡玉也放下了书，对陆佳川的话题产生了兴趣。陆佳川继续说：“你们要记住，只要她认准我们其中的一个，不管是谁，这个人今后就是杨来顺。明白了吗？”钻工们炸窝了，有的哈哈笑起来。

陆佳川吼一声：“你们严肃一点儿，谁笑？谁要再笑我开除他的‘希望’权，这不是闹着玩的。在还没有选到你们的头上之前，提几个注意事项，第一，这女人喜欢中尉，现在，我们每个人都是中尉军衔了，选中谁，我就把我箱子里压着的一杠两花的肩章送给他。其实我们现在是石油工人了，衔不衔的哄她高兴就行了。”大家又笑，“第二，你们必须把杨来顺扮演的时间越长越好，直到她生了孩子。”在座的人哈哈哈，乐得前仰后合了。“总之，一旦被她相中，我们就在井队上举行婚礼……”

这时，大家都听到了外面有车的喇叭声。

陆佳川喊一声：“全队出门集合。”

九

天空呈现出少有的湛蓝，阳光使寒冷的天气有了一丝暖意，几十米外的那口臭水井，早已形成一座高大的冰塔，臭水在晶莹的白塔间汩汩流淌。一辆厢槽式卡车从颠簸的路上开过来，但它被臭水形成的一条冰河挡住，停在离1148井队的地窖尚有一百米远的地方，臭水是温的，一时结不了冰，升腾着难闻的热气。地窖都是挖在山坡上的，坡上竖立着一个风车，直对着北山的山口，西伯利亚的北风吹动风车就可以发电，供照明，这也是涅巴托夫斯基和李菡玉建造的。

汽车是每两个星期来一次的生活补给车。为了送胡秀娥上来找她的男人，车子提前两天开来了。车上有面粉、白菜、土豆和洋葱，有时还会有一些猪肉或福海的冻鱼，杨来顺活着的时候，看到车来他就会跑出来，像山羊一样爬上厢板，搬下这些令钻工们垂涎的东西。陆佳川有命令，除了杨来顺本人，谁也没有权力靠近补给车。

胡秀娥打开车门，从车上扑通一下跳下来，地上是虚软的碱土和高低不平的冰溜子，她一歪，就摔倒了，她哈哈哈地大笑，笑声传到山坡上站着的两排人堆里，女人的笑声把男人的心都笑酥了。

胡秀娥的心情很激动，脸面上升腾着红云。她东张西望，问司机："大球哥，你不是说，车一到，俺的杨来顺就会像山羊一样跑过来吗？咋没有？你的话我才不信哩。"

司机姓仇，跟胡秀娥侃了一路，仇司机把"仇"字写给她看，她说这是报仇的仇，怎么是"球"呢？司机说："姓就是这么喊的，大家都喊我大仇，你就喊我大仇哥吧。"胡秀娥警惕地看他："你不会是个流氓吧？"仇司机忙说不是不是，你就随便叫吧。

大仇司机停车后，从车上下来，他还不知道杨来顺已经死了。朝四下张望，也有些纳闷，以往，他的车还没有停稳，杨来顺就会跑过来卸车，他喊了一嗓子："杨来顺，你看谁来了？你快来卸车，我还要赶回去哩。"大仇打开车厢板，一边往下搬食品，一边说："你媳妇来了，你倒不急了。我跟她说你是一个炊事员，她还不信，硬说你是一个中尉，嘿嘿，看你那蔫鸡巴熊样你还会骗人哩，把这么俊俏的一个妹子骗到手了。"

大仇把东西都快搬完了，也不见杨来顺过来。抬头仔细一看，看到地窖门前站着一队整齐的队伍，有两个人正朝他这边走来，但他们不是杨来顺，一个是陆佳川，另一个是马司钻。马司钻张开大手，把胡秀娥领到队伍里去了，陆佳川就直接走到大仇司机身边，压着嗓门严厉说："你喊啥？难道你真的不知道杨来顺已经死了吗？"

"你说啥？你说那个炊事员死了，我还真的不知道，他是怎么死的？想婆娘想死的？"

"你别瞎猜了，你不知道就好。不过，你既然知道了可要替我们保密呀。东西都卸完了吧，完了你就快走。别在这里添乱。"

仇司机半开玩笑地说："我好像有点儿明白了，你们是不是看到这个女人漂亮，就把杨来顺害死了，是不是？我可要上法院去告你们呀，嘿嘿。"

陆佳川说："随便随便，你就快走吧，回头我给你细说。"

仇司机一边上车一边说："哎呀，要真是这样的话，我就先下手了，我们在车上聊得很投机哩，错过了错过了，你说，我怎么错过了这样好的机会呢？苍天呀，你也太不长眼了呀！”

陆佳川笑说：“你的运气只能到这一步了，能怨谁，别悔恨了，走你的吧。”

车子开的不见影子，陆佳川才慢慢离开。回头看到胡秀娥正向一群整装列队的钻工们走过去，就舒了一口气。不过，此时他的心里有点儿怪，他想不到这个女人这么漂亮，白白净净小巴掌脸儿，丰满的胸和臀把小棉袄和免裆裤都撑得鼓鼓的，小棉袄掐着腰，腰很软，走起路来一扭一扭。要不是那一脸的天真和无知，比李菡玉长得一点儿都不差哩。要是真嫁了杨来顺，这姑娘还真有点儿亏哩。现在，这个姑娘一切都蒙在鼓里，她要在一群队伍里找她的早已不存在的杨来顺了，她能找到吗？这场闹剧究竟该怎么收场？陆佳川一点儿也没有谱，因而，他的脚步有些迟疑，说心里话，杨来顺的死，让他一直以来都在自谴自责中度日，他要是给他批了假，他不就死不了了吗。现在这个游戏分明是又在忽悠他的未婚妻嘛，从良心上讲，他又多了一层内疚，很不好受。他在坡下慢慢地晃悠着，一点儿也不想参与进去。心想，就让你马司钻唱主角去吧。

在队伍中，陆佳川看到了李菡玉，李菡玉是他心中的痛，他暗恋她，也向她表白过，可是这个女人不仅果断地拒绝了他，而且更加靠近了涅巴托夫斯基。她对他说：“我们两人是两股道上跑的车。”她爱涅巴托夫斯基，难道她和这个老毛子就是一趟车吗？人人都知道这个老外早晚都要回国的，可是这个女大学生就是这样执迷不悟。不过，陆佳川并不想放弃，只要涅巴托夫斯基一走，念想断了，跨国恋也就断了。他等着这一天。

马司钻领着胡秀娥爬上山坡，对地窨前的站着两排队伍大声道：“全体立正，稍息。”

马司钻转身又对胡秀娥说：“报告胡秀娥同志，队伍集合完毕，请指示。”胡秀娥笑得前仰后合说：“没指示没指示，你们叫杨来顺藏好就是。”

马司钻大声喊：“好的，杨来顺同志，你的未婚妻要用独特的方式和你见面，那你就藏好，我听说你们从来都没有见过面，这就很有意思了，现在，你在这个队伍里边，你在暗处她在明处。你就好好地藏吧。”马司钻又对胡秀娥说：“你现在可以找了，你既然是他未婚妻，来了，当然也跑不掉了，你就挑吧。杨来顺，你可要藏好了，我们今天倒是要看一看你们到底有没有夫妻缘。好，寻夫游戏，现在开始，立正——！”

胡秀娥像首长检阅一样，开始一个一个地过目，一张张的脸，都是年轻俊俏的脸，一双双的眼睛都是光芒四射的眼睛，他们目不转睛地看着她，眼里喷射出很多的尖利的和柔软的东西，有的像剪刀，有的像舌头，有的像利牙，也有用刀子划开自己的胸膛，让她看看正在跳动的一颗心多么喜欢她……她理解这些剪刀、舌头、利牙之类的东西，男人也不是铁打的，都是和她一样的人，皮肤下流着血，骨头上长着肉，有生命懂感情。难道只许自己想男人想得身上发胀发痒，就不允许男人的眼光如狼似虎？可是……大哥们呀，你们看也是白看呀，我的美貌，我的身子只能是给杨来顺看了，他现在就在你们的堆儿里，正在给俺藏猫猫逗蛐蛐哩。杨来顺，你就藏吧，你再藏，俺也能把你找出来。

胡秀娥避开剪刀和利牙，看完第一排，又看第二排，看完第二排，又回过头来再看第一排，最后，连站在一边的涅巴托夫斯基和李菡玉她也看了。没有，没有她要找的杨来顺，没有那个自己想象中的高大威猛上尉连长杨来顺，难道自己是找错了地方？或者根本就是一个幻想？可是人家分明说杨来顺就在这里呀？她寻找的目光有点儿累了，暗淡下来。这时，马司钻走出队伍，嬉笑着问："大妹子，你怎么了？你找不着你的杨来顺了？那你看我像不像？我给你说，我就是你要找的杨来顺，走，你跟我回屋吧……"

胡秀娥忙倒退着："不，你不是，你这么瘦，一点儿也不像……"

钻工们哈哈大笑。队伍有点儿乱了。也不知是谁喊了一声："大妹子，你别找了，我就是你的杨来顺。"

听到这一声喊，队伍轰的一下就散了，纷纷围了上来。

"……大妹子，你好好看一看我，我就是你的杨来顺，你看我，胳膊上的腱子肉多壮实。就算我不是杨来顺，那我也比杨来顺好看好几倍哩……"

"……你看看我大妹子，我身高一米七十八，净高，光着脚量的。体重七十五，净重脱皮。我还是个二等功臣哩，在朝鲜打死过八个美国鬼子……'

"他吹牛，你看我，我是一个初中生，他们都是文盲。我还有存折子，五百多呢，老家还有三间大瓦房，十亩自留地，一头骡子两口猪……"

"……你才吹牛哩，穷得连裤衩子舍不得买，拿个破布袋兜着。大妹子，别听他们瞎说，他们都不是杨来顺，我是……"

一堆人闹哄哄地把胡秀娥围在里边，就像一群秃鹫吞食着一只小鹿羔子。他们你把我挤下去，我又把你拉下来。涅巴托夫斯基在一边哈哈大笑，问李菡玉他们想要干什么，是不是都要争着和她睡觉，李菡玉娇嗔地看他一眼没理他，涅巴托夫斯基就自己咕咕噜噜地说话，说中国人的求婚方式比哥萨克白匪还要厉害。

就在这时，李菡玉突然走了过去，把胡秀娥从人堆里拽出来。大声说："你们这是要干什么？太原始了点儿吧。你们也太不尊重女人，太不顾杨来顺的感受了吧。"

她这样一说，胡秀娥就哭起来，大家也静下来。胡秀娥也说："你们怎么就像是进到俺村里的鬼子国民党，你们一点儿也不像是当过解放军的人，大姐，你快说，杨来顺到底在哪里嘛，俺不想玩了。"

胡秀娥又对着一群人喊："杨来顺，俺不要你的特殊方式见面了，你就快出来吧！"

李菡玉劝胡秀娥别哭，问她叫什么？胡秀娥说她叫胡秀娥。李菡玉就说："秀娥妹，你顺着我的手看过去，看到山坡下的那个人了吗？你看，那个人是不是你要找的来顺哥哥？"

胡秀娥抬头一看，有一个人正从山坡下走上来，这个人身材高大，背有些驼，长方脸上有浓密的胡子和疲惫，他心事重重的表情使这张脸有些苍老，这个人很像杨来顺，也很像她曾经送过军鞋的那个解放军连长，更像媒婆给她看的照片上的人，太像了，不，就是他，她的杨来顺，她要找的来顺哥，魂牵梦绕的未婚夫杨来顺，胡秀娥朝那个人大步走过去，她的腿有些软，心脏跳到了喉结上，她的身上突然就痒起来，就像在胡家村里的包谷地里，有一条蜈蚣爬进她的身体。她走到两人仅有一米之间的距离时，站住了，陆佳川也站住了，他们同时都愣在了原地，陆佳川定神一看，也觉得这个女子很面熟，他想起来了，这不是在山东打仗，离开胡家庄上前线的时候，送他军鞋的那个小姑娘吗？没错是她。那时她才十几岁，现在她已经是大姑娘了。

"来顺哥，你是来顺哥吧，我可找到你了。"胡秀娥向前跨了一步，陆佳川却本能地向后退了一步，陆佳川想，这是怎么了？这戏演来演去，怎么演到自己头上来了？这也太突然吧了。然而，更加突然的事情又接着来了，胡秀娥又向前跨了一步，这一步说是跨不如说是扑，她扑空了，重心一偏，她的身体轻飘飘地往地上软，这一软，陆佳川又本能地接住了她。他把她抱在了怀里，女人那青春的香气浸满了他的鼻孔，这时，坡上的钻工们呼唤起来："杨来顺亲一个，杨来顺抱一抱……"

十

陆佳川一夜之间变成杨来顺了。

当天晚上，胡秀娥就提出要和陆佳川在这里举行婚礼的事，说只要结了婚，住几天，等怀上了孩子她就走，她说："咱是石油人的妻子了，就不能拖俺石油老公的后腿，耽误了带着兵的你为祖国找石油可不是小事，来顺哥，你说我说的对吗?"陆佳川只好说："对对对，要走咱们明天就动身，好吧?"

胡秀娥说："完婚俺就走。结婚的事，俺也不为难你，有没有彩礼都行，俺就要两朵红花一把糖，一间地窝子一张床，再要你一个宽大温暖的胸膛，抱着俺，捂着俺就足够了，红花和糖俺都带来了，剩下地窝子和床就交给来顺哥你来办了。"

胡秀娥左一个来顺哥右一个来顺哥，只喊的陆佳川欲哭无泪入地无门。这戏演得越来越真，越来越深，越来越难以收场了，他一点也不知道结果会是这样，怎么会这样呢？把自己稀里糊涂地装了进来出去不得。当时马司钻说出这个主意的时候，他也一直认为这个主意很好，队上的光棍很多，能解决一个是一个，没有女人，工人们的心就定不下来。这个女人虽然是奔杨来顺来的，但是他牺牲了，她的未婚夫没了，她当然还得另嫁人，至于她要嫁给谁？这就不好说，但只要能把她留在1148，十有八九，这个女子就还是1148井队的媳妇，再说，队上活着的钻工个个也都不比杨来顺差，所以马司钻把想法一说，他就同意了。

可是现在怎么会是这个样子呢？怎么会落到了自己的头上呢？他的心里真是一点儿准备都没有，从心里讲，眼前这个姑娘确实也不错，六年前的那一次出征，胡家庄的老百姓夹道欢送子弟兵上前线打老蒋，16岁的山东姑娘胡秀娥把一双军鞋挂到他的脖子上的时候，他正眼看了小姑娘一眼，这一眼，让那姑娘脸红耳热，多美的小丫头呀，他记住了她，但是他很快就把她忘掉了，因为要打仗，命归何处天知道，当兵的战死是正常，活下来才是奇迹。他从山东打到苏北，又从苏北打到华北平原，除了一块弹皮削掉他的半边耳朵，他健康地活了下来。那双鞋子一直没有穿，一是因为它做得有点儿小，二是因为它简直就是一件艺术品，那上面绣的河莲花和鸳鸯活灵活现，那双鞋被部队一个文艺股长拿走了，说要放到军博里去。此时，说实在的，如果不是他心里一直暗恋着李菡玉，他会毫不迟疑地和胡秀娥结婚的，他在等李菡玉，李菡玉之所以不想接近他，都是那个涅巴托夫斯基勾走了她的魂，那个涅巴托夫斯基尽管挽救过他的人生，他也不想领他的情。他早晚都要回国的，因此他一直盼望着涅巴托夫斯基走的那一天。可是，就在昨天，李菡玉把他陆佳川轻轻松松地指给了胡秀娥，说他就是杨来顺，这让陆佳川很是惊讶，并对李菡玉产生了深深的绝望，她不仅用这样的方式甩脱他，还把陆佳川推到了如此尴尬的境地。看来，知识分子的脑袋确实好使，他这个没有念几天书的老粗也确实不配她。现在，眼前这个姑娘要和他结婚，他在最快的时间做了决定。结婚。

不过，在与她成婚之前，他还是决定把真相告诉胡秀娥。

陆佳川说："好，我答应和你结婚，不过，在咱们结婚前，我要告诉你一个真相，你可要挺住呀。"

胡秀娥忽闪一双大眼睛："你就快说吧，只要与咱们的婚事无关，我什么都不怕。"

"我不叫杨来顺，我叫陆佳川，你的未婚夫杨来顺，他……已经死了。"

胡秀娥不解，一眼不眨地看了他几秒钟："来顺哥，你是不是没有相中俺，从见到你的那一刻，我就有点儿感到你好像对我不太那个，我不勉强你，可是你早干啥了？你不要忘了你给俺写的那些信，说得多么肉麻吗？俺都存着哩，可是你怎么说变就变了呢？我打老远来了，你怎么这样对我？"胡秀娥说着说着就哭起来，哭声很大。陆佳川慌了手脚，不知道此时该做些什么，见她用衣袖抹泪，就赶紧从铁丝上拽下一条毛巾，给她擦泪，忙说："你别哭，你小点儿声，小点儿声好不好？"她的声音反倒更大了。

这时，门外有人喊："杨来顺，你这是咋了，你怎么把你的媳妇搞哭了，我们不想听她的哭声，我们都等着听你们叫床哩。"

陆佳川一惊，原来有几个钻工蹲在门外听房里的动静哩，陆佳川想冲他们发脾气，但是他想到自己正演着双重角色，便冷静下来，他站起来，走到门前把门打开，钻工们有点儿怕，转身想跑，陆佳川喊住他们，叫他们都进来。

陆佳川对胡秀娥说："你看，我的钻工们都在这里，我还是那句话，我确实不是杨来顺，我叫陆佳川，是1148钻井队长，你的杨来顺在一个星期前的一场事故中牺牲了。你要是不信就让钻工们说。"大家一看陆队长把实情告诉了这个女子，也就只好对胡秀娥说："队长说的都是真的。"

胡秀娥还是有点儿不信，提出来活见不到人，死也要见尸。陆佳川就把她领到了杨来顺的坟上。墓碑上有杨来顺的名字和相片，胡秀娥走上前，久久凝望着杨来顺的照片，一张瘦弱的长脸上，长着一双怯懦的小眼睛，小眼睛里充满了期待渴求，一眨也不眨地看着她。胡秀娥的脑子里感到很空，到底是哪个地方出了错呢？她费尽千辛万苦，跑到这里来寻找她的爱情，在一群男人堆里找来找去，嘻嘻哈哈真真假假，弄到最后，原来她要找的人死了，你说这到底是算哪一出？这个玩笑开得也太大太出格了吧。不过，在她的心底，还是闪现出一点让她暗暗欣慰的余光，这个真杨来顺长得实在是太难看了，可以说，简直就是整个井队里最丑的一个。他要真是媒婆牵线的那个人，那她的此行就太冤了，恶毒的媒婆骗了她，骗了她家四尺花布，二斤五花肉和二十元钱。

"俺操你娘哎——"胡秀娥的骂声脱口而出了，站在一边的陆佳川一惊，这么美丽的姑娘怎么会说出这么龌龊的语言？他是骂杨来顺？骂我？还是骂耍弄她的人？他不知道。只看见那姑娘一拧头走了，走得很快，陆佳川在身后喊："小胡，你走错了，往这里走！"

胡秀娥赌气说："俺走哪里不用你管，俺要回家，回俺的山东老家，俺要杀了那个老媒婆子。"不过，她还是站住了。

陆佳川走上来说："回去就回去吧，不过，到这里来的车子一个星期只能来一趟，你还是先住两天，等车来了再走也不晚。"

"不住，俺一天也不想住，和你们这一帮骗子流氓住在一起，俺不安全。"

陆佳川很是尴尬地笑了一下说："是的，是我们不好，不过大家的心是诚的，就是不想让你伤心，还想留下你做1148的媳妇……才这样的嘛。"

胡秀娥反问他："那你想不想留下我？你明明对我没有那个意思，为何又要装扮杨来顺来骗我？你说？你说呀？"

陆佳川无语了，他怎么能说这是李菡玉强加给他的？他又怎么能说他不想娶她是因为他正在暗恋另一个人？他无语，只好说：“我错了错了。”

胡秀娥得理不让人：“说声错了就能了事嘛，我问你，杨来顺是怎样死的，我作为他的未婚妻，应该知道吧。”

陆佳川就把杨来顺为了迎接她的来到，如何张灯结彩昼夜布置结婚新房，又如何将天然气接进房子，怕你冷又如何多接了两个气嘴子，结果，烧到半夜时，门口一个气嘴子被风吹灭了，屋里的还烧着，天然气灌到一屋子的时候，爆炸了，除了一个红“喜”字炸到了天上，飘落下来没有烧掉外，都烧了，都怪我，我要是给他准了假，他也就不会死了……

陆佳川的话音还没有落，就见胡秀娥返身又跑到了坟前，慢慢地跪下，哭起来，一边哭一边说：“杨来顺，谢谢你的一番爱心，就算俺俩生来没有结为夫妻命，来世俺一定做你的女人。”胡秀娥先从怀里掏出一对绣着鸳鸯的小手巾，用石头压上，她又解开对襟衫，停下手犹豫了一下，抬头对陆佳川说：“你回避一下好不好。”

陆佳川就赶紧躲开了，掏出烟来在一边慢慢抽着。

胡秀娥把自己洁白的胸口亮开来，哭着说：“杨来顺，现在俺知道了，你是一个好人，还知道你也是一个男人，你一定日日夜夜都盼望着摸我，今天我来了，俺就在你的身边你的坟前，你摸吧，俺让你摸个够吧。”

她把身子朝墓碑嵌过去，让她温暖的乳房触到了墓碑。墓碑冰凉，她的哭泣断断续续。

陆佳川远远看着这情景，鼻子也有些发酸，心想，这真是一个好女人呀。

待胡秀娥系好衣扣，陆佳川走过去，把手纸递给她擦泪，她没有接，问他要了火柴，把压在石头下的手帕抽出来点着了，一对美丽的戏水鸳鸯化为灰烬。

陆佳川心里想，多可惜呀。

十一

涅巴托夫斯基开始给李菡玉办理去苏联学习的手续了，其实大家都知道，李菡玉是假学习真移民。这两天，涅巴托夫斯基非常地高兴，只要中苏两国的各类手续一通过，他就领着李菡玉回国，与李菡玉结婚。这几天，涅巴托夫斯基的手摇留声机整天响个没完没了，唱完《喀秋莎》，又唱《莫斯科郊外的晚上》。转速不够的时候，听上去就像狗哭。

胡秀娥在1148井队住了一个星期后，仇司机的嘎斯卡车终于开过来了。陆佳川送胡秀娥出了地窖，下了山坡，又过了冒着热气的臭冰河，来到车旁，两人无语，均锁着眉头，陆佳川问："你真的想走吗？"胡秀娥苦笑说："俺的人都死了，再不走，不是讨人嫌吗？"陆佳川听出话里有话，说"我要是不让你走，你还走吗？"胡秀娥摇摇头："你们不要再捉弄俺了，你也别拿俺开心了，让我回家乡吧，还有，我送你的那双军鞋还在不在？要在你还是给我吧……"说着话，泪水又盈满眼眶。

陆佳川咬着自己的嘴唇，他的手里紧紧攥着一枚用戈壁彩石打磨的项链。他磨了整整一个星期。他刚想说什么，就见仇司机向胡秀娥打招呼："秀娥妹子，你还好吧，这几天没叫黑油狼子吃了？没吃就好。"他见胡秀娥一脸愁容，就对陆佳川说："陆队长你们真行，二三十号大男人欺骗一个小女人，你们真行啊。你这是咋啦？蔫吧了？没有留住人吧？你们1148也真的太坏了，见人家的男人死了，你们就起歹念想独吞。没戏了吧。我猜想呀，你们是成心把杨来顺害死的可能都没准，嘿嘿。"

陆佳川说："你说啥咧，胡说八道是要负责任的，我咋没有留住？我告诉你，我跟秀娥是看你到来，给你发喜糖的哩。"

仇司机说："你说啥你说啥，我没听清你说啥？看你那熊样还发喜糖呢，你就做你的美梦吧。秀娥走，咱们快离开这个地方。"

陆佳川这时拿出手里的项链，对胡秀娥说："你要是不嫌弃，我就给你戴上，这是我自己做的，用了五个晚上用砂纸打磨出来的。你想嫁……就嫁我吧……"

胡秀娥一时还没有回过神来，傻傻地看着陆佳川把石头项链戴到了她的脖子上。她被这巨大的突如其来的幸福陶醉了，她静静贴在了陆佳川的怀里。

仇司机也看傻了："你们做给我看这个干什么嘛，成心刺激我是不是？看得人心里怪痒痒的。"他嘀嘀咕咕地自己卸了车，开车走了。

陆佳川结婚了。涅巴托夫斯基和李菡玉都送了礼物，涅巴托夫斯基把他的手摇留声机送给了陆佳川。李菡玉把她的一件水蓝色的毛衣送给了胡秀娥:“虽然旧了一些，但这也是我最喜欢的东西。”

两个女人紧紧抱在了一起，两个男人的手也紧紧握在了一起。

十二

风云突变，国际形势突然发生变了变化，中苏两国领导人在政治外交上产生了分歧。苏联把帮助中国搞建设的专家全部撤回，李菡玉走不了了。涅巴托夫斯基匆忙打起行李和李菡玉告别，李菡玉告诉他，她已经有了他们的孩子，涅巴托夫斯基说两国关系一有好转，就来接她。可是涅巴托夫斯基一走就是几十年。再也没有来过。

胡秀娥第二年夏天生下了陆佳川的儿子，1960 年“三年自然灾害”的时候，为了不影响他的工作，也为了不让孩子饿死，她带孩子回了山东老家，继续种玉米。

一年以后，1148 井队与另一支井队合并，取消了番号。

“文革”结束后，陆佳川把老婆孩子又接回了盐碱滩，1148 井队重新恢复了番号。但是，他的队长职务已经让年轻人取代了，他老了，四十多岁了，他变得喜欢喝酒。

李菡玉在等待涅巴托夫斯基无望后，辞职回了北京。1983 年，她旅居国外，据说她辗转东欧，去了莫斯科，在那里，他们相聚了。

每逢清明，陆佳川都要带上一瓶酒到杨来顺的墓前坐一坐，他倒上两杯酒，杨来顺一杯，他一杯，再点上两支烟，杨来顺一支，他一支。他要坐很长时间，他总是觉得自从杨来顺死后，命运的每一分每一秒，都在杨来顺的阴魂中摇摆不定。

这里埋的已不再是杨来顺一个人了，已有近万居民的盐碱滩死了人都埋在了这里，是一个很大的坟场了。盐碱滩已有了很多的楼房和花园，黑油油的柏油马路一直通往克拉玛依和乌鲁木齐。他们打的那口臭水井，已被环保部门治理了，不出水了，但是因它而形成的一片片白碱和沼泽还在，把白云和蓝天倒映在水泡子里很好看，不时还有从涅巴托夫斯基的家乡西伯利亚飞过来的候鸟落在水里戏耍又飞走。在那长着一片片茂盛的芦苇里留下了一窝一窝的鸟蛋。有时，这里还会出现赶着羊群的哈萨克牧民，他们到了这块湿地就不想走了，支起帐篷，弹起冬不拉，唱着《克拉玛依之歌》，把一些过不了冬的淘汰羊和酸奶疙瘩摆出来，卖给石油工人的家属。

陆佳川坐到黄昏时已有些醉了，在坟边上睡一阵子。然后，他颤颤悠悠地站起来。心里突然想起了家，还得赶紧回家，不然胡秀娥和儿子又该着急了。

尹德朝
中国作家协会会员
克拉玛依油田

落 枣

薛喜君

一

六疯子像一只大蚂蚱，蹲在枣树蓬勃的树冠下，眼睛茶呆呆地盯着一个地儿出神。“啪嗒!”一颗泛着鸡血般红丝的枣落到地上，她倏地蹿过去把枣捡到碗里。“啪嗒、啪嗒……”两颗枣子像一对孪生兄弟前后脚落到地上，“嘻嘻……”六疯子嬉笑着奔过去，“莲儿，妈又捡着俩。”几滴涎水滴到地上，浮土瞬间砸出的浅坑，像人脸上的麻子。

莲儿是六疯子在世上活了不到一个月就死去的儿子。

“快捡一碗了吧?”大爷身子靠在枣树灰褐色条裂的树干上，追逐着六疯子的声音嘿嘿地笑。大爷的双眼球覆盖着一层白膜，不管他如何亲切的笑，都让人觉得一片茫然和无助。大奶坐在窗户下低头旋葫芦条，她懒得看树下的这一疯一瞎，不时地瞭一眼大门外。五爷终于从田里回来，他咚咚地走进院子，顺手把锄头戳到粮食囤的边上。他更不稀罕瞅树下的两个白吃饱。五爷像一台挂钟，大奶见到他转身进屋烧火煮饭去了。五爷回到东屋，一圈一圈地打开绑腿后轻松地跺了两下脚，又装满了一锅烟，吧嗒吧嗒地抽了一会儿，走出去点着外屋的灶坑。六疯子终于捡满了一碗枣。她撇下大爷嬉笑着回下屋叫魂儿似的招呼莲儿回家吃枣。“这个枣红的多，甜，给你吃。”六疯子把她认为熟透的枣挑出来放到一堆儿，“吃吧，莲儿，你都好几天没吃上正经饭了。”她嘻嘻地笑两声又嘤嘤地哭起来。六疯子的世界里只有死去的莲儿，她对男人六豁牙子不闻不问，也许他在她的心里已经死了。

大爷哀叹一声拎起小板凳杵哒杵哒地回屋了。

晚晌饭，大爷喝了三大碗葱花儿炝锅的嫩玉米粒粥，撑得肚子像一面皮鼓，仰面朝天地躺在炕头。没一会儿，骂声就断断续续地传出来——大奶在锅台上发苞米面，哧溜哧溜地直抽鼻涕。大奶的鼻子不禁风，一见风鼻子就像漏粉的勺子。淌出的鼻涕不及时抽回，它们就会欢天喜地地跳到烫好的苞米面盆里；五爷最不爱听大爷没边没沿地骂人，更不愿听他一惊一乍的叫声，他常被大爷气得七窍生烟。有好几次握着拳头要冲进西屋，都被大奶哀求、无助的眼神儿制止住了。可大爷却把骂人当成消化食儿，每晚必骂。五爷长叹一声，咣当地关上东屋的房门，在窗台上燃起一把编成女人辫子样的艾蒿。蚊子、瞎虻、小咬只能望屋兴叹，它们被缭绕的青烟挡在窗户外，像妖精一样地张牙舞爪。

大概是闻到了葱花儿和嫩玉米粒的香气，几只苍蝇在大爷的头上盘旋，伺机吃点挂在他嘴角的残渣。苍蝇嗡嗡着试探性地几次着陆后，终于有一只绿豆蝇落到大爷的嘴边，并且还得意跷起后腿踢蹬着……大爷翻着一双白蒙蒙的眼睛发呆，他大概想让苍蝇多吃点儿，或者干脆就没在意苍蝇对他的挑衅，"这个可怜的满桌子，好好的小人让六豁牙子祸害成这样？这个畜生……"满桌子是六疯子的小名，满堡子里的人只有大爷这么叫六疯子。六豁牙子是大爷二兄弟的儿子，大排行老六，六疯子嫁给六豁牙子理所当然地成了大爷的六侄媳妇。六疯子从进这个家门就跟大爷近便，她见到除大爷以外的人都羞涩地低下头或专心地抠手指甲。"你那爪子上生疔，还是长宝石了？"六豁牙子不管人前人后总是厌恶地呸一口。大爷要不是眼睛看不着，他非得拿根柳条抽六豁牙子。"熊玩意儿，你也欺负我眼瞎。"大爷终于不耐烦地用手扑喽苍蝇。大奶正把烫好的苞米面从外屋端进来，她斜楞一眼躺在炕头的大爷。"不如咱家早先养的那头母驴，它还知道背着人，咱这可倒好，在我眼皮底下就跑骚——"大爷可能想到自己那双眼睛只是个摆设就突然间闭嘴。大奶把苞米面盆咣当一声推到炕梢儿，啪嚓，把竹帘子盖到面盆上，又拽过一床灰不溜秋的小线毯子蒙在帘子上。大爷抻着脖子喊："怎地，你摔打我还瞪我，不爱听我说话是不？我骂你了？我骂苍蝇。"等了半天不见大奶动静，大爷把抻长的脖子收回来，"呸、呸"，大爷不甘心地朝天吐着口水，像吃了苍蝇。

大爷胎里带来的眼瞎，但大爷的家境殷实。兄弟八个各个身材魁梧，家里骡马成群。大爷的爹早逝，是寡妇妈撑着偌大的家业。她常抿着嘴得意地说："儿啊，你也就生在咱这样的家，要是换个人家，不饿死也得拄着棍子到处给人算命混口饭吃。"大爷转着混沌的眼珠儿嘿嘿地笑。可有一件事娘儿俩都笑不出来，兄弟们都相继成家并儿女成群，只有大爷还单帮儿。兄弟媳妇们都是上赶着托媒人找他们家说合，可轮到大爷这儿，婚姻像躲瘟疫一样绕着他走。除夕夜，大爷在寡妇妈的唆使下没少搬荤油坛子，可是大爷的婚就是不动。把寡妇妈愁得早早地白了头发，还整天唉声叹气。她安慰儿子："满大劲，妈伺候你一辈子。"大爷听到妈的话没嘿嘿地乐，却哀伤地垂下了脑袋。寡妇妈看到儿子的神态也醒过腔儿，儿子要的是能生儿育女的女人。

该着大爷不是打光棍的命。那年，离黄泥凹堡子不足百里的太子河发怒，洪水淹了附近堡子的房屋还让庄稼颗粒无收，人们就结伴出来乞讨。一个小姑娘白天领着蹒跚走路的爹，在堡子里东家要点吃的西家讨口水喝，晚上就蜷缩在大爷家的柴火垛里过夜。原来，小姑娘的爹是一个车老板，靠给人拉脚养活娘俩。马受惊，爹捡了条命却伤了双腿。爹在炕上躺了三年，妈耐求了三年，在一个太阳高照的日子跟一个男人去了边外（黑龙江）。爹在炕上不吃不睡，三天后，他爬起来给饿得也有气无力的女儿做了一碗高粱米粥，看着女儿舔嘴抹舌地吃了凝成一坨像猪肝血的饭，爹流着眼泪笑了。他决心把没娘的女儿带大。爹开始拐着腿走，疼得龇牙咧嘴直呻唤，实在走不动了就爬。一来二去，爹竟然能走上几步了，可庄稼地里的活还是不能干，全靠亲戚们帮衬。赶上闹洪水，爹不好意思再给他们添麻烦，带女儿出来沿路乞讨。路过黄泥凹时，爹闹不自在。爹合计等病好了带女儿一直往北走，万一能找到孩子的妈，女儿有人照应总比被人拐到妓院管老鸨叫妈强，自个死了也能闭上眼睛。可爹却一命呜呼在大爷家的柴火垛下。小姑娘没钱葬爹哭得死去活来，决意要陪爹一块上路。大爷的寡妇妈买一副白茬儿棺材帮小姑娘葬了爹后，一把扯起扑在坟上哭得死去活来的小姑娘，把她领进家门。那时，五爷刚死了老婆，小姑娘想给魁梧的五爷做填房，她愿意为五爷拉扯两个未成年的儿女。可寡妇妈做主把她配给瞎子大爷。小姑娘就成了大奶。圆房后，大奶始终不生养，婆婆又做主把四爷的女儿过继给大爷，取名带弟。婆婆希望这个"要饭花子"托带弟的福开怀生个一儿半女，也好给苦命的大儿子留个后，可大奶的肚子就像一块盐碱地，撒了那么多种子就是不出苗。本来就是要饭出身的大奶，人前更是矮三分，不只受婆婆气，还常挨妯娌们的奚落。

婆婆不觉得儿子眼瞎亏待了大奶。相反，她觉得大奶不知好歹，有吃有喝却连个崽子都揣不上。“哎，我说老大家的，都一个锅里吃饭，你瞅人家噼里啪啦地生，到你这儿怎就一点响动都没有？”听婆婆的话好像只要吃上饭就能生出孩子，大奶的眼泪像蹦开夹的豆子，叽里咕噜地砸在从灶坑里扒出来的草灰上。“啧、啧，大嫂的身子金贵呗，哪像咱们，生孩子像母鸡下蛋，噗，一个；噗地，又一个，想憋住都不行……”大奶听了小叔媳妇的话恨不能把脑袋插到灰堆里。婆婆当面都是喊老大家的，背地里就叫她要饭花子。五爷总是护着这个捡来的苦命嫂子。他瞪着小眼睛对寡妇妈说：“要不是她穷，能嫁老大吗？瞎模糊眼地不说，还半副下水。整天吃粮不管穿，你身板老这么硬实还行，要是你老了还不是指望她……”寡妇妈惊愕地盯着五儿子，她若有所思地蠕动两下嘴唇，把嗓子眼里的话咽回去。也许是五儿子的话起了作用，寡妇妈脸上凝着的霜渐渐变薄。媳妇们都见风使舵，她们也看出老五偏袒大嫂。兄弟媳妇们私底下议论，“你瞅她那双眼睛一看老五都快出水了，半副下水的老大再瞎模糊眼地看不住老婆，老太太要是死了，老大还不当王八？”八个儿子里寡妇妈最疼老五，倒不是因为他很早就没了女人，她觉得五儿子憨厚、能干。分家时她坚决跟五儿子过。老大眼睛瞎，她怕要饭花子给他气受，就把祖上留下的三间房给他哥俩一人一半。她和五儿子住东屋，大儿子和要饭花子住西屋。她打定主意，只要自个不死就得为大儿子当家做主，绝不给要饭花子半点翻身的机会。

无论寡妇妈怎么刚强，她的气势、身体都日渐萎靡。在炕上躺了半年，她把儿子、媳妇们叫来。“给我穿衣裳吧。”她气若游丝地吩咐媳妇们。穿好了衣裳的老太太用眸光搜寻了一圈，缓缓地说：“我要去见你们的爹了，你们都给我记着，长兄如父，你大、大哥就交给你们了。”老太太说完脑袋一歪，儿子们刚要扑过去，她又睁开眼睛，问：“能记住吗？”寡妇妈的眼神儿看得儿子们直打冷战。大爷却扑哧笑出声。“听见我妈说的话了吧？”大爷翻着白眼珠子问兄弟们。“能！”儿子们不想让妈闭不上眼睛，纷纷回答寡妇妈。“长、长嫂如母，老、老五啊——”这专门冲着五爷的话还没说完，两滴眼泪从寡妇妈的眼角像蚯蚓一样徐徐地爬出来，她没听到五儿子的回答就吐出一口凉气。五爷一把抱住寡妇妈的头，把一只金簪子插在老太太已经绾起来的发髻上。

"妈、我的妈呀……"大奶凄惨地号啕声，让屋里的小叔子和小叔媳妇都愣怔了。葬了老太太后，妯娌们喊喊嚓嚓地议论，"这要饭花子是真想老太太，还是因为老太太最后那句话断了她的后路?"

大奶知道五兄弟明里暗里向着她，她对五爷的一双儿女也格外亲近。侄男侄女也和大奶近便，整天身前身后地叫着大妈。相反，过继的女儿却生分，她知道身世后，总往回跑。奶奶活着的时候她还有所收敛，奶奶一死，她就明目张胆地和娘家的父母兄弟姐妹打得火热，只有逢年过节才来看大爷大奶。倒是近几年，她回家的脚步勤了，大奶知道她是惦记着家产，起码这一间半房子还能值几个钱。大奶也不说透，带弟回来，大奶还和从前一样。她知道，这些东西她一样也带不走，不给她还能给谁？大奶的心思在五爷的两个儿女身上，可她永远也没有说话的份。

大爷从小就是衣来伸手，饭来张口。像搓苞米轧豆子这些力所能及的活他也从来不靠前，更不管外面刮风、下雨、打雷、发洪水。大爷说："人的命，天注定，我就是当爷的命。"他对大奶举手就打张口就骂。原本想寡妇妈死了，大爷能像一个老爷们给她点支撑。但他得意洋洋地对大奶说："怎的，你瞅我来气是不？我徐老大就是命好。我妈给我留下家业不说，还叫我的兄弟们把我当父亲待！嘻嘻……"说着话，大爷竟笑出声。"呸，那你就在炕上当爹吧。"大奶气得脸通红，在锅台前暗骂。一缕风吹进来，大奶的鼻涕像淘气的孩子又结伴溜达出来，眼泪也稀里哗啦地凑热闹。她把鼻涕擤到门口，几只在院子里觅食的鸡抖着翅膀奔到大奶的脚下抢食鼻涕。没分家时，稻田、旱田的活有小叔子们，用不着大奶操心。她干好妯娌之间分摊的活就行。分家后，寡妇妈还能支使其他儿子，可她死了，大奶不敢指望别人。虽然兄弟们都答应寡妇妈把长兄当父，可他们对这个"爹"的态度就是既不招惹也不搭理地把他晾起来。早先还想等带弟结婚，女婿能搭把手，大奶后来也死了这心。连月科里就拉扯的带弟都指望不上，怎么还能指上外人？多亏了五爷，所有的粗活他一个人包了。大奶心明净似地，五爷是为了她。看到从地里风尘仆仆回来的五爷还要煮饭，大奶就说，"往后就别自个忙活，在咱家吃一口得了。地里干一天活，回来再整饭真够戗。"五爷香甜地嚼着两合面馒头看着大奶说："行了，咱可不和你们一锅搅马勺，自个吃心里吁着，咱也不爱听大瞎子掺沙子拌谷子地骂人。"大奶听了五爷的话也不好再深劝下去，就说："咳，再怎么骂也是亲兄弟，能骂出两姓来。"五爷不再听大奶说话，低头呼噜呼噜地喝白菜汤，喝得满头大汗。

寡妇妈死后，大爷嚣张的气势顿减。只要不在炕上他很难打着大奶，骂她的方式也由直接改成指东骂西了。摸着水瓢，大爷就骂：“长个婊子样，还好意思可屋转悠。”大奶正在北地上倒腾苂子里的苞米棒，摸着饭碗大爷就骂：“哼，要不是到咱家来，你就配装狗食。”摸着扫炕笤帚，大爷就骂，“别看我妈死了，你一个笤帚疙瘩还能成精是怎地?”只要不睡觉，大爷说不准什么时候开骂。大爷骂的话基本不重样，花样还常翻新。有时候是唱着骂，有时候是躺在炕上踢蹬着两条腿或用脚后跟刨着骂，脚后跟刨出一层厚茧子，他就改用胳膊肘刨炕，炕坯塌了，大爷挪个地方还照样骂。大奶说大爷红口白牙骂人是作死，可五爷说大爷是秘着心眼子做人。看着塌的炕坯，大奶央求五爷换上，他一甩胳膊不理睬大奶。大奶知道五爷这是跟她治气，可他说大奶太好性子，大爷这是熊她。说归说，趁大爷去下屋和六疯子唠嗑或到枣树下坐着时，五爷就把塌下去的坯换上。他不忍心看大奶像热锅上蚂蚁，可大爷装着不知道，也不领情还继续手脚并用使劲地刨。天一黑，他就竖着耳朵听大奶的动静，只要大奶躺到炕梢儿，大爷就开始用脚刨炕，还大声小气地哎哟。大奶只好赌气冒烟地拉着被子像狗一样地蜷缩在大爷的身边，他的声音立即戛然而止。大爷的手准确地伸过来，从大奶的脸开始抚摸……大爷按照手的索引，嘴里叨咕着：“穿过高山，路过平川……”气得大奶直想拿把斧头给他脑袋开瓢，用缝麻袋的针把他的嘴摽上，让他再也说不出话来。想归想，大爷的脑袋没开瓢，嘴还一顿吃三大碗饭，骂起人来也照样嘎巴溜脆。大奶咬牙切齿地发毒誓，“他死了我也不掉一个眼泪疙瘩。”大爷白天除了吃饭、睡觉，陪六疯子唠嗑，到树下捡枣，就是骂一切能摸着的东西。用大爷自个的话说：“白天我就睡觉，青天毒日头的有啥好看？怪晃眼的，早晚得把眼睛晒瞎。”大爷认为眼睛瞎就是看多了太阳。太阳都能把人胳膊晒暴皮，还晒不瞎眼睛?

大爷的耳朵比眼睛还灵，他能准确地听到大奶在什么地儿站着，搓苞米还是挑豆子。天一擦黑儿，大爷就翻着一双死鱼的眼睛踅摸大奶，只要她在地上磨蹭一会儿，大爷就开骂。弄得大奶一见太阳落山就皱眉，痛苦得像去赴刑场。大奶想，要是不解放就好了，大爷家那么趁钱指定得给他娶小老婆，大奶天天幻想着能有个女人来替换她。她也曾泪水涟涟地央求大爷，“我一天到晚喂猪、喂鸡、喂鸭，还得做饭带孩子，你半宿半夜地不让我睡觉，我白天哪来的精神头。”大奶哽咽地说不下去了。“人家老娘们还生孩子，你可倒好弄个现成的还抱屈。我要是连这点事儿都不做，活着还有啥意思？敢是你想看啥就看啥，可我连花儿开啥样都没看过?”大奶不敢顶撞大爷，她知道再说话大爷的巴掌会准确地糊到她脸上，还照样在她身上折腾。近几年，大爷的身子在走下坡路，可他像一堆烧落架的劈柴，看着只剩下一堆红火炭，哪怕是加把草，欲望就像野火一样燃烧起来。这火虽然来势凶猛却不禁烧，可大爷决不气馁，他把大奶的身子当成老秋后的草地，哪怕剩一点火星都要把这块草地燃成灰烬。大爷理直气壮地告诉大奶，“我就为吃这一口来的。”大奶每天早上起来都是胖头肿脸的。妯娌们就讥笑她：“那么卖力气，就是不养孩子哈？像咱们这些干粗活的人一劈腿就一个。”大奶脸红到脖子根儿，她咬住嘴唇一句话都不说。寡妇妈一死，大奶坚决与大爷分居。只要她一躺到炕梢儿，大爷就开始蝎唬着嚎叫起来，说全身疼。他张着大嘴歇斯底里地叫着说，有一千只蚂蚁、有一万条蚂蟥，钻进他骨头缝里嗑他的筋啃他的肉，让大奶拿菜刀把他杀死算了，他不想活了。“哎呀，妈呀，我的妈啊……”大爷鬼惊鬼乍的叫声，吓得大奶直起鸡皮疙瘩。她怕别人听见笑话，也怕影响五爷睡觉，就忍气吞声地把被褥拽到炕头挨着大爷躺下，大爷立刻就住了声，好像大奶是一瓶敌敌畏，把他骨头里的蚂蚁身上的蚂蟥都杀死了。大爷的手马上就准确无误地到达……大奶分居的想法在大爷的咒骂声中彻底失败，她只能在心里愤愤地骂：“他死，我也不掉一个眼泪疙瘩。”

自从六豁牙子的媳妇娶进门，大爷白天很少骂大奶了，他多半是和六疯子嘀嘀咕咕地唠嗑。“一个叔公公老跟侄媳妇鬼头火似的，也不怕别人笑话。”大奶气得把葫芦条旋折了。大爷翻着白蒙蒙的眼珠儿质问大奶，“怎地？兴你养汉还不许我和满桌子说点贴己话？咱俩同命相怜，你知道不?”

大奶气咻咻地更坚定了大爷死也不掉一个眼泪疙瘩的决心。

二

五爷炕上有三件宝。一个是炕上铺着像褥子大小的一块毡子。他一躺到细发得像女人身子的毡子上就舒服得咦嗬地叫一声；一个是已经被岁月熏成黑色的葫芦头，里面装着他自个种的黄烟。一坐到炕上，五爷就拽过葫芦头，掐一撮烟叶按在烟锅里，也不打灯，黑暗中像豆似的烟火一闪一闪的，还有五爷高一声低一句的自言自语。“你个小兔崽子！呵呵……”这多半是和孙子、孙女或者外孙子、外孙女说话。“混鳖驴，还管起你爹来了？”这不是骂儿子就是骂女儿。儿子一回来就和大奶说：“大妈，我爹不是魔怔啦？胆小的都不敢和他一炕睡觉。”大奶叹口气，“啥魔怔，一天到晚出来进去都他一个人，能不憋屈？”大奶的脸埋在白雾蒸腾的锅灶前。听了大妈的话，儿子再也不说爹魔怔的话了。吞云吐雾够了，五爷在炕沿上把烟锅里的灰磕打净后又顺手拉亮电灯，从毡子下拿出手绢包着的第三件宝贝，一幅纸牌，他又大声小气地摆起了八门。

女儿九岁儿子三岁五爷就要了单，他当爹又当娘地把儿女拉扯大，他们先后从黄泥凹堡子里飞出去。女儿嫁到六十里以外的钢城，堡子里的人管钢城叫站上。女儿又把弟弟也带到站上，姐弟俩就在站上过着城市人的生活。儿女试图几次要把爹接过去，可五爷说什么都不干。他说：“站上有什么好，车后屁股冒的黑烟能把人呛出痨病。再说，要赶上挨饿，我不给你们种粮食，你们孩子大人吃啥？”最让五爷看不惯的是，女儿和儿子一到站上就满身娇毛，撒巴巴撒尿不用格挡棍儿（高粱秆劈开）拎着裤子到处找手纸，说格挡棍儿拉屁股。“这架势把你们金贵的，还拉屁股？我拉了几十年还不是照样能吃、能睡。”儿子扑哧笑了，“爹，这跟吃睡有啥关系。”五爷从站上一回来就跟大奶诉苦，“你瞅这俩小瘪犊子，嫌乎我抽烟袋了，非得让我换烟卷，吃饭还叫我洗手。你说，还不是我这双手把他们养大。我还能干活就挑毛病，我要是不行了他们还不把我扔出去？”大奶细声慢语地劝五爷，“孩子们是怕你抽那么冲的‘蛤蟆头’咳嗽，都是为你好。”五爷眨了眨细长的眼睛梗着脖子说：“那我也不搬去和他们住。”五爷说完这话抬起脸看大奶。

堡子里的人不这么看。“这一母生九子，九子不一样。他大哥一天到晚像公猪似的把老婆整得没精打采，可他打了半辈子光棍。真是白白地当了回男人，那东西老不用还不成了软面团。”男人们淫荡地笑出声。“这话也不能这么说，都是男人，他就各掰啊？老五要不是和他大嫂有一腿，能这么消停？介绍那么多女人，他心都不动一下，谁信那？再说放着城里大片吃肉大碗喝烧酒的美日子他不去，偏在庄稼地里和太阳较劲，没有点想头谁遭这罪。要不就是他裆里的东西废了。”

相看过的女人中，五爷对胡翠花的记忆深刻。不是记住胡翠花的模样，而是她那件蓝底带白花的袄罩。那年，五爷三十八岁。二奶，就是五爷的二嫂六豁牙子的妈，从娘家堡子领来一个叫胡翠花的女人。胡翠花的丈夫是修水渠时被塌下来的土方活活闷死了。二奶和胡翠花进屋时，五爷正往熬好的萝卜汤里用筷子淋油。“我合计他就不能吃饭，天天从地里回来现整饭，可能干了。”二奶抱膀看着五爷。“咦嗬！”五爷抬头就看见了从天而降穿蓝底带白花袄罩，形销骨立的胡翠花。这衣裳要是穿在大奶身上指定好看，五爷眯缝着眼睛想。二奶笑吟吟地指着胡翠花说：“我娘家堡子的，咱们从小一起长大。正好翠花也没吃，老五你给她整点饭，你俩边吃边唠。”二奶在胡翠花的胳膊上掐一下，示意她留下来。二奶瞥一眼在对面锅灶前忙活的大奶，她冲五爷眨眨眼皮。五爷慌忙放下手里的油瓶子，冲胡翠花支吾了半天没说出一句完整话。“啧啧，怎还不会说话了？瞅那脸红地，哈哈……”二奶嘎嘎的笑声，绕着房梁转一圈咣当一声，震得五爷的耳根嗡嗡直叫。“瞅你那笑，顶风能冲出二里地。”五爷觑着眼睛看二奶。“行，不管你们了，咱还没吃饭呢。”二奶踱着鸭子步走了。没等五爷说话，胡翠花就啧啧两声，“都说你可趁钱了吗，怎么吃油还用筷子蘸？”胡翠花的嘴角微微上翘。“啊、哦，咱不爱吃油腻。”五爷的脸更红了，他不敢正视胡翠花。“那、那你进屋坐。”五爷抓起衣襟使劲地擦手。胡翠花的腰肢像没开过怀的大姑娘，她扭了两下走进里屋。五爷看着胡翠花的背影在心里嘀咕，“瞅那屁股还没枕头鼓，能生小子？”五爷刚要随胡翠花进屋，他下意识地瞥了一眼在锅台前忙活的大奶，“怎没声了？”大奶把头深深地埋在雾气氤氲的灶上，五爷想和大奶说句话，可她始终盯着锅。五爷只好讪讪地进屋。胡翠花站在当地，正南北炕地撒么，似乎是合计坐哪边才好。“你坐、坐这儿。”五爷仍然拽着衣襟，像个犯错的孩子。胡翠花低头坐在南炕的炕沿上，由于个子矮，她的两条腿在炕沿下像风中悠荡的秋千。五爷坐到北炕，他刚要拽过葫芦头抽袋烟，一想到刚才二奶的话就问：“你还没吃饭，是不？我煮的高粱米饭熬萝卜条，要不，你就——”五爷期待地看着她。胡翠花的头更低了，还把双手夹在晃悠着的两腿中间。“一连气生两个丫头，婆家都没给我煮过鸡蛋，我可爱吃糖水卧鸡蛋啦。”胡翠花一绺刘海也顺势耷拉下来。“咦嗬……”五爷本来想说口味还挺高，谁不爱吃糖水卧鸡蛋。一想到她第一次来，就把下半截话咽回去。他习惯地在炕沿上揕打几下烟袋锅，胡翠花疑惑地看着五爷，心说，也没抽烟揕打它干啥？胡翠花这一抬头，五爷正好觊觎到她的脸，她瘦得青筋暴流，脸寡白得像张纸，着实让人心疼。腾地一下，五爷全身的血像草上的长虫直冲脑门。"啪嚓。"五爷手中的烟袋掉到地上，他身不由己地蹿到胡翠花的跟前，"你怎精瘦、精瘦地?"五爷抬起双手要摸她的脸。胡翠花羞涩地站起来，还噘起嘴，她脸上立刻浮现出惹人怜爱的娇嗔。五爷抱住胡翠花的脑袋就把嘴伸过去，"咣当。"五爷燃烧起来的激情被大奶的关门声吓回去。他看一眼外屋地，说，"那、那我、我给你整饭去。"胡翠花嗔怒地瞥了一眼外屋，又重新坐回炕沿上。

五爷看着她，"那、那我真去了。"

五爷从裤腰上摸出钥匙，啪嗒，打开柜子上的锁，他捧出一个玻璃瓶子。瓶子里装着满满的白糖，胡翠花眼角有了笑意。五爷发现，这胡翠花长了一双月牙的眼睛，很耐看。五爷又兴奋起来——糖水在锅里响了边儿，五爷知道这时候打鸡蛋正好，不容易散。他打了一个鸡蛋后，就盯着装鸡蛋的笸箩琢磨，还打不打？五爷隔着锅台上方的小窗户，瞄了一眼里屋的胡翠花，她也正看着他。五爷咬了一下嘴唇，又打了一个鸡蛋。糖水翻花了，五爷看着被水花拱起来的鸡蛋，咽了口唾沫。看来，胡翠花今晚不能走了。五爷想到这儿瞥了一眼对面屋被大奶摔上的房门，五爷知道大奶是故意关上的。他有点失落，但一想到屋里还有个胡翠花在等他，五爷抿了一下嘴。"搂在身上还不咯着，指定连点热乎气都没有。哎，好歹也是女的。"五爷不由自主地又看了一眼，瘦得像水稗草一样的胡翠花。他的身子再次膨胀起来——五爷一狠心又打了一个鸡蛋。"这回好，鸡蛋非得有溏心还有硬心的。"五爷全身的血液像一锅沸腾的开水，他想让这锅开水降温，就拼命地拍脑门。可是，他的身子仍然像一挂脱缰的马车。五爷回手舀了半瓢凉水咕嘟咕嘟灌下去，他抹了一把嘴，把鸡蛋盛到二大碗里。糖水和被溢得飞了边的鸡蛋清洒到锅台上，五爷心疼的要把糖水汲起来，一想到胡翠花会笑话他，就把两条像蛔虫似的鸡蛋清，捡起来仰脖放到嘴里。五爷想要和胡翠花在八仙桌上一起吃饭，他看了一眼寡淡的熬萝卜吧唧一下嘴。五爷颤巍巍地把糖水卧鸡蛋端给胡翠花，他想让她快点吃完，好早点躺下。胡翠花接过五爷手里的碗，啜起嘴轻轻地吹几下，又把碗放到炕沿上，用羹匙慢慢地搅动。五爷像一只呆鹅盯着胡翠花看——搅两下，胡翠花竟把羹匙扔地上了，她双手捂住脸，像刀背的双肩微微地抖动，她先是抽搭着，后来就嘤嘤地哭起来……"咦嗬，怎的了？怎的了?"五爷扎煞着两手不知道发生了什么事儿。"刚还好好地，你怎说哭就哭了?”五爷想去搂胡翠花的肩膀，她一闪身抽噎着说：“自从咱家男人死了，我连顿饱饭都没吃过。你二嫂说了你，咱想，这回可好了，以后咱们娘仨能吃上点好的！可你、可你才给我卧三个鸡蛋，我一顿能吃十二个。”五爷听明白了，他瞪着小眼睛指着二大碗说：“那可是三个鸡蛋哪，我那小子过年都没吃过三个啊。再说，吃那么多还不吃出鸡屎味?”五爷的小眼睛瞪得溜圆。“明个，咱家丫头来这儿就更吃不上了?”胡翠花的声音明显提高。“妈呀，你家俩丫头，一个人仨，俩人就六个，再加你……”五爷咧着嘴伸出手指头。“哼。”胡翠花抹一把眼泪，甩手就走出屋子。五爷追出去，“你回来，我再给你卧俩，行不行?”五爷在胡翠花的身后跺着脚喊。

胡翠花走到大门口，看见一树青里透红像小元宝的枣，她伸手就撅下一根枣树枝。

“哎，你别掰树杈，我给你摘。”五爷蹬蹬地跑出去。“哼。”胡翠花大概是被树杈上的刺扎了手，她嘶嘶哈哈地吹气。一看五爷真跑出来，“谁稀得要你那破枣子?”胡翠花扔下这句话头也不回地走了。

“呸，馋老娘们。”五爷拍着大腿。

“你吃了吧，一天，累这样都舍不得吃个鸡蛋!”大奶什么时候站到五爷的身后。五爷看着大奶手里的碗，皱着眉头叨咕，“白瞎了。我要知道她不住这儿，怎的也不能打仨鸡蛋啊。你说，这不白瞎了。”五爷没接大奶手里的碗。“这个败家老娘们，多亏她走了，要不非得把家吃穷不可。二嫂也是，不打听打听，她娘家堡子的老娘们都像她，馋。再说，你看她张寡白的脸，不是病秧子也是个要账鬼。”五爷回头盯着大奶。

二奶第二天早上就跩着鸭步来了，进屋就劈头盖脸地数落在锅台前忙乎的五爷，“你个小佃洋子（吝啬），一个大活人都给你了，才舍出三个鸡蛋，搁谁也不干。哪个女人还能跟你，你攒那么老些鸡蛋干啥，留给谁猫月子吃呀?”二奶瞥了一眼在灶坑前烧火的大奶。“咦嗬！我还没找你那，谁家老娘们一顿吃十二个鸡蛋？我看她是个败家相。”五爷气哼哼地瞪着眼睛。“啧啧，还挑人家呢？你整天抽大烟喝大酒，连疼热都不知道。”二奶唾沫星子溅到五爷的脸上。五爷用袄袖子抹了把脸说：“行了，少扑哧两句，回家得了。”五爷不想和二奶对峙下去。“再也不管你这破事儿，你就和人家穿一条裤子吧，把攒下的家底都给她。咱家小六子吃两个枣看你那个熊样，抓心挠肝的。”二奶都走到院子又回头冲五爷喊。“你回来说清楚，我和谁穿一条裤子？”二奶正要摘一把青枣，一看五爷真急眼了，慌忙中，她撸了一把枣树叶，撒腿就跑。

果然，嫂子们被二奶撺掇得再也不管五爷找女人的事儿了。

五爷第一次去站上，儿子就领他下馆子，吃猪耳丝拌黄瓜丝下酒，不过喝的不是烧酒，是一种像马尿的东西。“咦嗬，一股脑袋油味的猪耳朵还能拌黄瓜吃？一点邪味都没有，真脆！”五爷眯缝着小眼睛嘎吱嘎吱地嚼。“爹，你再尝尝这个。”儿子把装着像马尿的罐头瓶子推给五爷。有黄瓜丝拌耳丝，五爷最想喝的是烧酒，可儿子偏让他尝尝从来没喝过的酒。“这是啤酒，两角钱一罐头瓶子。”儿子说。“那东西怪，喝一口还没觉得，半瓶子下去不由得你不干。”五爷咂着舌头讲。真想一气喝个够，可一想到两角钱才一罐头瓶子，五爷就心疼。“两角就两角，一年才喝几回。”儿子的话让五爷心里受用。可他不舍得糟害儿子，儿子现在钢厂当工人，是到月拿现钱的人。可他还得养家，儿子已经是三个孩子的爹了。在自个有生之年，得帮儿子一把。抗不住儿子再三地劝，那晚，五爷是踉跄着脚步被儿子搀扶回家的。五爷在心里骂，“这熊玩意，喝到嘴里凉丝丝的，后劲儿还挺大！”

回到黄泥凹，五爷腰板挺得更直了。一出去纳凉就给人们讲他如何吃黄瓜拌耳丝，可他更多的是讲像马尿的酒，喝到肚子里的感受。五爷说：“那东西跟马尿一个色，一倒也哗哗地起沫子。可喝到嘴里就不是马尿的味，有粮食味，还有、还有酒味，真不调理你们。不信你们到站上喝一回就知道了。我儿子说，那馆子是一个从边外来的人开的。听说他们那地儿还有一种黑面包，只有老毛子才吃得起。”五爷每次讲都增加一些内容。有人就讥笑五爷，“你统共才喝过一次，每回讲都不一样？本来是一根小木棍，都被说成比房子还高的大树了。你可真能来悬（吹牛）。”五爷的脸微微泛红，可他不屑搭理这些人。他觉得他们除了整天在女人的怀里起腻，别的都不如他。自己的一双儿女都是公家的人，每月都拿现钱。在堡子里有几个能喝上那东西？虽然喝一回，就相当于喝几十回。他们活到死，也不一定能喝着。“呸。”五爷吐口唾沫，转身超然世外地走了。五爷自从喝了像马尿的酒后，就背手走路，叼在嘴里的烟袋吧嗒吧嗒地咂出声。看到背手走路的五爷，堡子里的人就问：“怎的，老五，喝一回马尿就把自个当马了？看你脑袋扬地，想捅破天哪？”五爷骂：“滚瘪犊子。”五爷嘴上骂，心里也奇怪，只在城里吃一回黄瓜拌耳丝、喝一次像马尿的酒，怎就念念不忘，总想着什么时候再吃一回再喝一次。五爷觉得很对不起儿子，他拍着肚子埋怨，“你怎么像个女人似的水性杨花。”

艾蒿青涩的烟还在窗口徐徐地缭绕，五爷摆一会儿牌，觉得有点腰酸，就觑着眼睛看天。星星若隐若现，一牙儿月亮看着五爷。五爷咦嗬了一声，用手绢把纸牌包好，塞到枕头下。五爷仔细地把毡子上的烟末扑喽掉，又用笤帚轻轻地划拉几下，像为心爱的女人洗脸。毡子因为年头老已经没了当初的莹白，可经过岁月的毡子却厚重起来。它跟随五爷三十多年，虽然被虫子磕了几个眼儿，可五爷觉得它比早先更亲切了。它如同五爷的女人，在他的身下慢慢变老，但五爷觉得它比女人听话、乖顺，让它躺炕头它从来不躺炕梢。严冬，它就尽职地给五爷驱寒；伏天，它就尽责地为五爷挡着从地下涌上来的潮气。

“臭老娘们。”五爷呸一口。这样的自言自语很难猜出他是骂死去的老婆，还是骂那个嫌三个卧鸡蛋少的胡翠花。只要一想起胡翠花，萦绕在他眼前的不是她的脸，而是那件蓝底带白花的袄罩。五爷觉得那件衣裳穿在胡翠花身上，像稻田里竖着吓唬雀儿的草人，五爷一直想不明白，胡翠花做那么肥的衣裳不是浪费钱和布票吗。要是大奶穿一准好看，她能把衣裳撑得满满当当。“只可惜，啧……”五爷惋惜得直咂嘴。

女儿个把月回来一趟，为五爷洗洗涮涮，她总是把里外屋的灯打得通明瓦亮，五爷心疼但也不好多话，毕竟女儿是公家的人，还当了妈，不是从前那个没妈的黄毛丫头。儿子每次一进家门就噤鼻子，他不让爹再抽旱烟，说烟袋油子味太大，让爹抽烟卷。五爷别的事儿都能听儿子的，只有抽烟卷这事儿，他始终和儿子对抗。五爷尝一口儿子给他点的烟卷，那东西瞅着还行，放到嘴里就不是那么回事了。闹不腾的味，哪像自个种的烟叶，抽一口咽进去，辛辣的味道像进了炕洞，把肚子里的犄角旮旯都燎得舒坦。五爷不直接顶撞儿子，他说：“地头地脑，种点烟叶不耽误啥，还是自个种的烟好抽。”儿子劝了几次也只好随他去了。“这两个小瘪犊子，都是从土坷垃里长大的，一当上公家的人这么骄毛？真他妈的活人惯的。”五爷很伤心地和大奶唠叨。大奶就劝五爷说：“小家雀都长翅膀了，让他们飞呗，操一辈子心还没够啊，他们还常回来看看你就行了。”大奶的话也真让五爷想开了，虽然一辈子亏了自个，可世上哪有十全十美的事儿。

“啪嗒！”落枣了。明个六疯子又有地捡了，捡吧、捡吧，劳累了一天的五爷沉浸在七零八落的梦里，还说着梦话。

三

六豁牙子，是小六子半道捡来的诨号。

小六子一落胎包就红赤赤地像扒了皮的大耗子，吓得接生婆妈呀一声。送走了接生婆，二爷噤着鼻子问二奶："连点筋骨囊都没有，能活吗?"二奶的眼泪就下来了，强行把奶头往小六子的嘴里塞。他胎歪得不会裹奶，二奶泪水涟涟地让二爷准备一捆谷草，随时要把他扔出去。没承想他却赖唧唧地活下来，虽然抽巴得像着了霜的茄子包，二奶还是长舒一口气。本来小六子不该住在这个院子里，是二爷舍一张老脸说服了大哥和五弟。"大哥只有一个过继来的带弟，还嫁出去了。老五的儿子跟他姐去了站上。你俩跟前没个孩子哪行？咱们也不放心。管怎的小六子还能搭把手，照顾你俩，再说，我妈临死不也说吗，长兄如父。"大爷抗不住这些话，他美滋滋地以"爹"的身份答应了。"盖房子想起长兄如父，平时你们怎连问都不问?"这话在五爷舌尖儿上转了好几圈，他只磕打两下烟袋锅，没说。五爷知道二爷的花花肠子，还不是为省块地方。临了，五爷说："就那个小六子，你能不能指上还两回事儿。"二爷嘿嘿地看着五爷笑，他不敢顶撞五弟，他不是瞎子大哥。

小六子干不了庄稼活，二爷只要一着他面，就唉声叹气像热锅的蚂蚁。有时候，二爷瞅着像茄包的儿子就气不打一处来，像一条看家狗看见了生人，皱着眉头哼哼。吓得小六子趔趄着身子，从像一面墙的爹的身边溜过去。二奶瞅着揪心，躺在炕上劝二爷，"光赌气冒烟有啥用，想想办法让他也挣点工分。"二爷刚要瞪眼睛，一看见二奶胸前袒露的胸脯，他嘎巴嘎巴嘴，女人的话也对。二爷就教小六子赶马车侍弄牲口。谁知，小六子对车马一点拨就上道，很快就超过了他爹，成了行家里手。

为这，小六子还上过电匣子。

儿子有了看家吃饭的本领，二爷从柳条篓里拿出十个鹅蛋来到队长家。二爷推开队长家门时还在心里骂，同样都在一块地里撒的种子，咋就长出他这么个歪瓜。为这，二爷没少挨堡子里好事人的奚落："哎，徐老二，你说小六子是不是串秧子了，怎么一点都不像你？别再是你老婆给你戴顶绿帽子，你还美滋滋地说暖和。"二爷脸红脖子粗地举起锄头追着说话的人打，那人撒腿就跑……回到家，二爷就噤鼻子瞪眼地找茬儿，"像你那秆舅舅。”二奶撇着嘴不敢反驳，她知道自己回了嘴，遭殃的是六儿子。

一脚迈进队长家的屋里，二爷颤巍巍地从怀里把鹅蛋掏出来放到炕上。队长老婆急忙用两条短粗胖的胳膊护住，她怕鹅蛋骨碌到炕底下，打了。终于把十个鹅蛋掏出来，二爷涎着脸说：“你看咱家你六侄那身板，也干不了田里的活，让他在队上当饲养员行不?”队长沉吟地看看他，又瞅瞅老婆怀里的鹅蛋，绷着脸在屋地上背着手走了几圈，终于慢吞吞地说：“按说呢，饲养员这个活轮谁也轮不到他。再说，就你家那成分，队里的贫下中农……”二爷急忙给队长点着纸烟，没让他把后面的话说出来。第二天，队长拍着小六子的肩膀语重心长地说：“你可别让我，没法向贫下中农交代啊。”小六子知道队长这话的意思。他下决心要干出样儿来，给堡子里当家做主的贫下中农看，他把行李卷往饲养棚的半截炕上一扔，就走出去和那些马、驴、牛说话去了。

小六子按照牲口的长相特点，逐个给它们起了名字。身上带花的就叫小花；满身都是花的就叫它花花，全身红的就叫大红、小红或者大灰、小灰……不管它们是公是母，他一色给它们起了只有女人才叫的名字。小六子一颗心全在牲口身上，有人来套车，他就低声下气地央求人家，“对它好点，下鞭子别太狠，耳根子也不禁抽……”看着牲口驾到辕子上，他就抽着脸痴呆地盯着它们，像爹舍不得要出嫁的女儿。来套车的车老板嘴里不干不净地骂，“操，它们就是让人骑，任人打的东西。要不，你打个祖宗龛给它们供上。”车老板们都说小六子有点潮（指人心眼少）。白天，小六子把不出车的牲口们赶到水草肥沃的河边、坝坡下、树林里放牧，顺便再割回一些青草，半夜还为牲口们加料。小六子一边为它们捋毛一边问：“大姐你耕一天地，累坏了，那你就多吃点。”他亲热地拽拽牛的耳朵。老牛也领情地冲他哞了一声。“兄弟，你今天驾了一天辕子，他们没抽你吧?”他捋着马鬃问。小六子对牲口比对他爹还熟悉，他猜不准爹什么时候骂他，可他却准确地掌握牲口的发情期。他固执地认为只有星星都出全的时候，让牲口交配才能下出体壮毛亮的牛犊、马驹。于是，一到牲口们发情，小六子就一宿宿地不睡觉，抱着一杆鞭子坐在牲口棚里，发现谁和谁提前凑到一起，他就像悬在房梁上的猫，嗖地蹿出去，“啪嚓!”鞭子脆生生地响起来。他才不舍得打在牲口们的身上，只是敲山震虎。一宿宿熬下来，又乏又累，他站着都能打盹。就在他打盹时两个牲口要是把事儿给做了，小六子跳着脚，连薅头发带打脸，像是自个做了不该做的事儿。接下来的日子他就惶惑不安，盯着牲口们看。发现它们没什么反应，他就跳着脚乐，要是确定它们已经怀上了，他就搓着手感叹，“真没出息，一次你就种上了。”不到三年，小六子就让棚里多了五匹驴骡，五匹马骡，还多了三头油光水滑的牛犊。喜得生产队长见人就夸，逢人就讲。终于，被公社的通讯报道员知道了这事儿，他风风火火地骑着凤凰牌自行车来了。

通讯报道员抹着脸上的汗说：“徐满仓同志，快给我说说，你是怎么把这些马呀、牛啊喂得膘肥体壮？又是怎么听领导的话，坚持走社会主义金光大道的……”徐满仓是小六子的大名。听到有人叫自个的大名，小六子懵懂了半天才咧嘴笑了，接下来他又糊涂了。他想自个让马、驴交配，半夜给它们喂料时，根本就没想过伟大领袖，这与他们有啥关系？难到他们不同意让它们在星星都出全的时辰交配？半夜吃草？“这下可完了。”小六子吓出一身冷汗。报道员看着他脑门上的汗，乐了，问：“你怎么出汗了？哦——”报道员哦了一声似乎明白了，他掏出一块绣着干枝梅的手绢递给小六子说：“给，别紧张。”小六子接过带有干枝梅的真丝手绢，稀罕得吞了好几下口水。“这是我女、不，女同学临毕业时送给我的，还一次没舍得使呢!”报道员幸福地低下头。小六子再潮也能听出人家的话，他把手绢还回去，用袄袖子抹一把汗水。通讯报道员感激地看着他。可他还是不说话，仍然仔细地为牲口拌料。报道员想，农民朴实。他就连启发带诱导地说：“你这么年轻就为实现共产主义做出这么大的贡献，是咱们青年人学习的榜样……”在报道员的循循善诱、启发、引导下，小六子终于说话了。他抚在报道员的耳边悄声地说：“我只告诉你一人，咱家出身高，我爹给队长送十个鹅蛋，队里才让我当饲养员。我爹说，我要是不好好干，就对不起那十个鹅蛋，我奶活着都没吃过整个鹅蛋。要说这养牲口，也没啥就是白天给它们吃饱，半夜再给它们加回料。不都说么，人无外财不富，马无夜料不肥。只管它们吃的不行，还不能随它们便想啥时候干那事儿就干，我拿鞭子看着，一定要等到星星出全了。你可不知道把我困的呀，有时候也看不住，它们要是倔起来也不听我的，硬上。我就拿鞭子抽，不是真抽……”小六子说得满嘴丫子白沫，报道员听得目瞪口呆。

没几天，电匣子里播一条新闻。黄泥凹大队的徐满仓同志坚持走社会主义金光大道，坚信共产主义，把生产队的马、驴、牛，喂得又肥又壮，三年让生产队里多了……小六子和爹妈趴在箱盖前竖着耳朵听，他痴呆地看着爹和妈问，“是广我吗？”爹第一次亲热地照着他的脑袋拍了一下说：“怎么不是你呢，徐满仓，我给你起的名吗。”小六子觉得电匣子里说的指定不是他，这些话他一句也没说，可他说的话电匣子也一句没广。自从上了电匣子，小六子就学五叔，背着手在堡子里晃悠。有人见着小六子就拉住他笑嘻嘻地问：“哎，天天看牲口干那事儿，你裆里的东西不造反？”小六子晃动着干巴得像鸡爪似的拳头作势要打人，看人躲了，他哈哈地大笑。队长一看小六子真给自个长脸，就常去饲养棚里坐坐。小六子手足无措地看着队长不说话，盼队长快点走。等了半天，队长也没有走的意思，他就铡草。只要一沾上牲口的事儿，他就专注得如入无人之境。这天晌午，队长又来到饲养棚。“小子，你还没进过城吧？给你派个美差，合作社要进点糖和饼干啥的，你明一早套挂车到镇上拉回来。”小六子的腿都哆嗦了。

小六子一夜没睡，天还没亮就把大红拉出来，他想显摆大红一身的毽子肉。大红倒也乖顺地配合他。小六子愧疚地抚摸着大红的头说，“哎，哥哥，昨晚没让你和大花干那事儿，不是不让你美，是想让你熬到时辰。给你关起来是为你好，谁知道我太困了，忘了给你放出来……”小六子兴奋地上路了。到镇上一看，人家还没上班，他来早了。小六子的困劲又上来了，他强打精神在地上来回溜达。终于把合作社要的货装上车，他就慢腾腾地往回赶——他不想那么快回去，他要好好看看镇上的风景，回去好讲给妈听。尽管镇上只有一条街道，可他还是觉得新鲜，镇上的大姑娘和小媳妇穿得像五叔家栏子里的黄瓜、柿子，水灵灵得招人稀罕，还有从饭馆里飘出来的香味让他直吧唧嘴。小六子想，等算了工分就到镇上开回荤，要上一两大碗五花肉，再咬两口蒜瓣，啧、啧，他闭着眼睛直吞口水。要是能天天吃上一碗肉，自己的身子骨不至于这么单细，也省得爹一见他就像黑眼蜂。

一辆草绿色吉普车迎面开过来，小六子眼睛都直了，他只听五叔家的三姐讲过吉普车的模样。亲眼见，还是第一次。吉普车司机不明白这个赶车的小老板怎么抱着鞭子傻了，就按几声喇叭示意他往右靠，可大红却一尥蹶子蹿出去……大红把小六子甩下车，还把一箱玻璃纸包的糖果和两箱饼干都甩出去，大道上到处都是花花绿绿的糖果和饼干。小六子没受伤只磕掉四颗门牙，可他和牲口们称兄道弟的生涯就此结束。队长不但把二爷和他手里的两盒大生产烟关在门外，还把一句话也扔出来，“让你儿子卷行李滚蛋。”小六子是在天黑，夹着黑黢黢的行李卷走出饲养棚的。临走，他挨个和哥哥、兄弟、大姐、小妹们告别。“这回我走了，你们往后听话，不该干那事儿就忍着点。”小六子还特意和大红说了几句话，“都是我不对，要是不拦你就好了，你就不能尥蹶子把我甩下车。”他把自个弄得泪流满面，可他的兄弟姐妹依旧嘎吱嘎吱地嚼着草料。小六子逢人就说：“别看它们是牲口，它们知道好坏。要不是那晚我把它关起来，大红跟我可好了，不会毛……”他把那次翻车的事故，归结于自个没让大红尽兴。

由于缺四颗门牙兜不住风，小六子一说话像风匣里少了鸡毛，哧哧的直漏气，堡子里的人都叫他六豁牙子。

二爷整日耷拉着脸。早先还合计趁儿子电匣子的热头上给他寻个媳妇，可还没等有眉目，儿子的名声就一落千丈。再怎么生气，二爷还是要尽当爹的责任。他暗地里求人为六豁牙子介绍对象，一个月后，媒婆在蛤蜊堡子里给六豁牙子介绍一个姑娘，二爷急匆匆地带他去相看。姑娘叫韩满桌。二爷一听这名字就点头说好，“满仓、满桌，瞧这两人的名，粮食满囤，人满桌，以后的日子那还不发得腾腾的。”韩满桌也没对六豁牙子的长相有异议，两家就把亲事订了。回家的路上，六豁牙子抿着缺门牙的嘴，问爹：“这就订了，她好像有点楞。”爹瞪起眼睛，“瞅你那熊样，还挑人家，人家没说看不上你就烧高香了，能找个母的，是祖上积了德。”爹把唾沫星子嘣出去老远。六豁牙子被爹骂得差点把脑袋塞进裤裆。

订日子的时候，六豁牙子跟二爷拧上了，他说什么都要把日子订在农历二十六。他不喜欢月亮，他说月亮像一块大镜子，可天直逛游，把人间那点事儿都照进去了。他说人和牲口一样，要躲开月亮干那事儿才行，要不月亮会到阎王爷那儿告状，只有星星才是人的好朋友，她总是安安静静地在那儿待着。

二爷发现原来六豁牙子也会尥蹶子。

结婚当天，家里的堂兄、堂弟，表姐、表妹都挤在新房里闹洞房。他们作弄韩满桌，纷纷让她点烟，可她点了一圈又一圈就是点不着大伯子小叔子们手里的烟，她就苦着脸求救地看着六豁牙子。六豁牙子咧着漏风的嘴说：“你怎那么不识闹，三天没大小，你就让他们乐和乐和呗。”六豁牙子像个局外人。看时辰不早，大奶过来把赖在新房里人往外撵。堂弟们都走到门口，又趄回身子对他说：“六哥，你可轻点咬六嫂的舌头。对了，你没牙也咬不着，要不咱们替你咬两口？”六豁牙子恳切地留他们再闹一会儿，说，“天还早着呢，忙啥回家。”大奶瞪六豁牙子一眼，咣当一声把门关上，说：“这孩子不知好赖，都累一天了还不早点睡觉。”韩满桌看见人都走了，她不自在起来。在炕上坐一会儿，她怯着声儿问六豁牙子，“我捂被啊?”六豁牙子说：“赶趟，别着急，再过一会儿星星才出全呢。”韩满桌懵懂地看着他想，捂被和星星有啥关系呢？韩满桌低下头再也不说话。六豁牙子想，从订婚到结婚和这个女人没说上十句话。他曾问过爹，“她不是哑巴吧？人家都管她妈叫姜疯子，她不是傻子吧?”爹瞥一眼儿子，这回倒是没骂他。

六豁牙子清楚地看见爹也皱一下眉头。

六豁牙子站在地上摸摸这，摸摸那儿。他想，好饭不怕晚，一定要等到时辰。他不时地用眼睛偷溜着炕上的韩满桌，她十个手指缠在一起乱搅。“呵呵，要不你先嗑点毛嗑。”六豁牙子笑了，他指着柳条笸箩。走出门的兄弟们并没有离开院子，他们都猫到窗下准备听房，看他是怎么咧着没牙的嘴和新娘子作嘴。可是左等右等也不见动静，他们都困得哈欠连天，可新房里依然灯火通明。莫不是六豁牙子还没开窍？大伙嘁嘁嚓嚓地议论。“他都知道让牲口干那事儿……”不管窗下的人怎么着急，屋里就是没动静。困得哈欠打掌的兄弟们只好无趣地走了。

六豁牙子终于跳上炕……事后，他抖落着二奶给的白布，啪啪给韩满桌两个嘴巴。“我这辈子算完了，连个黄花闺女都没……”六豁牙子还不解气，又两脚把韩满桌揣到炕旮旯——新娘子窝在那儿瑟瑟发抖，像害了伤寒。那块白布像战败一方的旗子灰溜溜地缩在炕沿根底下，徐满仓和韩满桌两个人的战争从洞房就开始硝烟弥漫。六豁牙子一看见韩满桌，就厌恶地直喘粗气。白天，他看韩满桌像一块垃圾堆里拣来的破布。一到晚上，六豁牙子还照样在这块破布上颤动，“花了那么多钱，却拣一堆破烂。还腆脸要呢子衣裳，白瞎给你穿了，白……”六豁牙子在这堆破烂上汗流浃背地骂。不管六豁牙子怎么造害，也没耽误韩满桌生下莲儿。公公婆婆高兴得合不拢嘴，可六豁牙子却垂头丧气。没人时，他就对韩满桌低吼，“这个小鳖犊子我不认，他不是我的种。”韩满桌哭得两眼像烂桃儿，却给儿子起了一个好听的名字，莲儿。堡子里的人议论，“两口子还真般配，瞧人家起名字都一样，什么花呀、红呀、莲儿呀——”月子里，韩满桌一点奶水没有，莲儿一宿宿地哭。六豁牙子就摔东西，还扯过她干那事儿，韩满桌得了很严重的妇科病。没出满月，孩子患了小儿惊风，大哭了一个晚上后，再也不哭了，呼哒呼哒地喘气，不出三天就死了。韩满桌沉浸在丧子的悲痛中不能自拔，她蓬头垢面不吃不喝，不哭不闹，昏睡了三天三夜后得了忧郁型精神狂躁症。只要一发病，她就针对六豁牙子，骂他、咬他、用东西砸他。有人时，六豁牙子咧着嘴叫苦，夜深人静，他就把韩满桌绑上往死里打……堡子里的人还不知道韩满桌的大名，就直接叫她六疯子。

四

哗哗，银白色的水像蛇一样鱼贯地溜进水缸。五爷对正在往锅里贴饼子的大奶说："挑满缸能使两天，我后个就回来。"大奶给木头锅盖的四圈遛抹布，她抬头瞅一眼五爷。"把晒好的葫芦条拿着，再给孩子们掰点青苞米，新鲜玩意儿让他们可够吃呗。对了，我昨晌还摘了两个倭瓜你也背着。"五爷点点头。大奶撂下手里的活为五爷打点东西。等五爷从外面进来，大奶说："别整饭了，在咱家对付一口得了。"五爷瞄了一眼西屋没作声。大奶给五爷拿了三个喧腾腾的两合面馒头，五爷奇怪地看大奶，刚才明明看见她烙贴饼子，怎么变成两合面馒头？"吃吧，你一会儿还得赶路。"五爷一口就咬去大半。"要不，你过些日子再去，等枣熟透了给孩子们背点。"大奶看着五爷。"不介，我想孩子们。等枣熟了把他们都接来，让他们坐在树底下吃个够。"五爷笑眯眯地说。

从堡子出去，得走近十里路才能坐上车。"一会儿，先去生产队场院看看，最好有马车捎一轱辘。"五爷在心里盘算。五爷收拾利落走出家门时，大奶在柴火垛跟前站着，她叮嘱五爷。"少喝点酒，早点……"大奶把"回来"两字咽回去。五爷知道她心思，就说："我抱的柴火够这几天烧的，你抖落它不嫌埋汰？"大奶像没听见五爷的话，盯着他说："后天，东地儿老宋家杀猪，我把猪耳朵定下，到时候摘两根黄瓜凉拌，再拍点蒜末淋上香油……"五爷点点头，背着半麻袋吃食大步流星地走了。五爷果真等到了捎脚的马车。车夫问五爷，"是真想孩子，还是想喝像马尿那玩意儿？"五爷揶揄了半天才说："都、都有点想！"

孙子、孙女、外孙子、外孙女一看见五爷都亲热地扑上来，五爷的小眼睛眯成一条缝儿，任凭孩子们在他的怀里摸来掏去。他只咦嗬咦嗬地笑着。五爷愿意看孩子们拿着毛八钱吃冰果、喝汽水的乐呵劲儿。儿子星期二厂休，他领五爷到馆子里吃耳丝喝啤酒。五爷也不推迟，平时省吃俭用，半年一载地喝回这玩意儿值个。五爷边喝边想，要是能给大奶带回一罐头瓶子让她尝尝多好。“唉，你真是没福气的人——”五爷感伤地叨咕出了声，手里的筷子也啪的一声放到桌上。儿子吃惊地看着爹，“你老自个说话，把人吓一跳。”五爷看着儿子咧了一下嘴。“我大妈咋样？”儿子盯着爹问。“她、她啊，还是天天挨骂呗？”五爷仰脖咕嘟咕嘟地把酒干了。

第二天，孙子、孙女们都不让五爷走，可他说地里的活撂不下。女儿也说：“你老着急回去，现在地里能有啥活？家里还有我大妈照应。一会儿领你去买几尺布，深秋的天一早一晚凉，给你裁件夹袄，再做条单裤。”五爷知道女儿脾气拗，他求救地看着儿子。“你现在就领爹去买，买好后，让他从那儿直接走，你又不是不知道尺寸，硬留他住下还不上火。”姐姐没吱声。五爷一走进百货就兴奋地“咦嗬”起来，“比咱那合作社大多了，能有十个合作社……”五爷大声小气地嚷嚷。女儿拉了一下爹的衣襟，他才噤了声。女儿撩起青色斜纹布，问爹这色做夹袄行不行？“咱不管。”他眼睛里闪着亮，盯着一匹蓝底带白碎花的布，他下意识伸手摸了摸。“比胡翠花那色鲜亮。”五爷咂着嘴嘀咕。“爹，你看花布干啥？你看看这布耐磨还抗风，做衣裳行，那块黑斜纹布做条裤子。”五爷没听见女儿说的话，他心思全在蓝花布上。他只想快点和女儿分开，好扯几尺布给大奶做件衣裳。女儿不明白爹的心思，她东瞅瞅，西看看，给爹买一副酱色绑腿，又给他买了一块胰子，说，“回家用这个洗脸，下泥。”心疼得五爷一劲地往外拽女儿。“省点布票给孩子们买衣裳穿，我穿不穿能怎地？”五爷和女儿像打架似地走出了百货。女儿执意地要送爹去车站，五爷瞪起小眼睛说：“你快回家，孩子们一会儿下学回来吃晌饭，不撵趟了。”可女儿怕爹走丢，说啥都要送。“我在黄泥凹一辈子都没迷过路，在这儿就丢了？不就是有几台破车吗，那车有啥好？戗得人直迷糊。”女儿扑哧笑了。“爹，我看你真是老了，说话颠三倒四。你快点搬过来吧，你一人住谁能放心？”五爷终于说服了女儿，她一步三回头地叮咛。五爷故意不搭理女儿，头也不回径直地走了。走了几步，五爷看见女儿转弯，他踅回身子小跑进了百货。

售货员都奇怪地看着他。心想，这老头刚才连扯带拽地把女儿拉走，怎么又回来了？五爷直奔那匹蓝底带白碎花的布，“多钱一尺？”他窸窸窣窣地解开单裤的腰带，鼓捣了半天才掏出被汗渍浸得发黄的小布包，他一层层地打开，先从角票开始数……五爷夹着包了黄包装纸的布包想：大奶穿上这花色的袄罩指定好看。五爷恨不能一步回到家把布送给大奶，让她快点裁件衣裳穿，他知道，大奶好几年没做件新衣裳。

刚下车，五爷就四处踅摸，看看有没有捎脚的车把自个带回堡子。一辆拉着半车青草的驴车，停在他面前。“老五，我正要到黄泥凹找你，想不到在这碰上。这回好，跟我走吧。”是住在小北河的徐才发。“你找我给你家做豆腐啊？这不年不节的。”五爷觑着眼睛问。“不做豆腐，我找你有好事儿，你上车吧。”徐才发不由分说地把五爷拽上驴车。“到底啥事儿?”五爷看看腋下的花布包眯着眼睛问。“没啥事，就是想跟你喝一盅。”徐才发说。“半晌不热地谁跟你喝酒。”五爷瞪起小眼睛要跳下驴车。徐才发急忙拽住他说：“有正事儿，是我那小子新搭的炕不好烧，求你给看看。”十里八村都知道五爷盘炕既不戗烟还受热快。“真的?”五爷盯着徐才发问。“还能调理你?”五爷看着徐才发的脸再也没说话，他随驴车逛荡着走了。五爷想，到徐才发家不吃饭，看看炕就回来，跟大奶说好，今晚晌回来，等不着他大奶就得给他留一宿门。

徐才发早先也住黄泥凹，娶的老婆不是本堡子姑娘，结婚时两家闹得不可开交。徐才发老丈人家没儿子，只有他老婆和一个小姨子，徐才发的老婆是老大，老丈人就想让大女儿、大女婿住到小北河，等小女儿再嫁出去，跟前好有人照应。可徐才发的爹妈不干，是咱家娶媳妇还是你家娶?这话呛得女方的家人直瞪眼。乌烟瘴气地结了婚，婆婆媳妇心里都打结。黄泥凹谁都知道徐才发的老婆各色，徐才发端别人家的碗怎么吃饭都行，可是要到他家，别说吃饭就是喝口水，他老婆都三天不让徐才发靠前，郁闷得徐才发在炕梢大声小气地唉呦。开窗开门，邻居都知道了徐才发的遭遇。都老邻旧居的也没人跟她计较，再说还看在老一辈的份上。徐才发是要脸儿的人，尽量不往人跟前凑合。后来，徐才发的丈母娘得了哮喘，常年齁巴得不能下炕。徐才发的老婆不但跟他闹，还不许他回家看望爹妈。徐才发只能隔三差五，偷三掖四地看爹妈一眼。老婆知道了就大闹。这个女人一哭二闹三上吊，弄得徐才发天天提了一颗心。他实在抗不住老婆的折腾，也受够了夹板气。就劝老爹老妈，“搬就搬，反正小北河离这儿也没多远，我随时都回来。在这儿，咱跟她也砢碜不起。”

“一个堡子里住过，还是本家，一年能求几回。”劝过自个之后，五爷使劲地吸两口驴车上青草的味道，他悠闲地掏出皮烟口袋，把烟锅插进去拧几下，装满一锅烟就吧嗒吧嗒地抽起来。

“哎呀，五哥，老也没来家走走。”五爷怎么看徐才发的老婆都像一只诈了翅的母鸡，懒得搭理她。五爷直接往屋里走，“咦嗬!”他一只脚迈进屋就愣住了。炕桌上摆着腌得直淌油的咸鸭蛋、一盘煎得焦黄的鸡蛋、一盘煎得酥嫩的白鳔子鱼、还有小葱、小白菜、青蒜头，一碗成色十足的黄豆酱。五爷被这阵势吓着了，他看着徐才发问：“你个老小子设鸿门宴啊?”徐才发哧哧地笑。“嗨，别说咱们还在一个堡子里住过，就凭你和咱家才发的交情，请你吃顿饭不应该啊！再说，一笔写不出俩徐。”女人像只老鸹呱呱地不住嘴，堡子里的人都把乌鸦叫老鸹。五爷眯缝着眼睛，心说，“这娘们，杀人都不用刀。”

徐才发让五爷上炕里坐，可他说什么也不肯，他说快点吃，好去大侄子家看炕。五爷双腿耷拉在炕沿下，像是随时要走。“老五，你怕咱家饭有毒哦？那，我先尝尝。”女人说着话就夹起一大块软灿灿的鸡蛋放进嘴里，故意大嚼起来。“你看，我咽下去了。”女人伸出舌头让五爷看。“今个，你们老哥俩喝一盅。”女人热情洋溢地给他们拿过白瓷酒壶。“不喝，别耽误正事儿。”五爷推辞着。“啧、啧，你今个就是客，要是咱家还在堡子里住，想吃咱家饭，还……”女人看到徐才发的眼神儿，把后面的话咽回去。“快把腿抹上去。”女人把五爷的两条腿搬到炕上。五爷看着白色的液体哗哗地流进酒盅里，舌下就生出津液，脸上讪讪的表情也化开了。他贪婪地看着酒杯，又使劲地吸了两下鼻子。“还有不偷腥的猫。”女人得意地撇着嘴角，瞄了一眼徐才发。五爷三盅酒下肚就打开了话匣子。他看着徐才发的老婆说：“他大姨，早先我还真不愿意蹬你家门，听说你这人各色还小佃洋子。原来还真不是这么回事，看今晌这菜、这酒，你是这个!”五爷竖起大拇指。女人扭一下粗壮的腰，撇着嘴说：“那也看跟谁，黄泥凹啊，只有你能端咱家的饭碗，别人，哼。再说，就今个这菜咱家平时从没舍得吃过，这是为请你咱们也跟着解馋。”女人为五爷满酒。五爷很受用地端起酒盅吱溜一声干了，女人又及时地为他满上。“五哥，在咱堡子里我就佩服你，二十几岁嫂子就狠心地撇下你们爷仨走了，看你把孩子们都风风光光地打对出去。再瞅你家那日子过得，要酒有酒，要肉有肉，谁不眼馋你!”徐才发抿一口酒后，真诚地看着五爷。“哎呀，屋里连个烧火暖被的人都没有，那滋味……行啦，不说这些，还是喝酒吧!”五爷端起酒盅和徐才发碰一下，一仰脖又干了，酒盅就脆生生地蹾在桌子上。“打今儿起，咱这儿就是你家，想什么时候喝酒就来。”徐才发用筷子头抠了一星鸭蛋黄放在嘴里咂一下。“你都出汗了，把外衣脱了呗。你腰里藏的什么东西鼓囊塞的?”女人说话就撕扯着要帮五爷脱衣裳。“别动，这可是好东西。”五爷推开女人的手。“嗨，都到家了，啥宝贝还怕丢?”女人一把拽出五爷掖在裤腰上的布包，蓝花布就攥到女人的手里。五爷倏地跳下炕一把夺过布，“拿来。”他眼睛都红了。“啧、啧，咱才不稀罕呢，年轻那会咱都穿红底带白花，可鲜亮了。”女人撇着嘴咽下几口唾沫。“就她，还穿红色，那张脸还不像猪肝。”五爷在心里嘀咕着又重新把布塞进怀里，用手按了按。“五哥，这布是给哪个女人买的?没听说你和谁搭伙，是不是有相好的?”女人把一绺小葱杵到酱碗里蘸。“不、不是，是咱家女儿给她大妈买的。”五爷的脸通红。“哦，你家大侄子和大侄女就是仁义。”女人像马吃草一样嚼出两嘴丫子绿水。

“来，五哥别听娘们胡嘞嘞，咱喝酒。”徐才发还为五爷夹了一条煎鱼。“五哥，原来，我还不知道这屋里少个人的日子难过，自从咱家‘一担挑’死了，咱那小姨子自个领着孩子过日子，真可怜。本来这老的就得人管，这下小姨子一家还得要人照顾。”徐才发摇晃着脑袋往出倒苦水。“就那个长着张狐狸脸的男人，他岁数也不大怎就死了?”五爷瞪着小眼睛问。“可不是怎的，短命鬼，把咱那个水葱儿似的小姨子坑了。”五爷看看徐才发的老婆心说，“就你那小姨子还能水灵，她姐像吃人的恶煞，妹妹还能好到哪去?瞅那张红赤面的脸吧，像被霜打的山里红。”“我那妹妹可怜哪。”徐才发老婆抹起了眼泪。“寻个人家，不就得了。”五爷夹一筷子鸡蛋。“是啊，咱俩也这么合计。”女人的眼睛放了亮。

五爷的身心完全沉在酒里。

五爷喝得房子都转圈了，他大着舌头说要赶回黄泥凹。可徐才发两口子说什么都不让走。“咱家西屋那铺大炕还搁不下你，你就在咱家歇了。”五爷云山雾罩地被他们扶到炕上，躺下来，脑袋一挨枕头就鼾声如雷。

五爷口渴得到处找水喝。终于看到一块苞米地，他腾腾地跑进去撅下一根苞米秆，用牙剥下皮大口嚼起来，真甜哪。大奶愁眉苦脸地来了，五爷就把剩下的苞米甜秆递给大奶，说，“给你嚼嚼，可解渴了。”大奶不接甜秆也不说话。“怎的，缸里没水了还是嫌我回来晚了?其实，我早就回来了，渴得厉害，我就跑到这儿撅根甜秆嚼。”大奶没说话低头走了。五爷刚要追，被一泡尿憋得不敢迈步子，四下撒么了一圈，他想还是憋着吧，要不然一解开裤带蓝花布还不掉出去。五爷就使劲地拽裤子。没想到大奶又回来了，五爷说，“我就知道你不能生气吗。”大奶先是摸五爷的额头，摸下巴，又伸手解开他上衣纽襻——五爷享受着大奶的爱抚，大奶要解五爷裤子，他挡住她的手说：“别解裤带，让徐才发老婆看到花布，还不抢走。”五爷说完又四下踅么了一会儿，双手死死地拽住裤腰带。

五爷被一泡尿彻底憋醒。他下意识地去拽灯绳，结果摸了半天没找着。他干呕着睁开眼睛，已经大天是亮了。五爷拎着裤子刚要起身，发现身边竟躺着一个胖女人，五爷吓得忽地一下坐起来。“咦嘀，你、你是谁？跑到我炕上来？”胖女人也坐起来。“我、我是……”她吞吞吐吐。五爷指着她大声叱责，“你、你怎么躺我这儿啦？”胖女人被五爷吓得缩起脖子不说话。徐才发和老婆也跑过来，“姐，你说他都喝那样了，还使劲地拽裤子。”胖女人委屈地说。徐才发急忙把五爷推到东屋。“五哥，你可千万别生气。这不，咱们是好心，合计你也没个女人，就想把你和咱小姨子撮合一快，她孤儿寡母怪可怜。想让、让你和她、和她搬到一起……”徐才发不只看到五爷脑门上的青筋还看到他攥起的拳头，他结巴着说不下去了。“咦嘀，你们两口子真够阴损，用这法子害我。瞎了狗眼。”五爷的眼睛血红，他抬脚往门外走。徐才发的老婆掐腰堵住门，她立愣起三角眼睛说：“想走，没那么容易。你睡了我妹妹，占了她便宜。”五爷先是被女人的话吓得一愣，但转瞬就咦嘀一声，“挺会沾包赖呀，想讹我呀？是你们把她送到我炕上的。再说，我连裤子都没解，怎、怎占她便宜？是她占我便宜。”五爷冷笑两声，一抬手扒拉开女人。“徐才发呀，徐才发，亏你还是个有儿有女的人，你个王八犊子。”五爷咬着牙骂。

“你个老绝户不得好死……”女人在五爷的身后破口大骂。

五

大奶把煮得颤巍巍的猪耳朵从锅里捞出来，她晚晌准备煮高粱米水饭，熬豆角，再拌耳丝给五爷下酒。下晌，大奶就把豆角摘好放在盆子里。等做饭时再把五爷的锅点着，用五爷的锅熬豆角，两个灶眼一起用，一来快，二来也为五爷烧炕驱驱潮气。大奶知道五爷得擦黑儿才能进家门，这十里路他也得走一气。大奶想等五爷到家后再到后栏子摘两条顶花带刺的黄瓜，现摘的黄瓜清香味浓。大奶把猪耳朵放到搪瓷盆里，再把它们装到水桶里用井拔凉水镇上，她觉得这样拌出来的耳丝才更脆生、爽口。大奶忙乎完这一切就坐到房檐下给大爷补裤子。大爷穿裤子费裤裆，眼睛看不着，走路不敢大迈步只有夹着腿蹭，都是裤裆先磨破。“走道掰不开镊子，像夹着尾巴的大灰狼。”大奶边嘟囔边绗上密密麻麻的针脚，大爷一穿裤子就骂，“你就是看我这屌不顺眼，总想法子把它治腾坏了，你好得解放……”大奶不接他话茬儿，大爷骂得没气腔儿就闭了嘴。

大奶绗完大爷的裤裆，心事重重地看门口。夕阳已经开始下沉了，炊烟又开始慢腾腾地在各家的房山头袅袅地飘起来。大奶知道，堡子里的人家开始做晚饭了。“还不回来?”大奶皱着眉。五爷是把庄稼好手，他从来不会把庄稼扔下，就算没啥活，他也是坐在地头吧嗒吧嗒地抽烟看它们。有一次，他神秘地对大奶说，“苞米拔节声儿你听过，这回我可听见了谷子窜莛子的声儿。那声儿轻，还有点响，说不出来。”五爷陶醉其中。“不能不回来，他知道水就够用两天。他要是不回来，明早我就得挑水。”五爷从来没让大奶挑过水。五爷说：“井台低，还滑，一柳罐水提溜不上来再把你带到井里，我再去捞你可热闹了。”想到这儿，大奶忧心忡忡地叹口气。大奶想找点活干，可她拿起东忘了西，满脑子都是五爷的影子。“莫非是在城里迷路了，还是站上的车多……”大奶为自个不吉利的想法呸呸地吐了几口唾沫，她觉得只有这样才能把晦气驱走。大奶的右眼皮突突地跳，她急忙从笤帚上撅根细糜棍儿，粘到眼皮上。“不吃饭啦，想把我饿死?”大爷的喊声吓得大奶机灵一下，她转身走进外屋地却又不甘心地向大门外望一眼。看来，猪耳朵拌黄瓜丝给五爷下酒的愿望成为泡影。大奶馏了几块剩饼子，煮俩咸鸭蛋，还把耳根顶端的厚肉切下来，大爷爱吃肥肉。她自已则一点胃口都没有。“兴许是车晚了，没准五爷一会儿就能回来，等他回来，自个再跟他吃一口也行。”大奶心里放不下五爷，她就站在锅台前一会儿擦锅盖一会儿洗抹布，眼睛却盯着大门口。

大奶还没收拾完，六疯子就像一缕轻风一样飘进来。大奶觉得她瘦得像苞米叶，风能把她吹走，雨点也能把她砸坏。尽管大奶不愿看她和大爷嘀咕，可大奶还是觉得她太可怜，昨晚她似乎听到了下屋有叫喊声儿，估摸着六豁牙子又打她了。五爷没在家，大奶也懒着管，她更怕大爷听见又杵哒杵哒去骂六豁牙子，那牲口侄子谁的话都听不进去。“没捡枣子啊?今个落了好些。”大奶问六疯子。六疯子看着大奶不置可否，径直进屋找大爷。大奶也不计较，她拿了两个葫芦，坐在窗户下继续旋葫芦条。看这架势，明天的太阳还能好，多晒点好给站上的孩子们冬天当菜吃。无精打采的大爷一听见六疯子的脚步声就神情欢跃，耳朵、鼻子、嘴巴一起笑。他急忙往炕里挪挪，“快坐。要没吃，就让你大妈整点饭。”大爷笑吟吟地问。六疯子一屁股坐在炕沿上，盯着大爷不说话。“你叫我出去跟你捡枣子?”大爷见她不搭腔又问。大奶奇怪，六疯子不犯病就一脸哀愁，犯病时就把无忧无虑的笑脸展示给别人，只有一看见六豁牙子，就暴躁得像一条疯狗。六豁牙子说她装相，一到半夜就把她绑上打。为这事儿，五爷骂六豁牙子。“瞅你那个熊样，瘦得掐巴掐巴装不满一土篮儿，打人那么狠，还绑上打。要是打坏了，人家娘家还不把你卵子挤出来。”六豁牙子狡辩地说，“不绑上，万一趁我睡着，这疯女人血刃我怎办?”六豁牙子呛得五爷眨巴了半天小眼睛，没说出话来。打那以后，下屋的事儿，五爷都装听不见。奇怪的是，六疯子很少跟别人搭话，除了跟死去的儿子说鬼话，就是跟大爷絮絮叨叨地讲古。爷俩不在屋里嘁嘁嚓嚓，就是在枣树底下一蹲就是小半天。五爷在后院栏子栽一棵桃树，在前院门口栽一棵枣树。他说：“省了给孩子们买零嘴的钱。”五爷对桃和枣看得像眼珠子。六豁牙子摘了一捧青枣，还没等吃，五爷操起扁担要把他骨头砸碎。六疯子从五月枣树开花，就坐在树下瞅，一直望到坐果。她从来不到树上摘，只捡落在地上的果子。“让她捡吧，吃一口得一口。一年到头连顿像样的饭菜都吃不上，可怜人啊。”五爷嘱咐大奶。桃子长到鸡蛋大，五爷给六疯子摘两个。“五叔，你偏向，我尝尝都不行，给个疯子吃。”六豁牙子盯着枣树。“给你个王八羔子吃不如喂狗，你不给她口饭吃，饿死她怎办?”六豁牙子再也不敢吱声了。

“给我看住他。”五爷嘱咐大奶。

有时候，看到六疯子和大爷像两只家雀似地叽叽喳喳地在树下捡枣，大奶虽然低头做活装看不见，可她心里酸溜溜地别扭。大奶曾经暗地里劝过大爷，“她一个小辈儿孩子，你得有分寸。”大爷翻着白眼珠子质问大奶，“怎的？你不搭理我，还不兴她跟我唠嗑。我像你啊？尽拣窝边的青草啃。”这嗑又唠散了，大奶就不再吱声。她在心里骂：“不知好歹的东西，像个扒灰的掏耙，多亏眼睛瞎了，要不也得让六豁牙子给杵瞎。”大爷有时候坐在炕上颠着屁股说，“满桌子可怜，要不是嫁给六豁牙子也不能疯。好好的儿子还死了，哪个当妈的能受得了。这个丧尽天良的六豁牙子、六牲口，把一个好人折磨成这样，跟你一样黑心哩。”大爷满肚子里搜寻恶毒的话，突然转弯把它们原窝地扔给大奶。大奶斜瞪一眼大爷，“他又不是我养的，怎能像我？要像也随你家那根，心狠手辣。”大爷第一次在大奶面前落败。

昨个下晌，六疯子把上午捡的枣倒在炕上，招呼莲儿回来吃。叫了半天也不见儿子回来，她想，儿子一定是吃腻了枣，就舀一碗小米倒在炕上，招呼莲儿回家吃饭。叫了半天，还不见他回家，六疯子才想起米是生的还没煮熟饭，莲儿当然不吃生米了。她下地要烧火给儿子煮饭，把柴火塞进灶坑却怎么也找不着起灯（火柴），她在屋地兜起圈子，突然想到只有合作社才有起灯，她推门走了。合作社的售货员说什么也不给她，让她拿钱来买。都知道她疯，就软着声说，“去，找六豁牙子，要二分钱再来买起灯。”六疯子直接来到堡子西头的张寡妇家，可张寡妇家的大门从里面闩着。这难不住六疯子，她轻巧地翻过爬满豆角秧的障子，六豁牙子果然正和张寡妇光在炕上兴风作浪。六疯子二话没说，伸手就拽起六豁牙子，“给我二分钱，买起灯。”看到像鬼一样的六疯子，张寡妇吓得妈呀一声惨叫，缩成一团在炕旮旯处筛糠。六豁牙子也半天才缓过神儿，他抡起胳膊啪啪就两个嘴巴。像打在别人身上，六疯子只趔趄了两下，还是伸手要二分钱。六豁牙子看到张寡妇缩着脖子瑟瑟地打摆子，也怕别人听见，他无奈地掏出五分硬币扔在地上。六疯子用脚踩住在地上旋转的硬币，捡起来又翻障子飘走了。张寡妇搂着六豁牙子的脖子嚎叫，“她这不是寒碜我吗？我容易吗？咱堡子里有多少男人想要我，我都不稀得看他们一眼，跟你图啥？还不是看你太可怜了，娶个疯老婆还是碗剩饭，我看她是装疯……”张寡妇故意把身子转过去。“她是疯子，别跟她一样，我是真稀罕你呀。”六豁牙子去搂张寡妇，她气咻咻地扒拉开他手说：“你还帮她说话，这叫稀罕我?”六豁牙子嬉皮笑脸地说：“我保准她是疯子，你瞅瞅，她看见咱俩连声儿都不吱，不是疯子谁能这样。”六豁牙子又要继续行被六疯子破坏的好事，可张寡妇一甩胳膊下地了。“少来这套，她吓着我了。你得给我做主，要不，休想再碰我。”啪嗒，张寡妇的脸像门帘子似的撩下来。

“完了，白瞎那老些豌豆了。”六豁牙子给张寡妇拿了两裤搭子（裤兜）豌豆，他咬牙切齿地要把六疯子的腿打折。

自从离开了饲养棚，六豁牙子什么也不干，他才不管六疯子吃上吃不上，他自个可着几个叔叔家蹭饭。他们只要一看见六豁牙子的影就说，“二流子来了，快把饭盛到碗里。”六豁牙子进屋看到底朝天的盆，再一瞅人家都捧着像小山一样的碗扒饭，他灰头土脸地转身朝爹妈那去儿了。二爷一看见他就没好气地骂：“上辈子作孽了，养这么个现世报。”张寡妇跟六豁牙子勾搭上，就图他那点小恩小惠，用她自己的话说：“我寡妇舍业的不靠身子换点吃喝，还不饿死。”六豁牙子每次来都不空手，看他什么都没拿，张寡妇就冷着脸不搭理他。六豁牙子为博张寡妇一笑，就想尽办法拿点东西。哪怕是一绺韭菜，几根黄瓜张寡妇也不嫌少。可就这些不起眼儿的东西，六豁牙子也得到处撒么，实在没有就偷，他不敢偷别人家，只敢窝里横。大爷家穷，没有东西可偷。五爷家茓子里的苞米、稻子都装得浮游浮游的，可他家装粮食下屋的门老锁得登登紧。大奶像条狗一样忠心耿耿地为五爷看家护院。六豁牙子在院子里从来没得过手，别说是粮食，就连一个茄子、一条黄瓜都不敢摘，大奶的眼神儿像狼一样地看着他。有一次，他看见六疯子捡满满一碗青枣，六豁牙子趁她不备抓一把就要跑。六疯子一口咬住他的手指头，六豁牙子疼得嗷嗷地直跳脚。大爷扬起棍子要打他，大奶扔下手里的葫芦条跑过来。大奶怎么劝，六疯子都不松口。最后大爷说：“满桌子，别把枣洒了。”六疯子才松开他，蹲在地上专心地捡枣。六豁牙子瞪着六疯子不敢下手，他知道大爷那根棍子能把他脑袋砸八瓣。

六豁牙子和大奶基本不犯话，他总用眼睛剜大奶的后背骂，“要饭花子就配当看家狗。”骂归骂，他还真不敢下手，别说他怕五叔，就是五叔的儿子、女儿他也惹不起。六豁牙子就踅摸着对其他几个叔叔下手。最多时，他给张寡妇偷过三个倭瓜，外加半袋子青苞米。那是在四叔家地里得的手。为这，几个叔伯兄弟追着他打，跑得快炸肺了，他一个猛子扎到运青河半天没上来。几个兄弟守在岸上等他露头，可六豁牙子就是不上来。兄弟们害怕出人命，就气愤地离开了。临走时，他们对着运青河扬言，再看到、听到六豁牙子偷东西就坚决打折他腿。实在弄不到东西，六豁牙子就垂头丧气地在张寡妇的房前屋后转悠。六豁牙子打心里羡慕张寡妇，“做女人多好，啥也不用干，腿一劈就有饭吃。”他恨不能在身下掏个洞，变成女人就不愁吃喝了。家人只要一看见六豁牙子都横眉立目，他实在没东西给张寡妇就回家偷爹妈。二爷气得直喊不活了，可六豁牙子才不管他爹死活，他气哼哼地嘟囔，“要不是你，我能娶个烂货？”六豁牙子理直气壮地为张寡妇装半口袋稻子，气得二爷直翻白眼。六豁牙子把稻子往张寡妇的屋地上一放，说：“你看这回我给你拿啥好东西了？”六豁牙子想张寡妇指定得高兴地箍住脖子和他作嘴。没想到，张寡妇连屁股都没挪一下，撇着嘴说：“啧、啧，破稻子呀，我当是啥好东西？要是指你，我上下都得饿死。”六豁牙子的热情遭到重创，他尴尬地抹了把脸上的汗水。一扭头，六豁牙子看见菜板子上放着一条巴掌宽的五花肉，他像三九天吃了块冰一样从脑袋顶凉到脚后跟，他知道张寡妇话的来由了。其实六豁牙子心里清楚，张寡妇不可能死心塌地跟着他，他那点吃食供不上嘴。那块白里透红的五花肉让六豁牙子自卑地恨不能钻到地缝儿里去，他被各种滋味杂糅得咽了好几口唾沫……六豁牙子红头涨脸地问：“往后改吃肉，不吃粮食了呗？”他赌气把口袋掮上肩。“啧、啧，一点都不识闹。”张寡妇一脸灿烂地拽住了六豁牙子。六豁牙子穷，还长得没个人样，可他能陪她。不像那些男人，猫偷嘴似地完事就走人。在人面前，要是碰到还装作没事儿地躲着她。张寡妇心里明镜，只有六豁牙子靠得住，说不上哪天那疯老婆死了，没准六豁牙子还能娶她。六豁牙子也知道，除了张寡妇不嫌弃他，就那点东西谁也看不上眼。六豁牙子和张寡妇一对眼神儿，俩人就心照不宣了。“瞅你全身没二两肉，可这东西就得占一两，像凿石头的扦子……”张寡妇嘴里青蒜小葱的味道呛得六豁牙子直闭眼睛。

六疯子才不管六豁牙子在谁身上兴风作浪，她去合作社买了起灯就回家给儿子煮饭。饭好了，盛上满满一碗饭，一边招呼莲儿吃一边往自个嘴里塞。六豁牙子本来不想回家，是张寡妇非得让他回去给她做主。天一擦黑儿，六豁牙子像幽灵般地潜回家。进屋，他扯过六疯子的头发开打，开始六疯子还和他对打，终于不敌六豁牙子，就气喘着窝在炕旮旯任凭他的拳脚。打累了，六豁牙子想睡觉就把六疯子绑上，直到第二天中午，才给她松绑。六豁牙子咧着漏风的嘴，摇头晃脑地哼着不成调的歌，他优哉地往张寡妇家走。他知道今个不用拿任何东西，张寡妇也能笑逐颜开地欢迎他。暴打六疯子是最好的礼物。

听了六疯子挨打的缘由后，大爷啪地把手里的扫炕笤帚扔出去。“这个六牲口，看我不敲碎他的猪脑壳。”大爷白晃晃的眼睛虚无地飘着，他的叫骂声怎么听，都有些虚张声势。“身上是不都青了，一会儿回家烧点热水洗洗，热水能散淤。唉，你说我这眼睛又看不着，要是能看见的话咋也能帮帮你。”大爷又挥起了拳头。“大爷，你说，我那件绿呢子衣裳好不好看？就是钉着红纽的那件，那纽像糖球。你忘了，我过门时穿的那件。”六疯子自顾自地说。大爷怕六疯子伤心，就说：“那件绿呢子衣裳，对，我看过，好看，特别是穿在你身上可眼亮了。”“嘻嘻，水、烧水洗洗，再穿绿呢子衣裳……”六疯子又一阵风似地飘走了。

“今晚别捡枣了，早点躺下歇歇！”大爷在六疯子的身后喊。

天，已经黑透了。大奶乏得直打哈欠，她又重新换了凉水把猪耳朵镇上，猪耳朵有咸淡不会马上坏，可大奶怕猫和黄鼠狼偷嘴，五爷回来就没有下酒菜了。大奶就把小水桶吊到五爷屋里的房梁上，她不敢放到自家屋里，大爷的鼻子比狗还奸。闻到香味，一准儿骂大奶背着他偷吃东西。大奶觉得大爷的鼻子、耳朵就是眼睛。她从来不愿正视大爷那张脸，她怕大爷的鼻子、耳朵窥见她在心里骂他。

大奶终于不情愿地闩上大门，她知道五爷今黑儿不会回来了。

大爷的睡相能吓死人，本来就没有多少黑眼仁儿的眼睛翻得只剩下白眼珠，手脚乱扑腾，嘴里还骂，“六畜生，我下辈子指定托生猫头鹰，就算你藏到山洞里我也能抓着，把你眼睛鸽瞎，把你爪子叨烂，看你再打人……”大奶一宿没怎么睡实诚，她惦记五爷。终于熬到天亮，大奶轻手轻脚地下地，够下来挂在五爷房梁上的猪耳朵，她发现猪耳朵有点起黏涎，晌午再不吃恐怕要坏。“哎，怎就没回来呢？”大奶自语着打开风门。“哈欠、哈欠……”大奶的鼻涕、眼泪长淌，她哧哧地直擤鼻涕。“太阳这么好也没风啊？”大奶使劲地揉鼻子。她刚要回屋烧火煮饭，一股冷风让她打个冷战。大奶回头望一眼，院子里的树叶和草棍被风吹得蜷缩着身子躲到墙犄角。风开始还贴着地皮刮，没一会儿就旋起来了，树叶和草棍也随之拔地而起。“怎么说起风就起风。”大奶试图掩上屋门，突然袭来的风却把门鼓开，大奶顾不上已经流过嘴唇的鼻涕，她用身子把门靠上。大奶听到风的嘶嚎声，“是旋风？”大奶肯定地嘀咕。和风较劲，大奶的胸腔像一部运转的马达。她蹲下身子咳了半天，等她站起来外面又艳阳高照了。大风像传说中的妖精，瞬间就止无声息。大奶缓缓地推开房门，地上落了一层红彤彤的枣子，一树茂盛的叶子也稀疏斑驳，太阳穿过树叶的缝隙，影影绰绰地落在地上，像细密的鸡爪子印。大奶惊呆地想，“难道这风就是为吹落枣子来的？”她又再次的看看天，万里无云。大奶的右眼皮又突突地跳，心像压了块石头一样憋闷。大奶拽过一个大笸箩蹒跚地走到枣树下，无论如何要先把它们捡起来放到粮食囤上阴干，等五爷回来看是给孩子们送去还是把他们接来。

“大妈，咱家六疯子在你屋没?”六豁牙子什么时候站到大奶的身后。“怎的，她没在屋?”大爷躺在炕上高声地问。“没、没在，我看这回好像是拿东西走的，箱子都翻乱了。”“能上哪去？堡子里找找。”大爷拄着棍子走出来。“行，我出去问问。”六豁牙子对大奶点点头，大奶看出来六豁牙子心神不定。刚才，大奶还盼着六疯子能出来帮她捡枣呢。“我去苞米地找，顺便再到井沿瞅瞅，她没准犯病了，跟咱们藏猫猫，我一喊她准能出来。”大爷自信地蹭着脚要去找六疯子。“别去井沿，你能瞅着啊?”大奶在大爷的身后不安地喊。

晚风像一个风流的男人，把缭绕的炊烟一缕一缕纠集到一起，让她们在黄泥凹的上空升腾、盘旋……开始，炊烟还像一片刚织出来的丝绸，青黛出一丝忧郁，没一会儿，就像女人用过的旧绸子，丝丝缕缕。夕阳不但赶来凑热闹，还充当第三者，迫不及待地把最后的余晖投在旧绸子的身上，这下炊烟就像涂了胭红的新媳妇。五爷就在这时背着手走进堡子。他一进堡子就觉得有点异样，可他心里惦记着身上的那块蓝花布。“咦嗬，才走几天就觉着哪都新鲜！到底是秋天，吸口气都是粮食味。”五爷脚步加快，他想早点看到大奶捧着花布高兴的样子。他也会建议大奶做沿襟、滚边、钉纽襻样式的衣裳。“你呀，这辈子不容易，吃没吃着，穿没穿像样。”五爷自言自语。

迎面碰上急匆匆走来的大奶。“怎的了?”五爷站住脚，惊奇看着她问。“你可回来了，六疯子丢了，咱家你大哥从早上就出去找，到现在还没回来。”五爷愣怔了一会儿对大奶说：“你回吧，我歇歇脚就去找。”大奶就和五爷一前一后地走进院门。“给你买的，好悬没丢了。”五爷迫不及待地把布塞到大奶的怀里。“老五，我看你还是别歇了，先去找人吧。”大奶没看手里的布，也顾不上问五爷怎么才回来，她焦急地催促。

五爷很失望，他干咳两声，说：“行吧。”五爷抬腿就走。还没走到大门口，队长慌张地跑进院子。“咦嗬，你也这样?”五爷下意识地掏出烟袋。“老五，你可是个拿事儿的人，听我说。”五爷全身突然出了一层细汗，他皱着眉头看一眼大奶。大奶似乎预感到什么，她筛糠般哆嗦起来。“六疯子投井了，你大哥去井沿找她，棍子正好杵到井台上，他以为是实地就一脚迈下去。已经捞上来，你去看看吧。”还没等五爷说话，大奶哇地一声就跑了。五爷愣怔了一会儿，“咦嗬，不是不掉一个眼泪疙瘩吗?

怎哭得像抱庙?”五爷眯缝着眼睛，他呆呆地看着掉在地上已经散花的布。

被冰凉的井水一浸，六疯子身上的绿呢子衣裳翠绿、翠绿的，像挂在树上的青枣，晃得人眼睛生疼，大爷却灰突得像一截干枯的枣树。

薛喜君
黑龙江省作家协会会员
大庆油田

后　记

“文化是民族的血脉，是人民的精神家园。”职工文化是社会主义先进文化的重要组成部分，是弘扬先进文化、丰富职工群众精神文化生活的重要内容，是提高职工素质、促进企业发展的重要途径，是发展和谐劳动关系、推进和谐社会建设的重要手段，是率领职工参与创业、创新、创优，推动经济社会进步的重要手段。

近年来，全国工会系统以构建和谐劳动关系为主线，着力推进企业职工文化建设，特别注重将企业文化与职工文化建设密切结合，探讨企业职工文化建设的新模式，注重将企业职工文化建设宣传教育与实践活动渗透到企业管理和员工工作学习的整体环节中，形成了工会推动、企业投入、职工参与的良好工作格局，涌现出了一大批企业职工文化典型。各级工会、文艺组织及各大企业创造性地开展了大量特色鲜明、形式新颖、内容丰富的活动，创作完成了一批歌颂中国工人阶级伟大品格和劳模精神，反映职工群众火热生活的优秀文艺作品，有力地促进了企业职工文化的发展。

为了集中反映企业职工文化建设的新理论、新经验和新成果，依照全总领导同志的要求，在全总宣传教育部、中国职工文体协会等单位的大力支持下，中国工人出版社适时启动“中国企业职工文化大系”这一大型出版工程，分批陆续推出“理论文丛”、“实践文丛”和“创作文丛”。其中，“理论文丛”着重于回答“什么是中国企业职工文化”以及“怎样建设中国企业职工文化”等理论问题；实践文丛”以我国主要产业、行业的职工文化为主要研究对象，以优秀企业为研究样本，展示各产业和行业优秀企业职工文化的内涵、精神和特色；“创作文丛”主要收录当代职工创作的优秀文艺作品。

本次推出的“创作文丛”共四卷，分别为诗歌卷、散文卷、小说卷、报告文学卷，主要编入各行业、各企业职工文艺创作的优秀作品。这些作品源自生产一线，反映火热生活，是对中国当代工人群体时代风采的集中展示，具有重要的历史和现实价值。在编撰过程中，石油文联、中石化作协、煤矿作协、铁路作协、水利部新闻宣传中心、上海工人文化宫、广东省青年产业工人作协、工人日报社等单位以及路小路、李学恒、徐东、李木马、刘建民、于文国等同志给予大力支持，做了大量的组织、协调工作，并为丛书的内容、设计等提供了中肯的建议，我们在此致以诚挚的感谢。

鉴于时间较紧、水平有限，丛书编辑过程中难免有所疏漏，欢迎广大读者批评指正。同时，有少数作者暂未联系到，我们将继续努力做好联系工作，同时恳请相关作者及时与我们联系。

企业职工文化是企业、工会和广大职工共同创建的中国特色社会主义新型和谐文化，欢迎各级工会系统、文联、作协以及各企业、团体、职工个人积极参与，积极投稿支持，共同打造和谐共赢的精神文化家园！

中国企业职工文化大系
编委会
2013 年 6 月